好預兆

GOOD OMENS

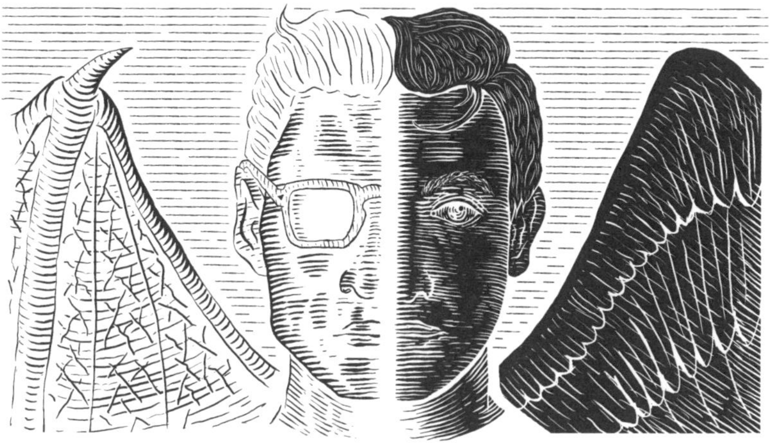

尼爾·蓋曼　泰瑞·普萊契

謝靜雯　譯

Neil Gaiman

Terry Pratchett

獻詞

作者謹隨惡魔克羅里
將此書題獻給
卻斯特頓（G.K. Chesterton）
這位洞察世事的人士，以資紀念。

警告

引發世界末日大戰很危險的，
小朋友在家不要學喔！

好預兆

目錄

本書編輯體例說明

本書註釋分為作者原註與編譯註兩種。原註乃屬小說內容，編譯註是為提供讀者深入理解之參考。

原註以①符號標示；編譯註則以❶標示，以求區隔。編譯註為譯者與編輯共同完成，謹此感謝譯者之辛勞。也在此感謝王寶翔先生、鄭創仁先生、劉宇庭先生給予翻譯與註釋上的指正與建議。若有任何謬誤疏失，編輯部應負全責，尚請不吝賜正。

前言

有人說：創作《好預兆》的過程如何呢？

我們說：我們當年只不過是兩個小夥子，其實現在也還是。寫那本書算是暑假打工，我們做得不亦樂乎，還平分稿費，但發誓以後再也不幹這種事。我們當年覺得這事沒什麼大不了。

就某方面來說，這事如今還是沒什麼大不了。寫《好預兆》的那兩人，當時除了本來就知道他們的人以外，壓根兒沒什麼名氣。他們連書賣不賣得出去都不確定，當然更沒料到自己即將寫出一本世上經過最多修補的書。（相信我們，我們簽過滿坑滿谷的平裝書，直教人心花怒放，這些書曾經掉進浴缸、書頁變成令人憂心的土色、用膠帶與綁線修補過。還見過一個例子，有人把全部散掉的書頁裝在塑膠袋裡；反之，也有個傢伙用嵌銀絲的特製胡桃木盒，內襯以黑絲絨，將一本平裝版珍藏在裡面。盒蓋上有一道銀色符文，我們沒問那代表什麼。）禮儀小祕方：要作者在你手臂上簽名是沒什麼關係啦，可是一簽完，你就衝到隔壁的刺青店去，半小時後回來，把手臂上紅腫的成果露給作者看，就有些失禮了。

我們沒想到會經歷好幾場以我們寬鬆的標準看來都算詭異的巡迴簽名會。像是夾在新聞快報插播之間，以十五秒為一段落、打游擊似地談著幽默話題，而新聞快報講的卻是當地一家漢堡王發生恐怖挾持事件；接受一位準備不足的紐約電臺主持人訪談，他沒聽說《好預兆》是我們這行所謂的「小說」；還有在某公共服務電臺受訪前，長得小不愣咚的電臺禮儀主管鄭重警告我們不得口出穢言，「誰叫你們英國人動不動就講髒話。」

其實我們倆平常就不怎麼愛說髒話，更不會在廣播上這麼做。不過，受到警告後，在接下來一小時的訪談裡，我們發現自己不由自主地字斟句酌，不僅盡量長話短說，還頻頻閃避彼此的目光。

還有讀者，願神保佑他們。我們至今為讀者簽過的書，一定有好幾十萬本了。這些書常常被讀到書耳四分五裂的地步。若遇到嶄新發亮的，通常是因為書主的前五本都被朋友偷走、被雷電劈到，或在蘇門答臘給巨型白蟻啃光了。大家都得小心點。噢，我們還知道梵諦岡圖書館裡也有一本。這樣一想，感覺還真不賴。

這一路走來始終趣味橫生，此後依然。

起初

In the Beginning

這天天氣很好。

天氣日日都美好。自創世以來才剛過了七天，雨都還未創造出來。不過，伊甸園東正濃雲密布，預告了第一場雷雨即將到來，而且規模還不小。

東門天使抬起雙翼，遮住頭，想擋開世上第一陣雨滴。

「抱歉，」他客氣地說：「你剛說什麼來著？」

「我說，那傢伙算是玩完了。」蛇說。

「噢，對啊。」名叫阿茲拉斐爾的天使說。

「老實說，我覺得有點反應過度了，」蛇說：「我是說，不過是初犯而已。我真搞不懂，知道怎麼明辨善惡到底有什麼不好？」

「一定很不好，」阿茲拉斐爾推論道，語調略微不安，因為他自己也搞不懂，並為此而憂心了起來。「要不然，你哪會牽扯進去呢？」

「他們當初只是說：到上頭去搗搗蛋。」蛇說。他名叫克蠕力❶，不過他現在正考慮要改名。克蠕力，他認為這名字並不像他。

「沒錯，可你是魔鬼，我不確定你是否真有可能做出好事，」阿茲拉斐爾說：「那關係到你最根本的……你知道的，天性。我不是針對你，你懂吧。」

「不過，你得承認那有點像是打啞謎。」克蠕力說：「我是說，指著那棵樹，然後警告『不准碰』，這麼做可不怎麼巧妙，對吧？我是說，何不把那棵樹擺在高高的山頂上，或遙不可及的地方？讓人不禁納悶祂到底有什麼打算。」

「最好別妄自揣測，真的。」阿茲拉斐爾說：「我總是說，神的不可言說，是你無法看透的。有些事是對的，有些是錯的。如果別人要你做對的事，你偏要做錯的事，那你就活該受罰。呃……」

他們在尷尬的沉默中端坐著，望著雨滴摧殘世間第一批花朵。

克蠕力終於開口，「你不是有把火焰劍嗎？」

「呃……」天使說。愧疚的神情一閃而過，但又跑了回來，留在他臉上不動。

「有吧？對不對？」克蠕力說：「它火焰熊熊哪。」

「呃，嗯……」

「我那時還想，這劍可真搶眼。」

「是啊，不過，嗯……」

「不見了？你弄丟啦？」

「噢，才不是！沒有，不算弄丟啦，比較像是……」

「怎樣？」

阿茲拉斐爾一臉苦哈哈。「如果你非要知道，」他有點沒好氣，「我給人了。」

克蠕力抬眼盯著他。

「唉，我也沒輒啊，」天使心煩意亂地搓著手，說道：「他們看起來那麼冷，兩個可憐的東西，她又已經懷了身孕，加上外頭還有凶猛的動物，而且暴風雨就快來了。我心想，哎，沒什麼大不了。所以我就說，啊，如果你們回來，肯定會掀起大騷動，不過這把劍你們可能用得上，所以，拿去吧，不必謝我了，只要在這裡好好過你們的日子，就算幫了大家一個忙。」

他朝克蠕力咧咧嘴，笑容裡帶著憂慮。

「算是上上策，不是嗎？」

❶克蠕力，原文為Crawly，意為「爬行的」。

「我不確定你是否真有可能做出壞事。」克蠕力挖苦地說。阿茲拉斐爾沒留意他的語調。

「唉，但願如此，」他說：「我衷心盼望啊。我一整個下午都在擔心。」

他倆望著雨好一會兒。

「好玩的是，」克蠕力說：「我一直納悶，蘋果那件事，算不算是好事。惡魔做好事，可是會惹上大麻煩的。」他輕推天使，「如果我倆都弄錯了，那就好笑了，是吧？如果我做了好事，而你做了壞事的話？」

「不怎麼好笑吧。」阿茲拉斐爾說。

克羅里望著雨。

「嗯，」他正經起來，說道：「的確不好笑。」

深藍黑的雨幕傾洩在伊甸園上，雷電在山丘間怒吼，剛被起好名字的動物在狂風暴雨中抖著身子。

遠處溼漉漉的森林裡，林木間閃著某種光亮火紅的東西。

這一夜將會風雨交加，伸手不見五指。

好預兆

本書恪遵**《阿格妮思．納特良準預言集》**，敘述了人類歷史上最後十一年內所發生的一些事件，由尼爾．蓋曼及泰瑞．普萊契彙整編輯，並佐以教育性的註解，與專給智者的訓誡。

出場人物

超自然存在體

神（神）
邁塔頓（神之聲）
阿茲拉斐爾（天使，兼職的善本書商）
撒旦（墮落天使：魔鬼）
別西卜（同為墮落天使，也是地獄魔王）
哈斯塔（墮落天使暨地獄公爵）

里戈（也是墮落天使暨地獄公爵）
克羅里（這名天使比較不是一口氣墮落，而是隱約漫步往下走）

天啟四騎士

死亡（死亡）
戰爭（戰爭）
饑荒（饑荒）
汙染（汙染）

人類

汝不可姦淫・普西法（獵巫軍）
阿格妮思・納特（女先知）
紐頓・普西法（薪資稽查員暨獵巫軍二等兵）
阿娜西瑪・迪維思（務實的神祕論者暨專業後代）
薛德威爾（獵巫軍中士）
崔西夫人（濃妝豔抹的耶洗別❶（只限早上，週四須預約）暨靈媒）
瑪麗・囉誇唆思（聖具芮兒喋喋修道會的撒旦教修女）
楊恩先生（父親）
泰勒先生（居民協會主席）
快遞人員

那一夥

亞當（敵基督）

裴潑（女生）

溫思雷岱爾（男生）

布萊恩（男生）

世界末日倒數幾天的大編制旁白歌舞隊，成員為西藏人、外星人、美國人、亞特蘭提斯人與罕見的特殊生物。

以及：

狗狗（萬惡的地獄犬，也是怕貓的動物）

---

❶ Jezebel，原為聖經人物，是以色列王Ahab淫蕩的妻子，此處暗喻崔西夫人的職業。

十一年前

Eleven years ago

當前有關宇宙創生的諸多理論聲明，若宇宙乃創造而生，而非未經許可自行起始，則其誕生之日為一百億至兩百億年前之間。同理，公認地球本身約有四十五億高齡。以上年代都不對。

中世紀猶太學者將創世日訂於西元前三七六〇年，希臘正教神學家則將創世日遠溯至西元前五五〇八年。

這番說法也不確實。

大主教詹姆斯・艾雪（James Usher, 1580-1656）於一六五四年出版《舊約與新約全書年鑑》❶，聲稱天國與地球創始於西元前四〇〇四年，其副手進一步推算而得以躊躇滿志地宣布：地球於西元前四〇〇四年十月二十一日星期天早上準九時誕生，因神喜於清晨神清氣爽之際辦完公務。

這也是錯的。差了將近十五分鐘。

恐龍骨骼化石一事，不過是場玩笑，但古生物學家至今仍未參透。

這證明兩件事：

首先，神的行事極為深奧難解，且先不提祂的作風有多迂迴。祂不和宇宙擲骰子，而玩著不可言說的遊戲，由祂自行發明。在任一參賽者①眼中，都像是在黑不見指的暗室中玩著某種晦澀複雜的撲克牌遊戲，牌面空白，賭金無限，莊家永遠笑臉迎人，絕口不提遊戲規則。

其次，地球乃是天秤座。

針對這段歷史的頭一天，泰德田《廣告人》的「今日星象」專欄中，為天秤座做了番星座預測如下：

天秤座：九月二十四日至十月二十三日

你可能覺得倦怠，生活老是一成不變。家人及家事為當務之急，懸而未決。避免無謂冒險。某位友人對你而言舉足輕重。待事態明朗後再下重大決定。你今天可能因虛弱而胃痛，須避開沙拉。可能有意料之外的奧援。

除去沙拉一事，每句話都絲毫不差。

這晚倒不怎麼月黑風高。

本來應該要月黑風高，但那只是你一廂情願的想法。只要有一位瘋狂科學家的「偉大發明」大功告成、躺在實驗檯上的那一夜有幸碰上一場大雷雨，就會有另外好幾十位坐在平靜的星空下茫然失措，而名叫伊戈的助手則在一旁計算加班時數。

但是可別讓霧（之後還有雨，溫度驟降至華氏四十五度左右）給唬了，以為很安全。這晚雖一片祥和，並不表示外頭就沒有黑暗勢力作祟。黑暗力量無時無刻不在，無孔不入。

它們向來如此。那就是重點。

其中有兩名就在殘敗的墓園裡潛行。兩道模糊的形影：一個粗短駝背，另一個瘦削猙獰，兩者均堪稱奧運級的潛伏者。若布魯斯・史普林斯汀當初錄了〈天生潛伏〉❷，那麼這兩位就該擺在唱片封

---

❶ 應是影射愛爾蘭大主教James Ussher（1581-1656），其於一六五〇年發表的傳世代表作《舊約全書紀年》（Annales veteris testamenti）中主張地球生於西元前四〇〇四年十月二十三日。

① 人人。

❷ Bruce Springsteen（1949-），著名的美國鄉村與搖滾歌手、創作者與吉他手。《Born to Run》（天生勞碌命）是他知名的唱片專輯，也是他的招牌歌曲。此處延伸為〈Born to Lurk〉（天生潛伏）。

面上。他們已在霧裡潛伏了一個鐘頭，但早已調好步調，如有必要，大可埋伏一整夜，還能保有充足的陰森威嚇力，足以在黎明時來一場最後的潛行衝刺。

又過了二十分鐘，其中一人終於說：「媽的，真是夠了。他**幾小時**前就該到了。」開口的人名叫哈斯塔。他是地獄公爵。

許多現象（戰爭、瘟疫、臨時查帳）均被當成撒旦暗中干涉人類事務的證據，不過魔鬼學者每逢聚會，無不公認倫敦的M25環城高速公路理應當仁不讓，是關鍵證物數一數二的角逐者。

當然，他們只因這條不幸的道路每天釀成駭人聽聞的慘事與挫敗，就認定它邪惡不堪，實在錯了。其實，在這座星球的表面上，只有少之又少的人知道，M25的形狀構成了魔符印記**奧得加**，即雷姆利亞古大陸的黑祭司文，意思是：「巨獸，諸界的吞噬者，萬歲！」成千上萬的駕駛日復一日開上這條蜿蜒的長道，一路噴吐廢氣；祈禱輪上的水磨出低等邪魔的無盡霧氣，以汙染方圓幾十哩的形而上大氣。兩者正有異曲同工之妙。

那是克羅里的得意傑作之一。他花了**好多年**才完成，還動用三名電腦駭客、兩次闖空門和一次小小的賄賂，以及在其餘手段均告無效後，某個溼答答的夜裡，他耗上兩個鐘頭在泥濘的田野偷偷移動工程標示樁，雖說只移了幾公尺，卻神奇地牽一髮而動全身。克羅里首次看到長達三十哩的車陣長龍時，心中湧起美妙的溫馨感：這勾當幹得真好。

那事蹟替他贏得一次嘉獎。

克羅里此刻在史勞鎮以東某處，以時速一百一十哩行進。至少就傳統標準來看，他的外表並不特別像惡魔。沒角，也沒翅膀。他正聽著《皇后精選》❸的卡帶，可也不該光憑這點便妄下結論，因為卡帶只要留在車上超過大約兩週，都會搖身變為《皇后精選》。他腦袋裡的念頭並不特別邪惡。其實，他目前正有一搭沒一搭地想著，摩依與琛頓❹到底是誰。

克羅里蓄黑髮，顴骨俊秀，踩著蛇皮皮鞋，或至少假設他有穿鞋。而且他能用舌頭做出極其詭異的事。還有，他一忘情，就會不小心嘶嘶作響。

他也不大眨眼睛。

他開的車是一九二六年出廠的黑色賓利，出廠後車主就一直是克羅里。他對這車愛護有加。他之所以遲到，是因為二十世紀讓他意猶未盡。二十世紀比十七世紀更勝一籌，比起十四世紀則精采太多。克羅里總是說，時間最棒的一點，就是不斷帶他遠離十四世紀。在神的（恕他口出穢言）土地上，那是最無聊的一百年了，無聊得要死。二十世紀什麼都有，就是沒有無聊。事實上，克羅里的後視鏡不停閃著藍光，正說明過去五十秒以來有兩個人緊追在後，準備給他的生活帶來更多樂趣。

他瞥瞥錶，這錶專為富有的深海潛水者設計，那種人就算到了海底，也還是想知道全球二十一個首都的時間②。

賓利朝出口斜坡轟隆而上，兩輪著地甩尾，衝入鋪滿落葉的道路。藍光緊隨在後。

克羅里嘆了口氣，從方向盤上舉起一隻手，半轉身，從肩膀上方比了個複雜的手勢。

警車轉了個圈，突然停下，閃爍的燈光遁入遠方，變得朦朧。車裡的人詫異萬分。但這只是小意

---

❸ Queen，英國搖滾樂團，融合重金屬音樂、魅力搖滾、戲劇效果，成為一九七〇年代最受歡迎的樂團之一，是搖滾史上的重量級樂團。主唱為佛萊迪．摩克瑞（Freddie Mercury）。

❹ Moey & Chandon，指的是Mot & Chandon，全世界最大的香檳製造商之一，產品譯名為「酩悅香檳」。

② 特別為克羅里訂做。特別訂做一片晶片貴得不得了，但他付得起。這錶能顯示二十個世界首都的時間，還有「他地」的，那兒只有一種時間，那就是「太遲」。

思，等他們打開車蓋，發現引擎變成了什麼，那才真會讓他們大吃一驚。

墓園裡，高大的惡魔哈斯塔把菸蒂遞回給里戈，也就是身材較短小、潛伏技術較為高超的那位。

「我看到光了，」他說：「現在他可來了，招搖的王八蛋。」

「他駕的是什麼東西啊？」里戈說。

「那是車，無馬的馬車。」哈斯塔解釋，「我想，你上次來的時候，他們還沒那玩意兒。照你的說法，或許說還不普及。」

「那時車子前頭還有個人拿著紅旗子❺。」里戈說。

「我猜，從那以後多少有點進步。」

「克羅里這傢伙如何？」里戈說。

哈斯塔吐了口痰，「他在這裡待太久了。打從一開始就待在這。要我說啊，他早就被同化了，還開著輛附有電話的車子。」

里戈仔細思索這點。像大多數惡魔一樣，他對科技所知有限，所以他只打算說「肯定要用上很多電線吧」之類的話。這時賓利已在墓園門口緩緩停下。

「他還戴太陽眼鏡呢，」哈斯塔不屑地說：「連不需要的時候也戴。」他提高音量，「撒旦萬歲！」

「撒旦萬歲！」里戈附和。

「嗨，」克羅里一面說，一面向他們微微揮手，「抱歉我遲到了，不過你們也知道丹漢那一帶A40的路況，之後我還試著轉往考里伍德，後來……」

「**現在**大家都到齊了，」哈斯塔意味深長地說：「我們得來一一細數『今日惡行』。」

「啊，對。惡行。」克羅里說，面色略帶自責，像是多年來頭一回上教堂而忘了禮拜儀式中何時得起身的人。

哈斯塔清清喉嚨。

「我誘惑了一位牧師，」他說：「他當時走在街上，看到陽光下幾個美麗的女孩子，我令他心生猶豫。他原本可以成為聖徒，可是不到十年他就會落入我們掌心。」

「幹得好。」克羅里熱心地說。

「我腐化了一名政客，」里戈說：「我讓他以為一點點賄賂無傷大雅。一年之內，我們就能將他手到擒來。」

他倆望著克羅里，滿心期待，他回以燦爛的微笑：「你們會喜歡這個的。」

他笑得更開，更奸詐。

「我讓倫敦市中心**每個**手機系統在午餐時間停擺四十五分鐘。」

除了遠方行車的咻咻聲以外，一片靜默。

「啊？」哈斯塔說：「然後呢？」

「嘿，那可不容易喔。」克羅里說。

「**只有**這樣？」里戈說。

「等等，大家……」

「要幫主子奪得靈魂，你那一招到底有啥用處？」

克羅里冷靜下來。

他能跟他們說些什麼？兩萬人氣得七竅生煙？或你聽到整座城的動脈都喀噹一聲關上？然後他們

---

❺在英國，最早期汽車限速每小時四哩，同時還會有個人拿著紅旗子走在車子前方，以警告路人。

全部掉頭打道回府，對著祕書或交通督導之類的人大發脾氣，而**這些受氣包**又洩憤在他人身上？各式各樣的報復小手段啊，還**全是他們自個兒想出來的**，妙處正在這兒。接下來一整天可有得玩了。這種轉嫁的效果無法計算，成千上萬的靈魂全沾染上些許汙點，而你得來全不費功夫，幾乎連根指頭都不用動。

可是像哈斯塔與里戈這般的惡魔，你沒法對他們說這些。他們那群傢伙啊，心態可還停留在十四世紀。在同一個靈魂上耗好幾年慢慢啃蝕，看來的確是**精雕細琢**，不過當今你得要有不同的思路。計畫不用大，但影響要廣泛。世上有五十億人口，那些混蛋，你現在哪有閒工夫個個擊破呢？你得擴散力量。可是像里戈與哈斯塔那種惡魔卻不懂。譬如說，他們就想不出威爾斯語電視臺這種好點子。或增值稅。或曼徹斯特足球聯隊。

曼聯尤其令他心花怒放。

「長官都很滿意，」他說：「時代在改變。所以咧，這回要幹麼？」

哈斯塔伸手從墓碑後方拿起東西。

「就是這個。」他說。

克羅里死盯著那籃子。

「噢，不會吧。」

「沒錯。」哈斯塔露齒而笑。

「**時機已到**？」

「沒錯。」

「那，呃，這是要我來……？」

「**是的**。」哈斯塔樂不可支。

「為什麼是我？」克羅里絕望地說：「哈斯塔，你了解我。這並不是，嗯，我的作風……」

「噢，就是。」哈斯塔說：「是你的場景沒錯❻，由你領銜主演，接受吧，時代在改變哪。」

「對呀，」里戈咧嘴笑，「首先呢，時代快結束嘍。」

「為何是**我**？」

「顯然你深受器重，」哈斯塔不懷好意地說：「我能想像，這種良機里戈可是求之不得，拿右臂來換也甘願❼。」

「沒錯。」里戈說。反正是別人的右臂，他心想。右臂可多著了，到處都有，沒道理浪費一條好手臂。

哈斯塔從他雨衣髒兮兮的內側拿出筆記板。

「這裡……簽名。」他說，在兩個詞之間留了恐怖的停頓。

克羅里茫茫然往暗袋摸索，然後抽出一枝筆。它很光滑，呈霧黑色，看來彷彿能突破速度極限。

「這筆不賴。」里戈說。

「能在水裡寫字。」克羅里喃喃道。

「他們再來還會想出什麼怪招？」里戈說道，若有所思。

「不管是啥，他們最好快點想出來。」哈斯塔說：「**不行**，不能簽A．J．克羅里。要用你的**真名**。」

克羅里憂傷地點點頭，在紙上畫了一道曲曲折折的複雜魔符。符號在幽暗中發出一瞬紅光，隨即

❻此為文字遊戲。前一段的「this isn't.....my scene」為俚語，意為「不是我的作風」，而scene也作「戲劇場景」解。

❼「求之不得」以英文的說法即為would give his right arm for a chance like this。

慢慢消退。

「我該拿它怎麼辦？」他說。

「你會接到指示的。」哈斯塔一臉怒容，「克羅里，何必那麼擔心？我們賣命了幾世紀，而那一刻就要到了！」

「對。是啊。」克羅里說。此刻，他跟幾分鐘前從那輛賓利跳出來的輕快身影大相逕庭。他神情憔悴不堪。

「我們永恆勝利的那一刻就在前方了！」

「永恆，是啊。」克羅里說。

「你將是達成那個榮耀使命的工具！」

「工具，是喔。」克羅里咕噥。他拿起籃子的模樣彷彿籃子可能就要爆炸，由另一種角度來說，它的確也快要爆了。

「呃，好，」他說：「那我，呃，先走一步，行嗎？好早點交差。也不是說我急著要脫手啦。」他連忙補充，想到哈斯塔要是上繳不利於他的報告，自己可就吃不完兜著走了。「不過，你也知道我，就積極進取嘛。」

兩名資深惡魔不發一語。

「那我先閃嘍，」克羅里胡言亂語，「再會了，哥兒們，啊，再見。呃，很好很好。蹺嘍❽。」賓利滑進黑夜裡，里戈說：「那啥意思？」

「是義大利文，」哈斯塔說：「我想意思是『吃的』。」

「那用在這場合還真怪。」里戈盯著遠離的尾燈，「你信任他？」他說。

「才怪。」哈斯塔說。

「沒錯。」里戈說。他深思，如果惡魔信任來信任去，那這世界豈不是亂了套？

在艾默森西邊某處，克羅里在夜色中疾駛。他隨手抓起一卷卡帶，想把它從易碎的塑膠硬盒扯出來，還得一面開車。車頭燈乍然一閃，卡帶上寫的是韋瓦第的《四季》。撫慰人心的音樂，正合他需要。

他把卡帶猛塞進藍點音響。

「噢該死噢該死**噢該死**。為什麼要現在？為什麼是我？」他嘟囔著，皇后合唱團熟悉的旋律撲面而來。

突然之間，皇后主唱佛萊迪．摩克瑞向他開口：**因為你堪當重任，克羅里**。

克羅里悄聲咒罵。用電子設備來溝通原本是他的主意，下界史無前例地採用了，卻一如既往搞不清楚重點。他本來希望說服他們使用某個英國手機系統，但他們只會胡亂插播，也不管他當時正在聽些什麼，把音樂弄得一團亂。

克羅里吞吞口水。

「感恩不盡，主子。」他說。

克羅里，我們對你信心十足。

「感謝您，主子。」

克羅里，這事很重要。

「我知道，我知道。」

---

❽ Ciao，義大利文，非正式的問候語。在英語國家也很普遍用於道別。

克羅里，這事至關重大。

「放心交給我吧，主子。」

克羅里，我們就是要交給你。如果出錯，牽連者可有得受了。連你也是，克羅里。特別是你。

「了解，主子。」

克羅里，給你的指示在此。

剎那間他明白了。他恨死這招了。他們明明可以省事點，用說的，不必突然把冷冰冰的訊息直接灌進他的腦袋裡。他得開到某家醫院去。

「主子，我五分鐘之內就到，沒問題。」

很好。我看到一名男子的渺小輪廓。膽小鬼啊膽小鬼，你要不要跳一段西班牙舞[9]？

克羅里狠狠揍了方向盤一記。原本一切都很順利，幾個世紀以來，事事盡在他的掌控之下。事情就是這樣，正當你自以為身在世界頂端，他們卻突然把哈米吉多頓[10]丟給你。這場大戰，最後的決戰，天堂對地獄，三回合，生死對決，沒有投降這回事。就這樣，世界將不復存在，這就是世界末日的**意思**。再也沒有世界，僅有沒完沒了的天堂，或沒完沒了的地獄，端看誰贏。克羅里不知道天堂或地獄哪個更糟。

嗯，就字面上的定義而言，**地獄**當然更糟。可是克羅里記得天堂是什麼樣，它有好幾件事跟地獄沒兩樣。首先呢，在這兩個地方，你連杯好酒都喝不到；再者，你身處天堂感受到的窮極無聊幾乎跟地獄的驚險刺激一樣糟糕。

不過這注定擺脫不了。你不能身為惡魔又同時享有自由意志。

……我不會讓你走（讓他走）……[11]

呃，至少不會是今年。他還有時間可以辦點事。第一步，先拋售長期股票。

他心想，如果乾脆把車停在這兒，就在這黑漆漆、空盪盪、令人沮喪的路上，把那個嬰兒籃拿起來轉啊轉，接著一放手，然後……

會有可怕的後果，就這樣。

他曾經貴為天使，也無意墮落人間，只是交友不慎。

那輛賓利在黑暗中向前衝刺，油量表指著零。它歸零已超過六十年。身為惡魔並不是全無甜頭可嘗，比方說，你就不用買汽油。克羅里只買過一回汽油，在一九六七年，而且只是為了拿到詹姆士龐德的子彈孔車窗轉印紙，那是他當時相當中意的贈品。

在後座籃子裡的那東西哭了起來，新生兒那種空襲警報似的哭號極度高亢，無語，而且**古老**。

這家醫院挺好的，楊恩先生心想。要是沒那些修女，還會很安靜。

他滿喜歡修女的，並非因為他是，呃，見鬼的天主教徒之類。不是的，提到避上教堂一事，他硬是避開不去的是聖塞西利亞暨眾天使教堂，實事求是的英國國教教會。至於躲開其他教堂，他則是想也不敢想。其他教堂都有股不對勁的氣味，低派教會⓬的地板亮光劑、高派教會略微可疑的焚香。在楊恩先生靈魂的安逸深處，他知道神為那類事情尷尬不已。

可是他喜歡看到身邊圍繞著修女，如同他喜歡看到救世軍。那讓你覺得一切都**沒問題**，某個地方

---

❾ 皇后合唱團名曲〈波西米亞狂想曲〉（Bohemian Rhapsody）中的一段歌詞。

❿ Armageddon，聖經中世界末日善惡對決的戰場。

⓫ 同注❺。

⓬ 低派教會（Low Church），英國教會的派別之一，強調簡單的儀式及宣傳教義。與其相對的則是高派教會（High Church）。

有人正努力讓世界正常運轉。

不過，這是他首次和聖貝芮兒喋喋修道會③打交道。他老婆蒂兒德曾在某次官司中遇過她們，可能就是那一次吧，一堆討厭的南美人槓上另一堆討厭的南美人，神職人員還在旁搧風點火，卻不去處理神職者的正務，像是安排清掃教堂的輪值表。

重點在於，修女理應安靜。她們本該是安靜的化身，就像那些測試高傳真音響的密室裡的尖東西⑬，頂多只會讓楊恩先生隱約意識到。她們不該，唉，老是嘰喳說個不停。

他將菸草填進菸斗裡（好吧，他們稱這為菸草，但他才不這麼認為，這可比不上你過去弄到的貨色），一面尋思，若你開口問修女「男廁在哪」，不曉得會怎樣。也許教宗會給你寄封嚴厲的信函或什麼的。他局促不安地換了換姿勢，朝手錶瞥一眼。

不過有件事不壞：至少在分娩過程中，修女嚴禁他在場。蒂兒德可是舉雙手贊成他出現的。她又**讀了些東西**。明明已經有個孩子，突然間她卻聲明，這次分娩將會是兩個人類所能共享，且帶來無上喜樂的體驗。這就是讓她自己訂報紙的後果。對那些內頁有「生活風格」或「選擇」字眼的報紙，楊恩先生相當不信任。

嗯，他並不反對喜樂的共享體驗。喜樂的共享體驗他可以接受。這個世界或許需要更多喜樂的共享體驗。可是他斬釘截鐵把話說明了，這分喜樂的同享體驗呢，蒂兒德自個兒來就行。

修女大表贊同。她們看不出父親有何必要參與這過程。楊恩先生沉思：如果你想一想，或許修女會覺得，根本**沒有一個地方**父親有理由參一腳。

他往菸斗裡塞完所謂的菸草後，便瞪著等候室牆上的小告示。告示上說，要讓自己舒暢，就不要抽菸。他決定，為了讓自己舒暢，他要去大門處站著抽。若外頭有個隱密的灌木叢能讓他享受自己的舒暢，就更好了。

他順著空無一人的迴廊遊蕩，終於找到通往雨點橫掃的中庭出入口，那兒站滿剛正不阿的垃圾桶。他冷得打顫，把手掌弓成杯狀好點菸斗。

太太們啊，到了某個年紀就會出狀況。在二十五個無可挑剔的年頭之後，她們會突然發作，套上露趾粉紅襪，做起像機器人的體操，還為她們自己從來不需為生活打拚而開始責怪你。那肯定是因為荷爾蒙或什麼之類的。

一輛黑色大車滑了進來，停在垃圾桶邊。戴墨鏡的年輕男子躍進細雨中，提著像是嬰兒活動床的東西朝入口溜過去。

楊恩先生從嘴裡抽出菸斗。「你的車燈沒關喔。」他熱心地說。

那人對楊恩先生回以一臉茫然，對他而言，最不需操心的便是車燈了。他隨便朝賓利一揮手，燈熄了。

「真方便啊，」楊恩先生說：「利用紅外線，是吧？」

---

③克拉科夫的聖貝芮兒．阿蒂裘蕾特絲（Saint Beryl Articulatus of Cracow）據傳在五世紀中葉殉教。在傳說中，貝芮兒是個年輕女子，受逼許配給異教徒卡西米爾王子。在兩人的新婚之夜，她向上帝祈禱求情，多少期待自己會長出大鬍子，其實她為防萬一，早已備好象牙柄小刮鬍刀，正適合女士使用。上帝卻賜予貝芮兒神奇的能力：不論想到什麼，不管是多麼雞毛蒜皮的事，她都會滔滔不絕叨念個不停，連喘氣或進食都省了。根據某個版本的傳說，結婚三週後，兩人還未圓房，卡西米爾王子就一把將貝芮兒給勒死。她以處女與殉教者之身喪命，至死仍喋喋不休。另一個版本則說卡西米爾王子替自己買了副耳塞。她與他一同壽終正寢，享年六十二歲。聖貝芮兒喋喋修道會立誓要時時效仿聖貝芮兒，除了週二下午的半小時之外（那時修女受准闔上嘴巴，如果想要的話，可以打打桌球）。

⓭指的應是無響室（anechoic chamber）裡突起的吸音發泡棉。

見那男人似乎沒給雨淋溼，楊恩先生略感詫異。而且那活動嬰兒床裡頭看起來是有東西的。

「開始了嗎？」那男人問。

一眼就給認出是準父親，楊恩先生略感得意。

「是啊。」他說。「她們要我出來。」他感激地補充。

「這麼快？你知道我們還有多少時間嗎？」

他說「我們」。楊恩先生留意到。顯然是個主張父母共享親職的醫生。

「我想我們——呃，已經開始進行了。」楊恩先生說。

「她在哪個產房？」那男人匆忙地說。

「我們在三號。」楊恩先生說。他拍拍自己的口袋，找到壓扁的資料袋。他為了遵照傳統而貼身帶著。

「要不要一起分享喜樂的吞雲吐霧經驗呢？」他說。

但那男人早已不見人影。

楊恩先生小心翼翼地把那包資料擺回去，望著菸斗陷入沉思。這些醫生啊，老是匆匆忙忙，把上帝給的時間全拿來工作。

有人會用一顆豆子與三個杯子玩某種讓人摸不著頭緒的把戲，現在某種類似的事就要發生了，而這次的賭注遠不只一把零錢。

本文會放慢速度，好讓大家看清騙術手法。

楊恩太太蒂兒德在三號產房分娩。她將會產下金髮男嬰，我們稱之為寶寶甲。

美國文化大使夫人，道齡太太哈麗葉特在四號產房分娩。她將要產下金髮男嬰，我們稱之為寶寶乙。

瑪麗‧囉誇唆思修女打從出生就是虔誠的惡魔崇拜者。孩童時期她上過主日學，由於筆跡醜還有壞脾氣贏得幾顆黑星星。有人要她加入喋喋修道會時，她乖乖去了，因為她在那方面頗有天賦，而且說到底，她明白自己可以和志同道合的人在一起。若有人給她機會好好琢磨，她可以變得相當聰明。可是她很久以前就發現，當個散漫的人（照她自己的話來說）人生可以過得更輕鬆。此刻有人遞給她一個金髮男嬰，我們稱之為「惡魔、諸王毀滅者、地獄天使、喚為龍之巨獸、此界之王子、謊言之父、撒旦後代及黑暗之王」。

仔細瞧，開始了，杯子轉個不停……

「就是他嗎？」瑪麗修女盯著寶寶說：「我還以為會有奇怪的眼睛——紅色，或綠色——或小不愣咚的小蹄子，或小不點的尾巴。」她一面說，一面把嬰兒翻過身來，也沒角啊。惡魔的小孩看來正常得很不正常。

「沒錯，就是他。」克羅里說。

「想不到我能抱著敵基督，」瑪麗修女說：「還幫敵基督洗澡，還能數他的小小腳趾頭……」

她現在直接對著孩子說起話來，沉浸在自己的世界裡。克羅里在她的頭巾前揮揮手：「嘿，嘿，瑪麗修女？」

「不好意思啊，先生。不過他可真招人疼。長得像他爸爸嗎？我敢說一定像。他長得像不像爸爸那邊的人呢……」

「不像。」克羅里堅定地說：「而且，如果我是妳，我現在就該上樓去產房了。」

「你想，他長大還會記得我嗎？」瑪麗修女期盼地說，一邊側過身子緩緩走過迴廊。

「最好記不得。」克羅里說完便一溜煙逃了。

瑪麗修女走在夜間醫院裡，雙臂穩穩捧著惡魔、諸王毀滅者、地獄天使、喚為龍之巨獸、此界之王子、謊言之父、撒旦後代及黑暗之王。她找到搖籃，把他放進裡頭。

他喉嚨發出咯咯聲。她搔搔他的癢。

有顆頭從門裡冒出來，看起來像是主管。那顆頭說：「瑪麗修女，妳在這兒幹麼？妳不是該在四號產房值班嗎？」

「克羅里少爺說……」

「去吧去吧，這樣才是好修女。有沒有看到那位先生？他不在等候室。」

「我只看見克羅里少爺，他跟我說啊……」

「是是是，他一定真的那麼說了，」葛瑞絲．誹嚕辯修女斬釘截鐵地說：「我想我最好去找找那個可憐的男人。進來守著她行嗎？她有些虛弱，不過寶寶好得很。」葛瑞絲修女停了一下，「妳幹麼眨眼睛？眼睛有問題嗎？」

「妳知道的嘛！」瑪麗修女淘氣地悄悄說：「寶寶掉包啊——」

「當然，當然。要等好時機。但我們總不能讓那父親四處晃吧，是不是？」葛瑞絲修女：「說不定他會偷看到什麼。所以妳就在這等著，看好寶寶，這樣才乖。」

葛瑞絲修女在光潔的迴廊上快步離去。瑪麗修女推著她的搖籃進入產房。

楊恩太太可不只是虛弱。她正熟睡，神情堅定而自滿，明白此生難得這麼一回輪到別人來忙了。寶寶甲睡在她身邊，量好了體重，也繫上名牌。瑪麗修女從小就被教導要熱心助人，所以就抽掉名牌，另抄了一份，繫在她看管的寶寶身上。

寶寶看來很相像，都是小不點兒，皮膚上布滿斑點，看來有點像（雖然不是真的像）溫斯頓．邱吉爾。

瑪麗修女心想，現在，我可以好好享受一杯茶嘍。

修道院大部分的成員都是老派的惡魔崇拜者，如同她們的父母和祖父母。她們從小就受到惡魔崇拜耳濡目染，若真要深究，她們本身並不特別邪惡。大多數人類都不特別邪惡，他們只是被一些新點子給沖昏了頭，像是套上過膝長統靴然後朝別人開槍⓮，或披著白色床單對別人處以私刑⓯，或穿起紮染牛仔褲朝人猛彈吉他⓰。只要提供新穎的信條，搭配衣服，大家便會矢志追隨。總之，從小就被當成惡魔崇拜者帶大，殺傷力很容易就會變小。那只是你週六晚上的消遣，而其餘時間，你就只會盡自己所能好好過活，跟別人根本沒兩樣。除此之外，瑪麗修女還是個護士，而護士啊，無論個人信條為何，首先就是個護士：不分晝夜都有一堆工作要做，在緊急時刻得保持鎮定，然後苦苦巴望能來杯茶。她希望很快就會有人來。她已經完成重點部分，現在她想喝她的茶。

歷史上偉大的勝利與悲劇大多不是肇因於人性本善或人性本惡，而是因為人說到底就是人。明白這回事，可能會稍稍有助於了解人類事務。

敲門聲響起。她打開門來。

「生了嗎？」楊恩先生問：「我是父親，先生，之類的，兩者都是。」

瑪麗修女本來以為美國文化大使看來會像布雷克．卡靈頓⓱或傑爾尤殷⓲，可是楊恩先生看起來

⓮ 指二次世界大戰的德軍納粹。
⓯ 指美國三K黨，在南北戰爭後以恐怖手段反有色人種，堅持白種人優越的種族主義組織。
⓰ 指嬉皮，一九六〇與七〇年代提倡自由平等、回歸自由，主張和平與反戰的年輕人。
⓱ Blake Carrington，一九八〇年代大受歡迎的美國電視影集「朝代」（Dynasty）中的角色，白手起家的百萬富翁。
⓲ J. R. Ewing，一九八〇代美國暢銷電視影集「朱門恩恐」（Dallas）的男主角。

不像她在電視上看過的任何美國人，反而更像稍微像樣的謀殺推理劇④裡那位友善助人的伯父型警長，他還真讓人失望。她覺得他身上的羊毛衫也不怎樣。

她強忍著失望。「噢，生了，」她說：「恭喜。尊夫人睡著了，可憐的小女人。」

楊恩先生越過她肩膀望去。「雙胞胎？」他伸手拿菸斗，停了下來，又再度伸手拿。「**雙胞胎**？沒人提過雙胞胎啊。」

「噢，不是的！」瑪麗修女連忙說：「**這個**才是你的。另外一個是……呃……別人的。我只是在葛瑞絲修女回來以前看顧一下，不是雙胞胎喔。」她指著惡魔、諸王毀滅者、地獄天使、喚為龍之巨獸、此界之王子、謊言之父、撒旦後代及黑暗之王，重申道：「這個確定是你的，從頭頂到蹄尖——啊，他沒有蹄。」她慌張地加了一句。

楊恩先生朝下細看。

「啊，是啊。」他狐疑地說：「他長得很像我家這邊的人。從頭到腳都——呃，沒問題？」

「噢，是的，」瑪麗修女說：「這孩子再正常不過了，」她補充，「非常、非常正常喲。」

一陣停頓。兩人盯著沉睡中的寶寶。

「你沒什麼口音嘛，」瑪麗修女說：「你來這裡很久了嗎？」

「大約十年吧，」楊恩先生略微疑惑地說：「工作調動，嗯，所以我就得跟著搬。」

「那工作一定挺有意思吧，我一直這麼想。」瑪麗修女說。楊恩先生一臉開心。並非人人都懂得欣賞成本會計裡較刺激的層面。

「我想，這裡跟你以前住的地方很不一樣吧。」瑪麗修女繼續。

「大概吧。」楊恩先生說，他從沒認真思考過這回事。就他記憶所及，路特鎮⑲跟泰德田相差無幾，房子和火車站之間的樹籬全長得一樣，居民也是同一類人。

「比方說，房子比較高。」瑪麗修女快絕望了。

楊恩先生直盯著她看。他只想到聯合萊斯特銀行。

「還有，我想你們常參加花園宴會吧。」修女說。

啊，這點他有把握多了。蒂兒德對那類事情很熱中。

「可多了。」他感嘆地說：「嗯，蒂兒德會幫他們做果醬，而我通常得幫忙處理白象⑳。」

瑪麗修女從未料到白金漢宮社交圈會有這番局面，雖說厚皮動物倒是很適合那場合。

「我猜那是獻禮吧，」她說：「我讀過報導，這些外國領袖會送女王各式各樣的東西。」

「妳說什麼？」

「你知道的，我可是皇室家族的頭號粉絲呢。」

「哦，我也是。」楊恩先生說，滿心感激地在這串令人昏頭轉向的意識流中躍上這塊新浮冰。沒錯，你很清楚自己支持的是哪些皇室成員，當然是舉止合宜的那些，會善盡本分揮手致意，出席開橋典禮，而不是整晚泡在舞廳，還吐在狗仔隊上的那群⑤。

「太好了。」瑪麗修女說：「因為有革命啊、把茶具全扔進河裡的那些人，我還以為你們對皇室不怎麼有興趣呢。」

---

④由一位小老太太來當偵探。沒有飛車追逐，除非他們開得很慢。

⑲Luton，英格蘭東南部貝芙郡最大的鎮，位於倫敦北方四十公里處。

⑳花園宴會（garden Party）為在自家院子裡辦的跳蚤拍賣會，白象（the White Elephant）是指無用又棄之可惜的累贅物品，會在拍賣時擺出求售。

⑤在這一點上或許可以提一下，楊恩先生以為狗仔隊（paparazzi）是一種義大利亞麻油氈。

她繼續滔滔不絕，修道會的教條鼓勵成員一定要把心中的話說出來。楊恩先生窮於應付，但此時太累，也就隨她去了。修行生活可能讓人變得有些古怪。他真希望楊恩太太能醒過來。接著，在瑪麗修女的嘮嘮叨叨中，有個字撥動了他心中的希望之弦。

「可不可以讓我喝杯茶？有可能嗎？」他小心試探道。

「噢，老天，」瑪麗修女說，一手飛向嘴巴，「我在想些什麼啊？」

楊恩先生不予置評。

「我馬上端來。」她說：「不過，你確定不要咖啡？樓上有那種販賣機喔。」

「茶，麻煩妳。」楊恩先生說。

「哇，你**已經**入境隨俗了，是吧？」瑪麗修女愉快地說，同時急忙走了出去。

楊恩先生癱進椅子裡，耳根子終於清靜了，身邊只有入睡的太太及兩個酣睡的寶寶。當然，這些修女都是好人，只是精神狀態不太健全，這一切肯定都是因為清早起床，還有跪著禱告等等。他看過肯．羅素執導的一部電影，裡頭就有修女㉑。這裡似乎沒有**那類**事情，可是無風不起浪啊，誰知道呢……

他嘆口氣。

就在那刻，寶寶甲醒來了，蓄勢待發要好好哭上一場。

楊恩先生多年來都不需安撫嚎啕大哭的寶寶。話說回來，這事他從來就不擅長。他向來尊崇溫斯頓．邱吉爾爵士，而去拍拍小號邱吉爾的屁股感覺總是失禮。

「歡迎來到這世界，」他意興闌珊地說：「過一陣子你就習慣了。」

寶寶閉上嘴巴瞪著他看，有如執拗的將領。

瑪麗修女正好端著茶走進來。不管是不是惡魔崇拜者，她畢竟找到了個碟子，還在上頭擺了些糖霜餅——就是你只會在全套下午茶最底下那層找到的那種。楊恩先生的餅乾是手術器具的粉紅色，上面用白色糖霜顯眼地弄了個雪人。

「我想你們應該沒有這個，」她說：「這就是你們所說的『曲奇餅』，我們則叫『比斯吉』。」

楊恩先生正要張嘴說明，沒有啊，他也說「比斯吉」，路特鎮的人也都這樣叫，但此時另一位修女上氣不接下氣地衝了進來。

她看著瑪麗修女，知道楊恩先生完全不懂魔咒、惡魔那類的事情，於是一面耐著性子指著寶寶甲，一面眨眼睛。

瑪麗修女點點頭，回以一眨。

那位修女將寶寶推出去。

就人類的溝通方式來說，眨眼用途廣泛。眨一下眼可以傳達很多意思，打個比方：新來的修女眨眼說：

> 妳死去哪了？寶寶乙出生了，我們準備好要掉包，妳卻帶著惡魔、諸王毀滅者、地獄天使、喚為龍之巨獸、此界之王子、謊言之父、撒旦後代及黑暗之王，在不對的產房裡喝茶。妳知道我差點慘遭槍殺嗎？

而就她來說，瑪麗修女回應的眨眼意為：這位是惡魔、諸王毀滅者、地獄天使、喚為龍之巨獸、此界之王子、謊言之父、撒旦後代及黑暗之王。這裡有個外人，所以我現在沒辦法多談。

然而，另一方面，瑪麗修女以為那個護理員眨眼睛的意思比較像是：

> 幹得好啊，瑪麗修女，妳獨力將寶寶掉包成功。現在把那個多出來的孩子指給我看，我會把他帶走，讓妳繼續跟尊貴的美國文化大使用茶。

㉑ Ken Russell（1927-2001），英國導演。此處指的是電影《群魔》（The Devils），片中有些橋段為修女們淫亂的祕密儀式。

因此她自己眨眼的意思是：

> 親愛的，喏，就在那兒，那是寶寶乙，現在把他帶走吧，讓我跟他尊貴的父親聊一聊。我一直想問他，他們為什麼要蓋出那些貼滿玻璃的大樓。

楊恩先生完全體會不到這一切的奧妙。他正為此番私密的眉目傳情尷尬不已，心裡想著：那位羅素導演先生真是言之有理，真是對極了。

另一名修女要不是讓道齡太太房裡的特別探員給弄得亂了套，可能早已注意到瑪麗修女的失誤。特別探員一直盯著她看，感到越來越不安，因為他們受過訓，對身著飄逸長袍、頭戴飄逸頭飾的人會有特定反應，目前正苦於符碼的矛盾。為符碼的矛盾備受折騰的人類實在不是持槍的最佳人選，特別是他們剛剛才目睹了自然生產的過程，而這種把新公民帶進世界的方法看來一點都不美式。他們還聽說這棟建築物裡有飛彈㉒。

楊恩太太動了動。

「你幫他起好名字了嗎？」瑪麗修女詭詐地說。

「啊？」楊恩先生說：「噢，還沒，不算起好了。如果是女孩，就繼承我母親的名字露欣妲。或叫潔曼，那是蒂兒德選的。」

「翁兀德㉓是個好名字喔。」修女記起她讀過的經典。「或是達米盎㉔。達米盎很受歡迎呢。」

阿娜西瑪・迪維思㉕（她母親不怎麼認真研讀宗教書籍，有天恰巧讀到這個名字，覺得拿來當女孩子的名字還不錯）八歲半，正在床罩下，拿著手電筒讀「那本書」。

別家小孩用識字書來學習閱讀，上頭附有蘋果、皮球和蟑螂等彩色圖片。迪維思家族可不來這招。阿娜西瑪用「那本書」來學認字。

該書裡頭可沒有蘋果與皮球，倒有幅相當傑出的十八世紀木刻畫：阿格妮思．納特在火刑柱上受焚，還一臉開心的模樣。

她認識的第一個字是「良」。很少有人在八歲半就懂得「良」也有「確實」之意，阿娜西瑪就是其中一個。

她認識的第二個字是「準」。

她大聲讀出的第一串句子是：

「聽吾一言，記取忠告。四騎士出行，餘四騎士亦然，三騎士包夾於天，一騎士於火間橫行，其勢所向披靡，魚族、雨露、十字架皆臣服，鬼魅、天人亦束手。阿娜西瑪，汝將現身於此。」

阿娜西瑪喜歡讀跟自己有關的事。

（那些有心且讀正統週日報的父母會買一些書，裡頭的女主角或男主角就跟自己的孩子同名，這是為了勾起孩子對讀書的興趣。就阿娜西瑪而言，那本書裡不只有**她**，而且到目前為止關於她的事情，還有她父母、祖父母，及十七世紀以降每位家族成員的資訊，筆筆正確無誤。此刻她太幼小又太自我中心，因此，即使書裡既沒提到她的後代，也沒提到十一年以後她的未來種種，她也不覺得有什麼大不了。當你才八歲半，十一年簡直長得像一輩子。當然，如果你真相信那本書，十一年就真的是

㉒天主教彌撒書（missals）與飛彈（missiles）同音。

㉓Wornwood，源於英國奇幻文學大師路易斯（C.S. Lewis）著作《The Screwtape Letters》，書中有個小魔鬼即為此名。

㉔Damien，為法文名，發音近似英文的Demon（魔鬼），英文拼法為Demain。Saints Damian為第三世紀殉教的基督教聖徒。

㉕阿娜西瑪（Anathema）為希臘文，意為遭宗教驅逐或受詛咒。Device則是源於Alizon Device，十七世紀英國一個因巫術而受絞刑的女子。

一輩子。）

她相當聰穎，臉色蒼白，眼髮墨黑。無庸置疑，她老讓人覺得不舒服，那是她的家傳特質，從她曾曾曾曾曾祖母那兒傳下來的，這分精神力對她實在沒什麼好處。

她早熟且自制。老師只敢出言指責她一件事，就是她的拼字。倒不是說有多糟糕，只是過時了三百年之久。

修女當著文化大使夫人與特別探員的面拿寶寶甲調換了寶寶乙。這只需要一點小伎倆：先把一個寶寶推走（「親愛的，要給他秤重，一定要，法律規定的」），稍後再把另一個寶寶推回來。

文化大使塞迪厄思．傑．道齡幾天前受召急返華盛頓，可是整個生產過程中，都在電話上幫道齡夫人調節呼吸。

但這實在沒幫上什麼忙，因為他同時還在另一條電話線上跟投資顧問商談，有一度還不得不讓夫人在線上等他二十分鐘。

不過那不打緊。

生寶寶是兩個人類所能同享的、喜樂無上的共同體驗，而他一秒鐘也不想錯過。

他要一名特別探員幫他把全程錄下來。

一般來說，邪惡從不入眠，因此也不覺得別人為何要睡覺。可是克羅里愛睡覺，他覺得這是世上一大樂事，尤其是在飽餐一頓後。舉個例子，十九世紀他大多在睡眠中度過，不是出於需要，只是因為他樂在其中⑥。

世上一大樂事。嗯，他最好趁還有時間盡情行樂。

賓利在夜色中朝東方呼嘯而去。

當然，**大體**說來，他舉雙手贊成哈米吉多頓大戰。如果有人問他，為何花上幾世紀頻頻在人類事務裡動手腳，他會說：「噢，是為了讓末日大戰與地獄的勝利早日來到。」可致力於此是一回事，實際發生又是另一回事。

克羅里向來明白他會經歷世界末日，他既是長生不老，也沒別的選擇。但他希望世界末日很久以後再來。

因為他還滿喜歡人類的。這可是身為惡魔的一大弱點。

噢，他竭盡所能讓他們短暫的生命悽慘不幸，因為那是他的天職，不過他腦袋瓜裡生出的東西還不及人類自己想出來的一半狠毒。人類似乎很有這方面的天分。人類的設計中不知何故放進了這樣東西。他們降生在這處處跟他們過不去的世界裡，也投注了多數精力讓世界更惡化。這些年來，克羅里發現，在這麼烏煙瘴氣的天然背景裡，已經越來越難找到什麼能脫穎而出的邪惡之事。過去一千年以來，有好幾回他實在想傳個訊息回下面說：瞧，我們大可現在就喊停，乾脆把地府、群魔殿和每個地方全收一收，搬上來這邊。舉凡我們能拿來對付他們的，他們自己全做盡了。他們還做出了一些我們連想都想不到的事呢——而且很多都跟電擊有關。他們擁有我們所缺乏的：他們有**想像力**，還有電力，這是當然。

他們之中不是有人寫過嗎……「地獄空無一物，魔鬼全在此㉖。」

克羅里因為西班牙宗教法庭㉗又獲得一次表揚，他那時人**已在**西班牙好一陣子了，大多在高級地

---

⑥ 儘管他得在一八三二年爬起來上廁所。

㉖ 莎士比亞劇作《暴風雨》裡的臺詞。

段的小酒館閒晃，他在收到嘉獎之前根本**不曉得**有宗教法庭這東西。他前去探了探，回來後讓自己足足爛醉了一個禮拜。

那個希羅尼穆斯・波希啊㉘，真是個怪胎。

正當你以為人類比地獄人馬更凶殘時，他們卻偶爾露出慈悲心，且遠比天堂幻想的還多，而那還常是出自同一人的作為。當然，這就是什麼自由意志之類的。自由意志還真齷齪。

阿茲拉斐爾一度試著向克羅里解釋。他說，至要關鍵是（那時大約是一〇二〇年，當時他倆首次完成他們之間的小「協議」）……最重要關鍵是，一個人想要當好人，就是好人，想當壞人就是壞人。而如克羅里之輩，當然，還有他自己，則是一開始就給注定了。他說，人不可能變得真正聖潔，除非他也有變成萬惡不赦的可能。

這件事讓克羅里著實想了好一陣子，然後在一〇二三年左右，他說：等等，你得讓人人生而平等才行得通，是吧？總不能讓人在戰場中心的破爛泥屋裡長大，然後還期望他們跟城堡裡的金枝玉葉一樣好吧。

啊，阿茲拉斐爾說，那才是精采之處。出身越低，機會越多。

克羅里說：那太扯了。

不，阿茲拉斐爾說，那是不可言說。

阿茲拉斐爾，這傢伙明擺著就是敵人。可是對敵了六千年，多少也成了朋友。

克羅里伸手從底下拿起車用電話。

當然，身為惡魔的意思就是沒有自由意志。可你在人間打滾了那麼久，不可能沒學上一、兩件事。

✡

楊恩先生對達米盎或翁兀德，或瑪麗・囉誇唆思修女的其餘建議（涵蓋了地獄一大半妖魔，還有好萊塢黃金時期的多數巨星）都沒多大興趣。

「哎，」她最後有點受傷地說：「我覺得艾洛**或**卡萊㉙沒什麼不好啊。兩個都是很不錯的美國名字。」

「我想要比較，嗯，傳統一點的。」楊恩先生解釋，「我們家族向來都挑單純的好名字。」

瑪麗修女微笑：「是啊。如果你問我，復古的名字總是最好的。」

「我想叫個體面的英國名字，就像聖經的人名。」楊恩先生說：「馬太、馬可、路加或約翰。」他邊說邊思索著。瑪麗修女臉龐一陣抽搐。「只是我從來就不覺得它們是很好的聖經名字，老實說，」楊恩先生補充，「聽起來比較像牛仔和橄欖球員。」

「掃羅不錯唷。」瑪麗修女順水推舟說。

「我也不想要**過於**復古的名字。」楊恩先生說。

「或該隱啊。該隱聽起來很現代，真的。」瑪麗修女奮力一搏。

「嗯……」楊恩先生一臉懷疑。

㉗ Spanish Inquisition（1478-1834），西班牙在一四八七年成立冷酷無情的西班牙宗教法庭，迫害與殺戮成千上萬的猶太人和非基督徒。

㉘ Hieronymous Bosch（1450-1516），尼德蘭畫家。尼德蘭於約一五七九至一七一三年間曾為西班牙屬地。波希的畫作多數描繪罪惡與人類的墮落，以惡魔、半人半獸甚至械具的形象來表現人的邪惡。

㉙ 分別指艾洛・弗林（Errol Flynn, 1909-1959）與卡萊・葛倫（Cary Grant, 1904-1986），皆為好萊塢著名影星。

「或者，總是……呃，總是能叫亞當啊。」瑪麗修女說。這夠保險了吧，她心想。

「亞當？」楊恩先生說。

崇拜惡魔的修女慎重地找人收養了那多餘的寶寶（寶寶乙），這樣一想就還不錯。他會長成快活、笑口常開的正常孩子，積極進取又活力充沛，然後繼續長大，變成知足常樂的普通大人。

也許事情果真如此。

想想這些吧：他小學得到的拼字獎、平凡無奇但尚稱愉快的大學時光、在泰德田暨諾頓建築協會收納處的工作、可愛的妻子。你可能想幫他添上幾個小孩及一項嗜好（或許是修復經典款摩托車，或者，飼養熱帶魚）。

你不會想知道寶寶乙**可能**遇上了什麼事。

總之，我們比較喜歡你的版本。

他的熱帶魚或許會讓他獲獎。

索立郡的多爾金市有棟小房子，一間臥房窗內亮著一盞燈。

十二歲的紐頓．普西法戴著眼鏡，身材瘦巴巴，好幾個小時前就該上床睡了。

不過，他母親確信自己的小孩才華橫溢，便任他過了上床時間還在熬夜弄他的「實驗」。

他媽媽拿了臺老塑膠殼收音機給他玩，他當前的實驗就是換掉那上面的插頭。他坐在殘破不堪的老桌子邊，傲稱此為自己的「實驗桌」，桌上覆滿一圈圈電線、電池、小電燈泡，及一直不能運轉的自製晶體收音機。他也還沒把老收音機修到可以用，不過話說回來，他似乎從來就沒辦法做到那一步。

三架有些歪歪扭扭的模型飛機吊在棉繩上，從臥房天花板垂下來。連漫不經心的觀察者也能看出那是某個小心謹慎、苦幹實幹，但不擅長做模型飛機的人弄出來的。他對它們得意到整個無可救藥，連那架機翼亂成一團的噴火龍戰機也是。

他把眼鏡往鼻梁上推，瞇眼向下望著插頭，放下螺絲起子。

這回他對它寄予厚望。《男孩自用的實用電子工程學：一百零一種安全又富教育性的電器操作方法》第五頁上更換插座的所有步驟，他都照著做了。他已將正確的彩色編碼電線連上正確的接頭，也檢查過保險絲有正確的電流量。他把收音機拼回原狀，旋緊螺絲，沒問題。

他把插頭插入插座，然後啟動插座電源。

屋裡每一盞燈都熄了。

紐頓得意地笑了。他技術越來越棒，上次他這麼做，搞得整座多爾金市大停電，電力公司還出動人手找他媽好好談了一下。

他對電器懷有熾烈熱情，卻得不到任何回報。他們學校有部電腦，有六個用功的孩子在課後留下來用電腦打孔卡做活動。管理電腦的老師在紐頓苦苦哀求下終於同意讓他加入，但他只是把一張小小的卡放進那部機器，電腦吞了進去，噎住，一命嗚呼了。

紐頓有把握，未來就在電腦身上。當未來到臨時，他已做好萬全準備站上新科技的最前線。對於這點，未來自有打算。一切都寫在「那本書」裡。

亞當，楊恩先生琢磨著。他試著念出聲，看看聽起來如何。「亞當。」嗯……

他朝下凝望著惡魔、諸王毀滅者、地獄天使、喚為龍之巨獸、此界之王子、謊言之父、撒旦後代及黑暗之王的金色捲髮。

「的確，」過了一會兒，他下了結論，「我想他真的還滿像個亞當的。」

✡

那不是月黑風高的夜晚。

兩天之後才會月黑風高，大約在道齡太太、楊恩太太與各自的寶寶離開那棟房子之後四小時。那晚月特別黑，風又特別高，然後一過午夜，在風雨最急的時候，一道閃電擊中喋喋修會的修道院，聖具室的屋頂起了火。

火災並未釀成嚴重傷亡，可是火勢延燒了幾個鐘頭，災情慘重。

火災的始作俑者潛伏在附近的小丘頂上，望著熊熊烈火。他又高又瘦，正是地獄公爵本尊。那是他返回地府前的最後一個任務，而他已大功告成。

其餘可以放心留給克羅里。

哈斯塔打道回府。

技術上來說，阿茲拉斐爾是權天使，可是這陣子人們老拿這件事來開玩笑㉚。

大致說來，他或克羅里都並非刻意要與對方為伍，但他倆都是這世上的人——至少是人形生物，而那份協議對他倆向來好處多多。除此之外，大約六千年來，就只有那張臉一直待在你身邊，你總會習慣。

「那份協議」很簡單，簡單到不必用引號來強調。之所以用引號，純粹是因為它長久以來都這樣出現。很多特派員孤立在棘手的環境中，天高皇帝遠，一旦他們了解到，比起遠在天邊的盟友，近在眼前的敵手和自己有更多共同點，便和對方達成這類協議。也就是說，彼此心照不宣，互不干涉對方的某些活動。當然了，只要無人真正勝出，也就沒人確實落敗，雙方都能向各自的老大證明：在對付消息靈通又狡猾的勁敵上，自己大有斬獲。

那也就是說，克羅里獲准開發曼徹斯特市時，阿茲拉斐爾全權處理整個蕭布郡。克羅里接下了格拉斯哥，阿茲拉斐爾則跑去愛丁堡（雖說兩人都沒說要負責米爾頓奇尼思，可是都把該市當作自己的成績向上呈報）。⑦

還有，想當然耳，只要常理說得過去，他們也會為彼此代勞，這再自然也不過了。畢竟兩位都是天使出身。如果其中一人要到郝爾㉛去快閃誘惑一番，那麼順便迅速晃晃整座城，實行一小段標準的神聖狂喜時光，也很合理。事情反正都得做，那乾脆聰明點，大家也能多些空閒，還可以省點花費。

關於這點，阿茲拉斐爾偶爾會飽受罪惡感折磨，可是跟人類打交道好幾世紀後，他身上起了些效果，就跟克羅里一樣，只不過方向相反。

況且，當局似乎不怎麼在意由誰來做，只要有交差就好。

這會兒，阿茲拉斐爾正和克羅里一起站在聖詹姆士公園的水鴨塘旁餵著鴨子。

祕密碰頭的探員老是餵麵包給聖詹姆士公園的鴨子，鴨子早就習以為常，還發展出自己的巴夫洛夫制約反應：若把聖詹姆士公園的鴨子放在實驗室的籠子裡，給牠看張照片，上頭有兩個男人，一人通常穿著有皮毛領的外套，另一人身穿暗色衣物並搭了條圍巾，牠就會滿懷期待地向上看。講求品質的鴨子熱中於追逐俄國文化大使的黑麵包，行家型的鴨子則熱愛ＭＩ９㉜處長那溼黏黏、塗了酸酵母

㉚天使分為九階。在故事一開始，阿茲拉斐爾持火焰劍，根據聖經，應為第二階的智天使。此時他已降為第七階的權天使。

⑦給美國人及其他外籍人士的注釋：米爾頓奇尼思（Milton Keynes）這座新興都市大約介於倫敦與伯明罕中間，目標在建立一座現代化、高效率、健康，以及最重要的：住起來愉快的城市。很多英國人都覺得這想法很有意思。

㉛Hull，英格蘭東北部的海港域，犯罪率名列全英前十名，連續數年被票選為最不適合居住的城市。

㉜ＭＩ９是英國軍事情報局軍情九處的簡稱，成立於一九四〇年十二月，祕密援助納粹德國占領區的義勇軍和受傷的盟軍，以及協助受德國俘虜的英國士兵潛逃，已解散。

醬的賀維斯麵包。

阿茲拉斐爾朝髒兮兮的雄鴨丟了片麵包皮，牠一口咬住後馬上潛入水裡。

天使轉向克羅里。

「哎，說真格兒的……」他咕噥。

「抱歉，」克羅里說：「我一時出神了。」鴨子氣沖沖冒出水面。

「我們當然知道大事不妙，」阿茲拉斐爾說：「但我多少以為這種事在美國才會發生，那邊就時興那一套。」

「偏偏還可能管用。」克羅里陰沉地說。他目光越過公園，心事重重地盯著賓利，那車子的後輪已給勤快地鎖住了。

「噢，是啊。我感覺美國外交官啊，」天使說：「相當愛作秀。彷彿哈米吉多頓是某種影片，賣給越多國家越好。」

「**每個**國家，」克羅里說：「整個地球，以及地球上所有國度。」

阿茲拉斐爾將最後一塊麵包屑扔向鴨子，把紙袋小心丟進廢紙箱。鴨子游開，轉去糾纏保加利亞海軍武官，以及戴劍橋領帶、鬼鬼祟祟的男子。

他轉身面向克羅里。

「我們這邊當然會贏。」他說。

「你不會想贏的。」惡魔說。

「為什麼不，您倒說說看？」

「**聽著**，」克羅里急切地說：「你想想，你們那邊有多少音樂家？我指的是一等一的那種。」

阿茲拉斐爾嚇了一大跳。

「呃，我想應該有——」他開口。

「兩個，」克羅里說：「艾爾加與李斯特。沒了。其餘全在我們這兒。貝多芬、布拉姆斯、所有巴哈家族、莫札特……一大串。你能想像跟艾爾加在一起直到永遠嗎？」

阿茲拉斐爾閉上雙眼。「易如反掌。」他呻吟。

「就說嘛，」克羅里說，帶著一絲得意。阿茲拉斐爾的弱點他可是一清二楚。「再也沒有雷射唱片，沒有亞伯特音樂廳，沒有正式舞會，沒有格林德波恩歌劇節。整天就只有聖樂。」

「難以言喻啊。」阿茲拉斐爾喃喃道。

「就像吃蛋不加鹽，你說過的。這倒提醒了我。沒有鹽、沒有蛋、沒有淋上蒔蘿醬的瑞典醃鮭魚、沒有了解你口味的迷人小餐館、沒有《每日電訊報》的填字遊戲、沒有小古董鋪、也沒有書店、沒有引人入勝的舊版書，也沒有——」（克羅里挖出阿茲拉斐爾的全部興趣。）「攝政時期的銀製鼻煙盒……」

「可是等我方大勝之後生活會更美好！」天使嘶聲說。

「但就沒那麼有趣了。喂，你**明知道**我說得沒錯。你捧著豎琴會跟我握著長草叉一樣快樂吧。」

「你很清楚我們不彈豎琴。」

「我們也不用長草叉啊。我是說得誇張了。」

他們瞪著彼此。

阿茲拉斐爾攤開修過指甲的優雅雙手。

「你知道的，我這邊的人可是等不及看到它發生。懂吧，一切都是為了那一天。偉大的最後試煉：火焰劍、四騎士、血海——這一整套無聊事。」他聳了聳肩。

「然後就『遊戲結束，請再投幣』？」克羅里說。

「有時我覺得，你的表達方式我有些跟不上。」

「我喜歡大海現在的模樣。末日決戰不一定要發生啊！不必為了要試看看你們能不能糾正這世界，就毀掉這一切吧？」

阿茲拉斐爾又聳了聳肩。

「對你來說，那恐怕是難以言喻的高超智慧吧。」天使冷得發顫，把外套往身上拉攏。灰雲層層籠罩在城市上空。

「我們去暖和的地方吧。」他說。

「你是在問我嗎？」克羅里陰森地說。

他們默默走了一會，悶悶不樂。

「我不是不同意，」天使說，兩人耷拉著腳步走過草坪。「只是他們不許我違抗，你明明知道。」

「我也是啊。」克羅里說。

阿茲拉斐爾斜睨他一眼。「噢，少來，」他說：「你畢竟是個惡魔。」

「對啦。可是我這邊的人只喜歡一般的忤逆。對於**特定的**忤逆，他們會大刑伺候。」

「譬如違抗他們？」

「說對了。講出來你會大吃一驚——也或許不會。你想我們還有多少時間？」克羅里朝賓利揮揮手，門鎖開了。

「預言說法不一，」阿茲拉斐爾滑進乘客座，說：「肯定是到世紀末，但在那之前，可以想見會有某些異象。過去一千年來，先知大多比較講究韻腳而不是鐵口直斷。」

克羅里指指點火器，它轉了。

「什麼？」他說。

「你知道吧，」天使熱心地說，「『世界末日將至，其年為XXX一。』或二，或三。跟六押韻的字很少，所以尾數是六的年分或許可以放心。」

「那麼異象又是哪一類？」

「雙頭牛犢、空中信息、雁鴨倒飛、天降魚雨之類的。敵基督一出現，就會影響自然界的因果運作。」

「嗯。」

克羅里給賓利打了檔，接著想起一些事。他彈了彈手指。

輪胎鎖消失了。

「我們吃個午餐吧，」他說：「我欠你一次，那是在……」

「巴黎，一七九三年。」阿茲拉斐爾說。

「哦，對。恐怖統治時期㉝。那招是你們那邊出的，還是我們這邊？」

「不是你們嗎？」

「想不起來了。不過，那家餐廳很棒。」

他們駛過驚愕的交通管理員身邊，那人的記事本自行燒了起來，克羅里吃了一驚。

「我確定我沒打算那麼做。」他說。

阿茲拉斐爾臉一紅。

「是我做的，」他說：「我一直以為是**你們那邊**發明了這些交通管理員。」

「是嗎？**我們**還以為是你們！」

㉝一七九三至九四年間，法國大革命時期，雅各賓專政實施的暴力純治。

克羅里盯著後視鏡裡的煙。

「走吧，」他說：「咱們去麗池大飯店。」

克羅里懶得預約。在他的世界裡，向餐廳訂位是別人才做的事。

阿茲拉斐爾蒐集書本。如果他對自己完全坦白，就得承認他開書店只是為了有地方放書。就這點來說，他不算標新立異。他為了能繼續偽裝成典型的二手書商，用盡各種手段阻止顧客買書，只差沒上演全武行：令人掩鼻的溼霉味、擺臭臉、開店不準時——他再擅長不過了。

他蒐集書籍為時已久，就像所有的收藏家，他也有專精的領域。

他擁有六十本以上的預言書，談的都是第二個千禧年最後幾世紀的發展。他偏好王爾德的首版書，而且他有整套「名譽掃地聖經」，各自按照排版的疏失來命名。

這些聖經包括「不義聖經」，之所以這麼稱呼，是因為印刷工人出了錯，讓〈哥林多前書〉這樣聲明：「你們豈不知不義的人能承受神的國嗎」。巴克與魯卡思在一六三二年印行的「邪惡聖經」，第七誡遺漏了「不」字，變成了「可姦淫」。還有「釋放聖經」、「靈藥聖經」、「站立的魚聖經」、「查令十字聖經」等等，阿茲拉斐爾全部都有。他甚至還有最罕見的珍本：倫敦的比爾頓暨史蓋格思出版社在一六五一年出版的聖經[34]。

那是他們三次出版大災難的第一次。

這本書以「全去死吧聖經」一名廣為人知。排字工人的疏失罄竹難書（如果還可以說那是疏失的話），就在〈以西結書〉四十八：五。

2 挨著但的地界，從東到西，是亞設的一分。

3 挨著亞設的地界，從東到西，是拿弗他利的一分。

4 挨著拿弗他利的地界，從東到西，是瑪拿西的一分。

5 全都去死，來點樂子吧。我排得煩死了。比爾頓大爺不是紳士，而史蓋格思不過是個一毛不拔的南華克人，還拒絕加入工會。我告訴你，這樣好天氣的日子啊，任何有點腦袋的人都會在外頭晒太陽，而不是一輩子都困在這發霉該死的老工坊裡。

6 挨著以法蓮的地界，從東到西，是流便的一分⑧。

㉞這種種聖經版本，只有「查令十字聖經」（the Charing Cross Bible）及「全去死吧聖經」（the Buggre Alle This Bible）是虛構。〈哥林多前書〉六：九第一句原為「你們豈不知不義的人不能承受神的國嗎？」，「不義聖經」（the Unrighteous Bible）的誤植，使意思恰恰相反。「釋放聖經」（the Discharge Bible）出版於一六五三年，將〈提摩太前書〉五：二一「我在神和基督耶穌並蒙揀選的天使面前囑咐你：要遵守這些話……」中的「囑咐」（charge）誤植為「釋放」（discharge）。「靈藥聖經」（the Treacle Bible）是於一五四九年出版的聖經翻譯版本，將〈耶利米書〉八：二二「在基列豈沒有乳香呢？」中「乳香」一詞譯為近代英文「靈藥」（treacle），而非欽定版的「balm」。「站立的魚聖經」（the Standing Fishes Bible）在一八〇六年問世，將〈以西結書〉四七：一〇「必有漁夫站在河邊……」的漁夫誤植為魚，成了「必有魚站在河邊……」

⑧「全去死吧聖經」在〈創世紀〉第三章共二十七節，而非較為尋常的二十四節，因而備受矚目。多出來的經節尾隨於二十四節之後。在欽定版聖經中，第二十四節行文如下：「於是把他趕出去了；又在伊甸園的東邊安設基路伯和四面轉動發火焰的劍，要把守生命樹的道路。」接下來是：

25 神對看守東門的天使發話，祂說：我交托給你的火焰劍在何方？

26 天使說，片刻之前還在，我肯定把它擺在哪兒了，再來我會忘了自己的腦袋。

27 於是神便不再問他了。

看來這些經節是在校樣階段給安插進去的。昔日，照慣例，出版社會將校樣稿懸掛在店外的木梁上，教化大眾之餘，順便享受一點免費的校對。既然書稿在之後給整批燒個精光，也就無人費心跟A．茲拉斐爾這位好好先生追究這檔子事。他經營的書店就在兩戶之外，對翻譯總是大力襄助，而且字跡很容易辨認。

比爾頓暨史蓋格思第二次出版大災難發生在一六五三年。難得福星高照，他們竟取得名聞遐邇的「佚失的四開本」其中一份。「佚失的四開本」為未曾以對開本再版的三齣莎士比亞劇，現在已完全在學者和戲迷間失傳，只有劇名留了下來。這份是莎士比亞最早的劇本《羅賓漢喜劇》，或稱《雪悟森林》⑨。

比爾頓大爺花了將近六基尼買下那份四開本，他深信，單靠精裝對開本就能賺回幾乎兩倍的本錢。然後他就弄丟了。

比爾頓暨史蓋格思的第三回出版橫禍，他倆自始至終弄不明白。放眼望去，預言書賣得如火如荼。諾斯特拉達穆《百詩集》㉟的英譯版才剛印第三刷，而且有五個人正風光地進行巡迴簽書會，個個堅稱自己才是貨真價實的諾斯特拉達穆。席頓大媽的《預言集》賣得之快，每本書都像跑百米般全速衝出書店。

倫敦大出版商（總共有八家）的書目中至少都有一本預言書，每本都天花亂墜，但只要擺出語焉不詳與籠統得無所不能的架勢，便超級暢銷。它們都賣到成千上萬本。

「根本是拿到印鈔許可⑩！」比爾頓大爺跟史蓋格思大爺說。「這種垃圾大家竟然搶著要！我們一定要馬上找些老太婆來出本預言書！」

書稿隔天一早就送到公司門口，一如往常，這位作者掌握了最恰當的時機。

雖說比爾頓大爺與史蓋格思大爺都百思不得其解，送到他們手中的書稿是人類史上獨一無二的預言作品：針對接下來三百四十多年做出完全正確的預言，精準確實地描述種種事件，最後的高潮是世界末日大戰。每個細節都鐵口直斷。

比爾頓暨史蓋格思出版社於一六五五年九月出版了這本書，正好趕上耶誕節書展⑪，但它是頭一本在英國出版的清倉滯銷書。

書賣不出去。

蘭開郡有家小書店在書旁擺了張紙板，標明「本地作家」，但是連那一本也賣不出去。

本書作者阿格妮思．納特對此一點也不訝異，但話說回來，想讓阿格妮思．納特大驚失色，可是難如登天。

反正她寫這本書不為銷售，不為版稅，也不為名氣，為的只是區區一本出版商送給作者的免費贈書。

沒人知道她滯銷的那一大堆庫存最後怎麼處理。博物館或私人收藏中肯定連一本也不留。連阿茲拉斐爾也沒有，單是想到自己精心修過指甲的雙手真能拿到一本，他就心蕩神馳。

事實上，阿格妮思．納特的預言集全世界僅剩一本。

那本書正擺在某座書架上，離克羅里與阿茲拉斐爾享用可口午餐的地方大約四十哩，而，打個比喻，它已經開始蠢蠢欲動。

現在是三點整。敵基督來到地球上已有十五個鐘頭，而有個天使與另一名魔鬼就在融洽對飲中度

---

⑨ 另兩齣是《捕鼠記》及《一五八九年淘金人》。

㉟ Nostradamus（1503-1566），十六世紀著名法國預言家，有名的預言集《百詩集》（Les Centuries），全書共十卷，每卷有一百首四行詩，故名之。

⑩ 他老早就動過這種腦筋，但真的付諸行動後，卻讓他人生最後幾年都在倫敦新門監獄度過。

⑪ 算是另一個大師級的出版奇招，因為克倫威爾的清教徒國會在一六五四年判定耶誕節為非法節日。

過其中三個鐘頭。

阿茲拉斐爾的陰暗老書店位於蘇活區，他倆在店後頭的房間中對坐。

蘇活區大部分書店都有內室，而多數內室都堆滿了稀有或至少價格不菲的書籍。但阿茲拉斐爾的書都沒附插圖。它們有老舊的棕色書皮，窸窣作響的內頁紙。偶爾，在他窮途末路時，他會賣掉一本。

而且，偶爾會有穿深色西裝的嚴肅男人來訪，非常客氣地向他建議，或許他會想把店給賣掉，如此就能改成零售量販店，那比較適合蘇活區。有時他們會提議付現，一大捲一大捲髒兮兮的五十鎊紙鈔。或者，有時在他們談話時，其他戴墨鏡的男人會在店裡遛達，一面搖頭一面說紙張有多易燃，他這兒簡直是現成的火窟。

阿茲拉斐爾會頷首並微笑說，他會考慮考慮，然後他們就會走開，**而且再也沒回來過**。

你是天使，不代表你非得當個大笨蛋。

他倆面前的桌子上擺滿了酒瓶。

「重點是，」克羅里說：「重點是、重點是。」他拚命想把目光定在阿茲拉斐爾身上。

「重點是。」他說，努力想擠出一個重點。

「我想說的重點，」他神情一亮，「是海豚。那就是我的重點。」

「是某種魚類。」阿茲拉斐爾說。

「不不不，」克羅里說，搖著一根手指頭。「是哺乳動物。如假包換的哺乳動物。差別在於……」

克羅里在意識的沼澤裡舉步維艱，試著想出差別在哪，「差別在於，牠們……」

「不在水裡交配？」阿茲拉斐爾提示。

克羅里皺起眉來。「我想不是。我確定不是。跟牠們的後代有關。啊，管他的。」他振作起來。

「**重點是**，重點是……是牠們的腦袋。」

他伸手拿酒瓶。

「牠們的腦袋怎麼了？」天使說。

「大大的腦袋。那就是我的重點。大到……大到……大到該死的程度。然後還有鯨魚，腦袋大到像座城，相信我。整片該死的海洋到處是腦袋。」

「海怪㊱。」阿茲拉斐爾說，悶悶不樂地朝酒杯裡瞪眼。

克羅里冷冷望著他良久，思緒被硬生生打斷的人就會有這種反應。

「嗯？」

「體型龐大的混蛋啊，」阿茲拉斐爾說：「睡在深海的轟隆聲下方。睡在大把大把數不清的改死……蓋死……該死的大海藻底下，你知道的。世界末日時，海洋一沸滾，海怪應該就會浮到海面上來。」

「是嗎？」

「沒錯。」

「那麼，這就對啦。」克羅里說，身體向後一靠。「整個海洋咕嚕冒泡，可憐的老海豚給燉成海鮮濃湯，都沒人在意。跟他們對待大猩猩一樣。他們說，唉喲糟了個糕，天變成紅色的、星星撞上地面，這陣子他們把什麼東西摻進香蕉裡啊？然後……」

「你知道大猩猩會築巢吧？」天使說，一邊想再倒一杯，試了三次才對準杯子。

「才怪。」

㊱ Kraken，傳說中的挪威海怪，是代表海之怒的巨大生物，其巨大的觸手會把船隻拖入海底。文獻紀錄提到曾有人目擊，聲稱此怪約有十五公尺以上，有人推測可能為大王烏賊或章魚。

「千真萬確。我看過一部片子。是巢喔。」
「鳥才會築巢。」克羅里說。
「真的是巢。」阿茲拉斐爾不讓步。
克羅里決定不要爭辯這點。
「那麼，這就對啦，」他說：「所有生物無論大笑……我是說『小』，大或小，很多都有腦袋。然後就『砰』！」
「可是你**脫不了干係**，」阿茲拉斐爾說：「你誘惑人類。那是你的拿手絕活。」
克羅里把杯子重重往桌上一放。「那不一樣。他們不必答應啊。這也是不可言說的㊲，對吧？出自你們那邊的手筆。你一直被派去考驗人類，但也不必弄到毀滅的地步啊。」
「好啦，好啦。我跟你一樣，我也不喜歡。可是我告訴你，上頭交代的事，我是不能尾康……味扛……違抗的。我是天使啊。」
「天堂可沒有劇場，」克羅里說：「影片也少得可憐。」
「你別想拐我，」阿茲拉斐爾慘兮兮地說：「我早摸清你了，你這條老蛇。」
「你倒是想想，」克羅里咄咄逼人，「你知道何謂永恆嗎？你知道什麼是永世嗎？我說的是，你知道什麼叫『直到永永遠遠』嗎？嗯，宇宙的盡頭有座大山，足足有一哩高。有隻小小鳥每隔一千年——」
「什麼小小鳥？」阿茲拉斐爾疑神疑鬼地說。
「就是我說的這隻小小鳥。每隔一千年——」
「每隔一千年都是同一隻鳥嗎？」
克羅里猶豫了一下，「對。」
「那麼，就是隻老不死的鳥了。」

「好啦。每隔一千年，這隻鳥就飛——」

「就一瘸一拐——」

「就一路**飛**到這座山來，把喙磨利——」

「且**慢**。哪有人辦得到？從這裡到宇宙的盡頭，中間有一大片——」天使的手臂大幅一揮（只是有些搖搖晃晃）。「一大片真空地帶啊，好傢伙。」

「總之牠還是飛到了那邊。」克羅里堅持不懈。

「怎麼辦到的？」

「那又無關緊要！」

「牠可以搭太空船。」天使說。

克羅里略微退讓。「對，」他說：「你覺得好就好。不管怎樣，這隻鳥——」

「只是，我們談的是宇宙**盡頭**喔，」阿茲拉斐爾說：「所以必須得是那種太空船，你得有後代子孫搭著它到宇宙的另一端下船。你得交代你的子孫，你說，當你們到達那座山，千萬要——」他猶豫起來，「他們千萬要幹麼？」

「在山上把喙磨利啊，」克羅里說：「然後牠就飛回去——」

「搭著太空船——」

「過了一千年，牠再去一趟，全部重來一次。」克羅里速速說完。

兩人都醉了，沉默了一會兒。

「單是為了把喙磨利，還真是大費周章。」阿茲拉斐爾沉吟。

㊲ 指自由意志。

「你聽好，」克羅里急切地說：「重點是，那隻鳥把山磨光的時候，對，那時——」

阿茲拉斐爾張開嘴。克羅里早**料到**他即將針對鳥喙與花崗岩山的相對硬度大作文章，於是快馬加鞭繼續說：

「——那時，**你的**《真善美》還沒看完。」

阿茲拉斐爾愣住了。

「而且，你會對《真善美》**愛不釋手**，」克羅里窮追猛打，「你真的會。」

「好傢伙——」

「你毫無選擇。」

「聽好——」

「天堂毫無品味可言。」

「現在——」

「而且連一家壽司餐廳也沒有。」

天使的臉突然嚴肅萬分，並閃過一絲痛苦。

「我醉的時候沒辦法應付這個，」他說：「我要清醒一下。」

「我也是。」

酒精離開他們的血流時，兩人瑟縮了一下，然後稍微坐正。阿茲拉斐爾把領帶拉直。

「我不能干預神的旨意。」他粗聲低調說。

克羅里看著自己的玻璃杯，斟酌著。然後又把杯子倒滿。

「如果是惡魔的旨意呢？」他說。

「什麼？」

「嗯，那一定是惡魔的旨意啊，不是嗎？要下手的是**我們**。我這邊。」

「啊，不過那也是整體**神意**的一部分啊，」阿茲拉斐爾說：「你那邊的所作所為全包含在不可言說的神意裡。」他補充，帶著一絲得意。

「你少做夢！」

「才不是，那是——」阿茲拉斐爾煩躁地打了個響指，「那個啊。用你那花俏的術語該怎麼說？最下面的那條線。」

「底線。」

「對，就那個。」

「好吧……如果你確定的話……」克羅里說。

「毋庸置疑。」

克羅里狡猾地抬起眼來。

「那你根本就不確定——如果我說錯了，請糾正我：你無法確定阻撓並非神意的一部分。我是說，惡魔撒旦的詭計，你每回都得阻攔，不是嗎？」

阿茲拉斐爾遲疑了。

「是沒錯，對。」

「詭計你見一個擋一個，沒錯吧？」

「大致上，大致上來說是。其實我是鼓勵人類自己來動手阻撓。因為不可言說的那回事，你了解吧。」

「好，好。所以你的所有任務就是阻擋。如果我還算了解情況的話，」克羅里連忙說：「那次的出生只是開端，重要的是教養，是後天影響。要不然，那個小孩絕對學不到如何運用自己的力量。」他躊躇了一下，「至少，不見得符合計畫。」

「我們這邊當然不介意我阻擋你，」阿茲拉斐爾尋思道：「他們一點也不會介意。」

「沒錯。那會成為你的輝煌成就。」克羅里送給天使鼓勵的一笑。

「不過，如果沒受到撒旦式的教養，那孩子會怎樣？」阿茲拉斐爾說。

「可能什麼事都沒有。誰都不知道。」

「可是基因……」

「別跟我提基因。基因跟這件事哪扯得上關係？」克羅里說：「看看撒旦，被創造成天使，長大後卻變成大魔頭。喂，如果你想繼續扯基因，那乾脆說那孩子長大後會變天使算了，畢竟他爹過去在天堂來頭可不小。因為他爹**變成了**惡魔，就說他長大以後也會，就像說斷尾的老鼠也會生出無尾小鼠一樣。才不會。教養才是一切，相信我。」

「如果沒了所向披靡的魔鬼影響力……」

「嗯，大不了地獄從頭再忙一遍。那麼地球至少還能再苟延殘喘十一年。那樣肯定值得了吧？不是嗎？」

此時阿茲拉斐爾再度若有所思。

「你是說，那孩子本身不邪惡？」他緩緩說道。

「有**潛在**的惡，我想，也有潛在的善。就是這股巨大強勁的**潛力**等著人去塑造。」克羅里說，聳聳肩，「總之，我們幹麼談**善惡**？善惡只是兩邊陣線的名稱。**我們**都清楚這一點。」

「我想，一定值得一試。」天使說。克羅里勉勵地點點頭。「一言為定？」惡魔一面遞出手。

天使小心翼翼地握了握。

「肯定比當聖人還有趣吧。」他說。

「長遠來說，是為了那孩子好。」克羅里說：「以後我們算是成了那孩子的教父吧，監督他的信仰養成，你可以這麼說。」

阿茲拉斐爾露出微笑。

「你知道嗎，我壓根兒沒想過那回事。」他說，「**教父**。唉，我死定了。」

「沒那麼慘啦，」克羅里說：「你習慣就好。」

人們稱她烈紅。那時她正在販售武器，可是這事已漸漸沒那麼有趣。同一份工作她從不會做很久。在外頭一待就是三、四百年，你不會想要一成不變。

她的髮絲是道地的赭色，不是淺紅也不算棕色，而是磨亮的深紅銅色。鬈髮長及腰身，讓男人哈得要命，而他們也真的常常為此拔刀相向。她雙眸是驚人的橘紅。看起來像二十五歲，從來沒變過。

她有輛布滿灰塵的磚紅色卡車，裡頭載滿各色武器。她還有辦法把武器運過世上任何一條國界，神乎奇技。她正在前往某西非小國的路上，那兒目前正有場小型內戰，她打算送個貨，如果運氣好，就順便炒成大型內戰。不幸的是，卡車竟然拋錨了，連她也修理不來。

而她近來對機械特別在行。

當時她身在都市中心⑫，也就是昆巴拉地的首都，這個非洲國家過去三千年來一直很和平。有三十年時間，該國都是亨佛力．克拉克森爵士的領地，但因為缺乏礦產資源，更不具香蕉國的戰略價值，便朝自治快速挺進，動作之匆忙，近乎不成體統。昆巴拉地或許一窮二白，而且肯定很無趣，但安詳和平。各部落向來相處甚歡，早就將刀劍鍛造成犁頭。一九五二年有個酒醉的公牛商與同樣醉醺醺的公牛賊在市中心廣場大打出手，大家至今仍津津樂道。

---

⑫名義上是個城市，大小卻只有英國的鄉鎮大，或者是，以美式詞彙來翻譯，就是一座購物中心的大小。

烈紅在熱氣裡哈欠連連。她拿寬緣帽朝腦袋搧風，將派不上用場的卡車留在塵埃四起的道路上，晃進酒吧。

她買罐啤酒，喝個精光，然後對著酒保微微一笑。「我的卡車需要修理，在這邊我可以找誰？」

酒保咧嘴笑，嘴巴張得老大，牙齒白閃閃。她喝酒的模樣讓他折服。「小姐，只有納森。可是納森回考安達去照顧岳父的田了。」

烈紅再買一份啤酒。「那，你知道這個納森什麼時候回來嗎？」

「也許下星期，也許兩個星期後，親愛的女士。欸，那個納森真是無賴一個，是吧？」

他向前傾。

「小姐，妳一個人旅行？」他說。

「對。」

「會有危險的。這陣子路上有些怪人，是壞人，但不是**本地的**。」他趕緊補充。

烈紅揚起一邊完美的眉毛。

儘管很熱，他還是打了陣哆嗦。

「多謝警告。」烈紅說，聲音低沉，聽來像某種埋伏於高草叢裡的東西，僅會露出抽動的雙耳，等著脆弱的小生物顫巍巍地經過。

她脫下帽子向他致意，然後晃了出去。

炙熱的非洲豔陽朝她猛撲，她的卡車停在路中央，滿載槍枝、彈藥與地雷。它哪兒都去不得。

烈紅盯著卡車。

一隻兀鷹正棲在卡車頂，靜靜地打著嗝。牠到目前為止已跟烈紅同行了三百哩。

她環顧街頭：幾個婦女在街角聊天，無聊的市場小販坐在成堆的彩繪葫蘆前揮趕著蒼蠅，有些孩子在塵埃中懶洋洋地嬉戲。

「管他的，」她靜靜地說：「反正我就當在度假。」

那是週三。

到了週五，整個城市已經封鎖。

到了下週二，昆巴拉地的經濟受到重創，兩萬人喪生（包括那名酒保，叛變分子衝破市場的防禦工事時，他遭亂槍射死），近十萬民眾受傷，烈紅的各色武器發揮了功能，武器就是為此而生的。那隻兀鷹死於油脂性退化症。

烈紅本人已搭上駛離這國家的最後一班列車。她覺得，該是另起爐灶的時候了。她當軍火商已經久得要人命，她想轉換跑道，換一份大有可為的工作。她很想當報社記者，這還滿有可能的。她用帽子搧風，一雙長腿在身前蹺了起來。

後頭車廂突然有人打架。烈紅咧開嘴笑。總是有人為了她或為了圍在她身邊打架，這還挺窩心的呢，其實。

黑煞一頭黑髮，黑鬍子修剪有致，而他剛決定要走向企業化經營。

他跟自己的會計師對酌。

「芙芮妮，我們的狀況如何？」他問她。

「到目前為止售出一千兩百萬本。您相信嗎？」

兩人在名為「六之首」的餐廳喝酒，此處位於紐約第五大道六六六號的頂樓。這點讓黑煞覺得挺有意思。從餐廳窗戶望出去，整座紐約一覽無遺。到了夜間，全紐約都能看到這棟大樓四面外牆都點綴著巨大血紅的六六六。當然，這只是一個普通的門牌號碼。只要你數數，最後總是會數到六六六，但你還是不得不笑出來。

黑煞與會計師剛從一家又小又貴、特別高級的餐廳出來。餐廳在格林威治村，整套菜單全是**新的**：一條四季豆、一顆豌豆和一小條雞胸肉，美感十足地擺在方瓷盤上。

這玩意兒是黑煞上回在巴黎時發明的。

他的會計師在五十秒內掃光她的肉與兩樣蔬菜，剩下的用餐時間便盯著盤子與餐具，偶爾瞪瞪別的用餐者，那種樣子像在暗示她正想像他們嘗起來會是什麼味道，而其實這也不假。這情況讓黑煞興味盎然。

他把玩著自己的沛綠雅礦泉水。

「一千兩百萬，是嗎？那很不錯。」

「**那很棒**。」

「所以我們要走企業化經營。這回該玩大的，我說的對不對？加州吧，我想。我想要工廠、餐廳，整套一應俱全。出版部門我們要保留，可是多元發展的時機到了，對吧？」

芙芮妮點點頭。「聽起來不賴，黑煞。我們會需要……」

一具骷髏打斷了她。穿著迪奧洋裝的骷髏，古銅色肌膚繃在細緻的頭骨上，緊得幾乎就要撐破。這具骷髏一頭金色長髮，雙脣畫得完美無瑕。她就像全世界的媽媽會指出的那種人——一面指著她一面碎念：「你如果不吃青菜，就會變成**那樣**。」她看來像是時髦的饑荒賑災海報。

她是紐約的時裝名模，手中捧著一本書。她說：「啊，抱歉，黑煞先生，我希望您不介意我打攪，可是，您的書改變了我的一生。您介意幫我簽個名嗎？」她一臉懇求地瞅著他，雙眼深陷在塗著璀燦眼影的眼窩裡。

黑煞親切地頷首，從她手中取走了書。

她能一眼認出他並不令人意外，因為在燙箔打凸的封面上，他灰黑的雙目正從照片上往外看。書名是《零食物減肥法：讓你自己漂亮瘦身——本世紀的減肥聖經！》。

「妳的名字怎麼寫？」他問。

「雪若。下雪的雪，假若的若。」

「妳讓我想起一個多年的老友。」他對她說，一面在書名頁上快速謹慎地書寫。「拿去吧。很高興妳喜歡這本書，能遇到書迷總是好事。」

他這麼寫：

給雪若，

一錢銀子買一升麥子，一錢銀子買三升大麥；油和酒不可糟蹋。——〈啟示錄〉六：六

烏栖．黑煞博士

「從聖經摘錄出來的。」他告訴她。

她畢恭畢敬地闔上書，從桌邊退開，向黑煞連聲道謝：他不曉得這對她意義有多重大，他改變了她的一生，他真的……

黑煞並未真正獲頒那個他號稱的醫學學位，因為那時連一所大學都沒有，不過他還是看得出她快餓死了。他估計她頂多再多活幾個月。**零食物**。解決你的體重問題，一勞永逸……

芙芮妮飢腸轆轆地敲著筆記型電腦，規劃著黑煞改造西方世界飲食習慣的下一階段。黑煞買這臺機器當私人贈禮給她。造價非常非常高昂，功能特強，外型超薄。他喜歡輕薄苗條的東西。

「我們可以買一家歐洲公司的股票，以此站穩第一步，那是家控股公司。那麼一來我們就能用列支敦士登的稅制來計算交納稅額。嗯，如果我們從開曼群島輸出資金到盧森堡，然後從盧森堡到瑞

士，工廠的稅我們就可以在……」

可是黑煞已不再傾聽。他想起那家一流的小餐館。他那時心裡想著，自己從沒見過這麼多飢火中燒的有錢人。

黑煞咧嘴一笑，是那種對工作感到滿意而露出的坦蕩、開懷笑容。純粹、不含雜質。他只是在最重要的事件來臨前殺殺時間，可是殺的手法可細膩了。他殺時間，有時則殺人。

有時候他叫懷特，或白朗，或艾柏思，或白堊，或懷思，或雪伊㊳，或其餘上百個名字中的任一個。他皮膚蒼白，髮色褪成淡金，雙眼淺灰。乍一看之下約二十多歲，而任何人頂多也只會瞥他一眼。

他幾乎讓人見過就忘。

他跟兩位同事不一樣，不管什麼工作都做不久。

他在許多有趣的地點做過各類新鮮的工作。

（他曾待過車諾比核電廠，以及文斯蓋、三哩島，老是做些無足輕重的次要職務。）

在好些科學研究機構中，他是低階但備受重視的成員。

（他曾經幫忙設計汽油引擎、塑膠及拉環易開罐。）

他什麼東西都一學就上手。

沒人真正注意過他。他很不起眼，別人總要慢慢才能注意到他。如果你仔細想想，你會很確定他一定做過什麼、待過什麼地方。或許他還跟你說過話。可是白先生很容易遭人遺忘。

此刻他正在駛往東京的油輪上擔任甲板水手。

船長在他的船艙中酩酊大醉。大副在船首，二副在廚房裡。整批船員差不多就這些，這艘船幾乎全部自動化了，沒什麼事留給人做。

然而，如果有人恰巧按下船橋上的「緊急卸貨鈕」，自動化系統就會負責將巨量的黑漿排入海中，那是上百萬噸的原油，對這地區的鳥、魚、動植物與人類禍害無窮。當然有好幾打自動防故障的連鎖裝置，以及操作簡單的備用安全系統，可是算了吧，這些安全設備總是裝來安心的。

出事後，關於到底錯在誰的爭論滿天飛。最後罪責均攤，不了了之。那名船長、大副與二副自此再也找不到飯碗。

因為某些緣故，大家都不怎麼把白姓船員放在心上。他那時早已搭上一艘貨船，前往印尼，船上高高堆滿鏽蝕的金屬桶，桶內淨是毒性特強的除草劑。

還有「另一位」。他人在昆巴拉地的廣場上、在餐廳裡、在魚腹中、在空中、在除草劑的桶子裡。他在路上、在屋裡，在宮殿中、在茅屋裡。

他在任何地方都不顯得面生，沒有地方逃得出他的魔掌；他做自己最在行的事，他的所作所為等於他自己。

他從不等待。他不停在行動。

哈麗葉特．道齡帶著寶寶回到家。她採納斐絲．叨叨修女的建議（斐絲的口才比瑪麗修女好），也在電話中取得夫婿同意，將孩子命名為沃拉克[39]。

文化大使一週後回到家中，宣布寶寶長得跟他家那邊的人一模一樣。他也要祕書在《仕女》雜誌[40]

---

[38] 這些名字的原文依序為 White、Blanc、Albus、Chalky、Weis、Snowy，全都有「白」的含意。

[39] Warlock，原意為魔法師。

[40] The Lady，英國最老牌的女性週刊，創刊於一八八五年，以優質的社論與分類廣告頁聞名。

上刊登廣告徵求保姆。

某年耶誕，克羅里在電視上看到《歡樂滿人間》[41]（其實大部分的電視節目，克羅里都在幕後插了一手。不過他真正最自豪的，是發明了遊戲節目）。他自得其樂地想著，保姆肯定會在文化大使的攝政公園官邸前大排長龍。或可能以盤旋隊形繞個沒完，乾脆來場颶風，以有效又漂亮的方式一舉將她們吹個乾淨。

他用未經核准的地下鐵罷工聊以自慰。到了面試那天，僅有一個保姆現身。

她身穿針織花呢套裝，搭配端莊的珍珠耳環。她身上有某種東西可能透露了——而且還是低聲透露——她是個**保姆**，不過卻是某類美國電影裡面英國管家會雇用的那種。那東西還謹慎地咳了咳，咕噥說：她很可能就是會在某些雜誌刊登服務項目的那類保姆，廣告的內容曖昧卻又露骨地詭異。

她的平底鞋踏得碎石道嘎扎嘎扎響，一頭灰犬默默跟在她身畔，白色唾沫自下顎滴下，雙眼閃著血紅，目光飢渴地左右搜尋。

她走到厚重的木門邊，對自己微笑，滿足之情一閃而過，然後按下門鈴。鈴**咚咚**悶響。

應門的是管家，如他們所說，老派的那種[13]。

「我是保姆亞斯他錄[42]，」她向他說：「這是羅浮。」她身旁的灰狗仔細盯著管家，也許正在苦思該把對方的骨頭埋在哪兒。

她將狗兒留在庭院裡，順利通過面試。道齡太太帶保姆去看她新看護的寶寶。

保姆露出令人不快的微笑。「真是個討人喜歡的孩子，」她說：「他很快就會想要一輛小三輪車。」

無巧不成雙，另一名新職員也在同一天下午報到。他是園丁，結果他對這工作在行得驚人。沒人想得通怎麼會這樣，因為他看來連一把鍬也沒動到，不費勁便趕走一有機會就立刻覆滿整座庭園、或停在他身上的鳥群。他只要坐在涼蔭裡，四周的官邸庭園就百花怒放個不停。

當沃拉克大到能學步，而保姆休假的那些午後（去忙……不管是何事），他習慣下來看看園丁。

「這邊這個是蛞蝓弟弟，」園丁會告訴他，「這個小不點是甘薯象鼻蟲妹妹。沃拉克，要記得，當你一路走過富足豐饒的人生大道與小徑，要對萬物心懷愛意與尊敬。」

「方濟先生㊸，保姆說，東西活著就只是為了要讓我踏得扁扁的啊。」小沃拉克說，摸摸蛞蝓弟弟，然後在有科米蛙圖案的連身褲上小心地擦擦手。

「你別聽那女人的話，」方濟會說：「你聽我的就好。」

晚上，亞斯他錄保姆會唱童謠給沃拉克聽。

噢，高貴的老約克伯爵啊
他有一萬名手下
他領他們行軍上山頂
打垮世上所有的國家，讓它們全

㊶ Mary Poppins，原為兒童文學作品，後改拍成電影，由茱莉安德魯絲飾演故事主角瑪莉波萍絲，她是位具魔力的神仙保姆，身材瘦削，脾氣古怪。她手持大黑雨傘，讓一陣西風吹到了櫻樹街十七號，成為班克斯家的保姆。

⑬ 圖騰漢廳路（Tottenham Court Road）附近有一所夜校，經營者是一位老演員，他自一九二〇年代開始，就在電影、電視與舞臺上扮演管家及隨從。

㊷ Ashtoreth，古代迦南人崇拜的月亮女神，聖經視為偽神的偶像崇拜而加以撻伐。

㊸ Mr Francis，影射天主教聖人亞西西的聖方濟。

臣服在我們主子撒旦的統治下。

還有：

這隻小豬仔到冥府去
這隻小豬仔待在家裡
這隻小豬仔啃嚼人肉，生腥又冒熱氣
這隻小豬仔侵犯處女
這隻小豬仔賣力爬過一堆死屍啊
直直登上頂。

「園丁方濟弟兄說，我要無私地用美德和愛來對待萬物。」沃拉克說。

「親愛的，你別聽那**男人**胡說，」保姆會悄聲說，一面將他放在小床上蓋好棉被，「你聽我的就好。」

如此這般。

那份協議的運作無懈可擊，一場平分秋色的贏局。亞斯他錄保姆替這孩子買了輛小三輪車，可是從沒能說服他在家裡騎騎看。而且他好怕羅浮。

隱身幕後的克羅里和阿茲拉斐爾則在巴士上層、藝廊、音樂會四處碰面，比對資訊一番，然後相視而笑。

沃拉克六歲時，保姆帶著羅浮離開了，園丁也在同一天遞上辭呈。兩人離開時，步伐中不再帶有初抵時的活力。

沃拉克現在發現自己正同時受教於兩位家教。

哈里森先生教他認識匈奴王阿提拉及伏拉德三世卓九勒㊹，還有人類性靈裡錯綜複雜的黑暗面⑭。他試著教沃拉克如何進行煽動暴民的政治演說，以擺布眾人的心靈與意識。

柯提思先生讓他知道⑮南丁格爾和亞伯拉罕・林肯，還教他欣賞藝術，更試著傳授他關於自由意志、克己無私，以及己所不欲勿施於人的觀念。

他們兩人都將啟示錄鉅細靡遺地念給小孩聽。

儘管他們努力不懈，沃拉克卻展現了他在數學上的天賦，著實令人遺憾。兩位家教對他的進展不甚滿意。

沃拉克十歲時愛上棒球。他喜歡塑膠玩具，就是那種能變身成別種塑膠玩具，卻跟最早第一套沒兩樣，唯有訓練有素的眼睛才有辦法判別的東西。他喜歡自己的郵票收藏，喜歡香蕉口味的泡泡糖，喜愛漫畫、卡通和他那輛越野腳踏車。

克羅里很苦惱。

他倆在大英博物館的自助餐廳裡，那兒是冷戰時期所有疲累低階人員的避風港之一。他們左側那桌，有兩位身穿西裝、背脊僵直的美國人正悄悄將裝滿（可隨時否認的）美鈔的公事包遞給一名戴墨

㊸ Attila the Hun，匈奴王，在位期間（434-453）其帝國成為東西羅馬帝國的勁敵之一，以殘暴豪奪為人所知。Vlad Drakul（1432-1476）為瓦拉西亞公國的統治者，以高壓統治與對待異敵的殘暴無道聞名，後也因此與吸血鬼的形象相連。

⑭ 他避免說到阿提拉是孝順母親的人，也閉口不提伏拉德・卓九勒對每日祈禱這事一絲不苟。

⑮ 梅毒那部分除外。

鏡、膚色很深的矮小女人。右側那桌則是英國軍情處的代理處長，正跟當地的蘇聯國安會分會主任爭論著茶與小麵包的開支該由誰來報銷。

克羅里終於道出這十年來他連想都沒膽想的事情。

「如果你問我，」克羅里向他的對手說：「媽的他太**正常**了。」

阿茲拉斐爾再將一顆芥末魔鬼蛋丟進嘴裡，伴著咖啡吞下去，用紙巾輕拍嘴脣。

「那是受到我的善良感化，」他微微一笑，「或者該說，我整個小組人人都有功勞。」

克羅里搖搖頭，「那點我考慮進去了。你瞧，現在他早該試著隨心所欲扭曲周遭的世界，按自己的形象來塑造它……那類玩意兒。嗯，說**試**也不大對，他應該不知不覺就出手了。你有沒有看到這類事件的**任何**跡象？」

「嗯，沒有，可是……」

「現在他應該是殘酷力量的發電廠。他算嗎？」

「呃，就我所見是沒有，不過……」

「他太正常了，」克羅里手指敲著桌面，「我不喜歡這種情形。不大對勁。我只是搞不懂原因。」

阿茲拉斐爾老大不客氣地動手吃起克羅里的天使蛋糕。「嗯，他還在成長。而且，當然嘍，他的生命一直受到神聖的感召。」

克羅里嘆氣，「我只希望他懂得如何對付地獄犬，就這樣。」

阿茲拉斐爾揚起一邊眉毛，「地獄犬？」

「在他十一歲那年的生日。我昨晚接到地獄傳來的訊息。」訊息就在《黃金女郎》（克羅里最鍾愛的電視節目之一）播映時傳來，原本很快就可以傳送出來，但羅絲㊺足足花了十分鐘才說完。等到地獄的播映服務結束，節目恢復正常，克羅里已經跟不上劇情。「他們要送他一隻地獄犬，陪著他活動，守護他別受傷害。那是他們手裡最大的一隻。」

「突然出現一隻巨型黑狗難道不會引人注目嗎？首先他父母就會發覺。」

克羅里突然起身，踩在保加利亞文化大使的腳上，大使正跟女皇陛下的古董保管人興致勃勃地談話。「沒人會注意到**任何**不合常理的異狀。現實就是如此啊，天使。不管小沃拉克知不知情，都能隨自己高興處置**那東西**。」

「那麼，這隻狗什麼時候會出現？牠有名字嗎？」

「我說過了，在他十一歲生日那天，下午三點，牠會有點像把他當成目標那樣靠過去。名字呢……理應由他來幫牠命名。由他命名茲事體大，那會賜給牠存在的目的。我希望牠會叫『殺手』或『恐怖分子』或『厄夜獵手』。」

「你會到場嗎？」天使無動於衷地問道。

「我不會錯過，」克羅里說：「我真心希望這孩子沒有太大的毛病。反正先看看他對那隻狗的反應如何，那會透露一些玄機。我**希望**他會把牠遣回去，或很怕牠。如果他**真的**給牠取名字，我們就前功盡棄了。他會擁有所有力量，而末日之戰就近在眼前了。」

「我想，」阿茲拉斐爾說著，啜飲他的酒（已不再是略酸的薄酒萊，剛變成拉斐特酒莊一八七五年分的酒，喝起來很不賴，真教人驚訝），「我想我們就到時候見了。」

㊺ Rose是《黃金女郎》（Golden Girls, 1985-92）電視情境喜劇的主要角色之一。

星期三

Wednesday

這天是熱氣蒸騰的八月天，就在倫敦市中心。

沃拉克的十一歲生日很盛大。

出席的有二十個小男孩與十七個小女孩。也有很多金髮男人，全剪了一模一樣的小平頭，統一穿著深藍西裝與掛肩槍套。還有一群外燴員工端著果凍、蛋糕與一盆盆薯片到場，他們的車隊由一輛賓利老爺車開路。

「驚奇哈維與汪妲」專辦兒童宴會，兩人卻突然肚子痛，病倒了。可是好運從天而降，替代人選竟然現身了，簡直意料不到。是位舞臺魔術師。

每個人都有小小的嗜好。儘管克羅里極力勸阻，但阿茲拉斐爾就是想好好施展一下。

阿茲拉斐爾對自己的魔術伎倆非常自豪。他在一八七〇年代上過約翰．馬斯基林❶開設的課程，花了將近一年練習戲法花招、硬幣魔術、從帽子裡變出兔子。他當時覺得自己變得挺高明的。可重點是，雖然阿茲拉斐爾能夠讓整個魔術界的人繳出魔術棒投降，但他在練習魔法招術時，卻從沒利用過他那或許可以稱為**內在**力量的東西。這是個重大缺點。他現在不禁希望當初不曾荒廢。

不過，他心想，變魔術就跟騎兒童三輪車一樣，一旦學會就忘不了。他的魔術師外套有些髒了，可是一旦穿起來又很亮眼，連昔日舞臺上的順口溜也跟著又溜了起來。

孩子們看著他的眼神空洞，一臉不解，表情輕蔑。克羅里身穿服務生的白外套，站在自助餐檯後方，尷尬得縮頭縮腦。

「現在呢，小少爺與小淑女，看到我這頂破舊的禮帽了嗎？這頂帽子真是爛透了，你們這些小朋友說的沒錯！然後——你們看，裡頭什麼都沒有。不過，感謝老天爺，這個奇怪的訪客是誰呢？噢，是我們毛茸茸的朋友，兔子哈利！」

「那本來就在你的口袋裡。」沃拉克一語道破。其餘小朋友點頭表示同感。他把他們當什麼了？

小孩嗎？

關於如何對付刁難詰問的觀眾，阿茲拉斐爾想起馬斯基林跟他說過的話。「就拿那點開玩笑嘛。你們這些呆頭鵝，我指的就是你，斐爾先生。」（阿茲拉斐爾在當時使用的名字，）「逗他們笑，不管什麼事情他們都會放過你一馬！」

「嘿，你拆穿了我的**帽子戲法**。」他咯咯笑著。孩子面無表情地瞪著他。

「你好爛喔，」沃拉克說，「反正我生日禮物就是想要連環漫畫。」

「哼，他說的沒錯，」一個綁馬尾的小女孩表示同意，「你**真**爛。而且可能是同性戀。」

阿茲拉斐爾自暴自棄地望著克羅里。就他的看法，小沃拉克顯然深受地獄汙染。黑狗越快現身越好，好讓他倆脫離這個是非之地。

「現在，小朋友們，有沒有人身上有三便士硬幣這類的東西呢？沒有嗎，小少爺？那我在你耳朵後面看到的又是什麼？」

「**我**生日的時候拿到漫畫，」小女孩宣布，「我有變形金剛，還有我的小馬，還有騙徒剋星，還有霹靂坦克……」

克羅里不禁呻吟。顯而易見，但凡有丁點常識的天使都不敢涉足小孩的宴會。當阿茲拉斐爾失手讓三個串在一起的金屬環掉到地上時，一陣幼兒的尖叫聲揚起，歡樂之中還充滿譏諷。

克羅里別開眼，目光落在高高堆滿禮物的桌子上。一個高高的塑膠物體裡面，有兩顆晶亮的小圓眼回瞪著他。

---

❶ John Maskelyne（1839-1917），英國魔術師。他發明新手法，也贊助新秀，並且鼓勵演出彼此合作，對十九世紀晚期的魔術發展有很大影響。

克羅里端詳那雙眼睛，想找出紅色焰光。跟地獄的官僚打交道時從來就沒個準。他們可能會送來一隻沙鼠而不是條狗。

不，那是隻完全正常的沙鼠，住在一個刺激的建築物裡，裡頭還附有圓筒、球與踩步器，要是西班牙宗教法庭當初弄得到塑膠壓模機，老早就發明這類玩意兒了。

他看了看錶。克羅里從沒想過要換電池，現有的電池老早在三年前就腐蝕了，可是錶還是很準時。差兩分就三點了。

阿茲拉斐爾越來越慌亂。

「群聚此地的夥伴們，有誰身上帶著手帕這樣東西啊？**沒有嗎**？」在維多利亞時代，不隨身帶手帕簡直是前所未聞。這個把戲就是要神乎其技地變出一隻鴿子，沒手帕就無法進行，而鴿子現在早已不耐煩地啄著阿茲拉斐爾的手腕。天使想引起克羅里的注意，可是沒成功，情急之下，他只好指著一個安全警衛，警衛不安地動了動。

「你，像是個有種的傢伙，過來這裡。現在，如果你檢查一下胸前的口袋，我想你會找到一條上好的絲帕。」

「不長官。恐怕沒有長官。」守衛說，兩眼直盯著前方。

阿茲拉斐爾拚命眨眼。「有的，快點，好傢伙，看一眼吧，**麻煩你**。」

守衛把手伸進內袋裡，滿臉訝異，接著拉出一條手帕，天藍色絲質手帕，還加了蕾絲邊。手帕勾住肩帶上的槍，槍一個失手飛過整個房間，重重落在一盆果凍上，阿茲拉斐爾幾乎馬上明白，加了蕾絲是大錯特錯。

孩子們零零落落地鼓掌。「嘿，還不錯！」馬尾女孩說。

沃拉克早就越過房間，並一把抓住槍。

「手舉起來，狗娘養的！」他興高采烈地叫著。

安全警衛全陷入窘境。

其中有幾個笨手笨腳地要拿自己的武器，其他人慢慢移向男孩或遠離男孩。其餘孩子開始抱怨連連，說他們也想要槍，有幾個比較心急的索性試著把槍從警衛手上扯下來，那幾個警衛可真是沒大腦，竟然先把武器掏了出來。

接著有人往沃拉克身上丟果凍。

男孩尖叫，並扣下扳機——點三二口徑的麥格農，由中央情報局分發，灰色、高效能、沉甸甸，可炸掉三十步之遙的人，除了紅霧與讓人作嘔的血肉，還有一堆書面報告之外，什麼也不會留下。

阿茲拉斐爾眨了眨眼。

一道小水柱從槍口噴出來，濺得克羅里一身溼，他那時正望向窗外，想看看花園裡有沒有巨大黑犬。

阿茲拉斐爾一臉尷尬。

接著有塊奶油蛋糕砸上他的臉。

三點快要過五分了。

單憑一個手勢，阿茲拉斐爾就把其餘的槍也全變成水槍，然後走了出去。

克羅里在外面的人行道找到他，他正拚命地想把快給壓扁的鴿子從長外套袖子裡解救出來。

「慢了。」阿茲拉斐爾說。

「我看到了，」克羅里說：「誰叫你硬把牠塞進袖子裡。」他伸出手，把了無生氣的鳥兒從阿茲拉斐爾的外套裡拉了出來，將生命吹回牠的身子裡。鴿子咕咕感激幾聲，便有些提心吊膽地飛走了。

「我說的不是鳥，」天使說：「是狗。牠來遲了。」

克羅里若有所思地搖搖頭。「再看看吧。」

他把車門打開，扭開收音機。我──該有──多麼──幸運、幸運──幸運──幸運──幸運，我──該有──多麼──幸運❷……**哈囉，克羅里**。

「哈囉。嗯……您哪位？」

大衮❸，鼠輩之王，狂亂之主、第七苦刑的少君王。我能為您效勞嗎？

「地獄犬。我只是，呃，只是要看牠是不是順利出發了。」

十分鐘以前就放出去啦。怎麼了？還沒到嗎？出狀況了嗎？

「哦沒有。沒事。一切順利。噢，我看到了。好一隻狗。這狗還真不賴。萬事順利。你們在下頭的表現真是可圈可點。嗯，能跟你說上話真好，**大衮**。期待下次連絡。」

他把收音機關了。

他倆面面相覷。房裡傳來一聲巨響，一扇窗戶四分五裂。「喔，糟糕，」阿茲拉斐爾喃喃道，他並未對上天不敬，那一派訓練有素的泰然自若，基本上是六千年來未曾對上天口出不敬的結果，他現在也不打算破例。「我一定漏了一把槍。」

「沒有狗。」克羅里說。

「沒有狗。」阿茲拉斐爾說。

惡魔嘆了口氣。「上車，」他說：「這事我們得商量一下。噢，還有，阿茲拉斐爾？」

「是。」

「你上車以前先把臉上該死的奶油蛋糕弄掉。」

這是炎熱又靜謐的八月天，遠離倫敦市中心。在泰德田的路邊，層層灰塵壓垮了豬草，蜜蜂在樹籬間嗡嗡飛，空氣感覺像是隔餐加熱過。

有個聲響，彷彿上千個金屬嗓音同聲呼喊「萬歲！」後戛然而止。

路上有隻黑狗。

肯定是隻狗。外形就是狗。

雖然經過人類好幾千年的馴化，有些狗在你碰上時，就是會讓你想到狗與狼其實相去不遠。這些狗從容不迫、意志堅定地跑上前來，根本就是荒野的化身，牙齒褐黃、吐氣惡臭，而站得遠遠的狗主人卻碎碎念著：「其實牠是隻多愁善感的老狗，如果牠不乖，就戳戳牠。」在牠們的綠瞳裡，遠古更新世的營火紅焰正爍亮閃耀著……

即使是那樣的狗，都會讓這隻狗逼得夾著尾巴偷偷溜到沙發後方，假裝自己正在咬橡皮骨頭，一副忙得不可開交的樣子。

牠已經在叫嗥，嗥出隆隆作響的低沉咆哮，帶著一觸即發的威脅，那種叫嗥始於某一個喉嚨的深處，最後落在另一個人的喉頭上。

唾液從牠的下巴滴下，落在柏油上滋滋作響。

牠向前走幾步，嗅嗅陰沉的空氣。

牠的耳朵陡然聳起。

遠處有幾個人說話的聲音。一個聲音。一個稚嫩的聲音，不過正是牠天生就得服從的聲音，不由自主地遵從。當那個聲音說「跟上來」，牠就得跟上去；說「殺」，牠就得殺。那是牠主人的聲音。

---

❷ 一九八〇年代風靡全球流行歌壇的舞曲〈I Should Be So Lucky〉，由澳洲女歌手凱莉米洛（Kylie Minogue）所唱。

❸ Dagon，聖經中的偽神之一，閃米特人與非利士人的主神，司農業與土地，上半身為人，下半身為魚。

牠躍過樹籬，橫越後方的田野。一頭吃草的公牛瞧了瞧牠，衡量一下自己的勝算，便速速往另一頭的樹籬走去。

那些聲音來自雜亂無章的樹叢間。黑犬躡足走得更近了，下巴上流涎不止。

有個聲音說：「他才不會。你每次都說會，他卻從來都不會。你爸會送你寵物才怪。才不會是好玩的寵物。只可能是竹節蟲啦，那就是你老爸會覺得有趣的東西。」

這隻狗以犬科動物的方式聳了聳肩，可是馬上就失了興趣，因為此時牠宇宙的中心——也就是主人——開口了。

「會是一條狗。」那個聲音說。

「哼。你又不**知道**會不會是狗。又沒人**提過**會是一隻狗。如果沒人**提過**，你怎麼**知道**是狗？你爸會一直抱怨牠吃什麼。」

「水臘樹。」第三個聲音聽起來比前兩個正經。擁有那種聲音的人屬於這個類型：開始拼裝塑膠模型之前，不但會照著指示先把每個零件分開來數一數，還會把需要上色的零件先塗好顏料，晾乾後再開始組裝。這個聲音獲發會計師執照的日子指日可待。

「溫思雷，牠們不吃水臘樹。沒人看過狗吃水臘樹。」

「我是說，竹節蟲會吃。其實竹節蟲很好玩，牠們交配的時候會把對方吃掉。」

一陣停頓，現場陷入沉思。獵犬偷偷走得更近了，這才明白聲音是從地下洞傳出來的。

原來這些樹遮住了一座古老的白堊礦場，半座礦場都讓荊棘藤蔓吞沒了。古老，但顯然並未棄置不用。地上輪痕縱橫交錯，坡面平滑，顯示有人經常使用滑板，還有單車騎士在這裡玩「死亡之牆❹」，或至少是「嚴重挫傷膝蓋之牆」。一些較低的植物上吊著老舊磨損且險象環生的繩子，枝椏之間嵌有波浪鐵板與老舊木板，還可以看到一面「勝利先鋒地產公司」的看板，遭焚毀鏽蝕，掩沒在一大叢蕁麻裡。

在其中一個角落，纏成一團的輪子與腐蝕的電線指出該地正是知名的「失落墳場」，亦即超市推車的葬身之處。

如果你是個孩子，這裡就是天堂。當地的成人則稱之為「坑」。

獵犬透過一叢蕁麻張望，視線定在礦場中央的四個身影上，他們就坐在各地優良祕密巢穴不可或缺的道具上——一般常見的牛奶箱。

「牠們才不會！」

「就會。」

「我跟你賭牠們不會，」最先發話的人說。從音質可判定為年幼女性，聲音裡有一抹恐怖的嬌媚。「牠們會，**真的**。我們去度假前我養了六隻，可是我忘了換水臘樹，結果我回來的時候，只剩下肥嘟嘟的一大隻。」

「哪是。那又不是竹節蟲，那是祈禱蟲❺。我在電視上看到大大的母祈禱蟲吃掉一隻公祈禱蟲，公祈禱蟲幾乎沒注意到。」

整群人又是一陣停頓。

「牠們在祈禱什麼？」他主人的聲音說。

「不知。祈禱自己不必結婚吧，我猜。」

礦場的圍籬坍塌了，獵犬想辦法把一隻巨眼貼在上頭木板的洞上，斜斜朝下看。

---

❹ Wall of Death，是種特技設備，供表演或練習者在非常陡滑的坡面來回騎行。

❺ praying mantis，即螳螂。螳螂會將鐮刀狀的前肢收貼於腹部上方，等著獵物靠近，看似在祈禱，因此被稱為祈禱蟲。

「反正，就像那次的腳踏車，」第一位發話者聲音中帶著權威，「**我**本來以為會拿到七段變速腳踏車，就是有刀片型椅座，紫色車身，這些那些的，結果他們給我這臺淺藍色的，還附籃子。根本是**女生的**腳踏車。」

「可是妳是女生啊。」另一人說。

「那是**性別歧視**——因為是女生，就老是送適合少女的禮物。」

「**我**會得到一隻狗。」他的主人堅定地說。主人背對著他，狗看不到他的五官。

「噢，是哦，不如來一隻那種了不起的爛臭維勒大型牧羊犬。」女孩說，語氣尖刻挖苦。

「才不是，是你可以好好一起玩的那種，」他主人的聲音說：「不是大狗——」

——蕁麻叢裡的眼睛頓時往下縮得無影無蹤——

「——而是很聰明的那種，會鑽兔子洞，有好笑的耳朵，看起來像由裡朝外翻，而且是不折不扣的雜種狗，**純種的**雜種狗。」

礦場邊突然響起一小聲雷鳴，裡頭那些人全沒聽見。這個聲響可能是因為有股空氣突然灌進真空，因為一頭巨型狗搖身變成，比方說，一隻小狗。

接下來的小小嗶剝聲可能是因為狗耳朵自己往外一翻。

「我要叫他……」他主人的聲音說，「我要叫他……」

「嗯？」女孩說，「你要叫牠什麼？」

獵犬等待著。這是關鍵的一刻：「命名」。此舉會賦予牠存在的目的、功能及身分。雖然牠的眼睛變得離地很近，但仍發出暗紅的光芒，還往蕁麻叢猛滴口水。

「我要叫牠『狗狗』，」他的主人肯定地說：「這種名字可以省下很多麻煩。」

地獄犬愣住了。在牠邪惡的犬腦深處，牠知道有些事不大對勁，可是牠如果不服從，就什麼也不是了。牠對主人的愛突然排山倒海而來，蓋過所有疑慮。不管怎麼說，牠的體積不就是由主人決定的嗎？

牠小跑步下坡，好面對自己的命運。

不過，還真奇怪。牠向來就想往人身上撲，可是現在，牠了解到情況出乎牠意料之外的同時，竟然也想搖搖尾巴。

「你還說是他！」阿茲拉斐爾呻吟著，一面怔怔地從翻領上挑掉最後一塊奶油蛋糕。然後把手指舔乾淨。

「**是**他沒錯啊，」克羅里說：「我是說，我不可能不知道，不是嗎？」

「那一定還有別人插手。」

「沒有別人！就只有我們，懂吧？——善或惡——這邊或那邊。」

他用力搥了搥方向盤。

「要是你知道下頭的人會怎麼對付你，你會嚇死。」他說。

「我想那跟上頭對付人的手段沒什麼兩樣。」阿茲拉斐爾說。

「少來。你們那夥人會獲得無法言說的憐憫。」克羅里語氣酸酸地說。

「是嗎？你去過蛾摩拉城嗎？」

「當然，」惡魔說：「那裡有家很棒的小酒館，可以喝到發酵的椰棗調酒，還添了肉豆蔻跟檸檬香茅粉，口味棒透了……」

「我指的是滅城以後。」

「噢。」

阿茲拉斐爾說：「在醫院的時候一定出了什麼事。」

「不可能，裡頭全是我們的人馬！」

「誰的人馬？」阿茲拉斐爾冷冷地說。

「我的人馬。」克羅里更正。「好吧，也不算**我的**人馬。嗯，你知道的，是惡魔崇拜者。」

他試著以不屑一顧的語氣說。當然，世界是個有趣得要命的地方，他倆都希望能享受得越久越好。但除此之外，他倆意見一致之處少之又少，不過，對於為了某種原因而傾向崇拜黑暗王子的那些人、兩人的看法倒是不約而同。克羅里總是替這些人覺得難堪。對這些人，你實際上不能太粗魯，可是總忍不住對他們有股感覺：就像是越戰退役軍人看到有人穿著戰鬥裝去守望相助會開會一樣。

不只如此，惡魔崇拜者總是狂熱到讓人沮喪。舉個例，像逆十字架、五角星及小公雞那類玩意兒，把大部分惡魔都搞得神祕兮兮的。根本不必如此。想成為惡魔崇拜者只消有意願就成。你不曉得什麼是五角星，總把翹掉的小公雞當成法式馬倫戈燉雞，照樣可以好好當一輩子的惡魔崇拜者。

不只如此，有些老派的惡魔崇拜者其實還滿善良的。他們口中念念有詞，擺擺樣子，就跟他們所以為的敵營沒兩樣，然後回家去，一星期剩下的幾天就過著溫和謙遜的平凡日子，腦袋瓜裡從來也沒什麼特別邪惡的念頭。

至於其他崇拜者……

有些自稱是惡魔崇拜者的人每每讓克羅里尷尬至極。不只是因為他們做出來的事，而是他們總把一切推給地獄。他們自己想出了一些讓人反胃的點子，惡魔就算耗上一千年也想不出來。有些沒大腦、令人不快的陰險手段，根本只有完全由人類自己運作的人腦才想得到，而他們為了博取法庭的同情，居然還大叫：「是魔鬼逼我下手的！」但重點是，惡魔幾乎很少逼人做事。根本不需要逼。這一點令有些人類很難理解。在克羅里看來，地獄並不是罪惡的主要淵藪，就如天堂並不是善的泉源。天堂與地獄不過是整局宇宙棋戲的兩方棋手。只要你找到貨真價實的人類，這個人心裡就會有真正的慈悲，以及令人毛骨悚然的真正邪惡。

「哼，」阿茲拉斐爾說：「惡魔崇拜者。」

「我弄不懂他們怎麼可能把事情給搞砸，」克羅里說：「我是說，只有兩個嬰兒。又沒多費力，是不是……？」他停住口。透過回憶的迷霧，他勾勒出一個嬌小的修女。那時他曾經想到，即使是惡魔崇拜者，她也未免太糊塗了。然後，當時還有別人在場。克羅里隱約想起一根菸斗，還有羊毛衫，上頭那種之字形的花紋早在一九三八年就過時了。那個男人臉上寫滿「準父親」。

當初一定還有第三個嬰兒。

他告訴阿茲拉斐爾。

「資訊還是不怎麼夠。」天使說。

「我們知道那個孩子一定還活著，所以——」

「我們怎麼知道？」

「如果它又回到那底下，你覺得我還可能坐在這邊嗎？」

「有理。」

「所以我們的目標就是要找到它，」克羅里說：「去翻翻醫院的病歷吧。」賓利的引擎咳了咳，活了起來，車子往前躍騰，逼得阿茲拉斐爾往後緊靠椅背。

「然後呢？」他說。

「然後我們去找小孩。」

「**再來呢**？」天使緊閉雙眼，車子斜轉過街角。

「不知道。」

「要命。」

「我在想——**閃開，你這老粗**——你們那邊的人會不會考慮——**還有你的機車！**——給我庇護？」

「我正要問你同一件事——**小心行人！**」

「走在街上就要知道自己得冒些險！」克羅里說，硬是加速往停住的車與計程車之間鑽，只留一丁點空間，連大多數信用卡都差點塞不進去。

「看路！看路！那家醫院到底在哪？」

「在牛津南邊！」

阿茲拉斐爾抓緊儀表板。「在倫敦市中心不能開到九十哩！」

克羅里瞥瞥車速表。「為什麼不行？」他說。

「你會把我們兩個害死！」阿茲拉斐爾猶豫一下，「我們會脫離肉體，很麻煩。」他有一搭沒一搭地更正，稍微放鬆了點。「總之你可能會把別人弄死。」

克羅里聳聳肩。天使從未正視二十世紀，他根本不了解，在牛津街時速九十哩絕對有可能。只要做點安排，就不會有人擋路了。而既然大家都知道在牛津街不可能開到九十哩，也就不會有人注意到。

車子至少比馬好。對克羅里來說，內燃引擎簡直是天賜之……喜從天……突發的好運。在以前，他出差所騎的馬都是黑色大型駿馬，雙目似火，馬蹄蹬出火花。對當時的惡魔來說，那是一種流行。不過，克羅里通常會跌下馬來。應付動物他實在不拿手。

在靠近契斯維克的地方，阿茲拉斐爾在儲物箱裡一堆錄音帶中隨意撈找。

「『地下絲絨』是什麼❻？」

「不會合你的胃口。」克羅里說。

「噢，」天使輕蔑地說：「咆哮樂❼啊。」

「你知道嗎？阿茲拉斐爾，如果有人請一百萬個人描述一下現代音樂，可能不會有任何人用『咆哮樂』這個詞。」克羅里說。

「啊，柴可夫斯基，這還差不多。」阿茲拉斐爾打開一個卡帶匣，把裡面的錄音帶塞進音響裡。

「你不會喜歡的，」克羅里嘆口氣，「那卷已經在車裡放超過兩星期了。」

當他們急行穿過希思洛，一陣狂暴的低音敲擊聲開始響徹整輛賓利。

阿茲拉斐爾皺起眉來。

「這個我怎麼聽不出來，」他說：「是什麼啊？」

「這是柴可夫斯基的〈另一位倒下了〉❽。」克羅里說，一面閉上眼，他們正穿過史勞鎮。

穿越昏睡中的查爾敦時，為了打發時間，他們也聽了威廉．拜爾德的〈我們是冠軍〉，還有貝多芬的〈我想要掙脫〉。這兩首都沒有佛漢．威廉士的〈肥臀女〉❾來得好。

據說，最棒的曲調都在魔鬼那裡。

這點大致上是真的。可是天堂有最棒的編舞家。

---

❻ Velvet Underground，美國史上重要搖滾樂團，活躍於一九六〇至七〇年代，對後來的搖滾樂發展有莫大影響。

❼ Be-bop，一種爵士樂樂風，於一九四〇年代萌芽。

❽ Another One Bites the Dust，皇后合唱團在一九八〇年發行的熱門跨界歌曲。

❾ 威廉．拜爾德（William Byrd, 1540-1623），英國文藝復興時期的音樂家；佛漢．威廉士（Vaughan Williams, 1873-1958），英國古典音樂作曲家，也是民謠收集者。但〈我們是冠軍〉（We Are the Champions）、〈我想要掙脫〉（I Want To Break Free）及〈肥臀女〉（Fat-Bottomed Girls）都是皇后合唱團的作品。

牛津郡的平原朝西邊綿延，燈光星星點點，標出沉睡中的村落。在那些村落裡，誠實的自耕農忙了一整天的編輯指導、金融諮詢或軟體工程之後，正準備就寢。

在這座山丘上頭，有幾隻螢火蟲亮了起來。

勘測員的經緯儀是二十世紀較為恐怖的象徵之一。只要在廣闊的鄉間架設起經緯儀，就是宣告「道路要拓寬了」，耶，會有兩千戶新興住宅，能跟「村落的基本特質」搭配無間。管理開發已經在望。可是連最兢兢業業的勘測員也不會在半夜探勘，不過，工具明明就在這裡，三腳架就插在草皮上。而且，很少有經緯儀會捆上榛樹細枝，或吊著水晶擺錘，三腳架的腳上也不會刻上居爾特文。

柔和的微風輕撫細瘦身影上的斗篷，那人影正調整著經緯儀的旋鈕。這件斗篷相當厚重，很能防水，裡面還有保暖的襯裡。

大部分巫術書會告訴你，女巫工作的時候一絲不掛，這是因為大多數巫術書都是男人寫的。

這位年輕女子叫做阿娜西瑪．迪維思。她沒有美到令人驚為天人，五官分開來看似乎相當姣好，但是整張臉龐給人的印象是：不遵循任何計畫就把存貨拿出來匆匆忙忙湊成一堆，也許最貼切的字眼是「迷人」。不過，懂得這個詞的意思、也知道怎麼寫的人，可能還會加上「活力四射」。不過「活力四射」這個詞也有非常五〇年代的氛圍，所以也許他們不會用。

即使在牛津郡，年輕女子也不該在深夜獨行。可是若有任何窺伺的瘋子想接近阿娜西瑪．迪維思，可會吃不了兜著走。她畢竟是個女巫。也正因如此，所以她夠聰明，不怎麼相信護身符和咒語。那些她全都免了，只在腰帶上插了把一尺長的麵包刀。

她透過鏡片觀察，又調整了一下。

她低聲嘀咕。

勘測員常常低聲嘀咕。他們常會喃喃說著這類句子：「很快就會有一條輔助道路穿過這裡，保證迅雷不及掩耳！」「三點五公尺，差不到哪裡去。」

不過，這次是全然不同的喃喃自語。

「黑沉之夜／閃耀的月，」阿娜西瑪低語：「西南／西南西……西西南……找到了……」

她拾起摺好的地形測量局地圖，放在手電筒底下。接著拿出透明尺及鉛筆，仔細在地圖上畫一條橫線，跟另一道鉛筆線相交。

她露出微笑，不是因為有什麼特別有趣的事，而是因為她把棘手的工作料理得很妥當。

接著她將長相怪異的經緯儀收折好，綁在倚著圍籬的黑色老爺腳踏車後頭，確定那本書已經在車籃裡，然後就載著所有東西騎向霧氣瀰漫的小徑。

這輛腳踏車很古老了，車架顯然是用排水管拼出來的，早在三段變速發明以前就組好，那時候輪子可能也才剛發明。

可是，往村裡幾乎一路都是下坡。她的髮絲在風中飛揚，斗篷在她身後鼓足了風，活像床單狀煞車器，她讓這兩輪怪物加快速度，在溫暖的空氣中笨重地衝刺。至少在晚上的這個時段不會有什麼車輛。

賓利的引擎**乒克**、**乒克**地響著，冷卻了下來。另一方面，克羅里的火氣卻越來越大。

「你明明說看到路標了。」他說。

「嗯，我們那麼快就閃了過去。反正你以前不是來過？」

「那是十一年前！」

克羅里把地圖拋到後車座，再度發動引擎。

「我們也許該問問什麼人。」阿茲拉斐爾說。
「是啊，」克羅里說：「我們停下來，碰到第一個在半夜沿著小……**小徑**走過來的人，就向他問路，可以嗎？」
他用力換了檔，然後衝進山毛櫸林蔭小路。
「這區域有點怪，」阿茲拉斐爾說：「你感覺不到嗎？」
「啥？」
「速度放慢一點。」
賓利又慢了下來。
「奇了，」天使嘀咕，「我腦袋閃過一陣陣的……的……」
他把雙手舉至太陽穴。
「什麼？什麼？」克羅里說。
阿茲拉斐爾盯著他。
「愛，」他說：「有人深深**愛著**這地方。」
「你剛說什麼？」
「似乎有股龐大的愛意。我沒有更好的說法了，尤其是對**你**。」
「你的意思是說像——」克羅里開口。
一陣咻咻、一聲尖叫，再來是鏗鏘響。車子停了下來。
阿茲拉斐爾眨眨眼，把雙手放下，慎重打開車門。
「你撞到人了。」他說。
「哪裡？我才沒有，」克羅里說：「是有人撞上我了。」

他們走出車子。賓利後面有輛車倒在路上，前輪已經彎成莫比烏斯環⑩的形狀，令人讚嘆，後輪則不祥地喀答作響，最後靜止不動。

「來些光照亮這裡。」阿茲拉斐爾說。蒼白的藍光照亮整條小路。

他們身旁的水溝裡有人說：「見鬼了，你是怎麼辦到的？」

光消失了。

「辦到什麼？」阿茲拉斐爾羞慚地說。

「啊。」那個聲音現在聽來有點糊塗。「我想我的頭撞到了東西……」

克羅里怒目盯著賓利發亮烤漆上那條長長的金屬刮痕，還有保險桿上的凹洞。那個凹洞「剝」一聲彈回原狀，烤漆也復原了。

「起身吧，小姐，」天使說著，將阿娜西瑪從歐洲蕨叢裡拉了出來。「骨頭都好好的。」這是一項宣告，而非願望。本來是有點小骨折，可是阿茲拉斐爾無法抗拒行善的好機會。

「你根本沒打燈。」她說。

「妳也沒有啊，」克羅里愧疚道，「那就扯平了。」

「研究天文觀星去了，是嗎？」阿茲拉斐爾說，一面將單車扶正。東西從單車前方籃子裡落了滿地。他指著撞壞的經緯儀。

「不，」阿娜西瑪說：「我是說，沒錯。看看你把可憐的老費頓⑪弄成什麼樣子了。」

---

⑩ 莫比烏斯環是一種拓樸學結構，由德國數學家暨天文學家莫比烏斯（August Ferdinand Mbius, 1790-1868）所發現。一般平面或曲面均有內外兩面，且無法相交，但莫比烏斯環只有單面，沒有內外。將一條紙帶扭轉一百八十度，然後將紙帶兩端黏合，即可形成內外相連的莫比烏斯環。

「抱歉，妳什麼？」阿茲拉斐爾說。

「我的腳踏車啊，全彎成……」

「彈性驚人啊，這些老機器。」天使興高采烈地說，把單車遞還給她。前輪在月光下閃閃發光，跟九層地獄⓬一樣圓得無懈可擊。

她盯著單車看。

「嗯，既然全都解決了，」克羅里說：「也許我們最好快點趕……呃……妳不會恰巧知道往下泰德田的路吧？」

阿娜西瑪還瞪著她的腳踏車看。她幾乎可以確定，自己出發上路以前，車上並沒有裝著補胎修理包的鞍袋。

「就在山坡下頭，」她說：「這是我的腳踏車吧？」

「噢，當然是。」阿茲拉斐爾說，心想自己是否做得太過火了。

「我只是很**確定**費頓從來就沒有打氣筒。」

天使又是一臉羞慚。

「可是有地方放打氣筒啊，」他無助地說：「有兩個小勾。」

「妳剛說，就在山坡下嗎？」克羅里說，一面用手肘推了推天使。

「我想我一定撞到頭了。」女孩說。

「我們當然想載妳一程，」克羅里匆匆說：「可是沒地方放腳踏車。」

「除了行李架。」阿茲拉斐爾說。

「這輛賓利沒有——噢——啊。」

天使把單車籃子灑出來的東西胡亂掃進車後座，然後再把目瞪口呆的女孩也送了進去。

「人，是不會見死不救的。」他對克羅里說。

「你們那邊的人可能不會，我們這邊就會。你知道，我們還有**別的事**要忙。」克羅里狠狠瞪著簇新的行李架，架上還有格紋綁帶。

腳踏車自行提離地面，將自己牢牢綁定。克羅里這才上車。

「您住哪兒？」阿茲拉斐爾慢條斯理地說。

「我的腳踏車原本也沒燈……唉，以前有啦，不過是那種你放一對電池進去馬上就長霉的那種，所以我又把電池拿出來了。」阿娜西瑪說。她狠狠瞪著克羅里，「我有一把麵包刀，你知道吧。藏在某個地方。」

聽到這項暗示，阿茲拉斐爾滿面震驚。

「女士，我向您保證……」

克羅里把車燈打開，他自己不需要這些燈來看路，可是打燈能讓路上的人類不那麼緊張。接著他打上檔，緩緩開下山丘。道路從樹底下冒出來，開了幾百碼之後，車子到達一座中型村莊的外圍。

這村子感覺有些熟悉。雖然過了十一年，可是這地方肯定喚起了遙遠的記憶。

「這附近有醫院嗎？」他說：「修女經營的？」

阿娜西瑪聳聳肩。「沒有吧，」她說：「唯一有點規模的就是泰德田莊園。我不知道那裡是做什麼的。」

⓫ Phaeton，希臘神話中太陽神阿波羅的私生子，因為駕馭父親的太陽金馬車不當，在凡間釀成災難，被宙斯用雷電劈死。

⓬ Circles of Hell，但丁的《神曲》裡將地獄描繪成一個漏斗狀的九層同心圓，就位於耶路撒冷城的正下方。九層地獄從最寬收到最窄，一路延伸到地球中心，每一層圓都有不同類型的罪人在裡面，地獄底部最窄的那一層圓，就是撒旦受困之處。

「人算不如天算。」克羅里壓低聲音咕噥。

「還有變速，」阿娜西瑪說：「我的腳踏車原本沒有變速器。我確定我的腳踏車本來沒有變速器。」

克羅里將身子傾向天使。

「噢，主啊，請醫治這輛腳踏車。」他語帶譏諷耳語道。

「抱歉，我一時沖昏了頭。」阿茲拉斐爾壓低嗓子用力說。

「還用格子紋的綁帶？」

「格紋很有格調。」

克羅里悶哼一聲。當天使總算把心思拉到二十世紀，卻又老是受五〇年代吸引。

「你可以在這裡放我下來。」阿娜西瑪從後座出聲。

「樂意之至。」天使微微一笑。車子一停，他便把後門打開，彎下腰，彷彿老忠僕迎接年輕少爺回到大農場。

阿娜西瑪把東西收攏，盡可能以最高傲的姿態踏出車外。

她很肯定這兩個男人都沒繞到車後方，可是腳踏車早已鬆綁，正斜倚在大門上。

她確定他倆有極為怪異之處。

阿茲拉斐爾再次鞠躬。「很高興能助您一臂之力。」他說。

「謝謝。」阿娜西瑪冷冰冰地說。

「我們可以上路了吧？」克羅里說：「小姐，晚安了。**進來**啊，天使⓭。」

啊。嗯，怪不得。原來她其實一直很安全。

她望著車子朝向村子中央開去，消失在視線範圍之外，然後將單車推上通往農舍的小徑。她懶得鎖門。她很確定，如果有人要闖她家的空門，阿格妮思老早就會提到這件事。阿格妮思向來很擅長這類私人事務。

她租下農舍時屋子已經裝潢好，也就是說，裡頭的家具都是在此類地方會找到的特殊家具，可能是當地二手店會留在店門外等清潔工解決掉的那種。不打緊。她不準備在這裡久待。

如果阿格妮思說得對，她到**哪兒**都不會久待。沒有任何人會。

在廚房孤燈下，她將地圖與隨身物品散放在古老的桌子上。

她知道了些什麼？不多，她覺得。「它」可能在村子北端吧，不過她之前就這麼懷疑了。如果你靠得太近，那麼訊號就會把你吞沒；如果你離得太遠，就沒辦法鎖定確切的位置。

真氣人。答案一定就在「那本書」裡的某處。問題是，如果想了解書裡頭的預言，就得要像個半瘋半明智的十七世紀女巫那樣思考，而那女巫的腦袋就像是字謎辭典。家族其他成員說過，阿格妮思蓄意把事情弄得曖昧不明，免得外人一眼看透。雖說阿娜西瑪懷疑自己的思考方式有時就跟阿格妮思一樣，不過她仍暗暗斷定，阿格妮思之所以這麼做，是因為她是個有低級幽默感的嗜血老妖婦。

她甚至不——

書竟然不在她手上。

阿娜西瑪驚恐地盯著桌上的東西看。地圖、占卜用的自製經緯儀、裝了熱牛肉湯的保溫瓶、手電筒。

那塊空盪盪的長方形上本該有預言書的。

她把書弄丟了。

真是太荒謬了！那本書的位置一向是阿娜西瑪心心念念的事情之一。

⓭ angel也是親暱的稱呼，如「甜心」之意。

她一把抓起手電筒，跑出房子。

「這感覺像是……噢，像是跟你說『這有點陰森』時相反，」阿茲拉斐爾說：「就是這個意思。」

「『這有點陰森』——我才不會說這種話，」克羅里說：「我最愛陰森了。」

「是一種**備受珍惜**的感受。」阿茲拉斐爾迫切地說。

「沒。我啥也感覺不到。」克羅里勉強裝出愉快的模樣，「你只是太敏感了。」

「那是我的**職責所在**，」阿茲拉斐爾說：「天使怎麼**過度**敏感都嫌不夠。」

「我猜是因為這裡的人喜歡住這邊，而你感應到了這件事。」

「我在倫敦就從來都沒感應過這樣的氣息。」阿茲拉斐爾說。

「那就對啦，證明了我的觀點，」克羅里說：「而且**這裡**就是了。我還記得門柱上的石獅子。」

賓利的車頭燈照亮了車道兩側恣意生長的杜鵑花叢。輪胎嘎嘎碾過碎石礫。

「一大清早就拜訪修女也太早了吧。」阿茲拉斐爾表示懷疑。

「胡說。修女二十四小時都活蹦亂跳的，」克羅里說：「現在可能是『晚禱』時段吧，除非她們在瘦身[14]。」

「噢，差勁，真差勁，」天使說：「你實在不該說那種話。」

「別那麼敏感嘛。我跟你說過，這些人是我們的黑暗修女。你知道，我們那時候需要在空軍基地附近弄家醫院。」

「這回我沒聽懂。」

「你不會以為美國大使夫人會到前不著村、後不著店的小小教會醫院生產吧？得把一切弄得像是自然而然發生的。下泰德田有座空軍基地，她到那裡參加開幕式，狀況就開始了。基地醫院還沒完工，我們派駐在那裡的人員就會說，『沿路過去有個地方』，事情就成了。一切都安排得妥妥貼貼。」

「只除了一、兩個小細節。」阿茲拉斐爾沾沾自喜地說。

「可是，**差一點**就成功了。」克羅里突然吼道，覺得自己得為老東家說說話。

「你看，邪惡總包含了自我毀滅的種子，」天使說：「邪惡終究是負面的，也因此，即使是在表面上大獲全勝的時刻，也涵蓋了滅亡。一項邪惡的計畫，不管看起來有多了不起、計畫有多周詳、多無失敗之虞，其內在的罪惡一定會反撲到始作俑者身上。不管表面看來有多成功，到最後勢必自毀前程。它會在不義的岩石上失足，直直墜入並消逝在失憶的海洋中，一絲痕跡也不留。」

克羅里想了想。「才怪，」他終於開口，「在我看來，那只是一般的無能而已。嘿——」

他低聲吹了吹口哨。

莊園正前方鋪了碎石的前院擠滿車輛，而且還不是修女的車。如果要說那些車跟賓利有什麼差別，那就是等級遠遠勝過賓利。很多車的名字附有「大型休旅車」或「渦輪」這樣的字眼，車頂還有電話天線。幾乎每輛的車齡都不到一年。

克羅里手癢了起來。阿茲拉斐爾醫治了腳踏車和斷骨，**他自己**則渴望能偷幾臺收音機、戳破幾個輪胎，幹那類勾當。他用力抗拒這股衝動。

「哎，哎，」他說：「在我那個年代，修女可是四個人擠一輛莫理斯迷你車。」

「這不對。」阿茲拉斐爾說。

「也許修女把這地方改成了私家醫院？」克羅里說。

「或者是你弄錯了地方。」

---

⑭雙關語，晚禱英文為compline，瘦身用具是complan。

「我告訴你，就是這地方沒錯。來吧。」

他們踏出車外。三十秒後，有人射殺他們，槍法精準得不得了。

若說瑪麗．哈吉（以前是瑪麗．囉誇唆思）有什麼拿手的事，那就是努力遵守規則。她喜歡規則，那讓世界變得單純一點。

她不擅長的事就是改變。她真的很喜歡喋喋修會。在那裡，她生平頭一回交到朋友，首度擁有自己的房間。她當然知道這個修會從事一些（從某些觀點看來）不良的行徑，可是瑪麗．哈吉三十年來看遍人生酸甜苦辣，對於多數人類為了捱過一週又一週得做的事，她不抱任何浪漫幻想。此外，這兒伙食很好，還能認識有趣的人。

火災過後，喋喋修會倖存的部分已經搬離。畢竟，她們唯一的生存目的已達，成員因此各分東西。而她沒離開。她很喜歡這座莊園，她表示總得有人待下來，好好監督修繕工程，因為現在啊，妳實在不能信任工人，除非妳無時無刻都在他們之上──這只是個比喻。這也就表示她會違背修會的誓言，但院長說不要緊，沒啥好擔心的，在黑暗修女會裡，違背誓約絕對沒關係。在一百年之內，或者該說十一年內，一切都不會有什麼不一樣。所以如果她高興，那這些就是地契，還有個地址，可以把任何信件轉過去，但如果是上頭有個透明窗的土色長信封袋⑮，就甭轉寄了。

接著有件非常怪異的事發生在她身上。她獨自留在雜亂無章的建築物內，在未受祝融損毀的少數房間裡工作，跟耳後夾著菸屁股、褲子沾了石膏的男人們爭論（一旦牽涉到錢，這些男人的口袋型計算機每次算出來的結果都不一樣），她在自己身上發現了未曾發掘的特質。

在愣頭愣腦與急於討好別人的表面下，她發現了瑪麗．哈吉的存在。

她發現，要解讀建築工人的估價和計算增值稅實在輕而易舉。她從圖書館借了些書，發覺金融不但有趣，而且毫不複雜。她拋開那些談羅曼史與編織的女性雜誌，開始讀那種探討高潮的女性雜誌。可是除了在心頭記上一筆，告訴自己哪天有機會也要來一次，她就把這事丟開了，只把高潮當作另一種羅曼史與編織。所以她開始閱讀談論併購的雜誌。

左思右想之後，她在諾頓向一位興味盎然、紆尊降貴的年輕業者買了臺小型的家用電腦。過了一個緊湊的週末後，她又帶著電腦回到店裡。她出現時，老闆還以為她是想找個插頭安上去，結果不然，她回來是因為電腦缺了三八七副處理器。那個他還能理解，畢竟他身為電腦業者，當然懂那些長得要命的字眼，可是在談完副處理器之後，他覺得兩人的對話自此急轉直下。瑪麗．哈吉祭出更多雜誌，大部分的名稱都含有「個人電腦」這詞，好幾本裡頭的文章或評論都被她仔細地用紅筆圈了起來。

她讀有關「新女性」的文章。她以前不了解原來自己是個「舊女性」，不過，歷經一番思考之後，她斷定那種標題肯定跟羅曼史、編織與高潮是同路貨，而真正要緊的是全心全意當自己。打扮上，她向來就偏好黑白兩色，現在她只消把裙襬改短、鞋跟加高，再拿掉修女的頭巾就行了。

某天在翻一本雜誌的時候，她得知全國上下顯然有種無法饜足的渴求：建在開闊場地上的寬敞建築，而業主還得對商務界的需求瞭若指掌。她隔天出門一趟，以「泰德田莊園會議與管理訓練中心」的名義訂製了一些信封信紙，心裡推想，等信封信紙印好，對於經營這種場地該知道的一切，她應該都已經一清二楚了。

隔週廣告發了出去。

結果，公司一炮而紅，一切只因瑪麗．哈吉在她「做自己」的生涯初期老早就了解，管理訓練課程不一定要讓大家乖乖坐在不可靠的幻燈片投影機前面。這陣子公司行號想要的不只這些⑮。

⑮ 指的是稅單。

既然如此，就由她來提供吧。

克羅里背靠雕像趺坐在地，阿茲拉斐爾早已朝後翻進杜鵑花叢，一道暗色汙漬在外套上暈開。

克羅里感到襯衫上有股濡溼的液體正在漫流。

太荒唐了。他現在最不需要的就是遭人謀害，這一來可要解釋個老半天。他們不會隨隨便便就發新身體給你，他們向來堅持弄清楚你到底拿舊身體做了什麼。就像要跟特別難纏的文具部討支新筆一樣。

他不可置信地望著自己的手。

惡魔能在黑暗中視物。他看到自己滿手黃吱吱。他在流黃色的血。

他謹慎地嘗了嘗手指。

接著他爬到阿茲拉斐爾身邊，檢查一下天使的襯衫。如果上頭的汙漬是血，那生物學肯定出了大問題。

「嗚，會痛。」倒地的天使哼了哼。「正中我的肋骨下方。」

「對，可是你平常流的血是藍的嗎？」克羅里說。

阿茲拉斐爾雙眼一張，右手拍拍前胸，坐起身，做了跟克羅里一樣隨便的病理檢驗。

「漆彈？」他說。

克羅里點點頭。

「他們在搞什麼把戲？」阿茲拉斐爾說。

「我不知道，」克羅里說：「可是我想就叫『愚蠢的渾蛋』吧。」他的語調聽起來是拐著彎在說他也能玩上一把，而且還會玩得更高明。

這是個遊戲，好玩得要命。（採購部）副理奈玖．湯普金匍匐鑽過矮叢，感到血脈賁張，腦裡淨是克林伊斯威特知名電影裡較為難忘的幾個場景，心想自己本來還以為管理訓練營也會很無趣……

之前是有場講座，不過談的是漆彈槍，以及所有不該用漆彈槍做的事。那時湯普金望著受訓對手們稚嫩年輕的臉龐，就男人的眼光看來，他們一臉堅決，只要有一半脫罪機會，不該做的他們全都要做。如果有人跟你說商場如叢林，然後放把槍在你手裡，湯普金認為他們期望你瞄準的不只是襯衫。這一切都是為了獵取公司上司的首級，掛在自家壁爐上方。

總之，有則傳聞：統一聯合公司有個員工大大提升了自己的晉升機會，因為他偷偷將漆彈高速射進直屬上司的耳朵，使得上司在重要的會議場合裡抱怨耳鳴，最後公司以健康為由將上司換掉。

這裡有奈玖的受訓夥伴，換個說法，也就是精子夥伴。大家都知道工業股份有限公司只會有一位董事長，而那個職位可能會落到最惹人嫌的討厭鬼⓰身上，因而眾人皆奮勇掙扎向前。

當然嘍，人事部某個拿著寫字板的女孩跟他們說過，他們要上的課程只是為了激發潛在的領導能力、團體合作、進取心等等。受訓學員那時就已努力閃避彼此的臉。

到目前為止都很順利。急流泛舟的活動已經處理掉約翰史東（耳膜穿孔），而在威爾斯的登山活動又解決了惠特克（鼠蹊部扭傷）。

湯普金用拇指往槍裡再塞一顆漆彈，對著自己小聲念著法咒。「先下手為強」、「拚個你死我活」、「別占著茅坑不拉屎」、「適者生存」、「我必勝」。

他往雕像旁邊的人影再爬近一點。他們好像沒注意到他。

當再無掩護可用的時候，他深吸一口氣，然後跳出來。

「好了，蠢蛋們，來點……**噢天啊**……」

⓰ prick除了討厭鬼之外，也指男性生殖器，與前面的精子比喻呼應。

其中一道人影本來站的地方現在有個**嚇死人**的東西。他昏死過去。

克羅里將自己回復成最鍾愛的模樣。

「實在很討厭那麼做，」他嘀咕，「我一直很怕哪天會忘了怎麼變回來。還會毀掉一身好西裝。」

「我覺得這些小人做得有點過火。」阿茲拉斐爾說，不過倒沒什麼恨意。天使通常得維持某些道德標準，所以他跟克羅里不一樣，寧願拿錢去買衣服，而不是靠願力憑空活生生變出來。他身上這件襯衫可是價格不菲。

「我的意思是，你看，」他說：「這汙漬哪清得掉。」

「行奇蹟把它清掉啊。」克羅里說，一面掃視矮樹叢，看還有沒有別的受訓學員。

「嗯，可是我永遠**都會**知道那裡有過汙漬，我指的是在內心深處。」天使說。他拾起那把槍，在手中翻來轉去。「我從來沒看過這種東西。」

砰一聲響起，他們身邊的雕像掉了一隻耳朵。

「我們別在這閒晃，」克羅里說：「這裡不只他一個人。」

「咦，這把槍好怪。怪透了。」

「我還以為你們那邊反對用槍呢。」克羅里說，從天使滑潤的手中把槍拿過來，沿著粗短的槍身透過瞄準器觀望。

「我們那邊當前的思潮偏好槍枝。」阿茲拉斐爾說：「辯論道德議題時，有槍枝幫忙更具說服力，當然，得握在對的人手裡。」

「是嗎？」克羅里的手悄悄撫過金屬槍身。「那就沒關係了。來吧。」

他把槍扔往躺在地上的湯普金，快步越過溼漉漉的草坪。

莊園的前門沒鎖，他們兩人穿門而過時無人留意。幾個身穿軍服的圓胖年輕人正用馬克杯喝著可可，軍服上濺了油漆。這裡從前是修女的用餐處，有一、兩人朝他們開心地揮了揮手。

大廳另一側現在設了張類似旅館接待處的桌子，散發冷靜專業的氛圍。旁邊有個鋁製畫架，上面架了塊板子，阿茲拉斐爾正盯著看。

板子的黑布上嵌有小小的塑膠字，內文如下：八月二十到二十一日：聯合股份有限公司「進取心戰鬥課程」。

與此同時，克羅里從接待桌上拿起一本手冊。手冊裡有亮面的莊園圖片，並且特別提到附設有按摩浴缸、室內溫水游泳池，冊子封底有會議中心都會用的那種地圖，縝密使用錯誤的比例尺，讓人錯以為從全國每個公路出口都能很快到達本中心，卻小心地省略掉實際上環繞在會議中心四面八方好幾哩的迷宮鄉間小路。

「找錯地方了？」阿茲拉斐爾說。

「不是。」

「那麼是時間不對？」

「嗯。」克羅里快翻過整本小冊子，希望能找到線索。巴望喋喋修道會還在這裡也許太過強求，畢竟她們已經盡到責任。他輕輕發出蛇嘶聲。或許她們已經前往最黑暗的美洲大陸或什麼地方，想讓基督徒改信惡魔，不過他還是繼續讀下去。有時這種傳單會談點歷史，因為會在週末租這種地方來辦「互動式人事分析」或「策略行銷動力會議」的公司，喜歡員工進行戰略性互動的地點就位於伊莉莎白時代某金融家捐作瘟疫醫院的建築物內，而這建築物大概經過幾次全面重建、內戰，還有兩次大火災。

他也不是真的奢望看到「直到十一年前為止，此莊園原是惡魔崇拜修女會的修道院，不過其實她們的能力頗為可議，真的」這樣的句子，可是誰敢斷定不會有呢。

穿著沙漠迷彩服的胖男人晃到他們面前，手裡端著保麗龍杯裝的咖啡。

「現在誰占上風？」他友善地說：「嗯，前景規畫部那個小夥子伊文遜出其不意正中我的手肘。」

「我們全都要輸了。」克羅里漫不經心地說。

莊園外頭突然爆出一陣射擊聲。不是彈丸的颼颼劈啪，而是依空氣動力學塑成的小鉛塊，以極速破空所發出的爆裂巨響。

反擊的連發槍響傳來。

後備戰士面面相覷。又一陣槍聲，把門邊醜兮兮的維多利亞時代彩繪玻璃給打碎了，在克羅里腦袋旁邊的灰泥牆上擊出了一長串槍孔。

阿茲拉斐爾猛抓他的手臂。

「到底怎麼回事？」他說。

克羅里像條蛇似地泛起微笑。

奈玖・湯普金醒來時頭有點痛，在最近的記憶裡隱約有處空白。但他不會知道，在面對恐怖得無法想像的景象時，人腦很擅長以強迫失憶法掩蓋過去，所以他推想自己被漆彈打到頭。

他隱約意識到自己那把槍似乎變重，可是他當時還有點迷迷糊糊，一直等到把槍對準內部稽核的受訓經理諾曼・惠得並扣下扳機後，他才了解為什麼槍變重。

「我不懂你幹麼那麼震驚，」克羅里說：「他**本來就想要**一把真槍啊，他腦袋裡每股欲望都喊著要真槍。」

「可是你把他丟到那群沒防護的人之間、讓他大開殺戒！」阿茲拉斐爾說。

「喔，沒有，」克羅里說：「不完全是啦。公平至上。」
代表金融規畫部的那群人臉朝下趴伏在原本的暗牆處，不過他們不怎麼開心就是了⓱。
「我以前就說過，不能相信採購部的人，」金融部副理說：「一群王八蛋。」
他頭上的牆壁又飛過一顆子彈。
有幾人圍聚在倒地的惠得身旁，他火速爬向那兒。
「狀況如何？」他說。
薪資部副理轉向他，面容憔悴。「挺糟的，幾乎每一張都讓子彈打穿了。通行卡、巴克萊卡、大來卡……這一大堆。」
「只有美國運通金卡擋住了子彈。」惠得說。
他們不發一語，驚恐地看著子彈射穿一只信用卡皮夾的奇觀。
「他們為什麼要這樣？」一個薪資部職員說。
內部稽核經理張嘴，想說些合情合理的話，可是一個字兒也吐不出來。人給逼到了某一點都會爆發，而他的臨界點剛剛才被一根湯匙敲到。這一行他做二十年了。他一直想當平面設計師，可是就業輔導師沒聽過有那種工作。他整整二十年都在複查ＢＦ十八表格。連前景規畫部都已經有電腦，他卻還在轉該死的手動計算機曲柄，都轉二十年了。而現在還為了不知名的原因，可能是要重整公司卻不想付員工提早退休補助，所以就拿子彈掃射他。
在他雙眼後方的幻象中，偏執狂大軍正在推進。

⓱ haha有暗牆、隱籬之意，也是笑聲的狀聲詞。

他朝下望著自己的槍。在一片怒意與困惑的迷霧當中，他看到槍枝比當初配發時還要大、還要黑，感覺也比較重。

他瞄準附近的樹叢，眼睜睜看著連發子彈將樹叢炸為烏有。喔，所以他們想玩這招是吧。哼，總**有人**得贏啊。

他望著自己的人馬。

「好了，兄弟們，」他說：「我們去抓那些王八蛋！」

「依我看，」克羅里說：「根本不是**非得**扣扳機不可。」

他往阿茲拉斐爾拋了一道燦爛又緊繃的笑容。

「來吧，」他說：「每個人都忙得不可開交，我們趁這時候四處看看。」

子彈劃穿夜空。

採購部的強納生・帕克曲身鑽過樹叢，這時對方有人用手臂勒住他的脖子。

奈玖・湯普金口裡吐出一大把杜鵑樹葉。

「在那邊照公司的規矩來，」他用塗滿泥巴的五官低聲威嚇，「可是在這邊，我才是老大……」

「那招可真卑鄙。」阿茲拉斐爾說，他倆在空盪盪的迴廊上漫步。

「我幹了啥事？我幹了啥事啊？」克羅里說，隨手推開一扇扇門。

「有一堆人在外頭用槍互相殘殺！」

「哼，本來不就是這樣嗎？是他們自己下的手，那是他們真心想做的事，我只是幫他們一把。你就把那當成宇宙的縮影好了。人人都有自由意志，不可言說，對不對？」

阿茲拉斐爾怒目而視。

「噢，好啦，」克羅里可憐兮兮地說：「沒人會真的翹辮子啦，他們都會奇蹟般地逃過一劫，要不然也沒啥樂趣了。」

阿茲拉斐爾鬆了一口氣。「你知道嗎，克羅里，」他微笑，「我總是覺得，打從內心深處啊，你其實很……」

「行了，**行了**，」克羅里急忙打斷，「你幹麼不去昭告天下？去啊！」

過了一陣子，開始出現鬆散的結盟。大部分金融相關部門發現彼此有共通的利益，於是敉平爭端，團結起來對抗前景規畫部。

第一輛警車抵達，都還沒開上車道的一半，來自四面八方的十六顆子彈就射中了它的散熱器。接著又有兩顆子彈射中無線電天線，可是子彈來得太遲、太遲了。

克羅里打開瑪麗．哈吉的辦公室大門時，她正掛上電話。

「一定是恐怖分子，」她斷然道，「不然就是有人入侵。」她用力盯著他們兩個看，「你們是警察，對吧？」

克羅里看到她睜大雙眼。

即使過了十年，對方的修女頭巾拿掉了，也上了很濃的彩妝，但克羅里跟所有惡魔一樣，對長相的記性很好。他手指一彈，她便放鬆下來、朝椅背上靠，一張臉變成空白親切的面具。

「又不必那麼做。」阿茲拉斐爾說。

「您——」克羅里瞥了一眼手錶，「——早，女士。」他用平板的聲調說，「我們只是幾個超自然實體，想知道妳是否能行行好，把惡名昭彰的撒旦之子的下落告訴我們。」他對著天使冷笑。「我會再把她叫醒的，行吧？到時口令可以讓你說。」

「嗯。既然你都這麼說了……」天使慢吞吞地說。

「有時候老方法最管用，」克羅里說。他轉向那個失去知覺的女人。

「十一年前妳在這裡當修女嗎？」他說。

「對。」瑪麗說。

「啊哈！」克羅里對阿茲拉斐爾說：「看到沒？我就知道自己沒弄錯。」

「見鬼的好運。」天使咕噥著。

「妳那時候叫做囉唆修女，還是什麼的。」

「囉誇唆思。」瑪麗．哈吉以空洞的聲音說。

「有個事件跟偷換新生兒有關，妳還記得嗎？」克羅里說。

瑪麗．哈吉遲疑半晌。再開口時，彷彿塵封的記憶在多年之後第一次被攪動。

「記得。」她說。

「掉包的事情有沒有可能出了錯？」

「我不知道。」

克羅里想了一下。「妳們一定有留紀錄，」他說：「總是有紀錄的。現在哪個人沒紀錄啊。」他得意地瞄了阿茲拉斐爾一眼，「那是我高明的點子之一。」

「噢，有啊。」瑪麗．哈吉說。

「那紀錄放在哪？」阿茲拉斐爾柔聲說。

「出生後有一場火災。」

克羅里呻吟一聲，雙手朝空中一甩。「是哈斯塔幹的——可能是，」他說：「那是他的作風。那些傢伙真讓人不敢相信，他肯定還自以為有多精明。」

「關於另一個孩子的細節，妳想得起來嗎？」阿茲拉斐爾說。

「嗯。」

「請告訴我。」

「他的小小腳趾頭好可愛。」

「哦。」

「而且他長得好甜。」瑪麗．哈吉戀戀不捨地說。

外頭傳來警笛聲。子彈突然射中警笛，響聲戛然而止。阿茲拉斐爾用手肘推了推克羅里。

「得上路了，」天使說：「要不然我們隨時都會被警察包圍，而當然我在道德上有義務協助他們調查。」他思索了一會兒。「或許她記得那天晚上分娩的其餘產婦，還有……」

樓下響起跑步聲。

「你設法擋住他們，」克羅里說：「我們還需要更多時間！」

「再多來一些奇蹟，『上頭』就會開始注意到我們。」阿茲拉斐爾說。「如果你**真**希望加百列或別人起疑，想說四十個警察怎麼會同時睡著——」

「好啦，」克羅里說：「夠了，夠了。本來很值得一試的。我們閃人吧。」

「三十秒內，妳會醒來，」阿茲拉斐爾對著恍惚的前修女說：「妳會有個甜美的夢，夢到妳最喜歡的事，然後——」

「嗯，嗯，好了吧，」克羅里說：「我們可以走了嗎？」

他們離開的時候沒人注意到。警察全忙著把四十名腎上腺素分泌過度、殺紅了眼的受訓管理學員趕到一起。三輛警局廂型車在草坪上鑿出了路徑，阿茲拉斐爾要克羅里先倒車，讓第一輛救護車先過，不過賓利緊接著就咻地往夜色裡急駛而去。在他們身後，避暑別墅與涼亭烈火熊熊。

「我們竟然把那個可憐的女士丟在恐怖的處境裡。」天使說。

「你是這麼想的嗎？」克羅里說，試著撞一座拒馬鐵絲網，可是沒對準。「我跟你保證，預約肯定暴增一倍。只要她用對策略，釐清豁免範圍，把法律問題打理得滴水不漏。告訴你，真槍實彈的進取心訓練課程？他們肯定搶著排隊。」

「你為何老是這麼玩世不恭？」

「我說過，因為那是我的**職責所在**。」

他們在靜默中開了好一會兒車。然後阿茲拉斐爾開口：「你想他總會現身吧？對不對？我們不管怎樣都能找出他的行蹤。」

「他不會。他不會對我們現身。他有防護性的偽裝，連他自己都不知道，可是他的力量會藏住他本人，好躲開刺探的玄祕勢力。」

「玄祕勢力？」

「就你跟我。」克羅里解釋。

「我才不玄祕，」阿茲拉斐爾說：「天使不玄祕，我們是飄緲的靈氣。」

「管他是什麼。」克羅里脫口而出，他太過憂慮，無力爭論。

「有沒有別的辦法能找他？」

克羅里聳聳肩。「我哪知，」他說：「你想嘛，這種事我有多少經驗？你也知道，末日之戰就來這麼一回。他們才不會讓你再來一次，試到對為止。」

天使往外盯著迅速後退的樹籬。

「一切看起來這麼安詳，」他說：「**那件事**會怎麼發生呢？」

「嗯，熱核彈大滅絕一直很搶手。不過我得說，兩邊的大頭目目前對彼此還是很客氣。」

「行星撞擊？」阿茲拉斐爾說：「就我了解，這也是近來的風潮。撞進印度洋，巨大的雲層夾帶著沙塵與水氣，所有較高等的生物全得說再見。」

「哇。」克羅里說，刻意超過速限。光是超過一點點都會讓他好過一些。

「實在不忍想像啊，對吧？」阿茲拉斐爾陰鬱地說。

「所有較高等生物一口氣殲滅，就這樣。」

「真恐怖。」

「什麼也不剩，只剩下灰塵跟基本教義派。」

「你這麼說很惡劣。」

「抱歉了。實在忍不住。」

他們緊盯著路面。

「也許是恐怖分子——？」阿茲拉斐爾開口。

「不會是我們這邊的。」克羅里說。

「也不會是我們這邊的，」阿茲拉斐爾說：「不過，當然，我們這邊的叫做自由鬥士。」

「我跟你說，」克羅里說，同時在泰德田的旁道上急馳。「攤牌的時候到了。我跟你講我們這邊的人馬，你跟我說你們的。」

「好啊，你先。」

「噢，不行。你先。」

「可是你是惡魔。」

「沒錯，不過，是個遵守諾言的惡魔——我希望啦。」

阿茲拉斐爾提了五個政治領導人的名字。克羅里說了六個。有三個名字同時出現在兩邊。

「看吧？」克羅里說：「就跟我向來所說的一樣。人類啊，真是狡猾的混帳東西。你根本不能相信他們。」

「不過，我想我們這邊沒人在醞釀什麼大計畫，」阿茲拉斐爾說：「只有小型的恐……呃……政治抗爭活動。」他及時更正。

「啊，」克羅里挖苦道：「你是說沒有成本低廉、大量製造的謀殺？只有客製化服務，每顆子彈皆由技術高超的工匠親手裝填發射？」

阿茲拉斐爾對這番話不予回應。「那我們現在該怎麼辦？」

「試著睡上一覺。」

「你不需要睡眠。**我也不需要**。邪惡從不入睡，而美德永遠警醒。」

「邪惡一般說來可能是這樣。不過這個特定部分已經融入習慣中，偶爾要睡上一覺以免啟人疑竇。」克羅里凝望車頭的燈光。不久以後連睡覺都不可能了。當「下頭」的那些人發現他竟然親手把敵基督搞丟了，可能會把他當初針對西班牙宗教法庭寫的報告挖出來，把裡面的酷刑全在他身上試用看看，一次一種，接著就全部一起來。

他在儲物箱裡翻找，隨意撈到一卷錄音帶，塞進音響裡。來一點音樂能……

……魔王為我預留了一個惡魔，為我……⑱

「為我。」克羅里嘟噥。有一刻他面無表情，然後喊了一聲，聲音像被勒住般。他使勁關上音響開關。

「當然，我們也可以派個人類去找他。」阿茲拉斐爾若有所思地說。

「啥？」克羅里精神渙散。

「人類很擅長尋找同類，他們做了好幾千年。那孩子**是**個人，同時也是……你知道的。他會躲過我們，可是別的人類或許能夠……感應到他，或許可以吧。或者看見我們倆意想不到的東西。」

「那沒有用。他可是敵基督！即使他自己**不**知道，他都有這……這種自動防禦力，不是嗎？甚至不會讓別人對他起任何疑心。時候未到，要等一切就緒。別人的疑心會從他身上滑開，就像……總之就是那種水一沾上就會滑開的東西。」他無力地講完。

「有沒有更好的點子？就一**個**更好的主意？」阿茲拉斐爾說。

「沒。」

「那麼，好吧。這個應該可以——別跟我說你沒有掩護組織可以用——我知道我就有。我們可以看看他們有沒有辦法找到蛛絲馬跡。」

「他們做得到的有什麼我們辦不到？」

「嗯，首先，他們不會讓別人互相射殺，也不會下手催眠良家婦女，他們——」

「好了，好了。可是機會渺茫，相信我，我很清楚。可是我也想不出更好的點子了。」克羅里轉進高速公路，往倫敦駛去。

「我有某……某種線民網，」過了半晌，阿茲拉斐爾開口，「橫跨全國，一支有紀律的團隊。我可以派他們去找。」

「我……呃，也有類似的東西。」克羅里坦承，「你也知道情況，你永遠不知道這些人什麼時候能

⑱皇后合唱團〈波西米亞狂想曲〉的歌詞。

派上用場……」

「我們最好先警告他們。你想他們該不該通力合作？」

克羅里搖了搖頭。

「我想不大好，」他說：「從政治的角度來講，他們不算很世故。」

「那我們各自連絡自己的人馬，看看他們有何能耐。」

「應該值得一試吧，我想。」克羅里說：「老天有眼，我又不是很閒。」

有一會兒他皺起前額，繼而喜不自勝地猛拍方向盤。

「鴨子！」他喊道。

「什麼？」

「就是水一沾上就會滑開的東西！」

阿茲拉斐爾深吸一口氣。

「麻煩你，好好開車就行。」他疲倦地說。

他們穿越黎明駛回城裡，音響播放著巴哈B小調彌撒曲，由皇后合唱團的佛萊迪．摩克瑞主唱。

克羅里喜歡大清早的倫敦。此時的人口幾乎全是有正當工作要做、真的有正當理由進城來的人，跟早上八點以後拖拖拉拉且沒什麼必要進來的幾百萬人完全相反，而且街道多少都比較寧靜。阿茲拉斐爾書店外的窄街有禁止停車的雙黃線，不過賓利停在人行道旁的時候，雙黃線就乖乖地自動向後滾，收了起來。

「嗯，好吧，」克羅里說。阿茲拉斐爾去後座拿外套。「我們保持聯繫，好嗎？」

「這是什麼？」阿茲拉斐爾邊說邊舉起長方形的褐色東西。

克羅里斜瞄一眼。「書？」他說：「不是我的。」

阿茲拉斐爾翻了翻幾張變黃的書頁。腦袋深處響起了小小的藏書癖鈴聲，喚醒了記憶。

「一定是那位小姐的，」他緩緩說：「早該跟她要住址。」

「喂，我自己的麻煩已經夠大了，可不想讓別人有機會打小報告，說我四處打轉想物歸原主。」克羅里說。

阿茲拉斐爾翻到書名頁。克羅里沒能看到他的表情，這或許是好事。

「我想你反正可以把它寄到那邊的郵局去，」克羅里說：「如果你覺得非得這麼做不可。收件人就寫『騎腳踏車的瘋女人』。會給交通工具取怪名字的女人你萬萬不能信任——」

「嗯，嗯，當然了。」天使說。他笨手笨腳地撈出鑰匙，卻失手落在人行道上，撿了起來，卻又掉了下去。他匆匆走到店門口。

「保持聯絡，好嗎？」克羅里朝他的背影叫。

阿茲拉斐爾停住開鎖的動作。

「什麼？」他說。「噢，噢，好，很好，好極了。」他一把摔上門。

「好吧。」克羅里喃喃道，突然覺得孤單極了。

手電筒的光線在小徑間閃爍。

麻煩就在：在褐色——嗯——灰暗的曙光下，要在褐色土地挖出的溝渠底的褐色落葉與褐色積水當中，找一本褐色封面的書，根本是大海撈針。

書不在那裡。

凡是腦袋想得出來的搜尋方法，阿娜西瑪都一一試過了：有系統的地毯式搜尋、在路邊的歐洲蕨叢草率地戳戳找找、故作冷漠地悄悄貼近，並用眼角餘光查看。她甚至用了個方法，她全身上下有點浪漫情懷的神經都堅持肯定有用，那就是：先戲劇化地放棄，坐下來，然後讓眼光自然地落到一塊地上，如果跟她有關的故事寫得好的話，那麼，書一定就在那裡。並沒有。

意思就是，正如她一直害怕的，書可能就在那兩位一心同體的單車修理匠的車子後座。

她可以想見阿格妮思・納特的子孫後輩全在嘲笑自己。

即使那兩人很誠實，想要還書，也不大可能大費周章去找一間在幽暗中幾乎看不見的小屋。

她只能期望他們不明白自己拿到了什麼東西。

阿茲拉斐爾跟不少專門為識貨行家搜尋珍稀善本的蘇活區書商一樣，在店內有間密室。比起店裡那些封上膠膜、為目標明確的客人陳設的書，他的密室藏書要深奧、冷門多了。

讓他特別得意的收藏是預言書。

通常是第一版。

而且每一本都有作者簽名。

他有羅伯特・尼克森①、吉普賽人瑪莎、伊格內修・席別拉，還有老奧得維・賓斯。法國預言家諾斯特拉達穆落款如下：「贈予老友阿茲拉費爾，致上最高祝福」；席頓大媽在他手上這本灑了飲料；在房間角落的控溫櫃裡有初稿的卷軸，上面有帕特摩斯島聖約翰顫巍巍的墨跡，他的《啟示錄》是長年暢銷書。阿茲拉斐爾覺得他這傢伙雖然對奇怪的蘑菇太著迷，人還算不錯。

他的預言收藏品裡獨獨缺了《阿格妮思・納特良準預言集》。阿茲拉斐爾走進內室，他捧著這本書的樣子，就像熱血澎湃的集郵家拿著一張藍色模里西斯，這郵票湊巧出現在阿姨剛剛寄來的明信片上⑲。

這本預言書他以前連看也沒看過，可是他久仰大名。在這行裡，人人（如果把它看成高度專業化的行業，總共也大概只有一打人而已）都聽過這本書。它的存在就像某種真空，各式各樣的奇聞怪事繞著這個真空轉了好幾百年。阿茲拉斐爾明白，其實自己不確定東西是否能繞著真空轉，不過他才不管呢。跟《阿格妮思·納特良準預言集》比起來，希特勒的日記看起來，呃，簡直就像一堆贗品。

當他把書放在板凳上，套上一雙手術用的橡皮手套，畢恭畢敬地翻開時，手幾乎顫也不顫。

書名頁上寫著：

阿格妮思·納特
良準預言集

以稍小的字：

從當今直到世界末日
鐵口直斷、未卜先知的歷史

以稍大的字：

收錄各種奇聞以及給妻子的格言

---

① 指的是十六世紀的一個弱智者，跟任一位美國總統無關。

⑲ Mauritius Blue 是模里西斯郵政一八四七年所發行的兩便士藍色郵票，現今僅存一打左右，是世界集郵的珍品。

以不同的字體：

內容完整，更勝先前的出版品

字級較小但加粗：

關乎即將到來的奇異時代

稍微氣急敗壞的草書：

還有不可思議的自然界事件

再次以較大的字：

「讓人聯想到諾斯特拉達穆的顛峰之作」——娥蘇拉・席頓

這些預言都編上序號，總共超過四千筆。

「穩住啊，穩住。」阿茲拉斐爾對自己喃喃道。他去小廚房裡替自己泡了杯熱可可，然後深吸幾口氣。

四十分鐘過後，可可一口也沒動。

旅館酒吧的角落裡有個紅髮女子，她是全世界最成功的戰地記者。她現在有本護照，以朱姬珀為名，哪裡有戰爭，她就往哪兒去。

嗯，差不多啦。

其實，她專往沒有戰爭的地方去。凡是有戰事的地方，她一定早在那兒待了好一陣子。

在自己的工作領域之外，她不算很知名。若把一打戰地記者聚在機場酒吧，他們的對話跟永遠朝北指的羅盤一樣，一定會擺盪到《紐約時報》的墨奇森、《新聞週刊》的凡洪、獨立電視新聞臺的安弗思。他們是戰地記者中的「戰地記者」。

可是當墨奇森、凡洪與安弗思巧遇於貝魯特、阿富汗或蘇丹境內焚毀的鐵皮破屋裡，欣賞完對方的傷疤，幾杯酒下肚以後，就會開始交換《全國世界週報》「紅」朱姬珀令人心生敬畏的奇聞軼事。

「這小報蠢得可以，」墨奇森會說：「手上有他媽的這號人物，卻他媽的根本不識貨！」

其實呢，《全國世界週報》對自己手上有哪號人物清楚得很：戰地記者。他們只是不清楚當初這人是怎麼來的，而現在既然有這號人物，也不知該拿她怎麼辦。

一份典型的《全國世界週報》會向世界報導的內容有：第蒙市有個人買了大麥克漢堡，上頭出現耶穌的臉，隨文附上藝術家對那個漢堡包的看法；有人最近看到貓王在第蒙市的漢堡大王分店工作；第蒙市有位家庭主婦聽了貓王的唱片，癌症就不藥而癒了；突然大批崛起而充斥於中西部的狼人，是高貴的拓荒婦女遭大腳毛人欺凌之後所產下的後代；貓王高貴到這世界配不上他，因此外星人在一九七六年將他帶走了②。

那就是《全國世界週報》③。他們每週銷量四百萬份，他們需要戰地記者的程度相當於需要聯合國祕書長獨家採訪的程度。

所以他們付朱姬珀大把銀子去找戰爭，完全不理會她偶爾從世界各地寄來的鼓脹信封袋，上頭有糟糕的打字，裡面裝著開支申請單的憑據，她的花費通常都算合情合理。

他們覺得這樣做沒錯，因為就他們看來，她其實不算很好的戰地記者，但毋庸置疑最具魅力，而這點對《全國世界週報》來說相當重要。她的戰地報導總是一堆傢伙朝彼此開火，並未真正解析什麼盤根錯節的龐雜政治問題，更重要的是，也缺乏人道關懷。

他們偶爾會把她的報導交給改稿人重新處理。(「里歐孔冠薩的激戰如火如荼時，耶穌向九歲的馬紐耶．貢薩列斯顯靈，要他快快回家，因為他媽媽很擔心。『我知道那是耶穌，』這名勇敢的小男孩說：『他的圖片在我的三明治盒子上出現過，好神奇喔，他看起來跟那張圖片一樣。』」)

大多時候，《全國世界週報》任憑她自由發揮，仔細將她的報導歸檔到垃圾箱裡。

墨奇森、凡洪與安弗思才不管這點，他們只知道，不管戰爭何時爆發，朱姬珀總是第一個趕到。簡直像是在戰事爆發**之前**就在了。

「她怎麼辦到的？」他們會無法置信地互相探問，「見鬼了，她是怎樣辦到的？」然後他們目光交會，眼神默默地說：如果她是一輛車，肯定是法拉利出廠的。她是那種你會在貪汙大元帥身邊看到的美豔女伴，出現在垮臺中的第三世界國家，卻跟我們這些傢伙混在一起。我們真是走狗屎運，對吧？

朱姬珀小姐只是笑了笑，緊接著再買一巡酒請每個人喝，帳記在《全國世界週報》上。她望著四周爆發的衝突，笑了出來。

她當初想得沒錯，新聞業正適合她。

即使如此，人人都需要休假。而紅朱姬珀正在度她十一年以來的第一次假。

她到地中海的小島上，該島經濟全仰賴觀光業，她挑那裡度假這件事本身就很怪。紅看起來就像是某類女性，倘若到個比澳洲還小的島上度假，肯定因為她是島主的朋友。再者，若你一個月前跟任一位島民說，戰爭要開打了，他一定會嘲笑你一番，然後設法把椰葉纖維製成的酒架或貝殼做成的海灣風景畫賣給你。不過，那是以前。

現在是現在。

現在島上有嚴重的宗教與政治分化問題，牽涉到四個不相干的歐陸小國，使得整座島分裂成三大陣營，市中心廣場的聖母瑪麗亞雕像倒了下來，旅遊業也毀了。

紅朱姬珀坐在「太陽鴿房」旅館的酒吧裡，啜著勉強充當雞尾酒的飲料。角落裡有個疲憊的鋼琴師正在彈奏，頭頂著假髮的侍者正對著麥克風輕吟：

啊啊啊啊——從——前——有——顆

小——白——球——

啊啊啊啊——非——常——悲——傷——因——為——它——是

小——白——球——

---

②神奇的是，其中一則報導真有其事。

③這份訪談是在一九八三年寫的，過程如下：

問：那麼，您是聯合國祕書長嘍？

答：是。

問：在哪裡目擊過貓王嗎？

有個男人撞穿窗戶撲進來，齒間咬著一把刀，一手握著卡拉希尼科夫自動步槍，另一手抓著手榴彈。

「額以金提噁其的解晃——」他暫停，把嘴裡的刀子取出來，然後再度開口。「我以親土耳其的解放黨名，奪下這家旅館！」

還留在這座島上的最後兩名度假人士④連忙爬到桌子底下。紅若無其事地從飲料裡掏出酒釀櫻桃，放在深紅色的雙唇上，慢慢將果子從枝梗上吸吮下來，這種吃法讓房間裡的好幾個男人出了一身冷汗。

鋼琴師站起身來，把手伸進鋼琴裡，拉出一把頂級衝鋒槍。「這家旅館早已由親希臘的地方防衛隊占領了！」他大喊道，「誰敢亂動，就送你到地府去！」

門口有動靜。有個魁梧的黑鬍子男人站在那裡笑得很燦爛，手持一把貨真價實的古董格林機槍，背後還有一群同樣高大但較不顯眼的武裝男人。

「這家旅館是軍事要塞，多年來都象徵著法西斯帝國主義土耳其—希臘走狗的觀光業，現在是義大利—馬爾他自由鬥士的財產了！」他以雄渾的嗓音和善地說道：「現在，全部納命來！」

「胡說八道！」鋼琴師說：「它哪是軍事要塞，不過是酒窖裡有些頂級好貨！」

「佩卓，他說的沒錯，」持卡拉希尼科夫自動步槍的人說：「那就是我們這夥人想要這家旅館的原因。厄尼斯托・蒙托亞將軍跟我說，斐南多，一到星期六，戰爭就要結束了，兄弟們到時候想好好玩一下。到太陽鴿房旅館去，把它拿下當戰利品，辦得到吧？」

鬍子男漲紅了臉。「斐南多・奇安提，這裡就是該死的軍事要塞！我敢跟你講，我畫過這座島的全圖，旅館就在島的正中央，所以就是他媽的軍事要塞！」

「哈！」斐南多說：「那你倒不如說，小迪耶哥的房子可以看到頹廢資本主義者的私人天體沙灘，那才叫做軍事要塞！」

鋼琴師滿臉通紅，「這點我們這夥人今天早上才明白。」他承認。

一片無言。

沉靜之中，微弱絲質摩擦聲響起。紅把蹺起的雙腿放了下來。

鋼琴師的喉結上下滑動。「嗯，那邊的確是軍事要塞，」他成功吐出話來，努力忽視吧檯凳子上的女人，「我是說，如果有人從潛水艇登陸，你會想要站在能俯瞰全島的地方。」

沉默。

「嗯，反正那邊比這家旅館更像軍事要塞。」他說完。

佩卓令人不安地咳了咳。「誰敢再多說**什麼**——**不管**是什麼，都死定了。」他咧嘴一笑，把槍舉高。「好，現在——所有人都靠在裡面的牆上。」

沒人動。沒人聽他說話。他們正凝神聽著從他身後走廊傳來的喃喃抱怨，聲音低沉含糊，安靜又單調。

門口那群武裝男人一陣窸窣。他們似乎拚命想站穩，卻不敵那陣嘟噥，毫不留情地被擠開了。這陣嘟噥開始變成清晰可辨的句子：「各位先生，不用招呼我。今晚可真特別啊，是不是？整座島我繞了三圈差點找不到這地方，這邊有人就是不來路標這一套，對吧？不過總算還是讓我找到了，得停下來問四次路就是了。最後就問郵局，郵局的人一定知道，不過還是得畫張地圖給我，地圖就在這，放哪兒了啊……」

④湯馬斯．崔佛夫婦住在英國平頓鎮榆樹街九號。夫婦倆向來堅持，度假的好處之一就是不必讀報紙、聽新聞，其實就是完全擺脫一切。由於崔佛先生染上了腸胃的毛病，而崔佛太太第一天就晒太多太陽，今天是兩人這十天以來第一次踏出旅館房間。

有人平靜地穿過持槍漢子之間，就像游過鱒魚池的梭子魚。是個戴眼鏡的矮小男人，一身藍色制服，拿著薄薄的長型牛皮紙包裹，上頭用繩子捆住。身上唯一遷就天氣的就是那雙棕色塑膠露趾涼鞋，不過，他在涼鞋內還套了綠色毛線襪，透露了他對國外天氣與生俱來又根深蒂固的不信任。

他頭戴鴨舌帽，上頭印了大大的白字：**國際快遞**。

雖然他手無寸鐵，可是沒人動他一根汗毛，也沒人拿槍指著他。他們只是盯著他看。

矮小男人環顧廳內，掃視眾人臉龐，然後低頭查看自己的夾板，接著直直走向紅，她仍舊端坐在酒吧凳子上。「小姐，有您的包裹。」他說。

紅接了包裹，鬆開繩結。

國際快遞員謹慎地清清喉嚨，並把翻皺了的簽收簿及用線繫在夾板上的黃色原子筆遞給記者。「小姐，您必須簽收。就那裡。用正楷寫您的全名，然後在下面簽名。」

「沒問題。」紅在簽收簿上簽了名，字跡模糊不清，接著又以正楷寫出姓名來。她寫下的姓名不是朱姬珀，而是個短得多的名字。

這男人和善地向她道謝，便往出口走去，一面嘀嘀咕咕地說：先生們，你們這地方真是漂亮，我一直想過來這裡度假，不好意思，麻煩你們了，我先走一步，先生……然後他又平靜地走出他們的生命，一如他當初來的時候。

紅打開了包裹。大家開始往她周圍移動，想看清楚一點。包裹裡有把很大的劍。

她打量著劍。劍非常筆直，又長又利。外表看來既老舊又從未用過，沒什麼裝飾或搶眼之處。不是什麼魔法劍，也不是什麼威力無邊的神祕武器。一眼就能看出鑄這把劍不僅是為了削、切、割，最好還能奪命，不過，若奪命不成，至少能讓一大票人全成殘廢。這把劍散放出一股難以捉摸的氣息，滿是仇恨與威嚇。

紅用她精心保養的右手緊握劍柄，將劍提高，平視著它。刃光一閃。

「好——吧！」她說，下了高腳凳，「終於來了。」

她把酒喝盡，將劍舉高，扛在肩上，環顧困惑不已的派系黨羽，他們現在將她團團圍住。「老兄，抱歉，先走一步了，」她說：「要不其實我很樂意待下來，跟你們混熟一點。」

房間裡的男人驟然了解，其實自己並不想跟她混得更熟。她美豔動人，可是就像看來很美的森林大火，只可遠觀，不可褻玩。

她握著劍，笑容像把刀。

房間裡有好幾把槍，緩緩地、顫抖地，全瞄準了她的前胸、後背和頭部。槍枝團團困住了她。

「不准動！」佩卓粗聲叫道。

其他人全點頭。

紅聳聳肩，向前邁步。

每根扣著扳機的手指都收緊，幾乎是自動自發。空中瀰漫著鉛與火藥的氣味，紅的雞尾酒杯在她手中粉碎，房裡僅餘的鏡子全爆裂成致命的碎片。部分天花板塌了下來。

一切便到此為止。

朱姫珀轉身盯著倒臥四周的軀體，彷彿想不透他們怎麼會出現在那裡。

她用貓一般的深紅舌頭舔淨濺在手背上的血（別人的），然後笑了。

她走出酒吧，鞋跟在地磚上喀喀作響，有如遠方鐵鎚的咚咚聲。

兩位度假人士這才從桌底下爬出來，環視這場大屠殺。

「如果我們跟以前一樣去托雷莫里諾斯⑳，就不會碰上這檔子事了。」一人憂傷地說。

「外國人啊，」另一人嘆氣，「派翠西亞，他們到底跟我們不同啊。」
「那就說定了，我們明年去布萊頓吧。」崔佛太太說，她全然不理解剛才那事件的特殊意義。
方才的事件，表示根本不會有明年。
方才的事件大大減低了有下個禮拜的可能性。

⑳ Torremolions，西班牙的海濱休閒度假小鎮，在過去吸引了非常多中下階層的英國觀光客。

星期四

Thursday

村裡搬來了新住戶。

新入住的村民總會激起「那一夥①」的興趣與揣測。可是這回急性子裴潑帶來的消息格外引起注意。

「她剛搬進茉莉農舍，是個女巫。」她說：「我會知道這件事，是因為幫她清掃房子的韓德生太太跟我媽說，她有女巫的報紙。她也有好幾堆普通的報紙，不過，就是有特別給女巫的報紙。」

「我爸說，已經沒有女巫這種東西了。」溫思雷岱爾說。他有淺色的波浪鬈髮，透過厚厚的黑框眼鏡嚴肅地觀看人生。大家相信他受洗的時候被取名為傑若米，可是從來沒人用那個名字叫他，連他父母也不用，他們就叫他「小小」。之所以這麼做，是下意識希望他能收到這個暗示，因為溫思雷岱爾給人的印象是：打從出娘胎心智年齡就有四十七歲。

「為什麼不行，」布萊恩說。他有張愉快的寬臉，上頭有層似乎永遠甩不掉的塵垢。「我不懂女巫為何不能有自己的報紙。上面可以報導最新的咒語之類的東西。我爸就有《釣客郵報》啊。我敢說女巫一定比釣魚的人多。」

「那種報紙叫做《通靈新訊》。」裴潑主動搶答。

「那不是給女巫的，」溫思雷岱爾說：「我阿姨就有《通靈新訊》。那種報紙講的只是把湯匙折彎、算命，還有自以為前世是伊莉莎白女王一世的人。其實已經沒有女巫了。人發明了藥物跟有的沒的，然後跟女巫說大家再也不需要她們，接著就開始把她們給燒死。」

「女巫的報紙可能有青蛙那一類的圖片。」布萊恩說，他不忍讓好點子付諸東流。「還——還有，騎掃帚的上路考試，還有貓咪的專欄。」

「反正，你阿姨可能就是女巫，」裴潑說：「私底下偷偷當。她可能白天整天當阿姨，然後晚上跑去當女巫。」

「**我**阿姨才不是。」溫思雷岱爾陰沉地說。

「還有食譜，」布萊恩說：「提供新用法，看要怎樣料理用剩的蟾蜍。」

「噢，閉嘴啦。」裴潑說。

布萊恩哼哼氣。剛剛那句話如果是溫思雷岱爾說的，早就引發一場朋友之間要打不打的混戰了。哥兒們間的混戰有不成文的規矩，但「那一夥」老早就學到了教訓，裴潑自認不受這些規矩約束。她可以又踢又咬，而就十一歲的女孩兒來說，其招數在生理學上的精準度非常驚人。除此之外，十一歲的「那一夥」隱約感覺到，要是對帥妹裴潑出手，不僅會吃上快如猛蛇的一記（那一記會讓空手道小子丹尼爾❶跌個狗吃屎），還會演變成讓人心跳加快的場面，而他們還不大習慣這種事，因此開始有點困擾了。

可是四人幫有她又挺好的。他們得意地想起，當胖子魁西·強生和**他的**人馬因為他們跟女生玩在一起而出言嘲弄時，裴潑發飆暴走，弄得魁西②的媽媽那天晚上四處跟人抱怨。

---

① 這些年來，這四人怎麼稱呼自己的團體並不重要。稱呼經常變動，通常是因為亞當前一天恰巧讀到或看到什麼東西而一時興起（亞當·楊恩小隊、亞當暨夥伴、白堊洞幫、名聞遐邇四人組、真超級英雄軍團、礦場幫、祕密四人幫、泰德田正義協會、銀河大軍、正義四人組、反抗軍）。人人總是偷偷叫他們作「那夥人」，到最後，他們自己也這麼叫了。

❶ The Karate Kid，一九八〇年代極受歡迎的青少年校園功夫電影，臺灣譯為《小子難纏》，後又連拍續集兩部。

② 魁西·強生體型特大，是個可悲的孩子。每個學校都會有個這樣的孩子，不是**過胖**，只是體型龐大，穿的衣服尺碼跟他爸爸差不多。紙張被他巨大的手指一碰就破，筆一握在掌中就斷。他試著跟其他小孩玩安靜友善的遊戲，可是到最後那些孩子卻被他給踩在巨腳下。所以魁西·強生幾乎是為了自我防衛才成為惡霸的。反正被稱為惡霸至少暗示某種控制力和欲望，總比人家叫你傻大個好。他讓體育老師絕望，因為如果魁西·強生對運動能有一丁點兒興趣，那這所學校去比賽肯定連連奪冠。可是魁西·強生從來沒找到適合自己的運動項目。反之，私底下他全心全意蒐集熱帶魚，這讓他得了不少獎。魁西·強生與亞當·楊恩同齡，出生時間只差幾小時。魁西的父母從沒告訴他，他是領養來的。看吧？寶寶們的事情，**你說對了**。

裴潑把男巨人魁西當作天敵。

她留著紅色短髮，不是長滿雀斑，而是整張臉就是一顆大雀斑，裡面夾雜著一塊塊皮膚。

她本名叫皮聘．凱蘭崔爾．月童❷。她在一場命名儀式上得到這個名字，地點是泥濘的溪谷平原，上頭有三隻病歪歪的羊，還有好幾頂漏水的塑膠圓錐帳棚。她媽媽特別挑威爾斯的潘提戈多溪谷做為「回歸大自然」的理想所在。（六個月後，她被下雨、蚊子、男人，還有踐踏帳棚的羊給煩透了。那些羊先是吃掉整個公社收成的大麻，然後把公社的古董迷你巴士也吞掉了。那時她也開始稍微看出來，為什麼幾乎人類歷史展現出的全部動力就是要離大自然越遠越好。裴潑的母親回到泰德田的娘家，讓兩老大為驚訝。她買了一件胸罩，修了社會學課程，自己如釋重負，深深嘆了口氣。）

要一個小孩接受皮聘．凱蘭崔爾．月童這種名字，只有兩種方法，而裴潑選第二種。「那一夥」的三個男生那時才四歲，上學的第一天就在操場上見識到這個方法。

那時他們問她叫什麼名字，她懵懵懂懂地跟他們說了。

後來，得要潑上一桶水才有辦法讓皮聘．凱蘭崔爾．月童的牙齒從亞當的鞋子上鬆開來。溫思雷岱爾生平第一副眼鏡也破了，布萊恩的毛衣脫線，得織補五針。

「那一夥」從此以後就湊在一塊兒，裴潑之後也一直都叫裴潑，叫她原名的只有媽媽，以及村裡唯二的幫派——魁西．強生跟他的嘍囉（在他們覺得自己特別勇猛、而「那一夥」也聽不見的時候才敢這麼叫）。

亞當用腳跟砰砰地撞著充當椅子的牛奶箱邊緣，聽著大夥兒拌嘴。他的態度怡然自得，好似國王正在聽朝臣閒聊。

他懶懶地嚼著稻草。星期四早晨，假期就在眼前展開，無邊無際又雪白無瑕，得要做些事情來打發。

他讓對話在身旁飄蕩，好似蚱蜢的嗡鳴，或者，如果要形容得更貼切，就像是探礦人盯著攪動中的碎礫，看看會不會閃現有用的金子。

「我們的週日報說國內有幾千個女巫，」布萊恩說：「崇拜大自然，吃健康食品什麼的。所以我不懂我們村裡為什麼不能也有一個。報紙說，她們掀起『愚蠢的邪惡之浪』，淹沒了整個國家。」

「什麼？就因為崇拜大自然還有啃健康食品？」溫思雷岱爾說。

「報紙是這樣說的。」

「那一夥」針對這點慎重考慮了一下。他們曾經在亞當的慫恿之下，花一整個下午試吃健康食品。他們判定，如果事先吞過一客熱騰騰的豐盛午餐，就有辦法靠健康食品活得好好的。

布萊恩傾身向前，一臉詭計多端。

「報紙**還說**她們光著身子到處跳舞。」他補充，「她們爬上山坡，或到史前巨石陣或什麼的那邊，然後脫掉衣服跳舞。」

這次，四人幫思考得更加賣力。「那一夥」已經走到人生的某個位置，人生的雲霄飛車在經過好長一段時間後，幾乎快要來到青春期第一個大攀升的頂端，所以他們一朝下望，就能看到接下來陡峭的旅程，充滿了神祕、恐怖與令人興奮的峰迴路轉。

「啊。」裴潑說。

---

❷ Pippin與Galadriel皆為《魔戒》的人物。皮聘是哈比人Peregrin Took的小名，為魔戒遠征軍中年紀最小的一位，性格魯莽。凱蘭崔爾為精靈女王，又稱為「男子般的少女」，力量及身高均異於常人。Moonchild是一九一七年英國神祕小說家Aleister Crowley的作品，情節講述黑白兩陣營的魔法師大戰，月童指一種靈力體質，有此種體質的女性能令讓她受孕的男子提高魔法力。

「我阿姨不是，」溫思雷岱爾說，一舉打破魔咒。「我阿姨絕對不是，她只是一直設法跟我姨丈講話。」

「你姨丈死了。」裴潑說。

「她說他還是會把杯子移來移去。」溫思雷岱爾辯解道，「我爸說，一開始就是因為他老把杯子移來移去，才會把自己害死。真不知道她為什麼還想跟他說話。」他補充，「他還活著的時候，他們根本不大講話。」

「那是巫術，那就是。」布萊恩說：「聖經裡頭有寫。她不應該再這樣做了。上帝堅決反對巫術，也反對女巫，你可能會因此下地獄。」

牛奶箱寶座上有人慵懶地調了調姿勢。亞當要開口了。

「那一夥」靜了下來。亞當的話向來值得洗耳恭聽。在內心深處，「那一夥」知道自己並不是四人幫派，而是隸屬於亞當的三人幫。可是如果你想來點刺激的或有趣的，或在生活裡排滿活動，那麼在亞當幫裡當個嘍囉，對「那一夥」的每個成員來說，遠比在別處的幫派當頭來得珍貴。

「真搞不懂大家幹麼那麼排斥女巫。」亞當說。

「那一夥」面面相覷。這話聽起來另有下文。

「嗯，她們讓穀物生病，」裴潑說：「也會讓船沉沒，還會預言你到底有沒有辦法登上王位，還會用藥草釀東西。」

「我媽會用藥草，」亞當說：「你媽也會。」

「噢，**那些**又沒關係，」布萊恩說，堅持不肯輕易失去神祕學專家的身分。「我想神一定說過，用薄荷跟鼠尾草等等的並不要緊。想也知道，用薄荷跟鼠尾草不會有什麼關係。」

「她們單是望著你就能讓你生病，」裴潑說：「那叫做『邪惡之眼』。她們瞧你一眼，然後你就病了，沒人找得出病因。她們會照著你的模樣做出一個人型，在它身上插滿針，針插在哪裡，你哪裡就不舒服。」她開心地補充。

「已經沒那種事了。」理性思考者溫思雷岱爾重申，「因為我們發明了科學，然後所有牧師為了女巫好，就放火燒她們，那就叫做西班牙宗教法庭。」

「那我想，我們應該調查看看住在茉莉農舍的人是不是女巫，如果是，我們應該跟皮克思吉爾先生說。」布萊恩道。皮克思吉爾先生就是教區牧師，目前他與「那一夥」時有爭執，主題上自攀爬教室中庭的紫杉，下至按了門鈴後趕快開溜。

「我想，四處放火燒人是不行的吧，」亞當說：「要不然，大家一定老是在放火燒人。」

「如果你很虔誠，就沒關係。」布萊恩保證道，「而且這樣能讓女巫不用下地獄，所以我想，如果女巫能正確了解這一點，一定會相當感激。」

「很難想像皮牧師放火燒人的樣子。」裴潑說。

「噢，很難說。」布萊恩意味深長地說。

「又不是放真的火燒她們。」裴潑輕蔑地說：「他比較可能先跟她們的爸媽告狀，要燒誰或不燒誰，就留給她們爸媽來決定。」

一想到當今神職人員的低責任標準，「那一夥」便嫌惡地搖頭。接下來，三人充滿期待地望著亞當。

他們總是滿懷期待地望著亞當。他是專出點子的那一個。

「也許我們應該自己來，」他說：「如果有這些女巫到處晃，那就應該有人出面**做點事情**。那——那就像『保密防諜』計畫。」

「就叫『保密防女巫』。」裴潑說。

「才不要。」亞當冷冷地說。

「可是我們不能當西班牙宗教法庭，」溫思雷岱爾說：「我們又不是西班牙人。」

「我敢說，不一定是西班牙人才能弄西班牙宗教法庭啊。」亞當說：「我敢說，那就跟蘇格蘭蛋或美國漢堡一樣。只要看起來像西班牙就好，我們只要讓它有西班牙的**樣子**就可以了。然後每個人就會知道，那是西班牙宗教法庭。」

一片靜默。

一個洋芋片空袋子的劈啪聲打破了寂靜。不管布萊恩坐在哪，那裡就會堆起一丘洋芋片空袋子。

「我有一張鬥牛的海報，上面有我的名字。」布萊恩緩緩地說。

午餐時間來了又去。新一代西班牙宗教法庭再度集會。

裁判首長一絲不苟地檢視整個法庭。

「這些是什麼？」他質詢。

「你跳舞的時候可以把它們敲在一起，」溫思雷岱爾說，帶著一點點辯解意味。「我阿姨好幾年前從西班牙帶回來的。我想就叫響葫蘆。你看，上面畫了西班牙舞者。」

「她幹麼跟公牛一起跳舞？」亞當說。

「表示那來自西班牙。」溫思雷岱爾說。亞當讓它過關。

鬥牛海報完全跟布萊恩當初拍胸脯保證的一樣。

裴潑帶了一個用椰子樹葉做成的東西，跟盛肉汁的船型器皿很像。

「這是放酒用的，」她大膽地說：「我媽從西班牙帶回來的。」

「上面沒畫公牛。」亞當嚴厲地說。

「又不需要。」裴潑抗辯，才稍微動一下身子就成了戰鬥的預備姿勢。

亞當遲疑了。他姊姊莎拉跟男朋友也去過西班牙，還帶了一隻特大號的紫色玩具驢子回來，雖然肯定是西班牙的東西，但亞當憑直覺感到，那不合西班牙宗教法庭的調調。不過，她男朋友當時帶回一把裝飾非常華麗的劍，這把劍一舉起來就很容易彎掉，拿來裁紙時就會變鈍，可是號稱是用托雷多的鋼打造而成。亞當花了頗具知識性的半小時查百科全書，覺得那把劍正是宗教法庭需要的東西。不過，他東暗示西暗示，還是沒能借到手。

到最後，亞當從廚房拿了一堆洋蔥。這些洋蔥很可能是西班牙產的。不過，即使是亞當也不得不承認，做為宗教法庭的裝飾，洋蔥還是缺了點什麼。他實在沒有立場針對椰葉纖維酒杯大放厥詞。

「很好。」他說。

「你確定這是西班牙洋蔥？」裴潑鬆了口氣說。

「當然，」亞當說：「西班牙洋蔥。大家都知道。」

「也有可能是法國的，」裴潑堅持不懈，「法國出產洋蔥是出了名的。」

「那不重要。」亞當說，他對洋蔥開始有點厭煩了。「法國跟西班牙**差不多**，而且我想女巫不知道有什麼差別。她們把晚上所有時間都拿來東飛西飛。對女巫來講，那全部看起來就是一大片歐洲大陸。反正，如果妳不滿意，自己去弄個法庭啊，就這樣。」

難得這麼一回，裴潑沒有窮追猛打。有人保證她會得到刑求長的職位。法庭裁判長由誰當，沒人有疑問。溫思雷岱爾跟布萊恩的角色是裁判所警衛，他們的興致就沒那麼高了。

「嗯，你們又不懂西班牙文。」亞當說，他在午餐時間花了十分鐘讀一本詞彙書，那是莎拉對亞利坎塔❸湧起一陣浪漫懷想時所買的。

「又沒關係，因為你**其實**得說拉丁文。」溫思雷岱爾說，他在午餐時間閱讀的資料稍微正確一點。

「**還有**西班牙文，」亞當堅定地說：「所以才會叫做西班牙宗教法庭。」

「我不懂為什麼不是英國宗教法庭。」布萊恩說：「搞不懂我們當初為什麼要攻打西班牙的無敵艦隊，難道就是為了要他們的臭宗教法庭嗎？」

這點也對亞當的愛國情操稍稍造成了困擾。

「我想，」亞當說：「我們應該從西班牙開始，等到熟練以後，就能改弄英國宗教法庭了。現在，」他補充，「裁判所警衛要去帶第一位女巫過來，**por favor**〔請〕。」

他們決議，茉莉農舍的新住戶還有得等。他們需要先從小處耕耘，由平地起高樓。

「汝為女巫否，**oh lay**〔妳好〕？」

「是。」裴潑的妹妹說，她六歲，看來像一顆長了金毛的橄欖球。

「妳不可以說是，妳一定要說不是。」刑求長不悅地低聲說，用手肘推了推嫌犯。

「再來要怎樣呢？」嫌犯追問道。

「再來我們就會刑求妳，逼妳說是。」刑求長說：「我跟妳**說過了**。刑求很好玩，不會痛。Hastar lar visa〔有簽證嗎？〕❹」她快快補充。

小嫌犯以不屑的眼光瞥了瞥裁判所總部的裝潢，那兒有股揮之不去的洋蔥味。

「哼，」她說：「我要當女巫，有長疣的鼻子，跟綠色的皮膚，還有可愛的貓咪，我要把貓咪叫做小黑，也有很多毒藥，還有——」

刑求長對裁判長點了點頭。

「喂，」裴潑拚命說：「沒人說妳**不能**當女巫，妳只要**說**自己**不是**女巫就行了。如果我們一逼問妳，妳就承認自己是女巫，」她厲聲道，「那我們幹麼這麼費工夫啊。」

嫌犯想了一下。

「可是我**想**當女巫嘛。」她啜泣道。「那一夥」的男性成員交換了筋疲力盡的眼神。這個他們應付不來。

「妳只要說**不是**，」裴潑說：「我就把整組辛迪馬廄的玩具給妳，我從來沒用過哦。」她補充，一面怒目瞪著其他成員，看他們誰敢插嘴。

「妳**已經**用過了。」她妹妹說：「那個我**看過**，全都玩舊了，妳放稻草的地方都破了，還有——」

亞當權威地咳了咳。

「汝為女巫否，viva espana〔西班牙萬歲〕？」他複述。

妹妹朝裴潑的臉掃了一眼，決定不要冒險。

「不是。」她下了決心。

每個人都同意，這場刑求相當成功。問題是要如何朝咸認女巫的那人動手。

這天下午很熱，裁判所警衛覺得自己被占便宜了。

「搞不懂為什麼全部的事情都是我跟布萊恩弟兄在做。」溫思雷岱爾弟兄說，一把抹去眉梢上的汗。「我想，她也該下來讓我們試一試了。Benedictine ina decanter〔來一壺甜酒〕❺。」

「我們為什麼停了？」嫌犯想知道。水從她的鞋子裡溢了出來。

---

❸ Alicante，西班牙東南部濱地中海的省份，其港市省會的名稱與省名相同。

❹ 此為模仿西班牙語法與發音的英文。

❺ Benedictine為法國費康（Fcamp）產的一種甜酒，由班尼迪克教團僧侶所釀造，故名。

在調查過程當中，裁判長想過，英國宗教法庭可能還沒準備好要再度引入鐵處女跟噲梨。可是中世紀水刑椅的圖片顯示，水刑椅正是為了這個目的特別打造的❻。你只需要一座池塘，幾塊木板，還有一條繩子。這類組合一直很吸引「那一夥」，三樣東西向來不費功夫就能到手。

現在池塘的綠水漲至嫌犯的腰間。

「這跟蹺蹺板好像喔，耶！」她說。

「如果我不能也試試看，那我要回家了。」布萊恩兄弟嘀咕，「不知道為什麼，好玩的都給邪惡的女巫享受。」

「裁判官不能接受酷刑。」裁判長嚴峻地說，可是不怎麼真心。這天下午很熱，舊麻布袋製的裁判官袍穿起來又刺又癢，聞起來還有大麥的霉味，而池塘看來真的太吸引人了。

「好啦，好啦！」他說，然後轉身朝向嫌犯。「妳是女巫，這次就算了，可是不要再犯了，現在妳快下來，輪到別人了。oh lay。」

「那現在咧？」裴潑的妹妹說。

亞當猶豫了。現在放火燒她恐怕會吃不了兜著走，他推想。而且，她全身溼答答，點火也燒不起來。

他隱約也預料到，在未來的某一刻，肯定會有人問起沾滿泥濘的鞋子，還有覆滿浮萍的粉紅色洋裝。可是那是未來的事，還遠在暖洋洋漫長午後的另一端，眼前則有木板、繩子跟池塘。未來可以等。

未來按照那向來讓人有點喪氣的老樣子，來了又走。除了沾滿泥巴的洋裝以外，楊恩先生心上還有別的事要煩，所以只是禁止亞當看電視而已，也就是說，亞當得待在自己房裡看那臺黑白老電視。

「我不懂為什麼我們家要被禁用軟水管，」亞當聽到楊恩先生跟太太說，「我跟大家一樣都有繳稅，花園一副撒哈拉沙漠的樣子，我很訝異那個池塘竟然還有水**沒乾**。照我說，都該怪沒人去做核武試爆。我小時候都還有正常的夏天。以前無時無刻都在下雨。」

亞當沿著灰塵飛揚的小路吊兒郎噹地走著。這個吊兒郎噹的姿勢很不錯。亞當就是有辦法用這種姿態走路，並冒犯所有正直人士。他不只是讓自己的身體鬆垮下來，吊兒郎噹的時候，還能有所變**化**，現在他的肩膀正反映心裡的傷害與困惑，就像那些渴望幫助同胞的無私人士遭到不公不義的阻撓時會有的感受。

矮樹叢上覆了厚厚的灰塵。

「如果女巫侵占整個國家，逼大家吃健康食品，又不准大家上教堂，還到處光著身子跳舞，那每個人都活該。」他說，踢起一顆石子。他不得不承認，除了健康食品，他預期的未來實在沒什麼好操心的。

「我敢說，如果他們讓我們好好放手去做，我們本來可以找到**好幾百個**女巫。」他自言自語，又踢了一顆石頭。「我敢說拖踢罵打❼那個好傢伙一開始才不用為了什麼弄髒衣服的笨女巫而收手不幹。」

狗狗盡責地尾隨主人，也吊兒郎噹地走著。這不在地獄犬的預期之中，不符合牠對哈米吉多頓大戰前幾天的想像，可是牠自己也開始享受起這樣的生活。

牠聽到主人說：「可是即使是**維多利亞時代的人**也不會強迫別人看黑白電視。」

體型塑造天性。髒兮兮的小型狗就適合某些行為，那實際上已經嵌入基因，你不可能在體型變成

---

❻ iron maiden，形狀女性的金屬箱，內側有尖釘的刑具、choke pear，狀似西洋梨的鐵製刑具，塞進受刑者嘴裡，以鑰匙啟動開關，便朝四面八方彈射出鐵尖刺。ducking stool，把受刑人綁在凳子上，然後快速拋浸於水中。

❼ Torturemada，即托爾克馬達（Tomas Torquemada, 1420-1498），西班牙首任大裁判官，掌管西班牙的異教徒審判。

小型狗以後，還巴望能維持原來的自我。必然會有某個內在的小型狗性格開始滲透你的整個本質。

牠已經追過老鼠了，那是牠這一生中最享受的經驗。

「如果『邪惡勢力』害我們全軍覆沒，那是他們自作自受。」牠的主人發著牢騷。

狗狗想著，接下來還有貓。牠曾嚇到隔壁的薑黃色大貓，也試著用老招數——炯炯目光再加上喉嚨深處的咆哮，想把那隻貓嚇成一灘畏畏縮縮的果凍，這在過去對下地獄的人一直很管用，可是這回卻害牠自個兒的鼻子吃了一掌，兩眼直掉淚。貓啊，狗心想，顯然比迷失的靈魂來得強悍許多。牠期待能對貓做更進一步的試驗，計畫的內容包含：繞著對方跳躍，同時興奮地吠上一吠。那是成功機率不高的大膽嘗試，可是搞不好會管用。

「如果皮牧師到時候被變成青蛙，他們最好別來找我求救，就這樣。」亞當咕噥著。

就在此刻，他突然明白兩項事實：一是他憂鬱的腳步正帶著自己走過茉莉農舍，第二，有人在哭。

亞當就是抗拒不了眼淚。他遲疑了一下，然後謹慎地瞥進樹籬後頭。

阿娜西瑪坐在摺疊椅上，可麗舒面紙已經耗掉半包。就她看來，樹籬上冒出的那顆頭好似一顆亂糟糟的小太陽升了起來。

亞當不相信她是女巫。女巫長什麼樣，亞當心裡有很明確的形象。楊恩家限制自家人只能在水準較高的週日報紙中挑一種來讀，所以啟蒙時代後一百年來的神祕主義全與亞當擦肩而過。她既沒鷹鉤鼻，也沒長疣，又很年輕……嗯，**相當**年輕。對他來說，這就夠了。

「妳好。」他說，收起了吊兒郎噹。

她擤了擤鼻子，盯著他看。

此刻應該描述一下。阿娜西瑪事後說，她當時所看到的就像是青春期之前的希臘神祇。也可能是聖經裡的插圖，描繪健壯天使執行正義懲罰的那種。那張臉不屬於二十世紀。那張臉有濃密閃亮的金

色鬈髮，米開朗基羅真該為他雕一座像。

不過，也許不用把穿爛的球鞋、磨損的牛仔褲、髒兮兮的T恤刻進去。

「你是誰？」她問。

「亞當．楊恩。」亞當說：「我就住在這條小路過去那邊。」

「噢，對。我聽說過你。」阿娜西瑪說，輕揩眼睛。亞當得意了起來。

「韓德生太太交代過，要我一定得提防你。」她繼續說。

「我在這一帶很出名。」亞當說。

「她說，你是個天殺的壞胚子。」阿娜西瑪說。

亞當咧嘴而笑。惡名昭彰雖比不上盛名在外，可是總比沒沒無聞強上幾倍。

「她說你是『那一夥』裡最糟的一個。」阿娜西瑪說，表情愉快了一點。亞當點點頭。

「她說，小姐，妳要留意『那一夥』，他們那夥除了惹麻煩什麼也不會。那個小亞當簡直是老亞當再世。」她說。

「妳為什麼哭？」亞當直截了當地問。

「哦？噢，我丟了東西，」阿娜西瑪說：「一本書。」

「如果妳想要，我可以幫妳找。」亞當殷勤地說：「其實啊，我對書懂得不少。**我自己**就寫過一本；那本書很讚喔，幾乎快八頁。是講海盜的故事，他還是有名的偵探——**而且**我還畫了插圖。」接著，他一時慷慨了起來，便補充道，「如果妳想要，我會讓妳看。我敢說，那比妳弄丟的所有書都還要刺激。特別是太空船那部分，恐龍跑出來，然後跟牛仔對打。我的書肯定能逗妳開心。它讓布萊恩開心得要命，他說他從來沒那麼開心過。」

「謝謝，你的書一定很棒，」她這麼說，馬上讓亞當永遠喜歡上她。「可是我不需要你幫忙找書——我想現在已經太遲了。」

她若有所思地看著亞當。「我想這一帶你很熟？」她說。

「方圓**好幾哩**我都熟。」亞當說。

「你看過兩個男人開一輛大黑車嗎？」阿娜西瑪說。

「他們偷了書？」亞當說，突然興致勃勃。

攔阻一幫國際偷書賊可以讓這一天結束得很光采。

「也不算是……有一點啦。我是說，他們不是故意的。他們那時在找莊園，可是我今天到那邊去，沒人知道他們的來歷。我確定那裡出了點意外還是什麼的。」

她盯著亞當看。他有點怪，可是她說不上來是什麼。她只是有一種急迫感，覺得他很重要，不應該讓他就這樣飄走。他有一種……

「那本書叫什麼？」亞當說。

「《女巫阿格妮思．納特良準預言集》。」阿娜西瑪說。

「什麼禮物？」

「不是，是女巫。就像《馬克白》裡面的人物。」阿娜西瑪說。

「那個我看過，」亞當說：「真的很有趣，那些國王全都昏了頭的樣子。我的媽呀！女巫哪會善良？」

「『良』從前也指……嗯，非常，或者確實的意思。」肯定有什麼怪怪的。某種緩慢懶散的張力。你開始覺得，只要他在附近，每個人——連風景也一樣——都只是背景而已。

她來這裡已經一個月了。除了韓德生太太之外（理論上照料農舍的是韓德生太太，而她可能一有機會就翻遍阿娜西瑪的東西），她跟別人說過的話加起來不超過一打。她任由他們以為她是藝術家。

這裡正是那種藝術家喜愛的小鄉下。

說實在，這裡美得要命。這座村莊附近就已經美若仙境了。如果泰納跟蘭德瑟在酒吧裡遇到了山米爾．帕麥爾，把這裡全畫出來，然後把馬的部分交給斯塔布斯❽，那就再完美也不過了。真教人沮喪，因為這裡就是要發生**那件事**的地方。反正，根據阿格妮思的說法就是這樣。一切全寫在一本書裡，而阿娜西瑪竟然放任自己搞丟它。當然她有索引卡，可是就是跟原書不一樣。

在那個時刻，如果阿娜西瑪神智清明（亞當在附近，因此沒人能完全控制自己的心智），就會注意到，每當她想要超越表面層次、深入思考亞當的事，思緒就會溜掉，就像水沾不上鴨子一樣。

「太酷了！」亞當說，在心裡玩味著良準預言集可能會提到的事。「會告訴你誰是全國大馬賽的贏家對不對？」

「不對。」阿娜西瑪說。

「裡頭有提到太空船嗎？」

「沒有很多。」阿娜西瑪說

「機器人呢？」亞當滿懷希望地說。

「抱歉了。」

「那，聽起來好像不怎麼好。」亞當說：「如果沒有機器人跟太空船，那我不懂書裡頭談到的未來還會有什麼。」

大概是三天，阿娜西瑪陰鬱地想著，那就是未來會有的東西。

---

❽四位皆為英國畫家。泰納（Turner, 1775-1851）、帕麥爾（Samuel Palmer, 1805-81）、斯塔布斯（Stubbs, 1725-1806）都是風景畫家，蘭德瑟（Landseers, 1802-73）是動物畫家。

「想來一杯檸檬汁嗎？」她說。

亞當猶豫一下，然後決定挺身面對挑戰。

「嗯，我想問一下——如果算是私人問題的話，那不好意思——妳是女巫嗎？」他說。

阿娜西瑪瞇起眼睛。讓韓德生太太探頭探腦的結果就是這樣。

「有些人會這麼說，」她說：「但其實我是神祕學家。」

「噢，嗯，那就沒關係了。」亞當說，開心了起來。

她上下打量著他。

「神祕學家是什麼你知道嗎？」她說。

「噢，知道啊。」亞當自信滿滿地說。

「只要你現在高興起來就好，」阿娜西瑪說：「進來吧。我自己也想來一杯。還有……亞當・楊恩？」

「啊？」

「你剛剛是不是在想『我的眼睛又沒怎樣，才不需要檢查咧』，對不對❾？」

「誰？我嗎？」亞當心虛地說。

問題出在狗狗身上。牠不肯進小屋去。牠趴在門前階上，低吼著。

「來啦，笨狗，」亞當說：「只不過是茉莉農舍。」他朝阿娜西瑪尷尬地瞥一眼。「通常我說什麼牠都照做——馬上喔。」

「你可以把牠留在花園裡。」阿娜西瑪說。

「不行，」亞當說：「跟牠說什麼，牠就要乖乖做。我在書裡面讀過，訓練很重要。書上說，每隻狗都訓練得起來。我爸說，把牠訓練好，我才能養牠。馬上，狗狗。進去。」

狗狗哀鳴，乞憐地看著他。粗短的尾巴在地上重重拍了一、兩回。

是主人的聲音。

牠鬼鬼祟祟地爬過門前臺階，萬般不情願，就像逆著大風往前走一樣寸步難行。

「很好，」亞當得意地說：「好小子。」

地獄又燒毀了一點……

阿娜西瑪關上門。

茉莉農舍的門口上方，第一個房客早在幾世紀以前就掛上馬蹄鐵❿。那時黑死病正猖獗，牠想，凡是有防禦作用的東西不妨全用上。

馬蹄鐵經過歲月侵蝕，半掩在幾世紀的油漆底下，所以亞當或阿娜西瑪都沒多想，也沒注意到馬蹄鐵現在才正要從白熱狀態冷卻下來。

阿茲拉斐爾的可可冰冰的。

房裡唯一的聲音就是偶爾響起的翻頁聲。

---

❾ 神祕學家（occultist）與眼科醫師／驗光師（ocultist）在英文聽起來很相近。阿娜西瑪介紹自己的職業時，亞當以為她說的是後者。

❿ 許多文化將馬蹄鐵視為幸運符。談到幸運馬蹄鐵的起源，有個有名的傳說，十世紀的坎特伯里大主教聖達斯坦本來是鐵匠，惡魔要他幫忙換坐騎的蹄鐵，聖達斯坦卻把蹄鐵釘在惡魔的蹄上，惡魔痛苦不堪。聖達斯坦要惡魔答應，從今以後凡是掛了馬蹄鐵的門口都不進去，才願意幫他取下蹄鐵。

有時響起推門聲，那是隔壁「親密關係」書店未來的客人弄錯了入口。他不予理會。

有時他差點破口大罵。

阿娜西瑪一直沒在農舍裡好好安頓下來。她的工具大多都堆在桌面上，看起來很有趣。說實在，彷彿是巫毒教巫師在科學實驗用品店大肆翻找了一番。

「哇！」亞當說，動手戳一戳。「這有三隻腳的是什麼東西？」

「經緯儀，」阿娜西瑪從廚房裡發話。「用來追蹤靈線。」

「那，靈線又是什麼？」亞當說。

她向他說明。

「哇，」他說：「是這樣嗎？」

「對。」

「到處都是？」

「沒錯。」

「我就從來都沒看過。不可思議，四周到處都是隱形的磁力線，我卻看不見。」

亞當通常不大聽人說話，可是他剛剛度過了此生——或說那一天的生命當中最心醉神迷的二十分鐘。在楊恩家，連敲敲木頭或把鹽巴丟過肩膀⓫都沒人做過。亞當小一點的時候，耶誕老人從煙囪下來過，那時他們馬馬虎虎裝樣子，就這麼一次跟超自然扯上了關係③。

除了豐收節⓬以外，他就沒接觸過更神祕的事了。她的字句灑上他的心田，有如水讓一疊吸墨紙給吸了進去。

狗狗躺在桌子底下低吼著，開始產生強烈的自我懷疑。

阿娜西瑪不只相信靈線，也很關切海豹、鯨魚、腳踏車、雨林、雜糧麵包、再生紙、南非白人撤出南非、美國人撤出幾乎每個地方，甚至長島也不例外。她不把自己的信念分門別類，而一股腦兒全部融成一個巨大無縫的信仰，相較之下，聖女貞德的信仰只是無所事事的生活主張。就山脈移動的規模來說，阿娜西瑪的信仰少說可以把阿爾卑斯山移個〇．五度④。

從來沒人在亞當耳畔用過「環境」這個字眼。南美洲的雨林對亞當來說是一本天書，而這本書還不是用再生紙印的呢。

他唯一打斷她話頭的一次，就是出言附和她對核能的看法：「我去過核能發電廠，**無聊死了**。管子裡沒冒綠色的煙，也沒有咕噥冒泡的東西。真是不應該，人家大老遠跑來參觀，可是連冒泡的好東西都沒有，只有一大堆人站在那裡，身上連太空服都沒穿。」

「他們是等參觀的人都回家以後，才會開始弄冒泡的東西。」阿娜西瑪嚴厲地說。

「啊。」亞當說。

「現在就該馬上把他們除掉。」

⓫「摸木頭」（touch wood）是種咒文，可帶來好運或避開霉運，常用在提到好事情，又希望這分好運能持續下去的時候。據說灑出鹽巴會引發爭執或衝突，灑鹽過左肩則是希望翻轉這個霉運。

③如果那時候亞當已經擁有全部的力量，楊恩家會因為在中央暖氣孔裡發現一個一命嗚呼的胖男人倒栽蔥掉了下來，而壞了他們的耶誕節。

⓬Harvest Festival，用來表達對豐收的感恩，慶祝活動通常包括唱歌、祈禱，以及用一籃籃食物與水果裝飾教堂。秋分當天或前後的滿月就是豐收月，而豐收節就在豐收月的禮拜天當日或前後慶祝。

④也許在此值得一提的是，大部分的人鮮少能把阿爾卑斯山提高超過〇．三度（阿爾卑斯山高度的十分之三），亞當對事物懷有的信念，其規模卻小至兩座、大至一萬五千六百四十座聖母峰。

「活該，誰叫他們不弄冒泡的東西。」亞當說。

阿娜西瑪點點頭。她還在努力摸索亞當到底哪裡怪，然後她找出了怪異之處。

他沒有氣場。

對於氣場，她可拿手了。如果用力盯著看，她看得見氣場。氣場就是圍繞在人的腦袋周圍的微弱亮光。根據她讀過的一本書，氣場的顏色能夠告訴你那些人健不健康、整體而言幸不幸福。人人都有氣場。心胸狹窄而封閉的人輪廓模糊而時時晃動；心胸寬大且具創意的人，氣場可能從身體延伸出好幾寸。

竟然有人沒氣場，這點她前所未聞，但在亞當的周圍她就是看不到氣場，可是他看起來快活又積極熱心，就跟迴轉儀一樣有著完美的平衡。

可能只是我累了，她想。

總之，能找到這樣受教的學生，她既滿意又開心，還借他好幾本《新寶瓶文摘》，那是她朋友編輯的小雜誌。

那些雜誌改變了他的人生，至少改變了他那天的人生。

他竟然提早就寢，讓他父母大吃一驚。但其實他是趴在毯子底下，拿著手電筒，還有那些雜誌跟一包檸檬糖，一直撐到半夜過後。偶爾有「好厲害」的讚嘆聲會從他使勁嚼著的嘴裡冒出來。

電池的電力耗光以後，他從毯子底下冒出來。房間黑漆漆，他頭枕著雙手，看似望著從天花板垂下來的X戰機飛行隊。它們在夜晚微風中輕輕擺動。

可是亞當並沒真的在看，而是盯著他靠想像力幻化出來的明亮全景，它跟園遊會一樣轉個不停。這跟溫思雷岱爾的阿姨及酒杯不一樣，這種神祕學有趣太多了。

除此之外，他喜歡阿娜西瑪。當然，她很老了，可是當亞當對某人有好感，他就想讓那個人快樂。

他在想，要怎樣才能讓阿娜西瑪快樂？

大家以前都認為，巨型炸彈、瘋狂政客、超級地震，或是大規模人口遷移才是足以改變世界的事件，可是現在大家了解到，那是跟現代思潮完全脫節的人才有的過時想法。根據混沌理論，**真正**會改變世界的是微小事物。亞馬遜叢林的一隻蝴蝶拍了拍蝶翼，緊接著一場風暴就會肆虐半個歐洲。

亞當沉睡的腦袋瓜裡有某個地方，一隻蝴蝶已然現身。

阿娜西瑪之所以看不見亞當的氣場，理由其實很明顯，假如當初能讓她查出這一點，或許可以幫助她把事態看清楚（也或許還是不能）。

站在特拉法加廣場上的人之所以看不見英格蘭，就是同樣的道理。

警鈴響了。

當然，在核電廠的控制室裡，警鈴響沒什麼大不了。警鈴老是在響。那是因為他們有很多儀表盤與計量表，所以警鈴至少得嗶一下，要不然如果發生重大事件，就可能不會有人注意到。

值班工程師這份工作需要穩重、能幹與冷靜的性格，就是那種你可以信賴的人，發生緊急事件時不會直接往停車場跑。事實上，那種人給人的印象就是老神在在地抽著菸斗，即使他沒在抽時也一樣。

現在是凌晨三點，地點在「轉捩點」核電廠的控制室，通常這個時段很不錯，也相當安靜。除了填填工作日誌，聽聽渦輪機遙遠的轟隆聲之外，沒多少事要做。

直到這一刻。

霍樂思．甘德看著閃爍的紅燈，接著查看一些儀表盤，然後看看他同事的表情，再抬起眼睛眺望房間另一端的大儀表盤。可以說是可靠又便宜的四百二十個單位的百萬瓦特電力從電廠不翼而飛了。

照其他儀表盤看來，根本沒有東西在發電。

他沒說「怪了」，即使有一群羊拉著小提琴騎著單車經過，他也不會開口說「怪了」。盡忠職守的工程師是不會吐出那種話的。

他**真正**說出口的是：「阿福，你最好撥電話給廠長。」

馬不停蹄的三個鐘頭過去了。包括一大堆電話、電報跟傳真。二十七個人火速一個接一個跳下床，然後把另外五十三個人弄下床。因為如果一個人凌晨四點在驚慌中醒來，他最想要知道的就是他並不孤單。

總之，你得先通過各式各樣的批示，他們才會讓你把核子反應爐蓋卸下來，看看裡面。

他們拿到批准了，把爐蓋打開，也往裡面看了。

霍樂思．甘德說：「這肯定有什麼合理的原因。五百噸的鈾總不會自己爬起來走掉。」

他手中的計量表本來應該尖叫個不停，但相反，它只是偶爾滴答一下，敷衍敷衍。

本來放反應爐的地方現在一片空盪，可以在那裡好好打一場壁球。

在爐底，明亮冰冷的底部中央什麼都沒有，只有一顆檸檬糖。

在深邃幽暗的渦輪房裡，機器繼續轟隆隆地運轉。

而在一百哩之外，亞當．楊恩在睡夢中翻了個身。

星期五

Friday

黑煞身材修長、蓄著鬍子，打扮得一身黑，坐在細長的黑色豪華轎車後座，用細長的黑色電話跟他的西岸總部通話。

「進行得如何？」他問。

「看來不錯，老闆。」他的行銷主管說：「我明天要跟主要連鎖超市的採購人員開早餐會報。沒問題，下個月此時，所有店家都會有我們的註冊食品『膳食』。」

「幹得好，尼克。」

「應該的，應該的。因為有你支持，老黑。好傢伙，你的領導能力實在是一等一，每次我都獲益匪淺。」

「謝了。」黑煞說，然後掛斷電話。

「膳食」讓他特別引以為傲。

「新營養公司」十一年前起步的時候規模還小。一小隊食品科學家，加上一大隊行銷與公關人員，還有一個優雅的商標圖案。

新營養公司經過兩年的投資與研究，推出了「品食」。品食裡頭的蛋白質分子經過抽絲、編條與編織，再加以封端與編碼，設計精巧，即使是最貪婪的消化道也不會注意到。無熱量的人工甘味料、取代植物油的礦物油、多纖食材、色素及調味料，做出來的成品跟其他食物幾乎沒兩樣，只除了兩件事：首先是價格，稍微偏高；再者是營養成分，差不多跟SONY隨身聽不相上下。不管你吃多少，體重就是會往下掉①。

胖子買品食，瘦子不想變胖所以也買。品食是減肥食品的極致——小心翼翼地歷經抽絲、編織、組成紋理、搥打，以模仿每一種食物，從馬鈴薯到鹿肉都有，不過雞肉銷售最佳。

黑煞悠哉地看著自己日進斗金，看到品食逐漸站穩生態利基，取代了沒有註冊商標的舊式食物。

在品食之後，他推出了「零食」——用真正的垃圾做成的垃圾點心。

膳食是黑煞最近的神來之筆。

品食添加了糖分與油脂，就成了膳食。他們的理論是，如果膳食吃得夠多，你會：一、變成大胖子；二、死於營養不良。

這種詭論讓黑煞龍心大悅。

膳食目前正在全美各地試賣。披薩膳食、魚膳食、川辣膳食、長命米飯膳食，甚至有漢堡膳食。

黑煞的高級轎車停在愛荷華州德梅因市一家漢堡大王的停車場，他的組織百分之百擁有這支速食連鎖品牌。過去六個月以來，他們就是在此領先推出漢堡膳食，他想看看成果如何。

他傾身向前，敲敲司機的玻璃隔板。司機壓下按鈕，玻璃板滑了開來。

「先生？」

「馬龍，我要去看看我們的作業情形。我會待十分鐘，然後回洛杉磯。」

「遵命。」

黑煞漫步走進漢堡大王。這家店長得跟美國任何一家漢堡大王一模一樣②，大王小丑在兒童區跳舞，服務人員全掛著同樣燦爛的笑容，只是笑意傳不到眼睛。櫃檯後方有個圓滾滾的中年男子穿著漢堡大王的制服，將漢堡肉啪啪放在鐵板上，一面輕吹口哨，樂在工作中。

---

①還有頭髮，以及皮膚色澤。如果吃得夠多，也夠久，會掉的還有生命跡象。

②不過，跟世界各地的漢堡大王還是有所不同。比方說，德國的漢堡大王不賣沙士而賣淡啤酒。英國漢堡大王設法採用美式速食的美德（比如說出餐的速度），再仔細一一剔除，你的餐等了半小時才到，已降至室溫，而且能用來區隔漢堡肉跟麵包的，是它們中間那片暖呼呼的萵苣。漢堡大王派去法國探路的人腳一踏上法國土地，二十五分鐘之後就慘遭射殺。

黑煞走近櫃檯。

「你—好—我—叫—瑪麗，」櫃檯後面的女孩說：「您—想—點—什—麼—呢？」

「雙層爆破雷鳴大槍一份，特大薯條，不加芥末醬。」他說。

「要—喝—什—麼—嗎？」

「特濃泡沫巧克力香蕉奶昔一杯。」

她按下收銀機上的小圖表方塊（在這樣的餐廳工作，識字能力已非必要條件，微笑才是），接著轉向櫃檯後方的胖男人。

「雙爆雷大、特薯、不要芥末，」她說：「巧昔。」

「嗯嗯嗯好。」廚子輕吟道。他忙著把食物分別擺進紙製小容器，只稍微停手把變灰的亂髮從眼前撥開。

「請取餐。」他說。

她拿走食物的時候並沒正眼看廚子，他又開開心心地回到鐵板那裡，輕輕唱著歌：「溫柔地愛—我，愛—我長長久久，不—要讓我走……❶」

黑煞注意到，這個男人哼的歌跟漢堡大王的背景音樂不合（音質差勁的循環帶，重複播放漢堡大王的廣告音樂），他在心裡記上一筆，要把這人炒魷魚。

你—好—我—叫—瑪麗把膳食端給黑煞，並祝他今天過得愉快。

他找到一張小塑膠桌，坐進塑膠椅，然後檢查他的食物。

人造的麵包，人造的漢堡肉片，跟馬鈴薯素不相識的薯條，不含食物成分的醬料，甚至還有一片人造醃黃瓜（這點黑煞特別滿意）。他懶得檢查奶昔，反正裡頭沒有真正的食物成分。不過話又說回來，他競爭對手賣出的東西也沒什麼兩樣。

他四周的人正吃著「非食物」，即使吃相看起來不像在享受美食珍饈，但噁心程度跟全球各地其他漢堡連鎖店的供餐相比也不過半斤八兩。

他站起來，把托盤拿到「請小心處理餐後垃圾」的置物箱上，把所有東西都倒進去。如果你跟他說非洲有挨餓的孩子，他還會因為你注意到而大感得意。

有人扯了扯他的袖子。「您是黑煞？」一個頭戴國際快遞帽和眼鏡的矮小男人問，手捧著一個牛皮紙包裹。

黑煞頷首。

「我想就是您。我到處看，心裡想，留鬍子的紳士，一身好西裝，這邊沒多少人是那模樣。先生，有您的包裹。」

黑煞簽收，他的真名就兩個字，念起來很像「急慌」。

「多謝了，先生。」快遞員說，頓了一下，「瞧，櫃檯後面那傢伙有沒有讓您聯想到某個人？」

「沒有。」黑煞說。他給這男人五塊美金小費，然後把包裹打開。

裡頭有個黃銅製的小天秤。

黑煞笑了。笑容很淺，幾乎馬上就消失無蹤。

「時候差不多了。」他說，將天秤塞進口袋裡，不顧黑色西裝的俐落線條就這麼給破壞掉，然後回到高級轎車那裡。

「回辦公室嗎？」司機說。

「到機場。先打電話過去，我要飛英格蘭的機票。」黑煞說。

---

❶ 貓王名曲〈Love me Tender〉的歌詞。

「遵命。到英格蘭的來回機票。」

黑煞把玩著口袋裡的天秤。「單程就好，我會自己想辦法回來。噢，幫我撥電話給辦公室，取消所有約會。」

「要到什麼時候呢？先生？」

「到可預見的未來。」

在那家漢堡大王的櫃檯後面，翹著一撮亂髮的矮壯男人把另外半打漢堡肉送上烤架。他是全世界最快樂的人，而他正唱著歌，非常輕柔地。

「……你從沒抓過兔子，你也不是我朋友……」他自顧自地低哼著。

「那一夥」興致勃勃地聽著。他們在礦場的巢穴裡，細雨綿綿，屋頂是老鐵片跟幾片磨損的油布拼湊起來的，不大擋得住。下雨的時候，他們向來仰賴亞當想點子找事做。亞當沒讓他們失望，他因知識而喜悅，兩眼炯炯發光。

他在一大疊《新寶瓶》雜誌底下睡著時，已是凌晨三點。

「然後有個人叫查爾斯．佛特❷，」他說：「他能讓天降魚兒、青蛙跟別的。」

「啊，」裴潑說：「**真的**喔，活的青蛙？」

「噢，對啊，」亞當說，對自己的話題很熱中。「跳來跳去、咯咯亂叫什麼的。大家最後只好付他錢要他離開，然後……然後啊……」他絞盡腦汁想出能滿足聽眾的東西，他一口氣讀太多了。「……他就搭『瑪麗．西萊斯特號❸』揚長而去，最後找到百慕達三角洲……在百慕達喔。」他熱心地補充說明。

「才怪，他不可能那麼做。」溫思雷岱爾嚴苛地說：「我讀過『瑪麗．西萊斯特號』的事情，船上一個人也沒有。它就是因為船上沒人才出名的。他們發現它獨自四處亂漂，船上卻一個人也沒有。」

「我又沒說他們**找到**那艘船的時候他人在上面，我有說嗎？」亞當不留情地說：「他當然不在上面，因為幽浮下來過，把他帶走了。我還以為大家都**知道**。」

「那一夥」稍微鬆了口氣。談到幽浮，他們有把握多了，雖然他們對新世紀幽浮不大清楚。他們乖乖聽亞當暢談這個話題，可是不知為何現代幽浮就是缺了點魅力。

「如果**我**是外星人，」裴潑道出大夥的心聲。「我才不會到處去跟大家提什麼神祕的宇宙和諧。」她裝出沙啞又帶鼻音的嗓音，就像被邪惡黑面具罩住的人❹，「『這是光槍，所以跟你說什麼你就照做，卑鄙的叛徒。』」

他們一致點頭。他們最喜歡在礦場玩的遊戲，就是扮演極為賣座的系列電影，有雷射光、機器人，還有髮型像一對音響耳機的公主（他們心照不宣地同意，如果有人要扮演任何蠢公主的角色，一定不會是裴潑）。可是這個遊戲通常會以爭執告終，爭的是誰可以戴礦工鋼盔，然後把眾星炸毀。這招亞當最行了，他扮演壞蛋的時候，聽起來就彷彿**真的能**把世界給炸掉。不管怎樣，「那一夥」永遠站在星際毀滅者那一方，只要**同時**也能拯救諸位公主就沒問題了。

「我想他們**以前**是那樣沒錯，」亞當說：「只是現在不一樣了。他們全身發出亮藍色的光，然後到處行善。就像銀河戰警那樣，四處走，要人人都活在宇宙的和諧裡什麼的。」

---

❷ Charles Fort（1874-1932），專研異常現象的美國作家與研究者。

❸ Mary Celeste，一八七二年在葡萄牙被發現，船上所有組員、乘客全告失蹤，是史上著名的鬼船。

❹ 指系列電影「星際大戰」（Star Wars）的主要人物達斯・維德（Darth Vader），又稱西斯大帝，是科幻電影中最具代表性的邪惡角色，半機器人，出現時一律戴著黑頭盔，嗓音低沉，呼吸粗重。

在片刻的沉默裡，他們思索著：天大的好幽浮竟然就這樣，真浪費。

「我一直想知道，」布萊恩說：「他們明明知道是飛碟，為什麼還要叫不明飛行物？我的意思是，根本是**身分清楚**啊。」

「那是因為政府封鎖一切消息，」亞當說：「有幾百萬架飛碟不停在降落，而政府一直封鎖這個消息。」

「為什麼？」溫思雷岱爾說。

亞當遲疑一下。就這一點，他讀過的資料裡沒有提供便捷的解釋。政府把關於幽浮的一切封鎖了，這一點是《新寶瓶》雜誌本身及讀者的信念基礎。

「因為他們是**政府**，」亞當簡單扼要地說：「那就是政府的工作。他們在倫敦有一大棟房子，房裡滿滿是書，寫上他們封鎖掉的所有事情。首相早上進去上班的時候，第一件事就是檢查長長的清單，前一天晚上發生的每件事都在單子上，然後他會蓋上紅紅的大印章。」

「我打賭他一定會先喝一杯茶，然後看報紙，」溫思雷岱爾說，因為他有個難忘的經驗，在放假時突然跑到爸爸的辦公室去，因此有了一些特定的印象，「然後聊聊前一天晚上的電視節目。」

「嗯，好吧，可是**在那之後**就會拿出書跟那顆大印章。」

「印章上刻著『封鎖』。」裴潑說。

「是『最高機密』。」亞當說，痛恨有人試圖跟他爭相提出創意。「就跟核能發電廠一樣。它們一直爆炸個不停，可是就因為政府說不能讓消息走漏，所以從來沒人知道。」

「它們才沒有一**直**在爆炸，」溫思雷岱爾嚴厲地說：「我爸說核電廠安全得要命，讓我們不用住在溫室裡。反正，在我的漫畫裡③有一張大大的圖，上頭沒提到任何爆炸的事。」

「是啊，」布萊恩說：「可是那本漫畫你後來有借我，我知道那是**哪一種**圖片。」

溫思雷岱爾猶豫了，然後用一種耐心受到嚴重考驗的聲音說：「布萊恩，雖然圖片說『爆炸式分解圖❺』，又不表示——」

一陣見怪不怪的扭打。

「喂，」亞當厲色說：「你們到底還想不想聽我說寶瓶時代❻？」

這場架馬上就平靜下來，兄弟情誼讓「那一夥」打起架來從來不會太激烈。

「好。」亞當搔搔頭。「看，都是你們啦，我剛講到哪都忘了。」他抱怨。

「飛碟。」布萊恩說。

「喔。對，嗯，如果你**真的**看到飛行中的幽浮，這些政府的人就會過來把你臭罵一頓。」亞當再度高談闊論。「坐黑頭轎車過來喔。在美國都是這樣。」

「那一夥」睿智地頷首。這點至少他們毫不懷疑。對他們來說，美國是好人過世後的歸所。他們已有心理準備要相信，在美國幾乎什麼事情都可能發生。

「可能會引起塞車。」亞當說：「這些人全開著黑頭轎車過來，痛罵那些看到幽浮的人。他們會跟你說，如果你繼續看到幽浮，就會有一場『慘兮兮的意外』。」

---

③溫思雷岱爾傳說中的漫畫是為期九十四週的連載，名叫《自然與科學奇觀》。到目前為止他每一份都有，而且已經要求一套活頁夾當生日禮物。布萊恩每週閱讀的內容，標題裡都有很多驚嘆號，像是「咻咻！！」或「鏘！！」。裴潑的也一樣，不過即使有人對她施以最精心設計的酷刑，她也絕不會承認自己買了《正好十七歲》少女雜誌，還有紙袋包住，不讓人看到。亞當根本不讀漫畫。漫畫遠遠比不上他腦袋瓜裡想像得到的一切。

❺exploded diagram 為物體組成部分的相互關係分解圖，各部分之間稍微拉開距離，彷彿此物體中心發生了某種小型爆炸。

❻寶瓶時代運動，即所謂的「新世紀運動」，約於一九六〇年代崛起，是西方知識分子對以往過於重視科技與物質而忽略心靈與環保的反動。

「可能是被黑頭轎車輾過去。」布萊恩說，一面摳著髒膝蓋上頭的痂。他臉龐突然一亮，「你們知道嗎，我表弟跟我說，美國的店會賣三十九種不同口味的冰淇淋欸！」

這點甚至讓亞當也沉默了半晌。

「冰淇淋的口味哪有三十九種，」裴潑說：「連全世界的加起來都沒有三十九種。」

「有可能喔，如果你把味道混在一起的話。」溫思雷岱爾嚴肅地眨了眨眼，像隻貓頭鷹，「你們知道的，草莓**加**巧克力，巧克力**加**香草。」他正拚命想著更多英國的口味，「草莓**加**香草**加**巧克力。」他補充，有些無力。

「然後還有亞特蘭提斯！」亞當高聲說。

他燃起了他們的興趣。他們喜歡亞特蘭提斯，沉到海底的城市正合「那一夥」的胃口。他們專注地聽著故事大雜燴，裡面有金字塔、怪異的祭司神職，還有古代的祕辛。

「是突然沉下去，還是慢慢沉下去？」布萊恩說。

「有點是**又**突然**又**慢慢吧，」亞當說：「因為亞特蘭提斯有很多人都想辦法搭船到別國去，然後教那裡的人怎樣做數學、學英文跟歷史啊什麼的。」

「搞不懂那有什麼了不起的。」裴潑說。

「正在下沉的時候可能很好玩。」布萊恩憧憬地說，回想起當初下泰德田那次水災，「大家划船送牛奶跟報紙，不必去上學。」

「如果**我**是亞特蘭提斯人，我就會待著不走。」溫思雷岱爾說，這番話招來不屑的笑聲，可是他堅持下去，「你只要戴潛水頭盔就好了。然後把所有窗戶釘死，接著把房子灌滿空氣。這樣會很棒。」

亞當冷冰冰地回瞪了一眼，他把這種眼神保留給「那一夥」成員，在他們想出讓他覺得「真希望自己先想到」的好點子時賞給他們。

「他們是**可以**這樣做，」亞當有點軟弱地承認，「等他們把所有老師都用船送出去以後。也許它沉下去時，除了老師以外，所有人都留在那裡了。」

「那就不用洗澡了。」布萊恩說，他爸媽老是逼他洗澡，洗得這麼頻繁，讓他覺得必然有害健康。而且洗澡根本沒好處。在布萊恩身上，有些事**根深蒂固**。「因為所有東西都能一直保持乾淨，也可以在花園裡種種海草什麼的，還有獵鯊魚。養章魚什麼的當寵物。也不用上學，因為大家已經把老師弄走了。」

「現在他們可能還在海裡。」裴潑說。

他們想像亞特蘭提斯人的模樣，身穿飄逸的神祕長袍，頭戴金魚缸，在波濤起伏的大海中悠游自在。

「啊……」裴潑說，一字總結了大家的感受。

「我們現在要幹麼？」布萊恩說：「天氣好一點了。」

最後他們玩起「查爾斯．佛特大發現」的遊戲。由「那一夥」其中一人撐起一把老傘的殘骸，其餘人則奉上青蛙雨，或者該說一滴青蛙雨，因為他們在池塘裡只找到一隻青蛙。那是隻年邁的蛙，認識老一代的「那一夥」。現在這蛙把他們對牠的興趣，當作自己享受無紅冠水雞與梭子魚之害的池塘得付出的代價。牠逆來順受地忍耐了好一會兒，然後就往老舊的排水管裡跳去，那是牠至今仍未被發現的祕密藏身處。

然後他們就回家吃中飯了。

亞當對早上的工作相當滿意。他向來**知道**這個世界很有趣，而他靠想像力讓世界充滿了海盜、劫匪、間諜、太空人跟類似的東西。不過他也一直有種揮之不去的懷疑：如果認真深究，這些只不過是書裡的東西，早已不復存在。

而這個寶瓶時代的東西可是**貨真價實**，大人寫了一大堆這方面的書（《新寶瓶》裡面就有這些書的廣告），還有大腳毛人、天蛾人、雪人、海怪、索立黑獅幽魂，這些都**真的**存在。如果科爾特斯站在達連的頂峰❼，因為設法抓青蛙而把雙腳弄得有點溼，在那一刻，他的感受就會跟亞當一模一樣。

這個世界明亮又怪異，而他就置身這個世界的中心。

他囫圇吞下午餐，然後回房間。有好幾本《新寶瓶》還沒看。

那杯可可已經凍成半杯褐色泥漿。

幾百年以來，有些人努力想解讀阿格妮思．納特的預言，他們大體上都很聰明，阿娜西瑪．迪維思尤為其中的佼佼者，因為在遺傳漂變的可能範圍內，她已經很像阿格妮思了。但那些人都不是天使。

第一次見到阿茲拉斐爾的人，會有三種印象：他是英國人；他很聰明；還有，如果有棵樹上爬滿噴了笑氣的猴子，那麼他會比這棵樹還快活。這其中有兩點錯了。天堂不在英國，即使某些詩人一廂情願這麼認為；還有，天使沒有性別之分，除非他們真想盡力弄出來。但**他的確**聰明，是天使的那種智慧，雖說不比人類的智慧特別高出多少，卻廣得多，而且這智慧還有個已經用了數千年的優勢。

阿茲拉斐爾是史上第一位擁有電腦的天使。便宜、速度慢、塑膠材質，廣告大肆宣傳說最適合小生意人。阿茲拉斐爾虔心地用它來記帳，但因為過於正確又一絲不苟，所以稅務單位已經來查過五次，深深相信他肯定在別處幹下謀殺大罪而在逃中。

可是其他的計算工作超過了所有電腦的能耐。有時他會在身旁的一張紙上草草記下些東西，紙上寫滿了符號，這世上只有八個人讀得懂，其中兩個得過諾貝爾獎，另有一個口水流個不停，大家不准他碰尖銳器物，免得他亂來。

阿娜西瑪喝味噌湯當中餐，細細看著地圖。不用懷疑，泰德田這一帶靈線滿布，連有名的瓦特金思牧師❽都已指認出一些。不過，除非她自己弄錯，靈線已經開始位移了。

一整個禮拜她都用經緯與擺錘探測，泰德田地形測量圖上現在全是小黑點與小箭頭。她盯著這些記號好些時候，然後拿起墨水筆，偶爾查閱一下自己的筆記本，開始把記號連起來。收音機開著，她沒認真在聽，所以許多重要新聞都從她心不在焉的耳際飄過，一直到幾個關鍵字滲入她的意識，她才開始聚精會神。

有個「某某發言人」說起話來近乎歇斯底里。

「對員工或社會大眾都很危險。」他正說著。

「精確地說，有多少核能原料漏出去了？」採訪記者說。

一陣停頓。「我們不會說是漏出去，」發言人說：「不是漏出去了，只是暫時錯置。」

「你的意思是還在廠區內？」

「我們看不出要用什麼辦法才能把原料移出廠區。」發言人說。

「你一定考慮過可能是恐怖分子的行動吧？」

---

❼ Corts（1485-1547），殖民時代活躍於中南美洲的西班牙殖民者，摧毀了墨西哥阿茲特克文明，建立西班牙殖民地。達連（Darien）位於巴拿馬東部。英國詩人葉慈一八一六年所寫的一首詩裡，提及自己首次讀荷馬史詩查普曼譯本的感受，其中一個比喻就是科爾特斯站在達連山巔第一次發現太平洋所受到的震撼。不過，此為葉慈之誤植，因為首先發現太平洋的是西班牙探險家巴爾沃亞（Balboa），於一五一三年發現。

❽ Rev. Watkins（1895-1961），美國知名的衛理公會牧師。

又一陣停頓。發言人接著開口，語調出奇平靜，就像一個已經受夠這一切的人，打算在這之後就要辭職，找個地方養雞。「是的，我想我們一定這樣考慮過。我們得做的唯一一件事，就是找出那些恐怖分子，他們有能耐在整座核子反應爐正在運轉的時候就把它從桶子裡抽出來，而且還沒人注意到。它大概有一千噸重、四十尺高。所以那些恐怖分子相當**孔武有力**。先生，也許你想打個電話給他們，用你這種目中無人的指控語氣向他們提些問題。」

「可是你說過電廠還在發電。」訪問記者倒抽一口氣。

「是啊。」

「如果沒有了反應爐，怎麼可能還會發電？」

即使是透過收音機，你也彷彿能看到發言人瘋狂的笑臉。你可以想見他的筆正懸在《家禽世界》雜誌的「待售農場」欄上方。「我們並不清楚，」發言人說：「我們還巴望你們這些英國國家廣播電臺聰明的大混蛋會知道。」

阿娜西瑪埋頭看地圖。

她剛剛一路畫出來的東西就像座銀河系，或是居爾特獨石碑上水準較高的雕刻。靈線正在移動。它們正形成一個螺旋。

這個螺旋的正中央（大約啦，或許有點差距，但還算正中央）就在下泰德田。

當阿娜西瑪正盯著自己連出來的螺旋狀時，在幾千哩外之處，「莫比利」號❾觀光遠洋郵輪就在海深三百呎之處觸礁。

對文森船長來說，這不過是另一個問題。比如說，他知道自己該連絡船主，可是在這個電腦化的世界裡，每一天，或每個小時的現任船主是誰，他從沒搞懂過。

電腦真是麻煩得要命。這艘船的文件經過電腦化，而且在百萬分之一秒內就能換上目前看來最有利的方便旗❿。航行也是經過電腦化，靠衛星隨時取得最新方位的資訊。文森船長曾經耐住性子跟船主們說明：不論他們是誰，跟這艘船比起來，幾百平方公尺的鋼板加上一大桶鉚釘才是比較聰明的投資，對方卻通知他，他的建議不符當前成本效益流量的預測。

文森船長深深懷疑，除了電子設備之外，這艘船沉下去要比浮著還值錢，它在航海歷史上可能是沉得最完美精確的一艘。

同理可證，這也就是說，他自己本人翹辮子還比活著有價值。

他坐在書桌前，默默翻閱《國際海事電碼》，六百頁裡包含簡短但豐富的訊息。此書設計的目的，是要以最低限度的混淆，以及最重要的——最低的成本，來傳遞全世界可能發生的種種航海不測。

他想說的是：目前航向為南西南，方位為北緯三十三度、西經四十七度七二。本船大副（如果您還記得，他是在違背我意願的情況下於新幾內亞聘任的，且可能是獵人頭族）指出事有蹊蹺，似乎有一大片海床在夜間升起，上頭布滿建築物，有很多在結構上看來就像金字塔。我們就擱淺在其中一棟的中庭裡。有些雕像讓人看了渾身不舒服。穿著長袍與潛水頭盔的和氣老者登上船來，與乘客相處融洽、打成一片，乘客還以為是我們特意安排的。請指示。

他尋覓中的手指在書頁上慢慢往下挪動，然後停住。老《國際電碼》真讚，八十年前就發明了這些電碼，可是那時候的人真的很用心考量過在大海上可能遭遇的各種危險。

他拿起筆來，寫下「XXXV QVVX」。

---

❾ Morbilli，此船名有「麻疹」之意。

❿ 商船為逃避本國賦稅，在他國註冊後所懸掛的外國國旗。

經過翻譯，意思是：「已發現失落大陸亞特蘭提斯。祭司長剛剛贏了擲環遊戲。」

「才怪！」

「就是！」

「才不是，你明明知道！」

「就是！」

「不是啦——好吧，那麼，火山你又怎麼說？」溫思雷岱爾往後一坐，一臉勝利。

「火山怎麼了？」亞當說。

「從熱騰騰的地心冒上來的那一堆泡沫啊，」溫思雷岱爾說：「我看過一個節目，裡頭有大衛・艾登堡祿⓫，所以是真的。」

「那一夥」的其餘成員望向亞當，彷彿在看一場網球賽。

在礦場裡，「地球中空論」不怎麼吃香。這個誘人的構想曾經安然通過多位偉大思想家的檢驗，包括塞樂思・李得・提德、布沃—立頓⓬、希特勒，卻在溫思雷岱爾極度嚴苛、掛著眼鏡的邏輯大風吹逼問下，處境艱難地低下了頭。

「我沒說是一路空到底，」亞當說：「沒人說地心一**路**空到底。可能延伸好幾哩，這樣才有空間塞下那些泡沫、油、煤、還有西藏地道那類東西。可是在那之後就是空的了。大家都這樣想。而且在北極還有一個洞可以讓空氣進去。」

「從來沒在地圖集裡看到過。」溫思雷岱爾不以為然。

「政府不讓人放上去，免得大家想跑去看。」亞當說：「理由是，住在裡面的人不希望老有人探頭探腦。」

「你的意思是什麼？西藏地道？」裴潑說：「你剛提到西藏地道。」

「啊，我沒跟你們說過？」

三顆頭搖了搖。

「很不可思議喔。你們知道西藏嗎？」

他們滿腹疑竇地點點頭，心中升起一連串影像：犛牛、聖母峰、叫做蚱蜢的人⓭、端坐在山頂的小老頭兒、在古老寺廟裡苦學功夫的人，還有皚皚白雪。

「**嗯**——亞特蘭提斯沉下去時離開的那些老師，你們還記得吧？」

他們再次頷首。

「**嗯**——其中有些到西藏去了，現在由他們來統治世界。他們叫做『祕密大師』。我想是因為他們本來就是老師。他們有一座祕密的地下城市，叫做香巴拉，還有通往世界各地的地道，所以世界的一動一靜他們全知道，一切都在他們的控制之下。有人認為他們其實住在戈壁沙漠底下，」他驕傲地補充，「可是最專業的權威卻認為是西藏沒錯。不管怎麼說，西藏比較適合挖地道。」

「那一夥」不由自主地低頭望著腳下髒兮兮、覆滿灰塵的白堊地。

「他們怎麼會什麼都知道？」裴潑說。

「他們只需要用聽的，不是嗎？」亞當孤注一擲，「他們只要坐在地道裡聽。你們知道老師的聽力

⓫ David Attenborough，英國極具盛名的自然史影片拍攝者，曾為英國國家廣播電臺製作一系列自然知識節目。

⓬ Cyrus Read Teed（1839-1908），折衷主義派的內科醫師，創設「地球中空論」。Bulwer-Lytton（1803-73），英國小說、劇作家，在全盛時期曾是當代名作家，文字風格華麗，不過現在他的名字成了不入流寫作的代號。

⓭ Grasshopper，出自一九七〇年代美國風靡一時的影集《功夫》，劇中有個功夫極高的少林武僧，此為他的外號。

有多好，房間另一頭有人小聲講話他們都能聽得到。」

「我奶奶以前會拿玻璃杯靠在牆壁上，」布萊恩說：「牆壁另一邊發生的事情，她全聽得一清二楚，她說還真噁心。」

「這些地道能通到每個地方，是不是？」裴潑說，仍舊盯著地面。

「全世界。」亞當堅定地說。

「一定花了很多時間。」裴潑疑惑地說：「你們還記得吧，我們以前在田裡挖個地道就花了一整個下午，但還是要縮著身子才能全部擠進去。」

「對。可是他們幾百萬年來一定都在挖。如果有幾百萬年，就能挖出很棒的地道。」

「**我**還以為中國人打敗西藏人，然後嗒啦喇嘛只好逃去印度。」溫思雷岱爾說，但不很確信。溫思雷岱爾每天傍晚會讀他爸爸的報紙，可是這世上平凡的每一天在亞當深具影響力的詮釋下，似乎總能一掃其單調乏味。

「我敢說他們現在一定在下面，」亞當不予理會。「他們現在一定散布在各地，坐在地底下聽著。」

他們面面相覷。

「如果我們挖得夠快……」布萊恩說，領悟力特快的裴潑哼了一聲。

「你幹麼一定要說出來？」亞當說：「本來可以好好嚇他們一跳，不是嗎，結果你就大聲喊出來。我本來就在想，我們可以往下挖，結果你就忍不住要先警告他們！」

「我想，那些地道不可能都是他們挖的，」溫思雷岱爾堅持不懈，「那**說不通**。西藏離這裡有好幾百哩。」

「噢，是啦，是啦。我想，西藏的事，難道你知道的比巴拉瓦塔塔斯基女士還多？」亞當嗤之以鼻。

「嗯，如果我是西藏人，」溫思雷岱爾以理性的語調說：「我會直接瞄準地心中空的地方挖過去，然後在裡面跑來跑去，再往上挖到我想去的地方。」

他們認真考慮了一下。

「不得不承認，那比挖一堆地道還聰明。」裴潑說。

「對，嗯，我想他們就是這樣做的，」亞當說：「那麼簡單的事情，他們肯定早就想過了。」

布萊恩如做夢一般望著天際，手指同時探索著一隻耳朵裡的東西。

「其實啊，真好笑，」他說：「你花一輩子時間去上課跟學東西，可是他們卻從來不跟你說這些事情，像百慕達三角洲、幽浮、還有在地球裡面跑來跑去的老老大師們。既然有這麼酷的東西可以學，為什麼一定要學無聊的東西，我真想知道。」

大家一致出聲贊同。

然後他們走開，玩起「查爾斯．佛特與亞特蘭提斯人大戰西藏古大師」遊戲，可是西藏人堅稱對方用神祕的古老雷射器算是作弊。

獵巫軍曾一度備受敬重，不過為時並不長。

舉例來說，十七世紀中葉，獵巫將軍馬修．霍普金斯在英格蘭東部各地尋找女巫，每找到一個，就跟那座城鎮或村莊索價九便士。

問題就出在這裡。獵巫軍不是依鐘點收費。花上一週時間檢查當地的老媼，然後對鎮長說：「好極了，這些人沒一個戴尖帽子。」只會得到熱切得令人生厭的感謝、一碗湯，以及意味深長的道別。

所以為了賺點利潤，霍普金斯得找到一堆女巫才成。這讓他成為村民代表大會的燙手山芋，他自己後來也被東英格蘭某座村落當成巫師，處以吊刑，因為這座村子很明智地了解到，只要除掉中間人就可以省點花費。

許多人都認為，霍普金斯是末代獵巫軍。

嚴格說來，這點他們可能沒想錯。不過，卻不是他們想像的那種方式。獵巫大軍繼續挺進，只是比較安靜。

再也沒有正牌的獵巫軍了。

也沒有獵巫上校、獵巫少校、獵巫上尉，或是獵巫中尉。（一九三三年在卡特漢，最後一位從高樹上摔下而喪生。他堅信自己看到一場墮落至極的撒旦神祕儀式，想看得更清楚些，結果那根本是卡特漢與白葉市場貿易商協會的年度聚餐暨舞會。）

不過，倒是有個獵巫中士。

現在，還有個獵巫二等兵。他叫做紐頓．普西法。

《公報》那份廣告夾在待售冰箱與一窩雜種大麥町犬之間，擄獲了他的心：

加入專家行列

徵求兼職助理，與黑暗勢力奮戰。提供制服與基礎訓練。保證能晉級上戰場。做個男子漢吧！

午餐時間，他撥了廣告底下的電話號碼。一個女人接了電話。

「您好，」他試探地發話，「我看到您的廣告。」

「哪一則，親愛的？」

「呃，報上的那一則。」

「好，親愛的。嗯，『崔西夫人掀開神祕紗幕』活動除了週四外，每天下午都有，歡迎各界同好蒞臨。親愛的，你想要什麼時候來探索一下奧祕？」

紐頓猶豫了一下。「廣告說『加入專家行列』，」他說：「沒提到崔西夫人。」

「那你要找的人是薛德威爾先生，等一下，我看他在不在。」

稍後，當他與崔西夫人成了點頭之交才知道，如果他當初提到的是雜誌上另一則廣告，崔西夫人便會說除了週四之外，她每天晚上都能提供嚴格調教與親密按摩。在某個地方的電話亭裡還有一則廣告。更後來，紐特才問她這則廣告是在賣什麼，而她說：「星期四。」終於，沒鋪地毯的走廊上傳來腳步響、陣陣低沉咳嗽聲，一個音色有如舊雨衣的嗓音隆隆響起：

「哎？」

「我看到你的廣告，『加入專家行列』，我想多知道一點。」

「哎。有很多人都想多知道一點，也有很多人……」聲音很戲劇化地減弱了，然後再度放大到十分的音量，「……也有很多人**不想知道**。」

「噢。」紐頓尖聲說。

「小夥子，你叫啥？」

「紐頓。紐頓．普西法。」

「**路西法**？你剛說啥？莫非你是黑暗的後代，來自地獄，是專行誘惑與欺騙的傢伙？或是從陰間肉釜裡蒸散出來的放蕩後裔，被困在淫蕩、飽受折磨的軀體中，受制於狠毒的冥府主人？」

「是普西法，」紐頓解釋，「普通的普。我不知道別人，但我們家是從索立郡來的。」

電話另一端的嗓音聽來隱約有些失望。

「噢，哎。嗯，這樣。普西法、**普西法**，我以前可能在哪看過這個姓氏？」

「我不清楚，」紐頓說：「我舅舅在霍恩茲洛開玩具店。」他補充，搞不好有幫助。

「就……這樣？」薛德威爾說。

聽薛德威爾的口音，很難判斷他打哪兒來的。他的口音在英國境內到處飛馳，好似一場環英單車賽。聽起來一會兒是發狂的威爾斯演習士官長，一會兒又是看到有人不遵守安息日規則的蘇格蘭教會長老，介於這兩種之間的，則是倔強的谷地⓮牧羊人，或是苛刻的山默薩特守財奴。可是不管這個口音往哪兒去，都沒有變得比較好。

「牙齒全是自己的嗎？」

「噢，是。除了補過的地方以外。」

「人結實嗎？」

「大概吧，」紐特支支吾吾，「我是說，那就是我想加入地方防衛隊的原因。會計部的布萊恩．波特自從加入防衛隊後，仰臥推舉幾乎可以做到一百下。他在王太后面前遊行過。」

「你有幾個乳頭？」

「請再說一遍？」

「乳頭啊，小夥子，乳頭，」那聲音暴躁地說：「你有幾個乳頭啊？」

「呃，兩個？」

「好。有沒有剪刀？」

「什麼？」

「剪刀！**剪刀**！耳聾啊你？」

「沒有。有。我是說。我有剪刀，我沒聾。」

可可幾乎已經變成固體了，馬克杯內長出了綠毛。

阿茲拉斐爾身上也蒙了一層薄薄的灰塵。

他身旁的筆記越積越高。《良準預言集》裡夾了一堆臨時書籤，是從《每日電訊報》撕下來的紙條用以充當。

阿茲拉斐爾挪動身子，掐了掐鼻子。

他就快讀到了。

他快抓到大致的輪廓了。

他從沒見過阿格妮思。顯然她聰明過頭了。通常，天堂或地獄一看到那種有預言能力的人，就會在該心智頻道上播放足夠的噪音，以避免任何不該有的鐵口直斷。其實這有點多此一舉了，因為那些人為了抵禦在腦袋裡迴盪的影像，通常會啟動自發性干擾。舉例來說，可憐的老聖約翰有蘑菇，席頓大媽有麥酒，諾斯特拉達穆蒐集有趣的東方藥劑，聖瑪拉基⓯有蒸餾酒器。

老好人瑪拉基。他一直是個老好人，坐在那裡夢見未來的教宗。當然，他是個不折不扣的醉鬼。要不是因為私釀威士忌，本可成為真正的思想家。

令人悲傷的結局啊。有時候你不得不希望，那分不能言明的計畫當初能規劃得周全些。

規劃。他得做點事。噢，對了，得打電話給線民，把事情弄個水落石出。

他站起來，伸展四肢筋骨，打了通電話。

接著他想：為什麼不呢？值得一試。

他回到座位上，隨手翻了翻那堆筆記。阿格妮思果真厲害又聰明，根本沒人會對正確的預言有

⓮ Dalelands，奇幻小說系列「被遺忘的國度」世界裡的區域，在費倫大陸中央，其設定受到英國鄉間的影響。

⓯ St. Malachi（1094-1148），曾受封為愛爾蘭阿馬郡的主教，據傳行了多次神蹟，能預見末日最後審判前的一百一十二位主教是哪些人。

興趣。

他手握紙張，打電話給查號臺。

「喂，午安。感謝。對。我想是泰德田的號碼，或是下泰德田……啊。有可能是諾頓，我不確定區碼。對。楊恩。姓楊恩。不好意思，沒有縮寫。噢。嗯，能不能全都給我？謝謝。」

桌上有枝鉛筆自己站了起來，全速書寫著。

寫到第三個名字，筆尖便斷了。

「啊。」阿茲拉斐爾說，他的腦袋像是爆炸了，嘴巴則突然轉成自動化，繼續吐出字來。「我想就是這個了。謝謝您。您真好。祝您今天愉快。」

他幾乎是畢恭畢敬地掛上電話，深吸了幾口氣，然後再度撥號。要撥最後三個號碼有點困難，因為他的手抖個不停。

他聽著電話鈴，然後有個聲音回答。是中年人的嗓音，也不算不友善，只是可能午覺中被吵醒，心情有點悶。

那聲音說：「泰德田六六六。」

阿茲拉斐爾的手開始抖。

「喂？」聽筒傳來：「**喂**？」

阿茲拉斐爾努力控制情緒，鎮定心神。

「抱歉，」他說：「打對電話了。」

他把聽筒放回去。

紐特沒聾。他有自己的剪刀。

他還有一大疊報紙。

他常想，如果當初知道軍旅生活主要是拿剪刀來剪報，絕不會入伍。

獵巫中士薛德威爾寫了張清單給他，用膠帶貼在擁擠的小公寓牆上，公寓位於拉吉特的書報攤與錄影帶出租店上方。清單上寫著：

（一）女巫。

（二）無法解釋的現向——現項——現相——就是那個嘛，反正你知道我的意思。

紐特搜索著任何一項。他嘆口氣，拿起另一份報紙，先掃視第一版，再展開報紙，忽略第二版（那版從來就沒什麼料），接著在第三版執行數乳頭的義務時臉色漲紅⓰。這點薛德威爾相當堅持。「你不能隨便相信她們，那些奸詐的混蛋，」他說：「光天化日之下公開現身，擺明了要跟我們較勁，這就是她們的作風。」

第九版上面，一對穿著黑色套頭毛衣的男女滿臉怒意地面對鏡頭。兩人宣稱自己主持了莎佛沃登鎮最具規模的巫毒集會，也誇口能用象徵陰莖的小娃娃來讓人重振雄風。這份報紙要提供十個這種娃娃給打算寫篇故事的讀者，主題是：「我最尷尬的陽痿時刻」。紐特把這篇故事裁下來，貼進剪貼簿。

門上有一陣悶悶的捶擊聲。

紐特打開門，一整疊報紙就站在那裡。「二等兵普西法，閃邊啦。」那疊報紙粗聲粗氣地說，然後拖著腳步進門。報紙跌落在地，獵巫中士薛德威爾現身，他痛苦地咳著，再把熄掉的香菸點燃。

⓰有段時間英國小報常在第三版登出大幅煽情照片，強調女性裸露的上半身，至今《太陽報》仍維持此傳統。

「你好好盯著他。他是**他們那夥**的。」他說。

「長官，誰？」

「二等兵，稍息。就是他，那個咖啡色的小矮子，所謂的拉吉特先生。他們有恐怖的偶像崇拜藝術，鮮紅色斜眼的黃色小神像、有太多隻手的女人。他們那一夥人啊，全在搞巫術。」

「可是他免費給我們報紙，長官，」紐特說：「而且報紙還不算很舊。」

「還有巫毒。我敢說他一定搞巫毒，殺雞獻祭給星期六男爵⓱。你知道吧，就是頭戴大禮帽、長得老高的黑皮膚混蛋。讓死人復生，沒錯，然後逼他們在安息日工作。巫毒啊。」薛德威爾嗤之以鼻地臆測。

紐特試著把薛德威爾的房東想成巫毒教信徒。沒錯，拉吉特在安息日也工作。其實，他那圓胖寡言的太太與圓胖快活的小孩都陪著他不斷工作，從不考慮那一天，以汽水、白麵包、菸草、甜食、報紙、雜誌及紐特單靠想像雙眼就會迷濛的色情雜誌，勤奮地滿足著這一帶居民的需求。拉吉特先生利用雞所能犯下的最惡劣行徑，就是在食物過期後還繼續賣。

「可是拉吉特先生是從孟加拉——或印度——還是別的地方來的，」紐特說：「我還以為巫毒是從西印度群島傳來的。」

「啊。」獵巫中士薛德威爾又吸了一口菸（或者看似如此）。紐特從沒真的看過他長官的菸，因為他都用兩手摀住了。他抽完以後，還會讓菸屁股都不見。「啊。」

「不是嗎？」

「深藏不露的智慧啊，小夥子。是獵巫軍內部的軍事祕密，等你真的入門，就會知道那祕密真理。有些巫毒**可能**從西印度群島來，那個我沒話說。是，沒錯，那個我沒話說。可是**最恐怖**的那種，最黑暗的那種，來自，嗯……」

「孟加拉？」

「哎喲！小夥子，答對了。聽我說準沒錯。孟加拉，完全正確。」

薛德威爾把菸屁股變不見了，然後神不知鬼不覺地捲起另一根，從來沒讓捲菸紙或菸草曝光。

「所以，找到什麼東西了嗎，獵巫二等兵？」

「嗯，有這個。」紐頓把那份剪報遞出去。

薛德威爾瞇眼讀著。「喔，**他們**呀，」他說：「胡說八道，說自己是什麼混帳巫師？我去年查過他們的底細。我別著正義徽章，帶著一包火種到那邊去，把那地方撬開，結果發現他們清清白白。他們是想炒熱郵購蜂膠的生意，真是亂來。即使女巫的魔寵把他們的褲子屁股嚼破⓲，他們也不會知道那就是魔寵。荒唐。現在不比從前嘍，小夥子。」

他坐下來，從髒兮兮的保溫瓶倒了一杯甜茶。

「我跟你說過當初這軍隊是怎樣把我招募進來的嗎？」他問。

紐特把這當成坐下來的暗號。他搖搖頭。薛德威爾用破爛的朗森打火機點燃菸捲，讚賞地咳了咳。

「我的牢友呀，他是獵巫上尉佛克斯，因為縱火被判十年。他在溫布頓放火燒了巫集。要不是去錯了日子，本來可以一網打盡。他是個好傢伙，跟我提起那場戰役，天堂與地獄的大對決……獵巫軍的內部機密就是他跟我說的。小鬼啊、乳頭啊、全部那些……

「他知道自己不久於世，你知道，得要有人傳承下去。就像現在的你這樣……」薛德威爾甩了甩頭。

「我們現在淪落到這般境地，小夥子，」他說：「幾百年前我們可是威震四方啊。我們站在這世界

⓱ Baron Saturday，即薩彌迪男爵（Baron Samedi），巫毒教裡的陰府主宰、墳場的幽靈之王。

⓲ 伴隨在女巫身邊的惡魔或妖精，由魔鬼贈予，或繼承自其他女巫。魔寵算低等的惡魔，常以動物型態現身。

與黑暗之間，我們可是最後的防線啊。你知道，就是以一敵十、奮戰到底。」

「我還以為教會……」紐特開口。

「呸！」薛德威爾說。紐頓在印刷品上看過這個字，這可是他第一回聽見有人把它說出口。「教會？他們幹過哪些好事？他們只是一丘之貉，幹得幾乎是同樣的勾當。斬妖除魔這件事，他們根本靠不住，因為如果真的辦到了，那他們不就沒飯吃了？如果你跟老虎槓上了，那麼，那些以為打獵就是把肉丟給老虎吃的旅伴，你可不會想跟他們同行。不行的，小夥子，對抗黑暗全靠我們自己了。」

有半晌，萬物闃寂。

紐特總是試著只看每個人身上最好的一面，不過加入獵巫軍不久後他發現，他的長官暨唯一的同袍。性格就跟倒置的金字塔一樣平穩，所以，就目前的情況而言，「不久後」指的是五秒內。獵巫軍總部是一間臭氣沖天的房間，牆壁是尼古丁的顏色，覆在牆壁上的幾乎可以確定就是尼古丁；地板則是菸灰色，也幾乎就是菸灰沒錯。還有一小塊方型地氈，紐特走路時會盡可能避開，因為它會吸住鞋子。一面牆上釘著泛黃的不列顛群島地圖，上頭四處插著自製的旗子，大部分地點都在「倫敦便宜一日遊」的範圍內。

可是過去幾週以來，紐特對獵巫總部不離不棄，因為他的心境從驚愕的著迷，轉為驚愕的同情，再來則是驚愕的熱情。薛德威爾原來只有五尺高，不管身穿什麼衣服，在你的短期記憶裡都會變成舊雨衣。也許這個老人的牙齒全是自己的，不過，那只是因為沒人想要他的牙齒。只要拿其中一顆放在枕頭下，就會逼得牙仙跪地求饒，並繳出自己的仙棒。

薛德威爾好像全憑甜茶、煉乳與手捲菸及某種陰沉的內在精力來維生。他有個目標，且透過靈魂的全部力量和老年優惠乘車票來全心追求。他信念堅定。這目標就像具渦輪，源源不絕供應他能量。

紐頓・普西法這輩子從沒起過什麼動機。就他自己所知，他也從未篤信任何事。其實這有點尷尬，因為他還滿**想**相信什麼東西的。他很清楚，信念對大部分人來說就是救生圈，能幫他們度過人生的洶湧波濤。他本來很想相信某個至高無上的神，不過在全心投入之前，他比較想先跟祂聊半個鐘頭，澄清一、兩個疑點。他上過各式教堂，坐著等那一道藍色閃光，可是那道光遲遲不來。然後他試著成為正式的無神論者，不過他連無神論者那堅若磐石、沾沾自喜的信念力量都付之闕如。而每個政黨在他看來似乎全都一樣欺世盜名。他放棄了生態學，因為看到他訂閱了一陣子的生態雜誌登出一份自給自足的庭園規劃，在插圖上，繫山羊的地方離蜂巢不到三尺。紐特在鄉下祖母家待過很長一段時間，認為自己對山羊跟蜜蜂的習性略知一二，因此斷定編那份雜誌的是一群戴圍兜兜、穿包屁衣的瘋子。除此之外，「社群」這個詞，雜誌用得太頻繁了，而紐特總是懷疑，固定用「社群」這詞的人在使用時會有非常特定的意念，肯定會把他跟他所認識的每個人都摒除在外。

然後他試著相信宇宙，這似乎還不壞，直到他無意間讀起標題有「混沌」、「時間」和「量子」這類字眼的新書。他發現，連那些可以說是把宇宙當成自己工作的人，其實也不怎麼相信宇宙，他們不清楚宇宙的真正本質，也不知道宇宙在理論上存不存在，卻還因此洋洋得意。

對紐特這種直腸子的人來說，這實在不堪忍受。

紐特本來不吃幼童軍這一套，後來長得夠大了，更不信童子軍那一套。

不過，他倒是打算要相信：當聯合控股股份有限公司的薪資核算人員，可能是全世界最無聊的事情。

紐頓．普西法這名男子的外型是這樣的：如果他進去電話亭裡換衣服，出來的時候搞不好會跟克拉克．肯特很像。

可是他發現自己還滿喜歡薛德威爾。大家通常都對薛德威爾頗有好感，把他搞得很煩。拉吉特全家都喜歡他，因為他終究還是照時付房租，什麼麻煩都不惹，而他的種族主義是如此熱切到無的放矢的程度，反倒讓人覺得不痛不癢。其實薛德威爾只是單純地痛恨這世上每個人，根本不管社會階級、膚色或信條，而他也不打算為任何人破例。

崔西夫人喜歡他。紐特發現另一間公寓的房客是位慈母般的中年人時詫異不已。她的男性訪客來訪是為了喝杯茶、聊一場好天，也為了她還勉強能夠施展的一丁點調教。有時，薛德威爾在週六晚上慢慢品嘗了半品脫的健力士黑啤酒之後，就會站在兩戶之間的走道上大喊「巴比倫的娼婦[19]」之類的話。可是她私底下跟紐特說，她總是很感激薛德威爾這樣做，雖說她頂多只去過托雷莫理諾斯，勉強跟巴比倫沾上那麼一點邊，不過那就像免費的活廣告，她說。

她還說，她也不介意主持午後降靈會時他猛敲牆壁，還口出惡言。她的膝蓋最近一直在痛，有時不大能操作桌子叩擊器來營造氣氛，所以有點悶住的敲擊聲正好派上用場。

星期天的時候，她會留一點晚餐在他門口的臺階上，為了保溫，還在上面用另一塊盤子蓋住。

你就是忍不住會喜歡薛德威爾，她說。不過，如果想藉此撈到什麼好處，那倒不如去把小麵包球彈進黑洞裡。

紐特想起還有別的剪報，他把那堆剪報推過滿是汙漬的書桌。

「這些是啥？」薛德威爾狐疑地說。

「異常現象，」紐特說：「你說要找現象。最近現象恐怕比女巫還要多。」

「例如有人用銀子彈射殺野兔，隔天村裡就有老太婆瘸著腿走路？」薛德威爾滿懷希望地說。

「恐怕不是。」

「某個女人望了母牛一眼，就有母牛倒地而死？」

「不是。」

「那，到底是什麼？」薛德威爾說。他拖著腳步越過房間，走到黏呼呼的棕色櫥櫃那裡，抽出一個煉乳罐頭。

「出怪事了。」紐特說。

他已經花好幾個禮拜在這上頭。薛德威爾真會堆報紙，有些都放好幾年了。紐特的記憶力非常好，或許是因為在他二十六年的人生裡發生的事情少之又少，遠遠填不滿記憶，而且他對一些非常深奧難解的主題變得相當在行。

「看來每天都有新事件。」紐特說，翻著長方條的新聞紙。「核能發電廠近來有怪事，好像沒人知道是什麼原因。還有些人堅稱失落的亞特蘭提斯大陸升起來了。」他對自己的努力成果一臉得意。

薛德威爾用削鉛筆刀刺穿煉乳罐。遠處有電話鈴響，兩人直覺地不予理會。反正所有來電都是找崔西夫人，有些電話不是給男人聽的。紐特第一天上班就勤勉地接起電話，仔細聆聽對方的問題，回答：「老實說，是馬莎百貨的Y形純棉男用內褲。」對方馬上就掛斷電話。

薛德威爾大力吸吮著。「唉，那算不上是什麼現象，」他說：「看不出來有女巫在動手腳。你知道吧，她們比較喜歡讓東西沉下去。」

紐特的嘴巴開開合合好幾回。

「若要在巫術對抗戰中猛烈開火，就不能為了這等貨色的事件分心。」薛德威爾繼續，「還有沒有什麼事跟巫術比較有關？」

「可是美國已經派兵登陸了，以免有東西入侵，」紐特呻吟，「一座不存在的大陸……」

「上頭有女巫嗎？」薛德威爾說，頭一次閃出感興趣的火花。

「報導沒提。」紐特說。

---

⑲ 聖經〈啟示錄〉裡代表極端邪惡的寓言人物。

「哎，那就只是政治跟地理而已。」薛德威爾不以為然。

崔西夫人從門邊把頭探進來。「叩咿[20]，薛德威爾先生，」她說，並朝紐特友善地輕輕揮手。「有個男士來電找你。哈囉，紐頓先生。」

「閃開啦，娼妓。」薛德威爾不假思索地脫口說道。

「那人談吐向來如此文雅。」崔西夫人不予理會，「禮拜天我打算煮點可口的肝給咱倆吃。」

「女人，我寧可跟惡魔一起吃飯。」

「如果你把上禮拜的盤子還給我，就算幫我一個大忙了，親愛的。」崔西夫人說，然後踩著三寸高跟鞋搖搖擺擺地走回她的公寓，繼續進行做到一半的事情。

薛德威爾發著牢騷走出去接電話，紐特則無精打采地望著自己的剪報。其中一則是史前巨石陣挪了位置，彷彿磁場上的鐵屑。

他隱約聽到電話另一端的聲音。

「誰？啊，是是。您說？是哪類的事？是。就照您說的，長官。那，是在哪裡呢？」

可是，石頭不可思議地移動了，這種事不是薛德威爾的菜，或者說，不是他的煉乳。

「好，好，」薛德威爾向來電者保證，「我們馬上辦。我會派出最棒的小隊，然後隨時向您報捷，絕對沒問題。長官，再見了。也祝福您，長官。」叮的一聲，聽筒回到掛鉤上，薛德威爾的嗓音不再是卑躬屈膝又委婉。他說：「竟然叫我『親愛的小弟』！你這南方來的大隻娘娘腔[4]。」

他拖著腳步回到房裡，盯著紐特看，彷彿忘了紐特為什麼會在場。

「你剛說啥？」他說。

「現在發生的所有事……」紐特開始。

「哎。」薛德威爾心事重重地用空罐子敲著牙，眼光繼續穿過紐頓的身體。

「嗯，有個小鎮在過去幾年來天氣一直很不可思議。」紐特無助地繼續說下去。

「什麼？是下青蛙雨還是類似的東西？」薛德威爾說，略微高興起來。

「不是。只是天氣竟然都照著季節來，很正常。」

「你說那叫現象？」薛德威爾說：「小夥子，我可是見過一堆會讓你嚇破膽的現象哪。」他又用罐子敲起牙來。

「你印象中有哪個時候天氣照著季節走了？」紐特有點惱怒。「長官，天氣照著季節是不尋常的。耶誕節下雪——你最後一次在耶誕節看到雪是什麼時候？又長又熱的八月？而且每年都這樣？秋高氣爽？你小時候夢想的那種天氣？夢想十一月五日煙火節不下雨，然後耶誕前夕一定要下雪？」

薛德威爾眼神恍惚。煉乳罐快要舉到脣邊時，他停手。

「我還是個孩子時從來不做夢。」他靜靜地說。

紐特知道自己正在某個不大愉快的深穴邊緣滑行著，於是在心理上趕緊退後。

「就是怪。」他說：「這裡有個氣象人員提到平均量、標準、局部地區的微氣候，那一類的。」

「那是什麼意思？」薛德威爾說。

「就是他也不懂為什麼的意思。」紐特說，在商場的邊上工作那麼多年，多少也學了一、兩件事。他斜眼望著獵巫中士。

「女巫以能左右天氣聞名，」他提示道，「我翻《大解析》㉑查了一下。」

---

⑳ cooee，原為澳洲原住民在距離遠時使用的高亢召喚聲，一九五〇年代流行於蘇格蘭西部的孩子之間。

④ 薛德威爾痛恨所有南方人，由此推理，他自己便是站在北極上。

㉑ 應是指 Reginald Scot 一五八四年出版的書《巫術大解析》（The Discouverie of Witchcraft）。

他心想，噢，上帝（或是更適合的存在體也行），請別讓我在這個菸灰缸房裡再花上一個晚上剪報，讓我出去呼吸新鮮空氣吧，讓我出點獵巫軍任務吧，什麼都行，只要比得上在德國滑水就好。

「才四十哩遠，」他試探道，「我想我明天『咻』一下就可以到了。然後，你知道，我就到處看一看。油費我自付。」他補充。

薛德威爾陷入沉思，一面抹著上唇。

「這地方，」他說：「不會就叫泰德田吧？」

「沒錯，薛德威爾先生，」紐特說：「你怎麼知道？」

「真不曉得那些南方人在搞什麼鬼。」薛德威爾壓低聲音，「嗯……」他扯著嗓子，「何不試試呢？」

「長官，會是誰在搞鬼？」紐特說。

薛德威爾不理他。「嗯，我想應該有益無害。你說你會自付油費？」

紐特點點頭。

「那明天早上九點過來這邊，」薛德威爾說：「在你出發之前。」

「為什麼？」紐特說。

「來別你的正義徽章。」

紐特離開後，電話又響了。這回是克羅里打來的，他給的指示跟阿茲拉斐爾差不多，薛德威爾還是照著規矩再次記了下來，崔西夫人則興高采烈地在他身後流連不去。

「一天有兩通電話喲，薛德威爾先生，」她說：「你的小小大軍隊一定雄壯威武地出征了吧！」

「哎呀，閃開啦，妳這個滿身瘟疫的娼婦。」薛德威爾咕噥，然後把門砰地甩上。泰德田，他想。噢，好吧，只要他們準時付款就行……

指揮獵巫軍的不是阿茲拉斐爾，也不是克羅里，可是他倆都贊成這樣，或者至少知道他們各自的頂頭上司會同意。所以阿茲拉斐爾的代辦處名單上有獵巫軍，因為——那畢竟是獵巫軍。你一定要支持自稱獵巫者的人，就像美國必得支持任何自稱反共產主義的人。但它出現在克羅里名單上的原因，就稍微複雜了些：像薛德威爾那樣的人，對地獄追求的目標毫無殺傷力，而且感覺起來效果還恰恰相反。嚴格說起來，薛德威爾也不是指揮獵巫軍的人。根據他的薪資總帳，指揮軍隊的是獵巫將軍史密斯，在其麾下的是獵巫上校葛林與瓊斯，然後是傑克森、羅賓森、史密斯（跟史密斯將軍並無親戚關係）、三位獵巫少校。接下來還有燉鍋獵巫少校、錫罐獵巫少校、牛奶獵巫少校、櫥櫃獵巫少校……此時薛德威爾有限的想像力到這個節骨眼已開始垂死掙扎。還有獵巫上尉史密斯、史密斯、史密斯、史麥思以及同上。還有五百名獵巫士兵、下士跟中士，其中很多人都姓史密斯，不過這不打緊，因為克羅里或阿茲拉斐爾都沒真的把清單好好讀下去。他們只管付費。

畢竟，兩邊加起來一年也只有六十英鎊。

薛德威爾不覺得這種行為有什麼可恥。這支軍隊接受神聖的委託，而人就得要自力救濟啊。小小一枚九便士可不像當年那樣好賺了。

星期六

Saturday

星期六凌晨，世界末日當天，天色比血還紅。

國際快遞員以時速三十五哩謹慎地繞過轉角，換到二檔，把車停在路旁草地邊緣。

他踏出廂型車後馬上往水溝裡一躍，避開來勢洶洶的卡車。卡車以遠超過八十哩的高速繞過道路轉彎處。

他起身，撿起眼鏡再戴上，取回包裹跟寫字板，把草與泥從制服上拍下來，這才想到要朝急速揚長而去的卡車揮舞拳頭。

「混帳卡車，真該全面禁行才對，根本不尊重別的道路使用者嘛，我說啊——我向來都說——小子，如果沒了車子，你只是區區一個路人而已……」

他爬下路旁草地，攀過一座矮籬，發現自己就站在厄克河畔❶。

國際快遞員拿著包裹沿著河畔走。

再往前，坐了一位全身白衣的年輕人。放眼望去，視線所及僅他一人，頭髮全白，膚色慘白如石灰。他靜坐著，眼光來來回回端詳著河流，彷彿欣賞著這片景致。他看來就像維多利亞時代浪漫主義詩人肺癆與藥癮發作之前的模樣。

國際快遞員一頭霧水——我的意思是，從前（其實離現在也沒多久），河岸上每隔十幾碼就會有個釣客；孩童會來這裡嬉戲；互訴衷曲的情侶也來傾聽流水潺潺，互執雙手，在薩賽克斯的夕陽下卿卿我我。他跟內人茱德婚前就這樣做過。他們來這裡擁吻愛撫，還有過一次難忘的纏綿，你中有我我中有你。

時代變啦，快遞員心想。

現在白棕相間的泡沫汙泥有如雕塑品，祥和地順流漂浮，常常一口氣淹過好幾碼長的河面。而河面可見之處卻又蓋了薄薄一層亮著光澤的石化微粒。

在橫越北大西洋的長途飛行之後，筋疲力盡的幾隻雁很欣慰自己終於返回英格蘭。牠們在一陣喧鬧的拍翅疾飛聲中，降落在漂有浮油的七彩水面上，然後不著痕跡地沒入水中。

滑稽的舊世界啊，快遞員心想。這裡是厄克河，從前是世界一隅最美的河，現在卻只是一條被吹捧美化的工業汙水道。天鵝直往河底沉，而魚逕往水面浮。

嗯，那就是大家所謂的進步，你擋不住進步的腳步。

他走到白衣男子身旁。

「先生，打攪了，貴姓白嗎？」

白衣人頷首，不發一語，兀自眺望河流，目光追隨驚心動魄的汙泥與泡沫雕塑。

「美不勝收啊，」他喃喃道，「美得要命。」

快遞員發現自己一時語塞，於是自動駕駛系統接手大腦。「滑稽的舊世界，對吧？錯不了的，我說嘛，你走遍全世界送件，然後總算回到老家了。先生，我在這一帶土生土長。我去過地中海，也去過德梅因——先生，那在美國。這會兒我人卻在這裡，先生，這是您的包裹。」

姓白的人拿了包裹，接過寫字夾簽收。他簽名的時候筆漏著水，字跡都糊了。這名字筆畫頗少，起先是三點水，接著一團汙跡，結尾像是個「木」。

「先生，感謝您。」快遞員說。

他沿著河走回停車的繁忙公路，一面走一面盡量別往那條河看。

他身後的白衣男子打開包裹，裡頭有頂王冠——一頂白色金屬頭箍，上面嵌有鑽石。他心滿意足地盯著它幾秒後便戴上，王冠在旭日的光輝中迅速一閃。他手指一碰到頭箍的銀色表面，馬上就有鏽

---

❶ The river Uck，位於英格蘭南部。

斑漫開，現在覆遍整頂王冠。王冠成了黑色。

白仔站起身來。說到空氣汙染，倒有一事值得一提：你會獲得令人驚豔的日出景色，彷彿有人在天空放了把火。

若一不小心點燃火柴，就可能讓這條河烈火熊熊，可是，唉，現在沒時間幹那檔子事了。他心裡明白**他們四個**何時何地該碰頭，若要在今天下午以前趕到，他得快馬加鞭。

他想，也許我們**真的將**火燒天空。他幾乎是神不知鬼不覺地離開那裡。

時間就要到了。

快遞員之前把廂型車停在雙線行車道旁的草地上。他繞過車子走到駕駛座那側（非常小心翼翼，因為別的轎車與卡車仍在轉角處呼嘯來去），把手伸進開著的車窗，從儀表板那兒拿出行事曆。

看來只剩一件要送了。

他謹慎地讀著郵遞證明上的指示。

他又讀一回，特別留意住址及留言。地址只有兩個字：**處處**。

他用漏水的筆寫了一張短箋給太太茉德。就這麼幾個字：我愛妳。

接著他把行事曆放回儀表板上，左顧右盼，再度往左看，毅然決然開始跨越馬路。他才走到一半，有輛德製重型大貨車繞過轉角而來，駕駛因為咖啡因、小白藥丸，加上歐洲共同體運輸法規而狂亂失控。

他望著漸行漸遠的龐然大物。

老天！他想，那車差點撞到我。

然後他垂目朝溝裡看。

噢，他想。

沒錯，表示同意的聲音從他左肩後方傳來——至少是他記憶中的左肩後方。

快遞員轉身一瞧——他看到了。起先他啞口無言，不知該說什麼，然後工作了一輩子的老習慣又接手：「先生，有訊息給您。」

給我？

「是的，先生。」他希望自己還有喉嚨。如果喉嚨還在，他原本可以嚥嚥口水，「先生，恐怕沒有包裹……呃，先生，是個留言。」

那麼，**說吧**。

「先生，就是這個：嗯哼，**來瞧瞧吧**。」

終於來了。它臉上漾起笑意，不過話說回來，既然臉是那副樣子，也不可能有別的表情。

謝謝，它繼續說，**我真得說**，**你很盡忠職守**。

「先生？」已故快遞員正穿過灰色迷霧往下墜，他只看得見兩點藍，可能是眼睛，也可能是遙遠的星辰。

別把這當成死亡，死亡說，**就把這當成早一步離開**，**以便避開末日的顛峰時段**。

快遞員有一瞬間猜想他的新同伴是否在開玩笑，然後斷定對方並不是在說笑，接著便是虛空一片。

清晨的天際火紅。雨呼之欲來。

是要下雨沒錯。

獵巫中士薛德威爾偏著頭往後一站。「那麼，好，」他說：「你都準備好了？全都帶齊了？」

「是，長官。」

「探索鐘錘？」

「探索鐘錘，有。」
「拇指夾？」
紐特嘸了嘸口水，拍拍一個口袋。
「拇指夾。」他說。
「火種呢？」
「我真的覺得，中士，那個……」
「**火種**？」
「火種。①」紐特憂傷地說：「還有火柴。」
「鈴、書跟蠟燭？」
紐特拍拍另一個口袋。裡面有個紙袋，紙袋裡裝有：小鈴一只，就是會把虎皮鸚鵡逼瘋的那種鈴鐺；生日蛋糕用的粉紅色蠟燭一根；還有叫做《給小小手的禱告》的小書。薛德威爾要他牢牢記住：雖然女巫是主要目標，但稱職的獵巫軍絕不可錯過略施驅邪術的機會，隨時都該貼身帶著外勤用工具箱。
「鈴、書跟蠟燭。」紐特說。
「大頭針？」
「大頭針。」
「好老弟，千萬別忘了大頭針，那等於是光明砲兵部隊的刺刀。」
薛德威爾倒退一步。紐特愕然發現老人雙眼竟濡溼了。
「我真希望能跟你一道去，」他說：「當然，這次任務沒什麼大不了，可是能再出去闖闖也不錯。你知道，這種生活很艱辛，趴在溼答答的蕨叢裡，監視他們群魔亂舞，會讓你的骨頭彷彿滲進某種殘酷。」

他挺胸立正並敬禮。

「那麼，二等兵普西法，去吧。願榮耀讚美之軍隊與你同行。」

等紐特把車開走，薛德威爾想到一件事——一件他從來沒機會做的事。他現在需要的就是一根大頭針。不是用在女巫身上的那種公發大頭針，而是一般的大頭針，能拿來插在地圖上的那種。

地圖掛在牆上，年代久遠，上面沒有米爾頓奇尼思，也沒標出哈樓❷。地圖勉強看得到曼徹斯特與伯明罕。這份地圖，獵巫軍總部已經用了三百年。上頭還有幾根大頭針，主要集中在約克郡與蘭開郡，艾賽克斯也有幾根，可是幾乎全鏽了。別處僅剩棕色的殘針，標出久遠以前某位獵巫軍年代遙遠的任務。

薛德威爾最後在菸灰缸的殘屑裡找到一根大頭針。他朝上頭吹吹，把它磨亮。他瞇著眼看地圖，直到找到泰德田為止，然後得意洋洋地瞄準、壓進去。

針頭一閃。

薛德威爾倒退一步，再次行禮，兩眼含淚。

---

①給美國人與棲居都市之其他生命型態的注解：因為中央暖氣系統過於複雜，還有害道德品行，英國鄉下避之唯恐不及，因此偏好一種系統——將小木片與煤塊堆起來，在最上頭疊放又大又溼的圓木形物（可能由石綿製成）。由此搭成的一堆堆悶燒小丘，就叫做「沒什麼比得上烈火轟隆的開放式火爐，是吧？」。因為這些內容物沒一個是易燃的，所以他們在下面用一種小小白色蠟狀方塊，這些方塊興致昂然地燒著，直到火的重量把它壓熄。這些白色小方塊就叫做火種，沒人知道為什麼。

❷ Harlow，在英格蘭東南部艾賽克斯郡。

他俐落地向後轉，朝陳列櫃行禮。櫃子老舊殘破，玻璃也破了，可是就某方面說來，這**正是**獵巫軍的化身。櫃子裡擺著軍團銀牌（營際高爾夫獎盃，唉，足足有七十年沒舉辦比賽了）；還有從槍口裝填彈藥的專利前膛槍，屬於獵巫上尉你們不可喫帶血活物—不可用法術—也不可觀兆．道爾林普❸；還展示了一組形似胡桃、實為萎縮後的獵頭族腦袋，由獵巫軍連長霍樂思—先下手為強．納爾克所捐贈，他曾經雲遊異地，櫃裡也裝滿了回憶。

薛德威爾唏哩呼嚕地在袖子上大擤鼻子。

接著他打開一罐煉乳當早餐。

如果榮耀讚美之軍隊試著跟紐特同行，他們可能會有些部分掉落滿地。這是因為，除了紐特跟薛德威爾之外，其他人早已辭世多時。

把薛德威爾當成唯一的狂人（紐特從沒查明他到底有沒有姓氏）並不正確。問題只在於別人早魂歸西天，多數作古好幾百年。薛德威爾目前以創意編纂帳冊，但軍隊當初規模真的有這麼大。紐特驚奇地發現，獵巫軍的經歷與其較為世俗化的敵對陣營一樣久遠，而且血腥的程度不相上下。

獵巫軍軍餉由奧力佛．克倫威爾最後一次訂定後，從此沒再複審過。軍官可得五先令，將軍一鎊。當然那只是聊表敬意而已，因為每找到一名女巫或巫師，就可以拿九便士，還可以先挑他們的財產。

你真的不得不靠那些九便士維生，所以薛德威爾在受雇於天堂和地獄、領固定薪資之前，處境真有些艱難。

紐特的年薪是一先令②。

為了這份薪水，紐特無時無刻都得隨身攜帶「閃光、燧發機、火箱、引火盒或燃火柴棒」，雖說薛德威爾指出朗森牌氣體打火機也很好用。薛德威爾對專利香菸打火機這項發明的接受度，就跟守舊軍人對連發步槍的好感程度差不多。

就紐特看來，這就像「封結社❹」之類的機構，或像那些老愛重溫美國內戰的人一樣。這讓你在週末可以藉機出門走走，也表示你盡了一分心力讓那些造就今日西方文明的優良老傳統生生不息。

離開總部一個鐘頭後，紐特把車停進路旁停車修理區，在乘客座的置物櫃翻翻找找。

接著他用一把鉗子扳開車窗，因為車窗旋把很久以前就脫落了。

他扔出來的那包火種飛越樹籬。半晌後，拇指夾也隨之而去。

該怎麼處置剩下的東西，他掙扎不已，後來還是擺回置物櫃。這支大頭針是獵巫軍公發品，尾端有個優質的烏木針頭，就像女士的帽針。

他知道這支針的用途，他在閱讀上下了不少功夫。薛德威爾在第一次會面時就給他一大疊小冊子，可是獵巫軍也累積了各式各樣的書籍與文件，紐特猜想，如果拿到市場上交易肯定價值連城。

大頭針是用來扎嫌犯的。如果她們身上有某處不痛不癢，那正表示她們是女巫，就這麼簡單。有

---

❸ Ye-Shall-Not-Eat-Any-Living-Thing-With-The-Blood-Neither-Shall-Ye-Use-Enchantment-Nor-Observe-Times，此位獵巫上尉的名字乃出自聖經〈利未記〉十九：二六。

② 大不列顛人長久以來抗拒十進制的貨幣，因為他們覺得那太複雜了。

❹ The Sealed Knot，本為英國內戰時的保皇黨祕密組織，至現代轉型成為慈善機構，旨在以公開方式重新搬演歷史事件及舉行討論演講會，來研究英國內戰及吸引大眾對這段歷史的興趣。

些冒牌獵巫軍會用特製伸縮釘，但這支可是貨真價實、紮紮實實的鋼針。如果他把這支給弄丟了，實在無顏面對老薛德威爾。況且，還可能會帶來霉運。

他啟動引擎，再度上路。

紐特的車是輛「芥末」，他把車叫做迪克．托平❺，巴望著有天會有人問他為什麼。

日本人原本像是惡魔般的自動機器人，原封不動照抄西方的一切，後來卻轉變成技術高超又精巧的工程師，讓西方肅然起敬。你得是個非常精確的歷史學家，才能指出日本人是在哪一天蛻變完成。可是芥末肯定是在蛻變尚未完成之時設計出來的，結合了大部分西方車種固有的缺陷和一大堆慘烈的創新點子（像本田或豐田就是避開了這些慘劇才有今日的地位）。

儘管紐特竭力留意，卻從沒在路上看過別輛芥末。他雖信心缺缺，但好幾年來卻老跟友人口沫橫飛地吹捧芥末多省油、多有效率，還不就是一心巴望有人會去買一輛，當你慘兮兮就盼有人同病相憐。

他指出八百二十三CC的引擎、三段變速箱、了不得的安全設施（像在危急時會充氣的氣囊。而什麼樣的危急呢？比方說，在筆直枯燥的道路上以時速四十五哩行駛時，就因為有顆巨大的安全氣囊剛好擋住視線，害你撞車）。說了這些仍舊徒勞無功。他對韓國製收音機也漸漸有了點熱忱，收音機能接受到平壤廣播電臺的訊號，清楚得不得了；還有模擬人聲的電子音警告你要繫安全帶，即使你老早就繫上也一樣。設定操作程式的人既不懂英文也不懂日文。他說，是尖端科技喔。

這裡講的科技恐怕是指陶器吧。

他朋友點頭表示同意，但竊以為，如果要在買一輛芥茉與走路之間擇一，他們寧可投資一雙好鞋。反正殊途同歸，芥末每加侖行駛哩數之所以出奇地好，原因之一是它待在修車廠的時間很長，老等著全球唯一尚存的芥末經銷商從日本的沃受思把曲軸等零件郵寄過來。

紐特如同大多數人那樣以模糊、近似禪定的出神狀態開車時，發現自己正在苦思到底怎麼用那支大頭針。要邊用邊說：「我有一根大頭針，哦！我非常願意把它拿來用哦！」這樣嗎？持大頭針遠行……針俠……金針人……納瓦隆之針……❻

紐特可能想知道，在有獵巫行動的幾個世紀裡，這支大頭針測試過三萬九千名女性，其中有二萬九千名說「哎喲」；有九千九百九十九位因為用的是之前提過的可伸縮大頭針，所以啥也感覺不到；還有一個女巫宣稱這大頭針竟然大顯神蹟，把她腿的關節炎治好了。

她的大名叫做阿格妮思．納特。

她是獵巫軍最大的敗筆。

《女巫阿格妮思．納特良準預言集》裡，最前面的條目之一，就是阿格妮思．納特自己的死亡。英格蘭人這族類大體說來既愚鈍又懶散，跟歐洲其餘國家比起來，他們對燒死女人這件事沒什麼勁兒。德國人以條頓民族貫有的一絲不苟搭起篝火燃燒；就連虔誠的蘇格蘭人，雖然長年與自己的頭號大敵蘇格蘭人纏鬥不休，也想辦法排上幾場火刑，打發打發漫漫冬夜。但英格蘭人似乎從來就無心於此。

之所以會這樣，有個原因可能跟阿格妮思．納特的死法有關。英格蘭正式的獵巫熱之所以落幕，多少隨著她的死而來。因為她總是四處跑來跑去，一副聰明絕頂貌，又老幫人治好病，大家不得不怒

---

❺ Dick Turpin（1705-1730），英國傳奇惡棍與赫赫有名的攔路大盜。

❻ 皆出自電視影集或電影片名，依序為《持槍遠行》（Have Gun, Will Travel, 1957-1963，美國西部電視劇）、《槍俠》（The Gunslinger, 1956，西部片）、《金槍人》（The Man with the Golden Gun, 1974，〇〇七系列電影之一）、《六壯士》（Guns of Navarone, 1961，背景為二戰的戰爭片）。

火中燒。於是一群狂亂叫囂的暴民在某個四月的傍晚來到她家，卻發現她早已穿戴整齊等著他們上門。

「你們來遲了，」她對他們說：「十分鐘以前我早該著火了。」

接著她站起身，慢慢地、蹣跚地穿過瞬間沉默的人群，走出小屋，往村中央的公用綠地上臨時急忙湊合起來的篝火走去。傳說，她笨手笨腳地攀上火刑柴堆，自行將手臂擠著繞過身後的樁柱。

「要綁牢啊。」她向瞠目結舌的獵巫軍說。當村民悄悄趨近火刑柴堆時，她在火光中揚起俏麗的頭，說：「好人們，你們靠攏過來啊。靠得近點，讓火快燒到你們，因為我要你們全部看清楚，英格蘭最後一位真女巫是怎麼死的。我是女巫，也被指控為女巫，但我不知道自己到底犯了什麼罪。所以讓我的死成為送給全世界的一個訊息。我說啊，你們靠過來，**搞不清楚狀況就蹚這渾水的人，細聽你們的命運吧。**」

顯然她那時露出了微笑，還抬頭仰望村落上方的天空，又加了一句：「你也算在內，你這個愚蠢的老呆瓜。」

在那個瀆神的奇怪舉措後，她不再多言，任他們把她的嘴巴堵住，當火炬碰燃乾燥的木堆時，她傲然挺立。

人群越靠越近，現在仔細一想，其實有一、兩名成員不大確定大夥兒是不是做對了。

三十秒後，一場爆炸轟掉了村中央的公用綠地，跟著殲滅整個山谷裡的生物。爆炸的火光遠至哈利法克斯❼都看得見。

隨後眾人議論紛紛，不知道這是神還是撒旦降下的災難，但後來在阿格妮思．納特的小屋裡找到的一張紙條指出，管它是神聖或邪惡勢力的干預，造成此事態的主要是填裝在阿格妮思襯裙裡的東西。她有先見之明，在裡頭藏了八十磅重的火藥，還有四十磅重的屋面釘。

阿格妮思身後遺留下來的東西還有一只盒子與一本書，就放在廚房桌子上，旁邊還有一張取消訂購牛奶的便條。關於如何處理那盒子，有精確的指示可循；至於怎麼處置那本書，也有同樣明確的說明：寄給她兒子約翰・迪維思。

找到這本書的人（被爆炸聲吵醒，從鄰村過來的）本來考慮不理會指示，焚燬小屋就好。不過環顧四周閃爍的火光與滿是釘孔的殘屋敗瓦後，他便決定還是別造次。況且，阿格妮思的紙條上還預言了拒絕執行她命令的人會有怎樣的命運，這預言精確得令人寒心。

用火炬點燃阿格妮思・納特的是一名獵巫少校，他們發現他的帽子卡在兩哩外的樹上。他的名字寫在一塊頗大的布條上，縫在帽子內面：「汝不可姦淫・普西法」，是英格蘭最孜孜矻矻的獵巫者。如果他知道自己碩果僅存的後代子孫（即使在不知情之下）正朝阿格妮思・納特世上僅存的末代子孫直奔而去，他在天之靈一定相當欣慰。他可能會覺得，古老宿仇這回終於要報了。

——但要是他知道自己的後代碰上她會發生什麼事，肯定會在墳裡輾轉反側。只可惜他當初死無葬身之地。

不過，紐特首先得處理一下飛碟。

他試著找轉往下泰德田的岔路。他把地圖攤開鋪在方向盤上時，飛碟就降落於前方的馬路上。他不得不緊急剎車。

它長得就跟紐特從前在卡通裡看過的一樣。

他越過地圖上方朝前望，飛碟的門往旁邊滑開，發出令人滿意的咻咻咻聲，露出一條閃閃發亮的通道，通道自動延伸至路面上。絢爛的藍光散射出來，映出三名外星生物的輪廓。它們步下坡道——至少其中兩個是步行的。看起來像胡椒瓶的那個乾脆用滑的，結果在坡道底跌了一跤。

---

❼ Halifax，英格蘭東北部西約克夏郡的城市。

另外兩位不顧它的嗶嗶狂響，自顧自地緩緩走向他的車，走路的姿勢就像早已在腦中編寫案情記錄書的警察那種舉世公認的拉風走法。最高的那位是隻穿著廚房用錫箔紙的黃色蟾蜍，它敲著紐特的窗戶。紐特把窗戶搖下。這東西臉上掛著那種鏡面拋光的太陽眼鏡，紐特向來覺得那是酷手路克❽專用的墨鏡。

「早啊，先生或女士或中性人，」那東西說：「這是你的星球，對嗎？」

另一個外星生物體形粗短、全身皆綠，它已經晃到路旁的林子裡去了。紐特從眼角餘光看到它踢了樹一腳，然後用腰帶上的複雜機械掃描一片葉子。它看來不甚滿意。

「嗯，對，我想是吧。」他說。

蟾蜍若有所思地盯著天際線。

「擁有這顆星球很久了嗎？先生？」它說。

「呃，不算我個人的啦。我的意思是，這是人類共有的，大概五百萬年了吧，我想。」

這名外星生物跟它的同事對望一眼。「任憑酸雨越積越多，是不是啊？先生？濫用碳氫化合物嘛，是這樣的嗎？」它說。

「你說什麼？」

「你星球的反照率怎樣啊？能告訴我嗎，先生？」蟾蜍說，仍舊直直盯著地平線，彷彿這樣做很有趣。

「呃，我沒辦法。」

「嗯，很抱歉要告訴你，先生，就這個類型的星球來說，你的極地冰冠❾低於正規尺寸。」

「噢，老天。」紐特說。他在想，發生這檔子事到底能跟誰講，然後明白絕對沒人會相信他。

蟾蜍彎身靠得更近了，看起來好像操心著什麼（前提是紐特真能判別它們的表情，畢竟他平生第一次碰上外星物種）。

「這次我們姑且不追究，先生。」

紐特急迫又含糊地說：「噢、呃——我會想辦法處理——嗯，我說**我**，其實我的意思是，那個，我想南極洲什麼的應該屬於所有的國家或什麼的吧，還有……」

「先生，其實，有人要我們傳個訊息給你。」

「噢？」

「訊息如下：『我們要給你一個世界和平與宇宙和諧的訊息，諸如此類的吧。』訊息完畢。」蟾蜍說。

「噢，」紐特在心裡玩味著這個訊息，「噢，真是謝謝您的好意。」

「你知道為什麼有人要我們把這個訊息帶來給你嗎？先生？」蟾蜍說。

紐特靈光一閃。「嗯，呃，我想我知道，」他狂揮雙手，「因為人類……唔……操控原子，還有——」

「我們也不知道為什麼啊，先生。」蟾蜍站直了身，「我想，這就是怪異現象之一。我們最好走了。」它茫然搖了搖頭，轉過身，搖搖晃晃往飛碟走回去，不再開口。

紐特把頭伸出窗外。

「多謝！」

那個小號的外星生物經過車邊。

---

❽ Cool Hand Luke，一九六七年監獄電影，中譯名為「鐵窗喋血」，由保羅・紐曼飾演主角路克。

❾ 又稱冰帽或冰蓋，指高山或極地等區的萬年冰雪或冰原。

「二氧化碳水平高了百分之零點五喔，」它粗聲粗氣地說，意味深長地瞅他一眼，「你知道，你身為一個盡享霸權的物種，卻受制於本能驅使的消費主義，你本來會因此被告發的你知道嗎？」

兩個外星生物扶起第三名，把它拉上斜坡，關上門。

紐特等了一會，免得錯過壯觀耀眼的聲光展演，可是飛碟只是杵在那兒。最後他從路肩繞過飛碟駛過去。他往後視鏡一看，飛碟已不見蹤影。

我一定有什麼事做過頭了，他愧疚地想著。不過是什麼呢？

這事兒還不能跟薛德威爾講呢，他可能會因為我沒數它們的乳頭而對我鬼吼狂叫。

「總之，」亞當說：「女巫的事，你們全弄錯了啦。」

「那一夥」坐在田野柵門上，望著狗狗在牛糞中打滾。這頭小雜種狗似乎很自得其樂。

「我最近在讀關於她們的東西，」他音量稍微放大，「其實呢，她們一直都沒做錯，用英國宗教法庭之類的來迫害她們是不對的。」

「我媽說，她們只是聰明的女人，在男性主導的社會體系裡，用她們唯一能使用的方式來抗議令人窒息的不公不義。」裴潑說。

裴潑的媽媽在諾頓的綜合技術大學當講師③。

「是啊，可是妳媽開口閉口都是那種話。」過了一會兒亞當說。

裴潑友善地點點頭。「而且她說，她們再怎麼樣也不過是思想自由、崇拜生殖力。」

「生紙力是什麼？」溫思雷岱爾說。

「不知道，我猜跟五月柱⑩有關吧。」裴潑含糊其辭。

「嗯，我還以為她們崇拜的是**惡魔**呢。」布萊恩說，可是並沒有不分青紅皂白就採取譴責態度。

對於惡魔崇拜這一整個主題，「那一夥」可說心胸寬大。「那一夥」對一**切**都抱持開放態度。「反正**惡魔**總比愚蠢的**五月柱**好吧。」

「說到這個你又錯了，」亞當說：「不是惡魔，是另一種神或什麼的，有角的。」

「就是**惡魔**啊。」布萊恩說。

「不是啦，」亞當耐心地說：「大家老是搞混。他只是有類似的角，他叫做潘⓫，身體有一半是山羊。」

「哪一半？」溫思雷岱爾說。

亞當斟酌半晌。

「下半部，」他終於開口，「你竟然連那個都不知道，我還以為大家都知道。」

「山羊沒有下半部，」溫思雷岱爾說，「牠們有前半部跟後半部，跟牛一樣。」

他們朝狗狗又多看了一會兒，一面用腳跟踹著柵門。天氣熱得無法思考。

然後裴潑說：「如果他有羊腿，那他不應該有角。角是屬於前半部的。」

「他又不是我編出來的，對吧？」亞當義憤填膺地說：「我只是想跟你們講。說是我亂編的才算是新聞。不需要把矛頭對準**我**吧。」

「反正，如果大家以為他是**惡魔**，」裴潑說：「這個蠢盤子⓬也不能到處抱怨。誰叫他有角，沒得

③那是在白天的時候，晚上她則幫神經緊繃的主管解讀強效塔羅牌，畢竟本性難移。

❿ maypole，又稱五朔節花柱，是用花卉、彩帶等裝飾的柱子，於五朔節供男女圍繞著跳舞。五朔節訂於五月一日，是中古時代和現代歐洲的傳統春季節日。

⓫ Pan，希臘羅馬神話中人身羊足、頭上有角的森林家畜之神，也稱「牧神」。

抱怨。看到他，大家一定會說，噢，**惡魔**來嘍。」

狗狗開始挖兔洞。

亞當似乎心事重重，他深吸了一口氣。

「你不用什麼事都這麼拘泥**字面**意思吧，」他說：「最近的問題都出在這裡。『極短物質主義[13]』，到處砍伐雨林、在臭氧層弄出破洞來的那些人就跟你們一個樣。就是因為像你們這種人的『極短物質主義』，臭氧層才有個大破洞。」

「我哪有辦法啊，」布萊恩不由得說：「我還在分期付款買愚蠢的黃瓜玻璃架。」

「雜誌裡有寫，」亞當說：「要做一個牛肉漢堡，就要耗費幾百萬公頃的雨林。臭氧漏個不停，就因為……」他稍有遲疑，「大家亂噴環境。」

「還有鯨魚，」溫思雷岱爾說：「我們一定要救牠們。」

亞當一臉茫然，他一口氣搜刮的《新寶瓶》過期雜誌沒提到鯨魚。編輯群假設這些讀者都會支持拯救鯨魚的行動，就像他們假設這些讀者都會呼吸、會直立行走一樣。

「有個談鯨魚的節目。」溫思雷岱爾解釋。

「我們幹麼要蒐集[14]鯨魚？」亞當說。他搞混了，還以為集滿「鯨魚」可以換一枚徽章。

溫思雷岱爾停下來，搜索枯腸地回想。「因為牠們會唱歌，還有牠們腦袋超大。現在沒剩幾隻了，因為牠們只能拿來當寵物的乾糧什麼的，所以沒必要殺。」

「如果牠們真的那麼聰明，」布萊恩緩緩地說：「那牠們待在海裡幹麼？」

「噢，我哪知，」亞當若有所思，「整天游來游去，只要張開嘴巴吃東西……這聽起來很聰明——」

引擎尖鳴與拖得老長的嘎嘎碎響打斷了他的話。他們手忙腳亂地跳下柵門，奔上小路往十字路口去，那裡有輛倒翻的小車躺在長長一道打滑痕跡的終點。

道路再過去一點有個洞，看來這輛車是想閃避這個洞。他們望向洞，一個長相像東方人的小腦袋一閃便不見蹤影。

「那一夥」硬把車門拉開，拖出失去意識的紐特。亞當滿腦子都是自己因救援壯舉而獲頒勳章的景象，溫思雷岱爾則滿腦子如何急救的現實考量。

「我們不該動他，」他說：「因為有骨頭斷了。我們應該去找人過來。」

亞當四下觀望，沿路放眼過去，只見樹林裡有個屋頂——茉莉農舍。

在茉莉農舍裡，阿娜西瑪・迪維思端坐桌前，這一小時以來她已經擺上一些繃帶、阿斯匹靈等各式各樣急救物品。

阿娜西瑪一直看鐘。現在他隨時就要過來了，她心想。

不過，他抵達了，卻跟她預期的不一樣。講精確一點，是跟她盼望的不一樣。

她一直頗有自覺地巴望是個高大的黑髮俊男。

紐特高則高矣，卻一副被輾過的扁瘦模樣。他髮色確實烏黑，但算不上流行配飾，只是一股腦兒從頭頂齊冒出來的一堆黑色細絡。錯不在紐特，他年少時，每隔幾個月就會到街角理髮店，手中抓著小心翼翼從雜誌上撕下來的照片。照片上有個髮型酷勁十足的人朝著鏡頭咧嘴微笑，他會拿照片給理髮師看，要求：「我也要剪成那個樣子，麻煩您了。」深諳其職的理髮師會看一眼照片，然後給紐特

⓬ 斐潑把潘說錯了。Pan也有煎鍋之意，她說成湯鍋（pot），譯文採「潘」的諧音。
⓭ 亞當把「極端」物質主義記成「極短」物質主義。
⓮ 拯救（save）亦有留存、積攢等意思。

剪一個後腦與兩鬢皆短的基本萬用髮型。持續一年後，紐特終於了解，自己顯然沒有配得上那種髮型的臉孔。紐頓・普西法在剪完頭髮後，能夠期望的最完美成果只是頭髮短了些而已。

西裝的部分同理可證。發明這種衣服不是為了讓他看來溫文儒雅、明達世故與舒適自得。這些日子以來他學會一件事：只要能防雨、有地方放零錢，什麼衣服他都滿意。

而且他也不帥，就算摘下眼鏡也一樣④。當她幫他脫鞋，讓他躺上床時，還發現他穿的襪子兩腳不搭：一隻藍，腳跟處有破洞；一隻灰，腳趾處滿是小洞。

她心想：對於這整件事，我理應感到一波溫暖柔情的女性什麼什麼的……可我只希望他願意自己洗襪子。

所以呢……高大、黑髮，但不帥。她聳了聳肩。好吧，三分之二的達成度也不賴。

床上的人形開始蠢動。阿娜西瑪凡事總習慣考慮未來，於是壓抑下失望之情，說：

「現在覺得怎樣？」

紐特張開雙眼。

他躺在某間臥房裡，但不是自己的。因為天花板不一樣，他馬上意識到這一點。他房間的天花板仍然有以棉線懸在半空的模型飛機，他一直沒去弄下來。

這片天花板只有龜裂的灰泥。紐特從未涉足女子閨房，不過透過各種溫和氣味的綜合融匯，他直覺這就是女人的房間。有一絲爽身粉與鈴蘭花香，但沒有早已忘卻乾衣機內部長什麼樣的舊T恤的臭氣。

他試著抬起頭，呻吟一下，又倒頭躺回枕頭。粉紅色，他不禁注意到。

「你一頭撞上了方向盤，」把他喚醒的聲音說：「不過骨頭都沒斷，出了什麼事？」

紐特再度張開眼睛。

「車子還好嗎？」他說。

「看起來還好。有個小小的聲音一直重複叫著：『請吸好安全呆』。」

「看吧？」紐特對著隱形的聽眾說：「以前的人就是懂得怎麼做車子，最後一層塑膠塗工幾乎沒有凹痕。」

他向阿娜西瑪眨眨眼。

「為了閃開路上的西藏人，我急轉彎，」他說：「至少我認為我轉了彎。我想我大概是瘋了。」

那個人影繞過來走進他的視線裡。黑髮、紅脣與綠眸，幾乎可以確定是女性。紐特試著別死盯著對方看。對方說：「如果你真的發瘋了，也不會有人注意到。」然後她就微笑了。「你知道嗎，我以前從來沒見過獵巫軍。」

「呃……」紐特開口。她舉起他敞開的皮夾子。

「我總得檢查一下吧。」她說。

紐特尷尬極了——這種感覺他司空見慣。薛德威爾給過他一張正式的獵巫許可證，這份證件功能眾多，其中之一便是下令教區執事、地方法官、主教、區鎮地方長官准他自由通行，乾燥引火物也得任他予取予求。這份證件炫得不得了，可說是書法中的傑作，八成歷史悠久。他老早就忘了身上有這件東西。

「只是嗜好而已啦，」他狼狽地說：「其實我是……是……」他不打算說是薪資稽查員，在這裡不行，現在不行，不能對這樣一個女孩兒說。「電腦工程師。」他扯謊。我**想要**當啦，**想要**當，我在**內心深處**是個電腦工程師，只是腦袋瓜不才、讓自己失望了。「不好意思，請問——」

---

④ 其實他摘下眼鏡更是帥不起來，因為他會東絆西倒，然後貼上一大堆繃帶。

「阿娜西瑪，迪維思，」阿娜西瑪說，「我是神祕論者，不過那只是個嗜好。其實我是女巫。很好，你只遲到半個鐘頭，」她補充，把一張小卡片遞給他，「你最好念一念，這樣可以省很多時間。」

儘管有童年的慘痛經驗，紐特其實有一臺小型家用電腦。事實上，他擁有好幾臺。他擁有的是哪些，**想也知道**：基本上就是桌上型的芥末。舉例來說：他一買完東西就馬上降成半價；或新品推出時廣告鋪天蓋地，卻在一年內銷聲匿跡；或把它們塞進冰箱裡才能運作；或僥倖機器基本上性能不錯，紐特卻總是買到早幾代、程式頻出問題的操作系統版本。但就因為他**有信念**，所以他堅忍不拔。

亞當也有一臺小電腦，用來玩遊戲，可是他從來玩不了太久。他會載入遊戲，專注地觀察幾分鐘，然後開始玩，直到最高分記數器再也打不進另一個零為止。

當「那一夥」的成員對這種特異技能深表驚奇時，亞當略微詫異；大家玩遊戲不都這樣嗎？

「只要學會怎麼玩就簡單啦。」他說。

紐特注意到一疊疊報紙占據了茉莉農舍前間起居室的大半部分，心陡然一沉。牆壁四處張貼著剪報，有些用紅墨水打了圈。他看到有幾則新聞是自己幫薛德威爾剪過的，略感得意。

阿娜西瑪的家當少之又少。她費心隨身帶來的唯一一件就是她的鐘，是傳家寶之一。不是老式落地大擺鐘，而是附有自由擺動式擺錘的掛牆鐘，愛倫坡會興高采烈地把人綁在那座鐘底下。

紐頓發現自己的眼光一直被吸引過去。

「是我一位祖先製作的，」阿娜西瑪說，將咖啡杯往桌上一放，「約書亞．迪維思爵士，也許你聽過？他發明那種會晃動的小東西，讓準確的鐘製作起來很便宜。他們用他的名字為那東西命名。」

「約書亞？」紐特戒備地說。

「迪維思⓯。」過去的半個鐘頭，紐特聽到好些令人無法置信的事，差點就要照單全收了，但凡事總有個限度吧。

「**裝置**這詞是從真人來的？」他說。

「噢，是啊，蘭開郡的傳統好名字，應該是從法文來的。等一下你大概就要跟我說你沒聽過漢佛瑞・蓋傑特⓰爵士——」

「噢，**拜託**……」

「……他發明了一種**精巧機件**，讓淹水的礦井能排水出來。或皮耶特・吉思摩⓱？或是美國一等一的黑人發明家，賽樂斯・T・杜蝶⓲？湯馬斯・愛迪生說過，當代實務科學家裡面，他唯一欽佩的就是杜蝶。還有艾拉瑞得・維吉特⓳，還有——」

她望著紐特的茫然神情。

「我的博士論文就是研究他們，」她說：「這些人發明這麼簡單又普遍的實用物品，大家卻都忘了這些東西其實是『需要』靠人發明的。要方糖嗎？」

「呃……」

「你通常加兩顆吧。」阿娜西瑪輕快地說。

⓯ 迪維思（Device）意為器具、裝置。

⓰ 蓋傑特（Gadget）意為精巧的小機件、奇巧的小玩意兒。

⓱ 吉思摩（Gizmo）意為裝置、新玩意兒或小發明。

⓲ 杜蝶（Doodad）意為叫不出名字來之小飾物、小玩意兒、美觀無用之物。

⓳ 維吉特（Widget）意為小機械、小器具。

紐特眼光放回她遞來的卡片上。

她似乎認為這張卡片能解釋一切。

並不能。

卡片中央有一條用尺畫出的直線。上方有一小段文字，看來像詩，用黑墨水寫的。下邊用紅墨水寫的部分是評論與註解。大意如下：

3819：當**東方**馬車翻覆，四輪朝天際，身帶瘀青之男子臥於床榻，彼頭痛欲裂、渴求細柳，其人以針探之，然其心純淨。然彼乃滅我者苗裔。沒其火具，以防不測。汝二人當相伴彼此，直至**末日**迫近。

日本車？翻車。撞車……傷勢不重？

……收留……

……細柳＝阿斯匹靈

（參考3757）針＝獵巫軍

（參考102）**好的**獵巫軍？指的是普西法（參考002）

找火柴等等。在九〇年代怎麼可能！

……嗯……

就剩不到一天了（參考712、3803、4004）

紐特的手自動往口袋摸去，他的打火機已經不見了。

「這是什麼意思？」他粗聲說。

「你聽過阿格妮思．納特嗎？」阿娜西瑪說。

「沒有，」紐特說，情急之下用挖苦來自我防衛，「我猜妳要跟我說她發明了瘋子[20]。」

「又一個蘭開郡的傳統好名字，」阿娜西瑪冷冷地說：「不信的話就去讀讀十七世紀初期的女巫審判紀錄。她是我的祖先。其實，把她活活燒死——或打算把她活活燒死的——就是你的祖先。」

紐特既入迷又恐懼地聽著阿格妮思．納特之死的故事。

她一說完，他便說：「**汝不可姦淫．普西法**？」

「當年那種名字很常見，」阿娜西瑪說：「看來當時家裡生了十個孩子，而且是很虔誠的家庭。還有**貪婪．普西法**、**作假見證．普西法**……[21]」

「我想我懂了，」紐特說：「天哪。我**就想**薛德威爾好像有說他以前聽過這名字，獵巫軍紀錄裡一定有。我想，如果我去哪裡都有人用**姦淫．普西法**叫我，那我一定整天想傷人，傷越多人越好。」

「我想他只是不怎麼喜歡女人。」

「謝謝妳大人大量，」紐特說：「我的意思是，他肯定是我祖先，因為姓普西法的人不多。也許……那就是為什麼我會碰上獵巫軍？可能是命運吧。」他滿懷希望地說。

她搖搖頭。「不是，沒那回事。」

「反正獵巫景況大不如前了。我想，老薛德威爾做過的頂多是踢翻陶樂斯．史多克斯[22]的垃圾桶。」

「你知我知就好，別說出去，阿格妮思這號人物其實有點難纏，」阿娜西瑪含糊其辭，「她做起事來沒有中間地帶。」

紐特揮一揮那張紙。

---

[20] 納特（nutter）在英式俚中有「瘋子」之意。

[21] 意指以聖經十誡替每個孩子命名。「不可姦淫」是第七誡，「不可作假見證」與「不可貪婪」各為第九與第十誡。

[22] Doris Stokes（1920-1987），英國靈媒，因其非凡的聽力而舉世聞名。

「可是那跟這個有什麼關係？」他說。

「這是她寫的，嗯，我是說原版是她寫的──《女巫阿格妮思．納特良準預言集》，編目第3819條，一六五五年首次出版。」

紐特再度盯著預言看，嘴巴張開又闔起。

「**她知道我會撞車？**」他說。

「說對也對，說錯也錯。她可能不知道吧，很難講。你知道嗎？阿格妮思是史上最糟糕的先知。因為她永遠都說得對，那就是書怎麼也賣不掉的原因。」

大多數通靈能力的起因，單純是缺乏時間點上的集中力，而阿格妮思．納特的心靈到目前為止都在時光中漂流，所以即使照十七世紀蘭開郡的標準來看，大家都覺得她實在瘋得可以。瘋狂女預言家在當地是個暴興事業。

但大家都同意，聽她說話實在是種享受。

當每個頭腦清楚的人都知道讓身體臭氣沖天才能抵禦疾病的惡魔時，她卻老是叨叨絮絮說某種黴菌可以用來治病，還強調洗手很重要，說這樣才能沖掉引起疾病的小小動物。她鼓吹一種輕柔活躍的快步走跑，說那樣能延年益壽──這套說法極端可疑，首度引起獵巫軍注意。她也強調飲食纖維的重要性，不過就這點來說，她顯然遠超時代，因為當時多數人比較在意的是食物裡是否摻雜了小碎石，而不是有沒有纖維。而且她還不肯治療肉疣。

「存乎一心，」她會說：「把肉疣忘了吧，自然就會消失了。」

阿格妮思顯然有一條連向未來的線，但這條線很獨特，也窄得不可思議。換句話說，這條線幾乎完全無用武之地。

「什麼意思？」紐特說。

「她提出來的預言要等事過境遷後你才讀得懂，」阿娜西瑪說：「就像『不要買貝塔麥克斯』。那是預測一九七二年的事㉓。」

「妳是說她預言會有錄放影機？」

「不是！她只是接收到一鱗半爪的資訊，」阿娜西瑪說：「那就是重點所在。多數時候她提出的都是間接指涉，要等到發生後、一切拼湊成形，你才有辦法弄懂。而且她搞不清楚什麼重要、什麼不重要，所以全都有點像誤打誤撞。她為一九六三年十一月二十二日所做的預言，就是提到京斯林有棟房子倒塌了。」

「噢？」紐特很客氣，但一臉茫然。

「甘迺迪總統被暗殺啊，」阿娜西瑪熱心指出，「不過你想嘛，在阿格妮思那個年代達拉斯還不存在，京斯林在當年倒是挺重要的㉔。」

「噢。」

「如果事關她子孫，通常會特別準。」

「噢？」

「她也不可能知道內燃引擎這回事。對她來說，那只是可笑的馬車。連我媽也以為預言指的是哪位皇帝的馬車翻覆。你想，單是知道未來**是什麼**還不夠，你得知道那是**什麼意思**。阿格妮思就像是拿條小細管窺看一幅巨大的畫。從小小的管窺所見，她得到怎樣的體會，就根據那分體會寫下看似忠告

㉓ 指七〇年代推出的貝塔麥克斯（Betamax）家庭錄影設備系統。
㉔ 京斯林（King Lynn）是英格蘭東部諾福克郡的港鎮。美國德州達拉斯是甘迺迪遭暗殺之地。

的東西。」

阿娜西瑪繼續，「有時運氣還不錯，舉例來說，就在一九二九年股市大崩盤兩天前，我曾祖父讀懂了那段預言，結果大撈一筆。你可以說我們這些子孫當得很專業。」

她犀利地看著紐特，「你知道嗎，直到兩百年前才有人明白阿格妮思打算把《良準預言集》當作傳家寶。很多項預言都跟她的子孫及其福祉有關。好像她人走了還試著庇佑我們。我們猜想京斯林預言就是這麼來的。我爸爸那時候人到京斯林去，所以從阿格妮思的觀點看來，雖然他不大可能被達拉斯的散彈打到，卻很有可能給磚塊砸到。」

「她人真好，」紐特說：「她炸掉整個村落這件事幾乎可以不計較了。」

阿娜西瑪不予理會。「總而言之，大概就那樣，」她說：「打從那時以來，我們便把詮釋預言當成職責。畢竟平均起來一個月就一則預言——其實近來預言更多了，因為越來越接近世界末日。」

「末日是什麼時候？」紐特說。

阿娜西瑪意味深長地看著鐘。

他小笑一下，他本來希望自己笑起來優雅世故，但實際上笑聲卻很恐怖。今天的種種事端讓他覺得自己的神智不甚清楚。他聞得到阿娜西瑪的香水味，那味道讓他渾身不適。

「我還用不到馬錶呢，你該自認好運了，」阿娜西瑪說：「我們還有，嗯，大概五、六個鐘頭。」

紐特在心裡反覆咀嚼這句話。他這一生到目前為止從來沒有喝酒的衝動，可是某件事情告訴他，凡事必有第一次。

「女巫會在家裡放酒嗎？」他放膽一問。

「噢，會呀。」她微笑，笑法可能跟阿格妮思・納特拿出內衣抽屜裡的東西時所露出的笑容一樣，「起泡的綠色東西，逐漸凝結的表面還有奇怪的**東西**在蠕動喲！你應該知道是什麼吧？」

「好，有冰塊嗎？」

原來是琴酒，也有冰塊。阿娜西瑪一路學習巫術以來，原則上對酒類頗不苟同，但在特定狀況時可是舉雙手贊成。

「我跟妳說過，有西藏人從路中央的大洞冒出來嗎？」紐特說，稍微放鬆了些。

「噢，我知道，」她重新整理桌上的紙張，「昨天有兩個從前面的草坪冒出來。可憐的東西，他們丈二金剛摸不著頭腦啊，所以我請他們喝杯茶，然後他們就借了一把鏟子再下洞裡去了。我想，他們不大清楚自己該怎麼辦。」

紐特有點忿忿不平。「妳怎麼知道他們是西藏人？」他說。

「說到這，那你又怎麼知道？你撞到他的時候他說了『唵』嗎？」

「嗯，他……他看起來就像西藏人啊，」紐特說：「藏紅色的袍子、光頭……妳知道……**就一副西藏人的模樣**。」

「我遇到的其中一個英文講得還滿溜，好像前一刻正在拉薩修理收音機，下一刻就跑到地道裡。他不知道該怎麼回家。」

「如果妳當初送他上馬路，有架飛碟搞不好會載他一程。」紐特陰沉地說。

「三個外星生物？其中一個是小小的機器錫人？」

「他們也在妳的草坪上降落過，是嗎？」

「從廣播聽起來，我的草坪大概是他們唯一沒降落過的地方。他們在世界各地降落，送來一個老掉牙的簡短訊息：宇宙和平。當大家回說：『嗯？那又怎樣？』他們就一臉茫然，然後啟程離開。就跟阿格妮思說的一樣——徵兆與跡象啊。」

「我想，妳又要跟我說這些她全都預言過？」

阿娜西瑪翻閱著面前一套破舊不堪的索引卡片。

「我一直想把這些全輸進電腦，」她說：「這樣就能用關鍵字搜尋之類的……你知道吧？會容易得多。預言是照著舊順序排的，可是有些線索、書寫字跡等等。」

「她全用索引卡片處理？」紐特說。

「不，是一本書。可是我——呃，放錯地方了。當然，我們向來都有留複本。」

「妳是說丟了？」紐特說，試著為當前情況加入一點幽默感，「我打賭她沒料到這件事！」

阿娜西瑪惡狠狠地瞪他。如果眼神能殺人，紐特的名字早刻在墓碑上了。

然後她繼續。「不過這些年來，我們已經建立起一套頗為完善的詞語索引，我祖父還提出一套很有用的交叉索引系統……啊，找到了。」

她把一張紙推到紐特面前。

3988：藏紅花男人從地現身，綠人自**天**而降，卻不知其所以然。**冥王星**之棒㉕離開閃電城堡，下陷之土上升，**海中巨獸**自由來去。巴西為綠，三**者**同至，**四者**策鐵馬而起；吾語汝，末日將臨。

……藏紅花＝藏紅花色的袍子（參考2003）

……外星人……？……空降傘兵？

……核電廠（參閱編號798—806的剪報）

亞特蘭提斯，剪報812—819

……海中巨獸＝鯨魚（參考1981）

南美洲是綠色的？3＝4？鐵路？（鐵製道路，參考2675）

「我不是事先就全弄懂的，」阿娜西瑪承認，「是聽了新聞以後才拼湊起來。」

「妳們家的人填字謎一定很厲害。」紐特說。

「我想，反正阿格妮思到這裡感覺有點撐不住了。海中巨獸、南美洲、三者與四者，指什麼都有可能。」她嘆氣，「報紙才是問題所在。你永遠不知道阿格妮思指的是什麼，搞不好是某個你可能錯過的雞毛蒜皮小事。你知道每天早上**徹徹底底**翻過**每份**日報要花多少時間嗎？」

「三小時又十分鐘。」紐特不假思索地說。

「我想，我們應該拿到一面獎牌什麼的，」亞當樂觀地說：「我們把人從烈火衝天的殘骸救了出來欸。」

「哪有烈火？」裴潑說：「我們把車子推正的時候，車子也沒撞得多歪。」

「本來可能會起火，」亞當指出，「我不懂，憑什麼因為老車子不懂得什麼時候該著火，我們就不能拿到獎牌。」

他們站著，望進洞裡。阿娜西瑪已經報警了，警方把它當成地層下陷，用圓錐筒把洞圍起來。洞很暗，往下深不見底。

「去西藏可能很好玩欸，」布萊恩說：「我們可以學武術啊什麼的。我看過一部老片子，講到西藏裡有個山谷叫做香格里拉，那裡的每個人都能活好幾百年。」

「我舅媽的小木屋就叫『香格里拉』。」溫思雷岱爾說。

亞當嗤之以鼻。「不怎麼高明嘛，竟然用老木屋為山谷取名，」他說：「乾脆叫『石蛾漫遊』或『桂冠』不就好了。」

㉕ 指飾。

「反正比『鄉巴佬』好多了。」溫思雷岱爾溫和地說。

「是**香巴拉**。」亞當糾正。

「我想那是同樣的地方，可能有兩個名字吧。」裴潑出乎意料地圓融，「就跟我們家一樣。我們搬進去的時候，把房子的名字從『小舍』改成『諾頓美景』，可是還是會收到指名要給『小舍的賽歐西·庫皮耶』的信，可能他們現在把它叫做『香巴拉』，只是大家還是老叫成『桂冠』。」

亞當把一顆鵝卵石輕輕彈進洞裡，他開始覺得西藏人很無聊了。

「我們現在要幹麼？」裴潑說：「諾頓底農場要泡羊㉖，我們可以去幫忙。」

亞當把更大的石子丟進洞裡，等著砰咚聲傳來——竟然了無聲響。

「不知，」他興趣缺缺地說，「我想我們應該幫鯨魚、森林那類東西做點事才對。」

「像什麼？」布萊恩說，伴著泡羊而來的娛樂活動他很喜歡。他開始從口袋裡掏出洋芋片空袋，一個一個扔進洞裡。

「我們下午可以到泰德田去，而且不吃漢堡，」裴潑說，「如果我們四個不吃漢堡，他們就不必砍掉幾百萬英畝的雨林。」

「他們還不是照砍。」溫思雷岱爾說。

「又是『極短物質主義』，」亞當說：「就跟鯨魚的事一樣嘛。現在一直在發生的事情，真是不可思議。」他盯著狗狗看。

他覺得自己很不對勁。

這隻小雜種狗一察覺有人注意牠，就滿懷期待地人立起來。

「把鯨魚都吃掉的就是像你這種啦，」亞當嚴厲地說，「我打賭你一定快用掉一整條鯨魚了。」

狗狗把頭歪向一邊，嗚嗚哀鳴，牠靈魂中最後一丁點邪惡的火花為了這個動作恨透了自己。

「我們以後得在這讚到爆的世界長大了，」亞當說：「沒有鯨魚，沒有空氣，而且因為海平面升起，每個人去哪裡都要划水。」

「這樣，唯一會幸福的就是亞特蘭提斯人。」裴潑興致盎然地說。

「啊。」亞當心不在焉地說。

他腦袋裡有異狀。頭在痛，不必思考就有思緒紛紛來到。某個東西說著，亞當．楊恩，你能出點力的。你能讓一切變得更好。你想做什麼都無所不能。對他說這些話的是……他自己，他的一部分，他內心深處。這些年來，那個部分一直附在他身上，如同影子般沒人注意到。它說著：是啊，這世界爛透了，本來可以很棒的，但現在腐敗了，行動的時候到了。那就是你在這裡的緣由。你要讓一切變好。

「因為他們哪裡都能去，」裴潑繼續擔心地瞥了亞當一眼，「我是指亞特蘭提斯人，因為……」

「我受夠了臭亞特蘭提斯人跟西藏人。」亞當怒聲說。

他們盯著他。他們從來沒看過他這樣。

「對**他們**來說，當然好得很，」亞當說：「每個人到處去，把鯨魚、煤、油、臭氧、雨林等等用個精光，什麼也不留給我們。我們應該搬去火星什麼的，而不是坐在黑暗裡，全身溼透透，等著空氣漏光光。」

這跟「那一夥」認識的亞當不一樣，「那一夥」避看彼此的臉，亞當心情變成這樣，整個世界感覺更寒冷了。

「就我看來，」布萊恩務實地說：「就**我**看來，上上策就是別再讀那類的事了。」

「就跟你那天說過的一樣，」亞當說：「你從小就讀著海盜、牛仔和太空人等等的故事，還以為這

㉖將羊浸泡在洗羊液裡以殺滅其身上的寄生蟲。

世界充滿棒透了的事情，結果他們卻告訴你，世界上只有死掉的鯨魚、砍倒的雨林、幾百萬年都擺脫不掉的核廢料。如果要我說，長大根本不值得。」

「那一夥」互換眼神。

有片陰影覆罩著整個世界。暴風雨雲在北方群聚，陽光映在雲上泛起黃光，天空彷彿某個業餘畫家一頭熱畫出來的大作。

「就我看來，應該把世界收拾起來，重新來過一遍。」亞當說。

那聽起來不像亞當的嗓音。

強風凜凜，吹過夏日樹林。

亞當望著狗狗，狗狗正試著倒立。遠處傳來低沉的悶雷聲。他垂下手，恍惚地拍拍狗狗。

「如果所有的原子彈都爆炸了，算大家活該，全部重來一次，反而只會更好，」亞當說：「有時候我想，那就是我希望發生的事，這樣我們就能把一切整頓好。」

雷再度轟隆作響。裴潑全身發顫。這不是「那一夥」一般用來打發漫長時光、永無休止的拌嘴行為。亞當眼裡有種神情是他朋友摸不透的，不是惡作劇，因為那神情多多少少一直都在；是更糟糕的：空洞而晦暗。

「嗯，要講**我們**，我可沒把握，」裴潑嘗試了一下，「因為，如果這些炸彈都爆了，**我們**全會被炸光光。我以未出世後代的母親身分表示反對。」

他們全都好奇地望著她，她聳聳肩。

「然後巨型螞蟻就會接管世界，」溫思雷岱爾緊張地說：「我看過這部片。或者你會隨身帶著短管霰彈槍，然後每個人都開著……你知道的，上面插滿刀槍的車子……[27]」

「我不會讓巨蟻或那種事發生的，」亞當開懷起來，卻令人心驚肉跳。「你們全都會平安無事，我會確保這點。整個世界都歸我們，那就酷斃了，對不對？我們一起平分，我們可以玩很棒的遊戲，可以用真正的軍隊來玩打仗遊戲。」

「可是到時候早就沒**人**了啊。」裴潑說。

「噢，我可以替大家做出一些人來，」亞當快活地說：「反正做出來的一定夠好，可以當軍隊來用。我們每人都能分到四分之一的世界。像**妳**，」他指著裴潑，裴潑身子一縮，彷彿亞當的手指是燙白的火鉗，「……俄羅斯可以給妳，因為它是紅的❷❽，妳一頭紅髮，對吧？美國可以給溫思雷岱爾，布萊恩可以拿到非洲和歐洲，然後，然後……」

儘管恐懼指數不斷升高，「那一夥」仍好好思量一番，以不負此重大議題。

「呃……啊，」裴潑結結巴巴，漸起的風猛扯著她的T恤，「我不懂……為什麼溫思雷岱爾分到美國，可是我只分到俄國？俄國很**無聊**欸。」

「妳還可以分到中國、日本和印度。」亞當說。

「那就表示我只會分到非洲，還有一大堆無聊的小國家，」布萊恩說。都已經大禍臨頭，他還想討價還價，「我不介意來個澳洲。」他補充。

裴潑用手肘推推他，焦急地搖著頭。

「澳洲要分給狗狗，」亞當說，他的雙眼亮著創造的火焰，「因為牠需要很多空間跑來跑去，那裡有兔子跟袋鼠讓牠追，還有——」

雲朵像墨汁倒進一碗清水般朝前方與兩側暈染開來，橫越天空的速度比風還快。

---

❷❼此處是指美國災難科幻電影《X放射線》（Them!, 1954），以及澳洲電影「衝鋒飛車隊」（Mad Max）系列的情景。

❷❽本書寫成當時，蘇俄仍為共產政權。

「可是到時候根本**沒有**兔——」溫思雷岱爾尖聲說。

亞當沒在聽，至少沒在聽他自己腦袋之外的任何聲音，「全都一團亂，我們應該從頭開始。只要把我們想要的留起來，然後從頭來過。那是最好的辦法。仔細想想，這樣根本就是幫地球一個大忙。看那些老瘋子把地球弄得亂七八糟，快把我**氣死**了……」

「嗯，是記憶，」阿娜西瑪說：「記憶運作的方式可以往過去，也可以朝未來，我的意思是，種族的記憶。」

紐特有禮但茫然地看著她。

「我想說的是，」她耐著性子，「阿格妮思並不是**看得到**未來，那只是個比喻，應該說她**記得**未來。當然，記得不是很清楚，況且在經過她個人的理解過濾後，往往有點混淆不清。我們認為，她最擅長的就是記得未來會發生在子孫身上的事。」

「但如果你們因為她寫了什麼就跟著去哪裡，也照著做什麼事；而她記載下來的，就是她對你們所到之處、你們所作所為的回憶，」紐特說：「那——」

「我知道，但有……呃……一些證據顯示，運作的規則正是如此。」阿娜西瑪說。

他們看著攤開在兩人之間的地圖。收音機在他們身旁嗡嗡低鳴。紐特清楚意識到身旁坐著一個女人。他告誡自己：專業一點啊，你是個軍人，對吧？嗯……差不多啦，那就擺出軍人的樣子。他使勁思考了一瞬。那麼，就要像個處在最佳狀態、值得尊敬的軍人。他逼自己把注意力轉回手頭上的要緊事。

「為什麼在下泰德田？」紐特說：「當初是因為天氣我才有興趣。他們叫它最佳微氣候。意思就是，這個小地方有專屬於自己的好天氣。」

他瞥了瞥她的筆記本。即使你姑且不論西藏人跟幽浮（近來似乎大量充斥於全世界），泰德田這地方肯定有詭異之處，不僅有個照節氣運行的天氣，抗變性也超乎尋常地強。似乎沒人在那裡蓋新房子，居民似乎也鮮少搬遷，樹林與樹籬多得超過時下一般的預期。這地區唯一開過的工業化層架式雞籠農場只維持一、兩年就倒閉了，由老式豬農取而代之，豬農讓豬隻在蘋果園裡自由活動，豬肉還以高價販售。兩所當地學校很幸福，似乎對蛻變中的教育方式完全免疫，堅持老路線。本來有條公路會把大部分的下泰德田改成**十八號交流道—快樂肉豬休息站**，卻莫名在五哩外改道，迂迴繞行一個大半圓後繼續回到原路線，完全無視於剛剛迴避的永恆不變之鄉村孤島。沒人知道為什麼會這樣，一名相關勘查員精神崩潰，第二個上任的勘查員當僧侶修道去了，第三位則遠赴峇里島畫裸女。

彷彿大半個二十世紀皆在此地標出了方圓幾哩的界外地帶。

阿娜西瑪從索引中抽出另一張卡片，將它輕彈過桌面。

2315：或曰**事**起於倫敦鎮，或曰紐約，皆不然，因其地為泰得司地，彼威力無比，勢如領地騎士，**分世界**為四，率暴風雨而至。

……早了四年（一六六四年以前叫新阿姆斯特丹㉙）

……諾福克的泰得村……

……德文郡的塔得司地……

……阿森郡的泰德田……（！……見〈啟示錄〉六：十）

「我當初還得去查看一堆郡誌。」阿娜西瑪說。

「為什麼這個是2315？還比別的早。」

㉙紐約在十七世紀時為荷蘭的殖民城市，當時名為新阿姆斯特丹。

「阿格妮思估起時間來有點草率。我想她不見得每次都知道什麼事該在何時發生。我跟你說過，我們花了好長的時間才想出一個系統，把這些全串連在一起。」

紐特看著幾張卡片，比方說：

1111：**巨獒**將至，兩大勢力守候終歸徒勞，因**主人**身在何處，牠就往何處去。在兩大勢力一**無所知**之地，他將為牠命名；狗性如其名，地獄將奔離牠而去。

？這跟俾斯麥有關嗎？（A・F・迪維思，一八八八年六月八日）

……？

……什列斯威—好斯敦[30]？

「就阿格妮思的程度來說，她在這邊顯得特別遲鈍。」阿娜西瑪說。

3017：吾見**四騎**帶來末日，**地獄天使**與彼並馳，三將升，**四**加**四**仍為**四**，**黑暗天使**將敗，然**彼人**將**坐大**。

天啟四騎士

彼人＝惡魔潘（《蘭開郡的女巫審判》，布思特，一七八二）？？

我覺得親愛的阿格妮思今晚喝多了。（昆西・迪維思，一七八九年十月十五日）

我同意她是喝多了，唉，人非聖賢啊。（O・J・迪維思小姐，一八五四年一月五日）

「為什麼叫做**良**準？」紐特說？

「良是確然、確實的意思，」阿娜西瑪用老早就解釋過這件事的疲憊語調說：「以前是那個意思。」

「但**等等**……」紐特說……

……他幾乎快說服自己那架幽浮顯然是他的想像力虛構出來的東西，其實並不存在；而西藏人可能是……嗯，他還在努力找理由，但不管是什麼，肯定不是西藏人。不過他越來越確信的是，他正與一位迷人女性共處一室，女方看來對他也有意，至少不討厭他，這對紐特來說是破天荒第一回。確實發生了一大籮筐怪事，但他如果努力嘗試，逆著證據之狂流撐篙，使勁划動常識之舟，他可以假裝這一切只是……嗯，氣象探測氣球，或金星，或集體妄想。

總之，不管紐特現在靠什麼來思考，用的都不是自己的大腦。

「但等等，」他說：「世界末日又不是**真的**現在就要到了，對吧？我是說，瞧瞧四周，國際關係又沒特別緊張……嗯，沒比平常更嚴重啊。我們為什麼不先把這件事擺在一邊，然後去……噢，我也不知道，我們也許可以去散個步什麼的，我是說——」

「你還沒弄懂？這裡出事了！有東西在影響整個地區欸！那東西把所有的地脈靈線都扭曲了，極力保護這地區，不讓它有一點變化！那是……那是……」又來了：腦袋裡的那縷思緒是她自己沒有能力（或有人不准她）掌握的，好像將醒未醒時的夢。

窗戶震動。屋外，風吹動茉莉花細枝，開始不住敲打著窗玻璃。

「不過我抓不準那東西，」阿娜西瑪說，手指絞在一塊兒，「我什麼都試過了。」

「抓不準？」紐特說。

㉚ Schleswig-Holstein，德國與丹麥邊境的省分。十九世紀中葉，丹麥與普魯士針對此地的歸屬權爭議不休。

「我試過擺錘，也試過經緯儀。你知道的，我能通靈。但那東西似乎動個不停。」

紐特對自己腦袋的控制力還足夠，能夠好好轉譯剛剛那段話。當有人說「你知道嗎？我會通靈喔」，意思十之八九是「我想像力過度旺盛，但不怎麼有創意／我塗黑色指甲油／我會跟虎皮鸚鵡聊天」；阿娜西瑪這麼說時，聽起來彷彿招認自己有種遺傳疾病，她卻巴不得沒有。

「世界末日之戰會不停換地方？」紐特說。

「各式各樣的預言說，**敵基督**得先現身，」阿娜西瑪說：「阿格妮思說是他，但我就是找不到他——」

「也許是女生的她？」紐特說。

「啥？」

「可能是女的啊，」紐特說：「畢竟現在是二十世紀，男女機會平等。」

「我覺得你沒認真看待這整件事，」她厲聲說：「反正，這裡沒什麼**邪惡力量**。那就是我搞不懂的地方，這裡只有愛。」

「什麼？」紐特說。

她向他擺出無奈的表情。「很難描述，某種東西或某個人很愛這地方，深愛這裡的每一寸土地，這分愛強大到足以掩護、保衛此地。那是一種深刻、巨大與狂烈的愛。這地方這副樣子哪可能出壞事？世界末日怎麼可能從這種地方開場？你會想在這種城鎮拉拔小孩長大。這裡是孩子的天堂。」她虛弱地微笑，「你應該**瞧瞧**當地的孩子。他們是超現實的！簡直是直接從《男生專屬報》跳出來的！膝蓋髒兮兮、滿口『酷斃了』、眼睛跟銅鈴一樣大，樣樣皆備……」

她幾乎要捕捉到了。她可以感覺到那縷思緒的形狀，她慢慢逼近了。

「這是什麼地方？」紐特說。

「**什麼**？」阿娜西瑪尖叫，她那縷思緒列車脫軌了。

紐特用手指敲著地圖。

「報紙說『棄置停用的小型飛機場』，就這裡，看，就在泰德田西邊——」

阿娜西瑪嗤之以鼻，「棄置停用？你甭相信，以前戰爭時期是戰鬥機基地，有十年左右曾經是上泰德田空軍基地。而且不用等你開口我就可以先給你答案：『不是』。那個混蛋地方的每件事情我都恨透了，但那邊的空軍上校神志比你清醒多了。他太太還練瑜珈，老天爺。」

嗯。她剛剛說了什麼？這邊的孩子……

她感到自己的心智之腳自底下滑了開去，她跌進較為私密的思緒裡，那縷思緒正等著要接住她。其實紐特還不賴啦，關於要跟他共度餘生這回事，反正他待在身邊的時間沒剩多少，還不至於把妳搞得神經兮兮。

廣播提到南美洲雨林。

是新生的雨林。

開始下冰雹了。

亞當領著「那一夥」往下走進礦場時，冰雹如子彈一般將四周的樹葉紛紛打散。

狗狗縮頭縮尾地跟著走，夾著尾巴嗚嗚哀鳴。

這不對，狗狗在想。好不容易抓到對付大老鼠的訣竅，也幾乎摸清了對街那隻混蛋德國牧羊犬的底細，現在**他**卻要讓一切都結束，而我只好回去幹老本行，臉上又要再掛著兩顆發光的眼珠，到處追著迷失的靈魂跑。那有什麼意思？迷失的靈魂又不會反擊，啃起來也索然無味……

溫思雷岱爾、布萊恩與裴潑目前的思緒不太連貫。他們只知道（就像自己不能飛一樣）自己不得不跟著亞當走。如果想抗拒逼他們往前走的力量，只會引起腿部多處骨折，而且就算腿斷了**還是**得繼續行進。

亞當則完全不思考，某種東西在他心裡開啟、著火了。

他讓他們坐在牛奶箱上。

「我們待在下面這邊就沒問題了。」他說。

「呃，」溫思雷岱爾說：「你覺得我們爸媽會不會——」

「你們不用擔心他們，」亞當傲慢地說：「我可以幫咱們做幾個新爸媽，這樣就沒有什麼九點半必須上床這種事了。如果你們不想要，連上床睡覺都不必，也不用整理房間什麼的。只要把一切都交給我就對啦。」他對他們露出瘋狂又詭異的微笑，「我有些新朋友要來了，」他彷彿在透露祕密，「你們會喜歡他們。」

「但——」溫思雷岱爾開口。

「你只要想想之後所有的事情會有多精采，」亞當興致勃勃地說：「你可以把美國填滿一批新的牛仔、印第安人、警察、歹徒、卡通人物、太空人什麼的，那不是太妙了嗎？」

溫思雷岱爾狼狽地望著另外兩位。他們想法一致，這個想法連在平常時期都沒人能好好宣之於口。大致說來就是：以前曾經有真正的牛仔和歹徒，那很棒；永遠都能假扮牛仔跟歹徒，那也很讚；但冒出**真正的**假牛仔跟假歹徒，一會兒活著一會兒沒呼吸，你厭煩他們的時候就能把他們擺回盒子裡——似乎一點都不棒。歹徒、牛仔、外星人與海盜的重點在於，扮演他們的時候你可以叫停，然後回家去。

「但在此之前，」亞當陰沉地說：「我們要先給大家一點顏色**瞧瞧**……」

購物廣場裡有棵樹。這棵樹不是很大，葉子都泛黃了，透過十分神奇的煙玻璃照進來的光線是有點不祥的那種，這棵樹嗑的藥比奧運選手更多，況且擴音器就架在枝椏當中。但不管怎樣都還是一棵樹，如果你半瞇著眼睛透過人工瀑布望著它，你幾乎真的會覺得自己正透過一片淚珠望著病懨懨的樹。

傑姆·何內茲喜歡在樹底下吃午餐。如果保養維護主管發現了，一定會吼他，但傑姆是在農場長大的，那農場相當不錯，他向來很喜歡樹木，他不想來城市發展，但他哪有什麼辦法？這份工作還不差，賺的錢也是他父親做夢都想不到的。他祖父根本沒做過任何淘金夢，他自己一直到十五歲才知道什麼是錢，但有時候你真的需要樹木，傑姆心想，真是遺憾哪，他孩子長大後會認為樹就是專拿來燒的柴火，他孫輩就要把樹當成歷史了。

可你又能怎麼辦呢？從前有樹的地方現在是大農場；以前是小農場的地方現在是購物中心；過去是購物中心的地方仍然有購物中心，這就是大勢所趨。

他把推車藏在報攤後，鬼鬼祟祟地坐下來，打開餐盒。

就是在那時，他開始注意到窸窸窣窣的聲音。陰影移動，越過了地面。他環顧四周。

樹在動，傑姆興沖沖地看著，他以前從來沒親眼見過樹在長的過程。

那片土壤頂多是某種堆起來的人工岩屑，當樹根在土表底下移動，土壤還真的隨之蠕動。傑姆看到架高的花園區有根細白的幼根從側面爬下來，在水泥地上盲目地刺戳著。

他不知道為什麼，也永遠不會知道，總之他溫柔地用腳推推那幼根，直到它靠近地面石板間的縫隙為止。它找到裂縫後，便埋頭猛鑽下去。

樹枝扭翻成不同的形狀。

傑姆聽到建築物外的車輛發出煞車尖鳴，但他不予理會。有人在大吼些什麼，但靠近傑姆的範圍內一向有人在吼，通常吼的對象就是他。

探尋的樹根一定找到了埋在底下的土地，因為它變了顏色，也粗壯起來，就像水源打開後的消防水管。人工瀑布已經停擺，傑姆想像斷裂的水管裡塞滿了正在吸水的鬚根。

他現在看到外頭發生的事情了：街道表面起伏如海，樹苗從縫隙中衝擠出來。

他在腦中推想：當然嘍，外頭那些樹有陽光嘛。他這棵就沒有，這棵就只獲得從四層樓高的圓屋頂射進來、微弱的灰色光線，是一種死光。

但你又能怎麼辦？

你可以這麼辦：

因為斷電，所以電梯不動了，不過，也只有四段樓梯。傑姆小心翼翼地蓋起餐盒，輕步走回他的推車，從那裡挑起一把最長的掃帚。

人們一面大叫著一面湧出建築物時，傑姆溫和地逆著人流走，彷彿溯水而上的鮭魚。

撐起煙玻璃圓頂的是白色的桁梁架構，建築師想當然耳認為，透過這種架構，把這個或那個觀點充滿活力地呈現出來。其實它是一種塑膠，傑姆蹲棲在一條近處的桁架上，使勁吃奶的力氣，再加上掃把長柄全部的槓桿作用，把圓屋頂擊破。他再揮擊幾下，整座圓頂就崩塌下來，噴散成致命的碎片。

陽光灑了進來，照亮購物中心的塵埃，讓空氣中彷彿飛滿螢火蟲。

遠遠的下方，那棵樹衝破了擦亮的水泥牢籠，像特快火車一樣升起。傑姆從來不知道樹在成長時會發出聲音，也沒有人知道這回事，因為發出這個聲音總共要歷經幾百年的時間，從波峰到波峰之間，波長為二十四小時。

一旦加速起來，樹會發出**唬唬**聲。

傑姆看著樹像片綠色蘑菇雲朝自己而來，根鬚附近，蒸氣緩緩翻騰、散布。

衍架根本敵不過，殘存的圓頂向上衝，活像噴水柱上的乒乓球。

整個城市的情況大同小異，只是你再也看不到城市本身，眼前只能看到綠色天篷從地平線延伸到另一端地平線。

傑姆坐在樹枝上，緊抓著樹藤，笑了又笑、笑了又笑。

現在，下起雨來了。

「河童卷號」是一艘捕鯨研究船，目前正在探究一項問題：一週內能夠捕到幾條鯨魚？只除了，今天呢，一隻鯨魚也沒有。整組船員盯著螢幕看，拜高科技之賜，螢幕可以辨識比沙丁魚大的任何東西，還能計算出那東西在國際油市上淨值多少。但如今他們卻發現螢幕上空無一物。偶爾有魚出現，卻快速穿水而去，彷彿急著要去別處。

船長的手指反覆敲著控制操作臺。他擔心自己很快就得親手進行一份研究計畫：找出（統計上只有少數樣本的）捕鯨船船長要是領著漁業加工船返航，船上卻沒滿載研究材料而歸，會落得什麼下場。他納悶不知道他們會對你做出什麼事？也許他們會把你鎖在一個房間裡，裡面放一把捕鯨魚叉，然後期望你會做出那件光榮的事。

難以置信啊，應該有點**什麼**的。

領航員打出一張圖表，盯著它看。

「船長閣下？」他說。

「怎樣？」船長暴躁地說。

「我們的設備好像故障得慘不忍睹，本區海床應該是兩百公尺。」

「那又怎樣？」

「我卻讀到一萬五千公尺，船長閣下。而且還繼續向下掉。」

「胡來！哪有這麼深？」

船長怒目瞪著價值幾百萬日幣的最先進科技，重捶它一把。

領航員緊張地微笑。

「啊，長官，」他說：「已經比較淺了。」

在轟隆洶湧的海濤底下，阿茲拉斐爾與丁尼生都明白，在無底的海洋深淵／海怪沉睡著㉛。

現在牠正要醒來。

牠上升時，幾百萬噸的深海軟泥從牠側腹奔瀉而下。

「看吧，」領航員說：「已經是三千公尺了。」

海怪沒有眼睛，從來也沒有東西可供牠觀賞。不過當牠穿過冰冷的海水緩緩向上游時，接收到海洋的微波雜音、鯨魚唱出令人心傷的嗶嗶與哨聲。

「呃？」領航員說：「一千公尺？」

海怪並不開心。

「五百公尺？」

漁業加工船在突起的浪頭上晃動不已。

「一百公尺？」

海怪頭頂上有個小小的金屬東西，牠晃了晃。

於是一百億份的壽司晚餐高聲呼喊著要復仇。

農舍的窗戶向內爆開。這不是風暴，而是戰爭。茉莉花碎片旋飛過房間，跟如落雨般的卡片參雜在一起。

在翻覆的桌子與牆壁的空隙中，紐特跟阿娜西瑪緊緊抱在一起。

「妳說啊，」紐特低聲喃喃，「跟我說阿格妮思連這也預言到了。」

「她真的說過他會引起風暴。」阿娜西瑪說。

「這根本是要命的颶風，她提過接下來會發生什麼事嗎？」

「2315跟3477要交互參照。」阿娜西瑪說。

「這節骨眼妳還記得那種細節？」

「既然你提到了，答案是沒錯。」她說著遞出一張卡片。

> 3477：任**命運**之輪轉動，讓心結合，除吾之火光，另有火源；風吹花朵，一人向另一人伸手，當**紅**、**白**、**黑**、**灰到來**，也隨之風平浪靜；**豆子**乃吾人職志。
>
> ---
>
> ？這裡恐怕帶了點神祕主義的意味。〔A・F・迪維思，一八八九年十月十七日〕
>
> 豆子㉜／花朵？〔OFD，一九二九年九月四日〕
>
> 我推想，又是〈啟示錄〉第六章。〔湯馬斯・迪維思博士，一八三五年〕

紐特又讀了一次。外頭有道聲響，聽起來活像一片波浪鐵板翻滾過花園，其實確是如此。

「難道這個意思是，」他慢慢說：「我們兩個應該變成一、一件**東西**？那位阿格妮思真愛開玩笑。」

㉛ Alfred Tennyson（1809-92），英國桂冠詩人。本句出自他的詩作〈海怪〉（The Kraken）。

㉜ 豆子（peas）跟和平（peace）諧音。

當追求對象家裡有個女性長輩時，求愛總是困難重重，她們總愛嘀嘀咕咕或高聲談笑，不然就是不停跟你討菸吸。最糟的情況莫過於，她還把家庭相本拿出來——這在兩性戰爭中屬於侵略行為，日內瓦公約該明令禁止。更慘烈的是，那位女性長輩已經作古三百年。其實紐特對阿娜西瑪懷抱了某些想法，不只是讓想法靠港而已——還直接停進了乾船塢，整修一番、好好上了層漆，把船底的藤壺刮掉。但一想到阿娜西瑪的通天眼直往他頸背鑽，就像當頭一桶冷水讓他性致全消。

他甚至醞釀要邀請阿娜西瑪出去吃頓飯，但一想到三個世紀以前，某個克倫威爾時代的女巫正坐在自己的小屋裡，透過通天眼看著他吃飯，他就恨得牙癢癢。

他當前的心情就是大家想燒死女巫的心境。他人生已經夠複雜了，不消跨越幾世紀時空的某位瘋顛老婦也來攪和。

壁爐傳來重擊聲，應該是有部分煙囪塌了。

於是他緊接著想：我人生一點都不複雜。與阿格妮思所見略同，我自己來看也是一目了然。這人生一路延伸到提早退休、向辦公室同仁募捐互助金，在某處買乾淨整潔又明亮的小公寓，再來是一個乾淨俐落又空洞的小死亡。只是眼下在這段可能是世界末日的時光裡，我就要死在一幢小屋的廢墟裡了。

記錄善惡的天使要處理我輕而易舉，多年來我人生的每一頁寫的都是「同上」。我是說，我到底幹過啥？我沒搶過銀行，也沒被開過違規停車罰單，也沒吃過泰國菜——

屋裡某處有窗戶崩塌進來，玻璃碎裂時發出快樂的叮噹響。阿娜西瑪用手環抱住他，嘆了一口氣，聽來一點都沒有失望的意味。

我從來沒去過美國，也沒去過法國，因為加來㉝不算數。也從來沒學過樂器。

電力線路終於不敵投降，廣播沉寂。

他將臉埋進她髮梢。

我從沒——

響起**乒**的一聲。

薛德威爾正在更新獵巫軍的薪資帳冊，頂替獵巫一等兵史密斯簽名，他才簽到一半便抬起頭來。花了好些時候，他才注意到紐特的大頭針已不在地圖上發光。

他下了凳子，壓低聲音咕噥著，在地上東張西望，直到找到大頭針為止。他再度擦亮，插回泰德田。

正當他替獵巫二等兵桌子冒名簽收，好一年多領兩便士稻草津貼時，又是**乒**的一聲。

他把大頭針撿回來，狐疑地瞪著它，然後使勁把它推進地圖裡，用力得後面的灰泥漆都崩落了。他回到帳簿旁。

又一聲**乒**。

這回，大頭針彈離牆壁好幾尺遠。薛德威爾撿起它，檢查一下針尖、推進地圖裡，然後望著它。過了大約五秒鐘，它從他耳旁飛射而過。

他在地板上趴著找釘子，再插回地圖上，壓在原位不動。

它在他手底下蠢動著，他用全身的力量靠在上頭。

一縷細煙從地圖上裊裊升起。薛德威爾悶哼一聲，抽回手指吸吮，燒紅的釘子此時彈射到對牆，還砸破一扇窗。釘子不想待在泰德田。

㉝ Calais，臨多佛海峽的法國海港，是法國最靠近英國的城鎮。

十秒鐘後，薛德威爾在獵巫軍現金盒裡搜尋，撈出一把零錢、十先令紙鈔一張，還有從詹姆士一世在位時流傳下來的小偽幣。罔顧個人人身安全，他往自己的口袋裡撈撈扒扒。這一撈的結果是：即使把領受年金者的優待乘車票考量進去，總額連讓他踏出大門都不夠，更別提去泰德田。

他認識的人裡面，唯一有點錢的就是拉吉特先生和崔西夫人。就拉吉特全家來說，在此刻挑起財務方面的討論，積欠七週租金的問題可能就會跟著浮現。至於崔西夫人呢，要借他一把十鎊舊鈔，她肯定萬分樂意……

「要是從濃妝豔抹的耶洗別那裡拿『罪的工價』，我就沉淪墮落了。」他說。

那就沒別人了。

只除了一個人。

娘娘腔的南方人。

他們來過這裡，就那麼一次，花最短的時間待在這房間裡。阿茲拉斐爾是所有平坦表面盡量都別碰；另一位呢，是個做作的南方畜生，戴著太陽眼鏡，薛德威爾懷疑那傢伙是個他惹不起的人。在薛德威爾單純的世界裡，人不在沙灘上卻戴太陽眼鏡，都可能是作奸犯科之徒。他懷疑克羅里是黑手黨或**地下**社會的一員，但若他知道自己猜得有多神準，肯定會瞠目結舌。但穿著駝毛外套、性情溫和的那位是截然不同的存在，他曾有一次冒險尾隨對方回到基地，他還記得路。他認為阿茲拉斐爾是俄國間諜，他能跟對方要點錢，稍微威脅對方一下。

實在太冒險了。

薛德威爾振作起來。小紐特如今可能正在黑夜的眾女兒手中，飽受難以想像的折磨，而他，薛德威爾，是差遣紐特投入虎口的傢伙。

「絕不能把我們的人馬留在那裡。」他穿上薄大衣，戴上走形的帽子，然後走上街。

天氣似乎有更趨猛烈之勢。

✡

阿茲拉斐爾躊躇不決。他已經猶豫長達十二個鐘頭。按他的說法就是：魂不守舍。他滿店走來走去，一會兒撿起幾片紙，一會兒又放下，不停耍弄著筆。

他該告訴克羅里。

不，他不該。他想告訴克羅里，但他**該**告訴天堂。

他畢竟是天使，得做正確的事，那是天性。見詭計，則阻撓。沒錯，克羅里插了手。他一開始就該向天堂報備。

但他認識克羅里好幾千年了，他們處得不錯，幾乎可以互相了解。有時候他懷疑，他們倆的共通之處要比跟自己個別的上司多。舉例來說，他倆都喜愛這個世界，而不是單單把世界當成下宇宙棋戲的棋盤。

嗯，當然，這就對了。答案就大剌剌擺在他眼前；就他與克羅里的協議而言，如果他暗中跟天堂打聲招呼，應該仍算忠於協議的**精神**。這樣天堂方面就可以悄悄給這孩子一點下馬威，當然不會做出太過分的事，因為說到底，我們全是上帝的造物，連克羅里及敵基督之流也不例外。這樣世界就能免於一劫，也就不一定要用哈米吉多頓那一套了，反正對大家都沒好處，因為大家都**知道**，最後天堂當然是贏家，克羅里總有天也會明白。

對，這樣一來一切終將安然無恙。

儘管掛了「打烊」的標誌，還是有人敲著店門。他理都不理。

與天堂進行雙向溝通對阿茲拉斐爾來說比人類還難。人類不期待天堂回話，若真有回答，絕大多數情況下，人類反而會驚異不已。

他把堆滿紙張的桌子推到一旁，將磨光的舊地毯捲起來。底下的地板用粉筆畫了一個小圓圈，合適的卡巴拉㉞經文段落就寫在圓圈周圍。天使點燃七根蠟燭，儀式性地照著某種角度繞圓圈放。然後他焚了一些香，這雖沒必要，但能讓這地方聞起來香一點。

然後他站在圓圈裡，念念有**詞**。

毫無動靜。

他再把**詞**說了一遍。

終於有一道亮藍色光柱從天花板射下，照滿整個圓圈。

一道頗有教養的嗓音說：「嗯？」

「我是阿茲拉斐爾。」

「我們知道。」那聲音說。

「我有好消息！我找到**敵基督**了！我可以給你們他的住址和一切資料！」

有半晌停頓，藍光閃爍了一下。

「那又如何？」聲音又說。

「但，你們知道，你們可以殺——呃——阻擋這一切別讓它發生啊！分秒必爭！你們只剩幾個小時了！你們可以阻止這一切，就不需要那場大戰，每個人都能得救！」

他朝那道光狂亂而燦爛地笑著。

「是嗎？」聲音說。

「是啊，他就在一個叫下泰德田的地方，地址是——」

「可圈可點。」聲音說，語調平板無生氣。

「那整件事不一定非得發生不可啊，讓海洋的三分之一全變成血什麼的。」阿茲拉斐爾快活地說。

聲音再度響起，聽起來有些惱怒。

「為什麼不？」它說。

阿茲拉斐爾感覺自己的熱忱底下裂了個冰冷的大洞，還要試著假裝若無其事。

他勇往直前，「嗯，你們只要確定那個——」

「我們**會贏的**，阿茲拉斐爾。」

「是，不過——」

「黑暗勢力一定會**被擊敗**。你似乎有點誤會，重點不在於**避免**戰爭，而是在**贏得**戰爭。我們已經苦等多時，阿茲拉斐爾。」

阿茲拉斐爾感覺一陣寒冷當頭罩下，他本來張嘴要說：「你們會不會覺得別在地球上開戰比較好？」好在他懸崖勒馬。

「知道了。」他沉鬱地說。靠近門口那裡有刮擦聲，如果阿茲拉斐爾朝那方向一看，就會看到有頂破爛的毛氈帽拚命想越過門頂窗向內窺探。

「這並不是說你表現不佳。」聲音說：「你會得到一次嘉獎，可圈可點。」

「謝謝，」阿茲拉斐爾說，聲音裡的酸楚可以讓牛奶跟著發酸，「我顯然忘了『不可言說』這回事。」

「我們也這麼認為。」

㉞ The Cabala，猶太教的神祕哲學，解釋猶太教聖經的一種神祕方法，曾對中世紀後期和文藝復興時期的基督教神學家產生影響。

「請問，」天使說：「跟我對話的是哪位？」
聲音⑤說：「我們是**邁塔頓**㉟。」
「噢，是，當然，嗯，非常感謝，謝謝。」
在他背後，信箱斜斜開了道縫，露出一雙眼睛。
「還有件事，」聲音說：「到時候你會加入我們，對吧？」
「嗯，呃，當然，只是我已經好久沒握火焰劍了——」阿茲拉斐爾開口。
「是的，我們記得。」聲音說：「你重溫的機會很大。」
「啊，嗯，最初引爆戰爭的會是什麼事？」阿茲拉斐爾說。
「我們認為，多國核武交易是不錯的開端。」
「噢，是啊，真有想像力。」阿茲拉斐爾的聲音單調而絕望。
「很好。那麼，我們等你馬上回來。」聲音說。
「啊，嗯，我先把一些生意上的事處理處理，好嗎？」阿茲拉斐爾焦急地說。
「似乎沒什麼必要。」邁塔頓說。
阿茲拉斐爾挺起胸膛。「我深深覺得，身為一位頗負聲譽的生意人，正直這一點——更別說道德——我有責——」
「好啦好啦，」邁塔頓些許不耐煩地說：「明白了，那我們等你。」
光線淡去，但並未完全消失。阿茲拉斐爾心想：他們要把線路開著，這下我逃不掉了。
「哈囉？」他輕聲說：「還有人嗎？」
一片沉寂。
他小心翼翼跨出圓圈，躡手躡腳往電話走去。他翻開筆記本，撥了另一個號碼。

鈴聲四響後，電話小咳一聲，停頓半晌，接著是一道嗓音，聽起來閒散得簡直可以往上鋪塊地毯㊱：「嗨，我是安東尼・克羅里。啊，我——」

「克羅里！」阿茲拉斐爾試著同時低聲說與高聲喊，「聽好了！我沒多少時間了！那個——」

「——現在可能不在家，或在睡覺、在忙，或是別的，但——」

「閉嘴啦！聽好了！是在泰德田！全寫在那本書裡面！你得阻止——」

「——嗶聲過後，我會回電給你。掰。」

「我**現在**就要跟你說——」

嗶——

「把噪音停掉啦！是在泰德田！就是我之前感應到的！你一定要去那裡，然後——」

他把電話從嘴邊拿開。

「混蛋！」他說。這是他六千多年以來頭一回開口咒罵。

等等，惡魔一定有另一支電話的吧？他就是那種人啊。阿茲拉斐爾笨手笨腳地翻著本子，差點失手掉在地上。他們很快就會不耐煩了。

他找到了另一個號碼，撥了號。幾乎馬上就有人接聽，就在此時店門鈴也輕輕響了起來。

克羅里的聲音往話筒靠近，大聲了些。他說：「——真的假的，哈囉？」

---

⑤ 神之聲。但並非神本人的**聲音**，而是自成一格的實體，類似總統發言人。

㉟ Metatron，猶太教中的天使名，也出現在某些基督教與伊斯蘭教的支派中。一般認為是天使之王、神的代理。他的前身是凡人以諾（該隱的長子），後被天使接至天上成為天使。

㊱ 閒散（laid-back）的字面意思為「朝後躺平」。

「克羅里，是我！」

「嗯。」聲音聽起來絲毫不帶感情。阿茲拉斐爾即使在目前的狀況下也感覺得到不對勁。

「你自己一個人？」他謹慎地說。

「沒，有個老朋友在這。」

「聽我說——！」

「**滾開吧，你這地獄之子！**」

阿茲拉斐爾慢慢轉過身去。

薛德威爾興奮地發抖。他全都看在眼裡，也全聽在耳裡。他什麼都沒弄懂，但他知道有人拿圓圈、蠟燭跟焚香是要幹什麼勾當，這檔子事他可是一清二楚。《魔鬼出擊》㊲那部片他看了十五遍，有一回他對那位業餘獵巫軍克里斯多夫．李吼了些不堪的評語，所以被電影院踢出去，如果把那次也算進去，那就是看了十六遍。

這些混蛋在利用他，他們把獵巫軍的光榮傳統當成笑話。

「我會逮住你的，你這邪惡的王八蛋！」他大喊，往前移步，狀似襤褸寒酸的老復仇天使，「我知道你想搞什麼鬼，上來人間引誘女人，想執行你的邪惡意志！」

「我想你可能找錯店家了，」阿茲拉斐爾說。「我等會兒再打。」他對著聽筒說，然後掛掉電話。

「我看得出你在打什麼鬼主意。」薛德威爾咆哮，嘴邊沾了唾沫星子，在記憶裡，他從沒這麼憤怒過。

「呃，實情跟表面看來並不一樣——」阿茲拉斐爾一面說出口一面領悟，這做為聊天開場白仍需潤飾。

「肯定是不一樣啦！」薛德威爾得意洋洋地說。

「不，我是說——」

薛德威爾緊盯著天使，倒退幾步，一把抓住店門使勁摔上，力道重得鈴鐺直響。

「**鈴鐺**。」他說。

他抓起《良準預言集》，重重敲了敲桌面。

「**書**。」他怒吼。

他在口袋裡摸索著，掏出可靠的朗森打火機。

「**可以算是蠟燭！**」他喊叫，開始前進。

那道亮著淡淡藍光的圓圈正擋在他前進的路線上。

「呃，」阿茲拉斐爾說：「我覺得不大妥當，要是你——」

薛德威爾聽也不聽。「憑獵巫軍之職賦予我身的力量，」他吟誦，「我勒令你棄此地而去——」

「你知道嗎？這個圓圈——」

「——速速回到爾等來時處，誓不逗留——」

「——這很不智的，如果人類踏進這個圓圈卻沒有——」

「——讓我們脫離邪惡——」

「別踏進那個圓圈，你這蠢人！」

「——再也不來擾亂——」

「好啦好啦，但**拜託**不要踏進——」

㊲ The Devil Rides Out（1968），恐怖片，改編自英國驚悚暨神祕小說家丹尼斯·威特利一九三四年出版的作品，故事涉及巫術與祕術。克里斯多夫·李（Christopher Lee）飾演本片主角。

阿茲拉斐爾衝向薛德威爾，氣急敗壞地揮舞著雙手。

「——再也**不復返！**」薛德威爾說完了。他伸出一根指甲黝黑又復仇心切的手指。

阿茲拉斐爾俯看自己的腳，在五分鐘內第二回咒罵。他自己踏進圓圈裡了。

「噢，**幹**。」他說。

響起一陣旋律優美的撥弦聲，藍光消失，阿茲拉斐爾也是。

三十秒過去了，薛德威爾還是動也不動。然後，他舉起顫抖不已的左手，小心謹慎地將自己的右手壓下來。

「哈囉？」他說：「哈囉？」

無人回應。

薛德威爾渾身發顫。然後，手朝前伸出，好像一把他不敢發射、卻又不知該怎麼將子彈退膛的槍，他就這樣踏上街，任由店門在身後猛地摔上。

地板為之震顫。阿茲拉斐爾的其中一根蠟燭倒地，滾燙的蠟噴濺過老舊乾燥的木頭。

克羅里的倫敦公寓是風格絕佳的典範，正是理想中的公寓該有的架勢：寬敞、潔白、裝潢雅致，看起來就是名家設計、一副沒人住的樣子，不過也就是因為根本沒人住在裡面，才能如此。

這是因為克羅里不住在那邊。

這地方只是他人在倫敦時，每日將盡的歇腳處。床鋪永遠處在鋪好的狀態，冰箱總是放滿了從不走味的精緻美食（否則克羅里要冰箱幹麼），單就這點來說，冰箱永遠不必除霜，甚至連插電也不必。

起居室有臺巨型電視、一張白色皮沙發、一臺錄放影機與雷射唱盤，還有一具答錄機、兩具電話——一條答錄線一條私人電話線（電話號碼到目前為止都還沒讓千百成群的電話銷售員發現，他們拚命想把雙層玻璃窗及人壽保險賣給克羅里，前者他已經有了，後者他根本不需要）；正方形的消光黑音響系統，這種系統設計得如此精巧，只有開關按鈕與音量控制。克羅里唯一忽略的音響器材就是喇叭，他就是忘了，也不是說這有什麼差別。反正原音重現的效果相當完美。

有一具沒連線的傳真機，它擁有電腦般的智慧；還有一臺電腦，其智慧有如智障的螞蟻。儘管如此，克羅里還是每隔幾個月就幫電腦升級，因為克羅里覺得，時髦的電腦就是他想當的那種人會擁有的東西，這臺就像附有螢幕的保時捷，操作手冊還包在塑膠封膜裡⑥。

其實克羅里在公寓裡唯一投注個人心力的物品是盆栽。它們巨大、綠意盎然、茂盛豐美，葉片光滑、健壯又潤澤。

這是因為，每週一回，克羅里會拿綠色的塑膠製植物噴水器朝葉子噴啊噴，對植物說話。

在一九七〇年代初期，他聽過第四電臺報導跟植物說話這回事，覺得這點子棒極了。雖然用**說話**來描述克羅里的行徑可能不大對。

克羅里做的，就是把對神的敬畏注入植物裡。

更精確地說，是對克羅里個人的敬畏。

此外，克羅里每過幾個月就會挑出一株盆栽，它要不是長得太慢，就是讓葉片任意凋謝或枯黃，

---

⑥標準格式的電腦保證書也一起在封膜裡，保證書提到，如果這臺機器（一）無法運作；（二）做不到昂貴廣告宣傳的功能；（三）讓整個鄰里觸電而亡；（四）在你打開昂貴盒子時，電腦根本不在裡面，這明明白白、絕絕對對、毫無疑問、不管怎樣，錯或責任都不在製造商身上。購買者應該自覺幸運，竟然受准把錢交給製造商。若購買者意圖將付錢換得的東西當成個人財產，將會引起某些人的注意力。這些男人一臉嚴肅，提著具恐嚇意味的公事包，配戴著非常輕薄的手錶。電腦工業提供的保證書讓克羅里心折不已——其實他還寄了一大捆到下頭去給專門擬**不朽靈魂**同意書的部門，上面還貼了一張黃色備忘貼，寫著：「大夥兒，學著點。」

或看起來比別株遜色。他會帶著它，繞到其餘眾植物面前。「跟你們這位朋友說再見吧，」他會跟它們說：「他就是撐不下去啊……」

他會帶著那株犯錯的植物離開公寓，一個鐘頭左右後回來，帶著一只空空如也的大花盆，然後把那個盆子留在公寓裡異常顯眼的地方。

這些植物是倫敦市裡最繁茂、最青翠最美麗，也是最戒慎恐懼的。

起居室的照明是聚光燈與白色的霓虹燈管，就是你會隨意擺在椅子邊或角落裡的那種。

唯一的壁飾是一幅裱框的圖——「蒙娜麗莎」的草圖，李奧納多．達文西的素描原稿。克羅里在佛羅倫斯的某個炎熱午後向這位藝術家買的，他覺得比最終成畫優秀⑦。

克羅里有臥房、廚房、辦公室、起居室與衛浴各一間，每個房間永遠乾淨完美。

迎接世界末日來到的漫長等待中，他在每個房間裡度過了渾身不舒服的時光。

他又打電話給他在獵巫軍裡的特務，想得到點消息，但他的接頭人薛德威爾中士剛出門，而那位弱智的接待員似乎搞不溝楚，凡是軍隊裡的任何一員，克羅里都樂意與之一談。

「普西法先生也出去了，親愛的，」她對他說：「他今早到泰德田去了，出**任務**喲。」

「我跟誰談都行。」克羅里解釋過了。

「薛德威爾回來的時候，」她說：「我會跟他說。現在不好意思，我這早上有點事得處理，不能就那樣放著男客不管，他可是會得重感冒。兩點的時候，歐馬拉德太太、史科奇先生跟小茱麗亞要過來做一場降靈會，我得事先清掃場地什麼的，但我會把你的留言轉給薛德威爾先生。」

克羅里放棄了。他試著看小說，但定不下心。他想把雷射唱片照字母排序整理一番，但當他發現它們早就照著字母排時便作罷，書櫃及他蒐藏的**靈魂樂**也早已照字母順序排好了⑧。

最後他在白色皮沙發上坐了下來，甩個手勢打開電視。

「報導進來了，」憂心的新聞播報員說：「啊，報導內容是……嗯……似乎沒人明白到底是怎麼回事，但我們能取得的報導……似乎……啊……指出……國際情勢有緊張的趨勢，上週此時，大家肯定覺得這不可能。那時候……呃……大家似乎都還處得不壞，呃……

「看來至少跟過去這幾天紛至沓來的異常事件脫不了關係……

「在日本外海——」**克羅里**？

「是。」克羅里應聲。

克羅里，到底發生什麼事？你到底幹了啥好事？

「你的意思是？」克羅里問，雖說自己心知肚明。

那個叫沃拉克的男孩子。我們帶他到米吉多㊳戰場去。狗沒跟他一道，那小孩對這場大戰毫無頭緒。他不是吾主之子。

「啊。」克羅里說。

克羅里，你就沒別的好說了？我方全軍已經集結完畢，四活物開始出動……但牠們能往哪去？克羅里，出狀況了，而且是你的責任，很有可能是你的錯。我們相信，對於這一切，你有非常合理的解釋……

---

⑦ 達文西自己也有同感。「打草稿時，我捕捉到她的混帳微笑，」他一面告訴克羅里，一面在正午豔陽中啜飲著冰酒，「但當我動手畫時，全走調了。我送畫過去的時候，她丈夫頗有微詞。可是，就像我跟他講的，戴爾喬宮多閣下，除了你之外，還有誰會看到這幅畫呢？反正……你再解釋一下這個直升機的事吧，好不好？」

⑧ 他對自己的收藏相當自豪，經年累月才蒐集起來的，**貨真價實的**「靈魂樂」，詹姆士·布朗沒收錄在裡面。

㊳ Meggido，位於今以色列，地形處於隘口，為古代兵家必爭之地，根據某些基督教傳統，此地是哈米吉多頓大戰的戰場所在。

「噢，有啊，」克羅里馬上表示同意，「再合理不過。」

……因為你會有機會跟我們解釋這一切的，你有千秋萬世的時間好好解釋。你要說的每一件事，我們都會洗耳恭聽。克羅里，你的談話內容，搭配著你談話的情境，將會是地獄裡所有永世不得翻身的人娛樂與快樂的來源。因為不管地獄裡最受詛咒的人被折磨得有多悽慘，不管他們遭受的苦痛有多深，克羅里啊，你會是最慘的——

克羅里要個手勢關掉電視。

單調的灰綠色螢幕繼續發話，寂靜無聲地將自己轉成了文字。

要逃出我們的手掌心，你想都別想，克羅里，你無路可逃，待在原地，會有人來……收拾你……

克羅里走到窗邊向外眺望，某個形狀像車的黑色東西正慢慢穿過街道朝他而來。看來頗像車子，可以唬過不經意的目擊者，但觀察入微的克羅里注意到，車輪本身不僅不轉，甚至沒跟車身連在一起。它每經過一棟房子，就放慢速度，克羅里想當然耳認為車裡的乘客（裡頭沒人在開車，也沒人知道車怎麼開）正向外窺看門牌號碼。

他有一點點時間。克羅里走進廚房，從水槽底下拿了一個塑膠桶，回到起居室。

地獄當局已經停止溝通。克羅里將電視轉朝牆壁，以防萬一。

他走向「蒙娜麗莎」。

克羅里把畫從牆壁上取下，露出一只保險箱。不是嵌進牆壁的那種，而是他從專門服務核子工業的公司買來的。

他打開鎖，露出內門，上頭有個撥號盤鎖。他轉著撥號盤（密碼是4—0—0—4，很好記，他就在那一年滑進這個愚蠢又美妙的星球，當時地球還嶄新晶亮。）

保險箱裡有一只保溫扁瓶、一雙厚重的聚氯乙烯手套（就是會套住整隻手臂的那種），還有幾把鉗子。

克羅里停頓了一下，緊張地瞅著那只扁瓶。

（樓下傳來巨響，本來有前門的……）

他戴上手套，戰戰兢兢地拿起扁瓶、鉗子與桶子（他臨時起意，從繁茂的橡膠盆栽旁邊抓起植物噴水器），然後走向辦公室。他走路的模樣，彷彿手中保溫扁瓶裡裝滿他一旦鬆手或單是想到鬆手就會引發大爆炸的東西，往後就會讓二流科幻片裡的老者發出這類感嘆：「現在這個大坑以前曾經是**華—盛—頓—市**啊。」

他到了辦公室，用肩膀把門推開。然後他彎著腿，把東西慢慢放到地上。桶子……鉗子……植物噴水器……最後慎重地放下那只扁瓶。

克羅里額頭上冒出一滴汗，往下流進一隻眼睛裡。他把汗抹去。

然後，他小心翼翼用鉗子把扁瓶瓶蓋轉開……很小心……很小心……這就對了……

（他下方的樓梯有砰砰聲、一聲悶住的尖叫。應該是住在樓下的矮小老太太。）

他自己可急不得。

他用鉗子夾住扁瓶，極度小心，連最小的一滴也不濺出來，將內容物倒進塑膠桶裡。只消做錯一步就完了。

好了。

他把辦公室的門打開約六寸，把桶子放在門頂。

他用鉗子把扁瓶蓋放回去，然後（此時外面走道傳來巨響）脫掉聚氯乙烯手套，拿起植物噴水器，端坐書桌後方。

「克羅里……？」粗嘎的喉音叫道，是哈斯塔。

「他在門裡邊，」另一道聲音低聲說：「我可以感覺到那個黏答答的小討厭鬼。」是里戈。

哈斯塔與里戈。

話說，大部分的惡魔**內心深處**並不邪惡（克羅里會第一個搶著聲明）。在這偉大的宇宙遊戲當中，他們覺得自己所處的地位跟稅務官沒兩樣——或許做的都是吃力不討好的工作，不過對全局大計來說是不可或缺的要角；說到這個，有些天使也算不上是美德典範，克羅里曾遇過一、兩位天使，正義凜然地打擊不敬神的惡人時，力道會遠超過真正必要的程度。整體說來，人人都有工作要做，那不如乾脆放手去做。

另一方面，你也會碰上里戈與哈斯塔這種人物，難堪不快的事情竟讓他們這麼心花朵朵開到邪惡的程度，你還可能誤把他們當成人類。

克羅里仰靠在主管級大椅上。他強迫自己放鬆，卻完全辦不到。他心驚肉跳。

「大夥兒，在這裡頭。」他叫道。

「我們想跟你談談。」里戈說（音調暗示「談談」就是「恐怖痛苦的永恆」的同義詞），然後這個矮壯的惡魔推開辦公室門。

桶子晃了晃，結結實實地扣在里戈頭頂上。

……把一塊鈉丟在水裡，看它噴焰灼燒、狂亂打轉，一面閃爆與噴濺異物……眼前的情況就像那樣，只是更慘不忍睹。

這個惡魔先是脫皮、燃燒，然後閃爍顫動。油膩的棕色煙霧從它身上冒出來。它尖叫、尖叫又尖叫，然後垮了下來，往自己身上縮疊，殘骸就在燒黑了一個圈的地毯上閃閃發光，活像一團搗碎的蛞蝓。

「嗨。」克羅里對哈斯塔說，哈斯塔走在里戈後頭，很遺憾，連一滴都沒濺到。

有些事是不堪想像的，有些尺度，是連惡魔也不相信別的惡魔會墮落的地步。

「……聖水，你這王八蛋，」哈斯塔說：「你這個百分百的**王八蛋**，他從來也沒對不起你。」

「他只是還沒對不起我。」克羅里更正，覺得舒坦一點，現在輸贏機率扯平了些。扯平了些，但還算不上扯平，一點都不。哈斯塔是地獄公爵，克羅里連地方議員都不是。

「母親會在陰暗的角落悄聲說出你的命運，嚇唬孩子，」哈斯塔說，然後又覺得地獄語言有點使不上力，「老兄，我們會帶你到他媽的乾洗店去。」他補充。

克羅里舉起綠色的植物噴水器，威嚇地前後左右晃動。「走開。」他說，他聽到樓下的電話響了。四次，然後答錄機接了起來，他暗暗想著會是誰。

「你唬不了我。」哈斯塔說。他看到一滴水從噴嘴滲出，沿著塑膠容器邊緣往克羅里的手慢慢滑去。

「你知道這是什麼嗎？」克羅里問，「這是桑斯博里[39]的植物噴水器，全世界最便宜、效率最高的植物噴水器，可以往空中射出一道美妙的水柱。要我跟你說裡面有什麼嗎？有可以把**你**變成**那樣**的東西。」他指著地毯上那一團東西，「快給我滾。」

接著在噴水器一側的那滴水碰到了克羅里蜷起的手指，停了下來。「你在唬人。」哈斯塔說。

「也許是，」克羅里說，他希望自己的語調明白表示出：他絕不是在唬人。「也許不是，你覺得自己勢不可擋嗎？」

哈斯塔比了個手勢，球狀塑膠瓶身就像米紙般融化，水濺了一桌，克羅里的西裝也全噴到了。

「沒錯。」哈斯塔說。接著他微笑了，他牙齒太銳利，舌頭在其中閃動。「你呢？」

克羅里不發一語。A計畫成功，B計畫失敗，一切都仰賴C計畫了，只可惜這裡有個障礙：他之前只計畫到B而已。

㊴ Sainsbury，英國大型連鎖超市。

「好啦，」哈斯塔嘶聲說，「該走了，克羅里。」

「我想，有件事該讓你知道。」克羅里說，故意拖延時間。

「什麼事？」哈斯塔微笑。

接著克羅里桌上的電話響了。

他接起電話，然後警告哈斯塔，「別動，有件非常重要的事你得知道，我是說真的。哈囉？」

「嗯，」克羅里說，然後又說：「沒，有個老朋友在這。」

阿茲拉斐爾掛他電話，克羅里心想不知他有什麼事。

突然腦中靈光一閃，C計畫就冒出來了。他沒把聽筒放回話機上，反倒說：「好，哈斯塔，你通過考驗了，你已經準備好要下場去跟兄弟們玩真的了。」

「你瘋了嗎？」

「沒有，你還不懂嗎？剛剛是場考驗，**地獄的大老們**得先知道你可不可靠，才能讓你在即將來臨的戰爭中統率**地獄受詛者兵團**。」

「克羅里，你要不是說謊就是瘋了，也可能兩者皆是。」哈斯塔說，但已經有點動搖。

有一刻，哈斯塔玩味著這個可能性：克羅里就是抓著這點擺他一道。地獄可能**真的**在考驗他，克羅里可能比表面看來更有分量。哈斯塔開始鑽牛角尖，這對於活在地獄裡的人來講只是個合理實際、順時達變的反應。在那兒他們真的無時無刻都等著抓你把柄。

克羅里開始撥一個號碼。「沒關係，哈斯塔公爵。這件事畢竟是從我口裡說出來，我不指望你會相信，」他承認，「但我們何不跟**黑暗委員會**談談呢——我確定他們能讓你信服。」

他撥的號碼喀答一聲，便開始響鈴。

「再見了，呆子。」他說。

然後消失。

不到千分之一秒，哈斯塔也不見了。

多年以來，神學人士花費了龐大的工時辯論這個知名的問題：

大頭針尖上能容納多少天使在上面跳舞？

為了要找到答案，下列事實一定要考慮進去：

首先，天使不跳舞，這是用來為天使驗明正身的特徵之一。他們可能會嘖嘖讚賞地聆聽天籟㊵，但他們感覺不到那情不自禁隨著音樂進舞池搖擺的衝動。所以，**一個也沒有**。

至少，幾乎一個也沒有。一八八〇年代晚期，阿茲拉斐爾曾經在波特蘭廣場㊶某間低調的紳士俱樂部學跳嘉禾舞。一開始他喜歡上嘉禾舞，是因為覺得自己學來如魚得水，沒多久就變得相當拿手。幾十年後，當嘉禾舞永遠退流行時，他氣惱不已。

所以假設跳的是嘉禾舞，也假設他有個合適舞伴（為了方便討論，假設舞伴同時也能夠跳嘉禾舞，而且是在大頭針尖上跳），答案簡簡單單，就一**位**。

話說回來，你倒不如乾脆問：有多少惡魔可以同時在一根大頭針上跳舞。天使與惡魔畢竟同源同種，而且至少惡魔會跳舞⑨。

㊵ 畢氏學派認為太陽系有十個星球，環繞一個中心火球，以圓形軌道繞行。星球依遠近發出或高或低的聲音，所有聲音一起形成悅耳的和弦，稱為「天籟」（Music of the Spheres），這個觀念一直延續到文藝復興。

㊶ 波特蘭廣場（Portland Place）是倫敦市中心馬里波恩區的一條街；嘉禾舞（gavotte）是一種活潑的法國舞，原為農民舞蹈。

⑨ 雖說跟你我叫做跳舞的東西不同，反正跳得不好就是了。魔鬼動起來就像「靈魂列車」節目裡白人樂團的舞步。

如果你這麼想，答案是：其實挺多的，前提是他們得拋棄肉體。這對惡魔來說易如反掌，他們不受物理現象約束。若你把眼光放遠，宇宙只是個又小又圓的東西，就像那些灌滿水的球體，你一晃動就會引起一場迷你暴風雪⑩。但你若真的貼近看，要在大頭針尖上跳舞，唯一的麻煩就是電子跟電子之間有大縫隙。

對於有天使血統或惡魔品種的存在體來說，尺寸、形狀及構成，都只是一種選擇。

克羅里目前正以不可思議的高速穿過電話線。

鈴。

克羅里以非常體面的光速穿過兩段電話通話。哈斯塔稍稍落後個四到五寸，不過拉出這般距離讓克羅里領先得相當從容。當然，等他從電話線另一端出來時，這領先就要化為烏有了。

他們尺寸縮得太小，發不出聲音，但惡魔不是非得靠聲音溝通不可。他聽得到哈斯塔在他後面尖叫：「你這王八蛋！我會逮住你，你逃不出我的掌心！」

鈴。

「不管你什麼時候出去，我也會出去！你逃不了的！」

克羅里不到一秒就穿過二十多哩長的電纜。

哈斯塔緊追在後。克羅里這次抓時機得抓得非常、非常小心。

鈴。

那是第三聲。嗯，克羅里想，豁出去了。

他突然停下來，眼睜睜看著哈斯塔從身邊飛射過去。轉身，然後——

鈴。

克羅里從電話線裡射出去，速速穿過電纜塑膠護皮，然後在自己的客廳裡現身，原形尺寸、上氣不接下氣。

喀答。

答錄機上的留言錄音帶開始運轉，然後嗶一聲，嗶聲過後，當接收留言的錄音帶轉動，擴音器裡有道聲音尖吼著：「好！什麼？……**你他媽的蛇蠍！**」

小小的紅色留言燈開始閃爍。

亮了又暗，亮了又暗，就像憤怒的小小紅眼睛。

克羅里好希望自己還有更多聖水，也希望有時間能把錄音帶泡進聖水等它融化。但給里戈致命之浴已經夠危險了，他保留聖水多年就是為了不時之需，但單是房間裡放聖水就已經讓他心神不寧。或者……或許……對了，如果他把錄音帶放到車裡不知會怎樣？他可以把哈斯塔這捲帶子一播再播，直到變成佛萊迪．摩克瑞為止。不行。他可能是個王八蛋，但不管幹什麼都要有限度。

遠處雷聲轟隆。

他不能浪費時間。

他無處可去。

但他還是出去了。他直奔樓下的賓利，往倫敦西區開去，彷彿地獄群魔已經傾巢而出，緊追在他身後——多多少少也是啦。

崔西夫人聽到薛德威爾先生上樓梯的緩慢腳步聲。比平常慢，每踩幾階就停頓一下。通常他上樓梯的要狠模樣彷彿跟每一階都有深仇大恨。

---

⑩ 雖說宇宙底部並沒有巨型塑膠雪人（除非不可言說的計畫遠比眾人所想的還不可言說）。

她打開房門。他正斜倚在樓梯間的牆壁上。

「啊，薛德威爾先生，」她說：「你手怎麼啦？」

「女人，別靠近我，」薛德威爾呻吟，「我竟然不知道自己有此般威力！」

「你幹麼把手伸成那樣啊？」

薛德威爾試著後退貼牆。

「我跟妳說過離我遠一點！否則恕我不負責！」

「薛德威爾先生，你到底怎麼啦？」崔西夫人一面說一面試著牽起他的手。

「非比尋常！非同小可啊！」

她終於抓住他的手臂，把他拖進自己公寓。他，薛德威爾，身為鞭笞邪惡者，卻無力抵擋。

他從未（至少在清醒時刻）進過她公寓。在他夢中，這公寓妝點了絲綢、濃豔吊飾，以及似乎是精油香膏之類的東西。的確，通往小廚房的入口處掛著珠簾，還有用吉安地酒瓶[42]做成的彎腳檯燈，因為崔西夫人對於時髦雅緻的看法跟阿茲拉斐爾所見略同，以一九五三年前後為基本方針。房間中央有張桌子，上頭鋪著一塊絲絨布，桌布上有顆水晶球，水晶球漸漸成為崔西夫人的謀生工具。

「薛德威爾先生，我想你需要躺下來好好休息一下。」她語氣不容爭辯，直接帶他到臥房裡，他迷惑得無法抗議。

「但小紐特還在外頭，」薛德威爾喃喃說：「正在受異教徒失控的激情和祕教的詭計奴役。」

「那我想他自己知道該怎麼應付。」崔西夫人爽快地說。對於紐特目前的處境，她心中想像出來的樣貌可能比薛德威爾更貼近真實。「我確定，要是發現你把自己弄到這個地步，他不會高興的。你就躺下來，我幫咱們弄杯好茶來。」

在珠簾喀噠喀噠的響聲中，她人消失了。

薛德威爾突然孤身一人。他在魂飛魄散的慘況裡卻還有辦法想起來：自己所臥之處正是一張罪惡之床。此刻他無法決定，自己孤伶伶一人在罪惡之床上，比起在罪惡之床上**有人作陪**，到底是比較好還是比較糟。他轉頭東張西望。

崔西夫人對於情色的概念來自某種年代：年輕男子在成長過程中老以為女人在身體前側牢牢固定了兩顆海灘球；說碧姬芭杜是性感小貓沒人會捧腹大笑；真有雜誌叫做《女孩》、《咯咯笑與吊襪帶》。在這鍋妄想大雜燴中，她吸收到一個點子；臥房裡放絨毛玩具能營造親密與風情萬種的氣氛。

薛德威爾盯著禿毛的泰迪熊寶寶看了好一會兒。它有隻眼睛不見了、有隻耳朵破了，可能有著類似柏金斯先生這樣的名字。

他把頭轉到另一側，視線被一只睡衣盒㊸擋住，它原來的形狀可能是隻狗，也可能是隻臭鼬。它掛著愉快的笑靨。

「嗯。」他說。

但回憶排山倒海不停來襲。他真的辦到了。就他所知，獵巫軍裡從來沒人驅過魔。霍普金斯沒有，席夫廷思沒有，戴斯曼也沒有，甚至獵巫連長納爾克可能也沒有⑪，而納爾克是獵巫軍現存多數

㊷ Chianti，葡萄酒名，也是酒的產地，位於義大利托斯坎尼地區，為英國中產階級鍾愛的度假勝地。

㊸ pajama case，兒童睡衣收納袋，通常做成絨毛動物的形狀。收納時，就從絨毛動物的背後將睡衣塞進去。

⑪ 在大英帝國擴張的輝煌歲月裡，獵巫軍曾享有一次復興。英軍老是跟巫醫、指骨師、道士等祕教敵手起小爭端，沒完沒了的。這時就要由獵巫連長納爾克這類人挺身而出了。他昂首闊步、高聲喝叱、憑著高達六呎六及重達十八英石的身材，手抓外覆鋼板的聖經、八磅的鈴鐺、特別強化過的蠟燭，足以把整片南非大半原的敵手一口氣撿除，動作比加特林機槍還快。賽西爾．羅德斯曾寫到他：「有些偏遠的部落認為他是某種神，納爾克連長凶神惡煞地快步而來時，還能屹立不搖的巫師若非極有勇氣，就是有勇無謀。比起兩大隊廓爾喀人，我寧可有這樣一位人物在我身邊。」

紀錄保持人。薛德威爾尋思：每個獵巫軍遲早都會有意無意找到專屬的終極武器，而現在那把武器就在……他手臂末端。

嗯，管他什麼**不首先動用**政策[44]。既來之則安之，他就來休息一下，**黑暗勢力**終於棋逢敵手了……

崔西夫人把茶端進來時，他已經在打鼾了。她機敏地把門帶上，慶幸不已，因為她再二十分鐘就有一場降靈會，這年頭若推掉進帳機會可沒啥好處。

雖說就很多標準來看，崔西夫人相當蠢，但她在某些事情上有直覺，提及對神祕事物的涉獵時，她的推論無懈可擊。她體會到，淺嘗一下正是她的客人想要的，他們不想被一把推進去，深陷其中。他們不想要多次元時空的祕辛，只想確定仙逝的媽媽狀況還好。在他們有如單調飲食的生活中，神祕元素只要適量，能稍微調味一下就行，最好每次分量都不超過四十五分鐘，接下來還能喝杯茶啃塊餅乾。

他們絕不想要什麼怪異的蠟燭、香氛、吟誦或神祕符文。崔西夫人甚至把她那套塔羅牌裡大部分的主牌都抽掉，因為它們的長相會惹大家不快。

她也一定會在降靈會開始前就先把球芽甘藍放到爐上煮。再沒有比隔壁房間煮著球芽甘藍更令人安心、更忠於英格蘭式神祕主義講究舒適的精神了。

剛過中午，厚重的風暴雲團已將天空轉為舊舊的鉛色。雨就要來了，即將傾盆如注、令人伸手不見五指地猛下。救火員希望雨能快點來，越快越好。

他們刻不容緩地抵達現場，年輕點的消防員激動地奔走，將消防軟管拉開、揮舞著斧頭；經驗老到的消防員則瞥一眼就知道那棟房子已經生前死後，連下雨能不能阻止火勢蔓延到隔鄰都不能確定。

此時一輛黑色賓利打滑繞過轉角，以超過六十哩的時速開上人行道，然後在離書店牆壁半寸之處尖聲煞車，停了下來。一位戴著墨鏡、神色極度倉皇的年輕男子踏出車外，往烈焰騰騰的書店門口跑去。

一位消防員攔住他。

「你是店主嗎？」消防員問。

「別傻了！我**看起來**像開書店的嗎？」

「先生，我不確定喔，外表會騙人。比方說，我是消防員。但在社交場合遇到我的時候，不知道我職業的人常常以為我是特許會計師或公司主管。先生，想像一下我不穿這身制服的模樣，你會看到怎樣的人呢？你老實說？」

「傻瓜一個。」克羅里說畢衝進書店。

其實這聽來容易做來難。為了進書店，克羅里必須閃開半打消防員、兩名警察，還有好幾位有趣的蘇活區夜貓族⑫，他們提早出門，正熱烈討論究竟是哪個社會階層使整個下午增色不少，原因何在。

克羅里筆直穿過他們，他們幾乎瞥也沒瞥他一眼。

接著他推開店門，踏進烈火中。

整間書店都起火了。「阿茲拉斐爾！」他叫道，「阿茲拉斐爾，你——你這**笨蛋**——**阿茲拉斐爾**？你在嗎？」

沒有回音，只有紙張燃燒的劈啪聲、火勢衝抵樓上房間時的玻璃碎裂聲，以及橫梁崩塌的巨響。

他氣急敗壞地掃視店面，想尋找天使，想尋求**協助**。

遠處角落裡有個書架翻倒了，將著火的書灑滿一地。火包圍了他，但他理都不理。他左邊褲管開始燃燒，他瞥一眼便把火止住。

---

44 指「不首先使用核武」（No First Use）的政策。

⑫ 蘇活區以外的任何地方，現場的圍觀者可能是真心對火災有興趣。

「哈囉？阿茲拉斐爾！看在上——看在撒——看在**隨便是誰**的分上！阿茲拉斐爾！」

書店的窗戶從外面被擊碎了。克羅里大吃一驚地轉身，沒料到有一道水柱直接命中他胸膛，把他擊倒在地。

他的墨鏡飛到房間遠端角落裡，成了一灘融化的塑膠。他臉上那雙有著垂直細瞳的黃色眼睛露出來了。他渾身溼答答又冒著煙，灰燼沾了一臉黑，在熊熊燃燒的書店裡四肢著地，一點也耍不出酷勁來，克羅里詛咒阿茲拉斐爾，也詛咒不可言說的計畫；他詛咒**上頭**，也詛咒**下面**。

接著他往下望，一眼就看到了——那本書。週三晚上在泰德田，那女孩留在車上的書。封面周圍稍微燒焦，但奇蹟似地毫髮未損。他撿起它塞進外套口袋，踉踉蹌蹌站了起來，把身子拍乾淨。

他上方的天花板坍方了。房子狂吼一聲，大大聳個肩，然後塌了，磚塊、梁木、著火的破瓦殘礫紛紛落下。

屋外，警察把路人驅離，不讓他們前進。一位消防員正在跟任何願意聽的人解釋：「我擋不住他啊，他一定是瘋了，不然就是喝醉了。就這樣跑進去，我擋不住他。瘋了。直接就跑進去。死得好慘，慘啊，好慘。就直接跑進去……」

然後克羅里從火焰當中走了出來。

警察與消防員望著他，一看到他的神情就待在原地動也不動。

他爬進賓利，把車倒回街上，繞過一輛消防車轉到沃德街，沒入天色已暗的午後。

他們直盯著車子揚長而去。半晌，終於有位警察開口，「這種天氣啊，他該打開車燈的。」他愣愣地說。

「尤其是那樣開車，很危險欸。」另一人表示同意，語調平板、死氣沉沉。他們全站在書店焚燒的光與熱當中，心想，原本自以為了解的世界到底怎麼了？

又藍又白的閃電一閃橫過黑雲密布的天空，雷鳴爆響讓耳朵都痛了，雨開始傾盆滂沱地下。

她騎著一輛紅色摩托車。不是本田汽車那種親切的紅，而是鮮血般的深紅；濃烈、暗沉、可憎。除了那把倚在車身一側、未出鞘的劍之外，這輕機車怎麼看都毫不起眼。

她頭戴深紅安全帽，一襲皮夾克，色澤如陳年老酒，背後用紅寶石色飾釘嵌出「地獄天使」四字。

現在是下午一點十分，陰暗、潮溼又多雨，高速公路幾乎空蕩無來車，紅衣女子騎著紅摩托車轟隆隆穿越公路，慵懶微笑。

今天至此都還不錯。美女騎著馬力十足的摩托車，車後還插著一把劍，某類型的男人要是目睹這幅景象，會產生強烈衝擊。到目前為止，有四位旅行業務員曾試著和她競速。現在，福特賽拉車身殘片妝點著高速公路沿線的防撞護欄和橋墩，足足綿延四十哩。

她在休息區停下車，走進「快樂肉豬咖啡店」。店內幾乎一片空蕩，百無聊賴的女侍在櫃檯後補襪子，一小群黑皮衣打扮、粗獷、毛茸茸髒兮兮的壯碩機車客圍在一名更高大的男子身邊，那人披著黑外套，正堅決地玩著遊戲機，往日它叫做吃角子老虎，但現在多了視訊螢幕，就高調自稱是「智力問答拼字遊戲機」。

圍觀觀眾發言如：

「是D啦！按D啊！——《教父》得到的奧斯卡獎項一**定**比《亂世佳人》多啦！」

「〈提線傀儡〉！珊蒂．蕭㊺！真的，我他媽的很確定！」

㊺ Puppet on a String，一九六七年歐洲盃歌唱大賽第一名歌曲，當時由英國少女歌手珊蒂．蕭（Sandie Shaw）演唱，這首歌是她在英國發行的第十三首單曲。

「一六六六！」

「才不是咧，你這大笨蛋！那是倫敦大火啦！倫敦黑死病是一六六五年！」

「是B——中國的萬里長城**才不是**世界七大奇觀咧！」

有四類選項：流行樂、運動、時事、一般常識。那名高個子機車客還戴著安全帽，他揿著按鈕，對支持者其實根本充耳不聞。反正他一路過關斬將。

紅機車客走到櫃檯。

「麻煩妳，一杯茶，還有一份起司三明治。」她說。

「自己一個人啊，親愛的？」女侍問，越過櫃檯把茶與某種乾又硬的白色東西遞給她。

「等朋友。」

「啊，」她說，咬斷毛線，「嗯，那妳最好在裡面等，外頭天氣糟得像地獄。」

「哪裡，」她回答，「還早呢。」

她挑了一張靠窗的桌子，停車場盡收眼底，然後在此守候。

她聽得到背景裡智力問答拼字遊戲機的聲音。

「有題新的欸，『從一〇六六年開始，法國與英國總共正式開戰幾次？』」

「二十次嗎？哪有，不到二十啦……噢，是二十，還真的咧。」

「美墨戰爭？那我知道，是一八四五年六月，D——看吧！我就跟你說！」

第二矮的機車客豬沼（六尺三）向最矮的（六尺二）飆仔低聲說：

「『運動』那個項目怎麼了？」豬沼的一組指關節上刺了「LOVE」（愛），另一組指關節則刺著「HATE」（恨）。

「裡頭有隨機的什麼東西……選擇啦。我是說，它們是靠微晶片弄的，裡面可能有……像是……

幾百萬個不同的主題吧，在記憶體裡。」

他右手指關節刺了「FISH」（炸魚），左手刺了「CHIPS」（薯條）。

「流行樂、時事、一般常識、戰爭，只是我以前從來沒看過『戰爭』選項，所以我才提出來講啊。」豬沼大聲地折折指關節，扯開啤酒罐拉環。他一口氣豪飲半罐，肆無忌憚打了個嗝，嘆口氣，「我只是希望它們多提點聖經問題呀。」

「為啥？」飆仔從沒想過豬沼會是聖經智力問答迷。

「因為——嗯，你記得在布賴頓發生的麻煩事嗎？」

「噢，記得啊，你那時還上了『犯罪觀察㊻』。」飆仔帶著一絲嫉妒說。

「嗯，我有一陣子得窩在我媽工作的旅館裡避鋒頭，你瞭嗎？三個月，除了吉帝恩這賤人沒帶走的聖經，啥也沒得讀。讀了就忘不了。」

另一輛機車在外頭停車場停了下來，車身烏黑光亮。

咖啡店門打開，一陣冷風吹透整間店，蓄黑色短鬚、一身黑皮衣的男人走向紅衣女子那張桌子，在她身旁坐下。圍住視訊拼字遊戲機的機車客突然發現自己有多餓，派泥滓當代表去幫他們弄點吃的來，大家都算一份，只除了玩機器的那位，他不發一語，淨是撳按鈕、選擇正確答案，讓自己贏得的獎金在機器底部的盤裡越積越多。

「從馬弗金㊼後就沒見過你了，」紅說：「過得怎樣？」

㊻ Crimewatch，英國電視節目，重建犯罪案件，希望社會大眾能提供資訊以協助破解重大懸案。

㊼ Mafeking，南非西北省省會，現改名為 Mafekeng。第二次波爾戰爭期間，英國駐軍曾在此頂住波爾人長達兩百一十七天的圍城。

「一直滿忙的，」黑說：「花很多時間在美國，短程的世界巡迴。其實只是殺殺時間而已。」

（「妳啥意思嘛，沒牛排腰子派？」泥滓問，覺得受到侮辱。

「我本來以為還有一些，但沒了。」女人說。）

「我覺得有點好玩，我們終於像這樣湊在一塊了。」紅說。

「好玩？」

「嗯，你知道，幾千年來就為了等這個大日子。終於要來了。就像等耶誕節或生日一樣。」

「我們又不過生日。」

「我又沒說我們會慶生，我只是說很像。」

（「其實，」女人承認，「我們好像啥都沒了，只剩那片披薩。」

「上面有沒有鯷魚咧？」泥滓悶悶不樂地問。這個分會沒人喜歡鯷魚，也沒人喜歡橄欖。

「有，親愛的，鯷魚加橄欖喲，你們要嗎？」

泥滓戚然搖頭，胃嘰哩咕嚕叫著，他走回遊戲機那裡。大泰德一餓起來人就暴躁，而大泰德一暴躁，大家都會吃不了兜著走。）

視訊螢幕上出現一個新類別。你現在可以回答的問題有流行樂、時事、饑荒與戰爭這幾個項目。跟戰爭相比，機車客對一八四六的愛爾蘭馬鈴薯饑荒[48]、一三一五年的英格蘭全面大饑荒、一九六九年舊金山的大麻荒似乎所知有限，但這位玩家仍舊連連得分，機器朝盤子猛吐硬幣，所以偶爾穿插著嘩啦、鏗鏘與叮噹聲。

「南邊的天氣看來有點不妙。」紅說。

黑瞇眼望著漸漸轉黑的雲層，「不會啊，我覺得不錯，雷暴雨隨時就要來了。」

紅盯著自己的指甲，「那好。如果沒有精彩的雷暴雨，氣氛就不同了。知道我們要騎多遠嗎？」

儘管歌詞並不押韻，還常常上下文不通；儘管馬文因為對音樂並不特別擅長，所寫的曲調全剽竊自鄉村老歌，《耶穌是我的好搭檔》還是大賣，銷售量超過四百萬張。

馬文以鄉村歌手起家，唱的是康威．特威蒂及強尼．凱許的歌[61]。

他定期在聖昆丁監獄辦現場演唱會，直到民權人士幫他爭取到適用「殘酷與非常懲罰條款[62]」，重獲自由身為止。

就在那時馬文喜獲信仰。不是安靜私密的那種（跟默默行善及過更優質的生活有關）；甚至也不是一副西裝筆挺去按人家門鈴的那種；而是擁有自己的電視傳播網，要大家寄獻金給你的那種。

他在「馬文的動力時刻」上已經找到完美的電視節目公式（「這個節目把**樂趣**再度注入基本教義派[63]！」）：四首三分鐘的密紋唱片歌曲、二十分鐘的「地獄之火」、五分鐘的禱告醫治。（剩下的二

---

[59] 貝格曼（Bagman）意指替詐騙斂財者收送款子的人。

[60] the Rapture，代表上帝應許的完成，也就是基督徒肉體得贖。「被提」何時發生，有各種不同的說法，有的教會主張是在即將來到的末世大災難之前。「被提」發生時，耶穌從天上降臨，呼召所有肉體死亡的基督徒上到空中。接著，當時仍然活著的基督徒若被提，朽壞的身體會轉變為不朽壞的身體。

⑮ 每張密紋唱片或每卷卡帶美金十二．九五元，每張雷射唱片美金二十四．九五元，但若你捐款給貝格曼布道會，每捐五百元美金就可免費獲得密紋唱片一張。

[61] 康威．特威蒂（Conway Twitty, 1933-93）是二十世紀美國最成功的鄉村歌手之一；強尼．凱許（Johnny Cash, 1932-2003）是美國知名搖滾與鄉村歌手，多次獲頒葛萊美獎。

[62] The Cruel and Unusual Punishment，美國憲法第八條修正案「不得索求過多保釋金、不得處以過重的刑罰，或施加殘酷、非常的刑罰」。

[63] 基本教義派（Fundamentalist）的字首前三個字母即為樂趣（fun）。

十三分鐘輪流花在哄騙、懇求、威脅、乞求，有時乾脆直接討錢。）初期他真的有帶人進攝影棚來做禱告醫治，但後來發現太複雜，所以近來他只是宣布天賜異象：美國各地觀眾看他的節目時，奇蹟般痊癒。這樣單純多了——他再也不必僱用演員擔綱演出，別人也沒辦法檢驗他的醫治成功率⑯。

這世界的複雜度遠遠超乎大多數人所相信。舉例來說，很多人相信，馬文專靠信仰賺那麼多錢，肯定不是一個真信徒。他們錯了。他虔誠無比，還把紛紛湧進的獻金大把大把花在他真心認為是神的工作上。

接往救世主的電話線向來毫無通訊干擾
他時時刻刻都在家，無論晝夜
當你撥電話給耶——穌，總是免付費服務
他是我生命總機的電話修理工。

第一首歌一結束，馬文便走到攝影機前，謙遜地高舉雙臂要求安靜。音控室裡的技術員將喝采音軌關掉。

「弟兄姐妹們，謝謝、謝謝你們，那首歌很美吧？請記得，那首歌和其他同樣極具啟發性的歌曲，都可以在《耶穌是我的好搭檔》裡面聽到，只要現在撥1—800—CASH，發願奉獻就可拿到。」

他態度認真起來。

「弟兄姐妹，我有個信息要給你們所有人，這迫切的信息來自我們的天主，是要給你們所有人的，無論男女老幼，朋友們，讓我跟你們說說末日天啟。這全寫在你們的聖經裡，就在我們的主給帕特摩斯聖約翰的〈啟示論〉與〈但以理書〉內。各位朋友，主向來不拐彎抹角——直接把你的未來告訴你。所以會發生什麼事呢？

「戰爭、瘟疫、饑荒、死亡。血流成河、大地震、核子彈。弟兄姐妹，恐怖時刻就要來到，只有一個辦法可以避免。

「在**末世大災難**來臨前——在天啟四騎士出發前——在核子彈紛紛落在不信者的頭上之前——『被提』會先來臨。

「什麼是『被提』呢，我聽到你們呼喊。

「弟兄姐妹，當『被提』來臨時，所有的真信徒都會被撈上天——不管你當時正在做什麼，你可能在泡澡，可能在工作，可能在開車，可能坐在家裡讀著聖經。突然間你就會在空中，有了永不朽壞的完美身體。**末世大災難**的那幾年間，你會高高在空中，向下俯瞰世界。只有信神的人才能得救，你們之中只有那些重生的人能夠避開一切痛苦、死亡、恐怖與火焚，接著就是天堂與地獄的大戰，天堂會毀滅地獄的勢力，神會替受苦受難的人抹去眼淚，將不再有死亡、悲傷、哭泣或苦痛，祂將在榮耀中永遠永遠地掌權——」

他突然停了下來。

「嗯，想得美哩，」他以完全不同的嗓音說：「可惜沒那回事，不盡如此。

「我的意思是，大火跟戰爭那些，你全說對了。只是『被提』那事呢，嗯，如果你能看到天堂裡那些天使，密密麻麻一排又一排，只要你的腦子能跟得上，說延伸多遠就有多遠，還遠遠超過呢，我們天使一群又一群，手持火焰劍……之類的。嗯，我想說的是，誰有閒工夫到處去把人挑出來，把他

---

⑯馬文如果知道真有所謂成功率這回事，一定會訝異不已。有些人無論靠的是**什麼東西**，狀況都能好轉。

們彈上天空，讓他們譏笑燒焦火焚的地上因輻射病而垂死的人？忘了說，假設上述那些是你想像中天理昭彰時刻的景況。

「至於天堂注定打勝仗的那回事……嗯，老實說，如果事先就注定輸贏，天國之戰從一開始根本就沒必要上演，對吧？全是宣傳手法，就這麼回事。我方最後勝出的機率不超過百分之五十，你乾脆也寄錢給撒旦崇拜者熱線，兩面下注還保險一點。不過老實講，無論你挺哪邊，當大火降下、血海上升，你們這些平民百姓是免不了死傷的。在我們的戰爭跟你們的戰爭之間，他們會把所有人殺個精光，讓神去收拾殘局——懂了沒？

「總之，站在這裡叨叨絮絮的真抱歉，讓我快快問個問題——我在哪啊？」

馬文．貝格曼的臉越來越鐵青。

「是惡魔！神保佑我！魔鬼透過我講話了！」他突然脫口而出，接著打斷自己，「噢，不，其實正好相反，我是天使。啊，這裡一定是美國對吧？真不好意思，不能久留……」

馬文頓了頓，試著張開嘴巴，但嘴巴動也不動。在他腦袋裡的東西（不管那是啥）環顧四周。他望著攝影棚的工作團隊，其他人不是在撥電話給警察，就是在角落暗自啜泣。他看著一臉慘白的攝影師。

「天哪，」他說：「我上電視了嗎？」

克羅里開在牛津街上，時速高達一百二十哩。

他往置物櫃裡摸索，要找那副備用墨鏡，卻只找到卡帶。他急躁地隨手抓起一卷，塞進卡帶槽。

他想聽巴哈，但聽漫遊威伯利[64]也行。

我們需要的只是，收音機嘎嘎，佛萊迪．摩克瑞[65]唱道。

我需要的是出路，克羅里心想。

他繞過大理石拱形圓環交流道時，走錯了方向，時速九十。雷電映得倫敦天空閃爍不已，彷彿故障的日光燈管。

倫敦頂著蒼白的天際，克羅里思忖，而我清楚末日已近66。那是誰寫的？卻斯特頓，對吧？二十世紀唯一逼近**真理**的詩人。

賓利駛離倫敦時，克羅里背倚駕駛座，翻著那本燒焦的《阿格妮思‧納特良準預言集》。

靠近書末之處，他找到一張折起來的紙，阿茲拉斐爾以一絲不苟的工整筆跡在上頭寫滿了字。

他攤開紙條（此時賓利的排檔桿自動打往三檔，車子加速繞過載水果的卡車，卡車意外地倒車駛出小街），然後把紙條再讀一回。

他接著又讀一遍，胃底有種慢慢下沉的感覺。

車子突然轉向，現在正朝牛津郡的泰德田村駛去，如果他快馬加鞭，一個鐘頭內就能抵達。

反正他也走投無路了。

卡帶放完了，車上的收音機隨之啟動。

「……『園藝問答時間』，泰德田園藝俱樂部現場直播。我們上一回來到這裡是在一九五三年，那年夏天很不錯。我們工作團隊當然記得，此處在牛津郡內，沃土豐饒，地處教區東側，西仰白堊高地，我說啊，在這種地方，無論種什麼都會長得很漂亮。佛瑞德，你說是不是？」

「是啊，」皇家植物園的佛瑞德‧風亮教授說：「你說的再對也不過。」

---

64 The Travelling Wilburys，由George Harrison、Jeff Lynne、Roy Orbison、Tom Petty和Bob Dylan組成的樂團。

65 皇后合唱團名曲〈Radio Gaga〉的歌詞。

66 摘自〈老歌〉（The Old Song）。為英國詩人卻斯特頓（G. K. Chesterton, 1874-1936）之詩作。

「好——給團隊的第一個問題，由R．P．泰勒先生提出，我相信，他是當地居民協會的主席。」

「嗯哼，沒錯。嗯，我很喜歡種玫瑰，但昨天下了一場貌似魚雨的東西，讓我得過獎的莫莉．馬達爾掉了些花。針對這點，除了在花園上裝防護網，貴團隊有什麼建議？我是說，我已經寫信給議會了……」

「我想，這問題非比尋常啊。哈利？」

「泰勒先生，請教一下這些魚是鮮魚還是醃魚？」

「我想是生魚。」

「嗯，朋友，那就沒問題啦。我也聽說你這一帶還下了血雨——我真希望我們約克郡山谷也有，我的花園就在那邊。那就可以幫我省掉一大筆肥料費。現在你得做的就是挖溝，把降下來的東西引流到你的……」**克羅里？**

克羅里一言不發。

克羅里。戰爭開打了，克羅里。我們禁不住留意到你避開了我們授權去接你的勢力。

「唔。」克羅里同意。

克羅里……這場戰爭我們會贏的。但即使我們輸了，至少就你的境遇來說，一點差別都沒有。克羅里，因為只要地獄裡還有一個魔鬼，你就會希望當初自己受造的時候沒有永恆的生命。

克羅里沉默不語。

凡人可以冀求一死，可以期待救贖，但你一無可求。

你只能求地獄大發慈悲。

「是嗎？」

只是說說笑。

「呃。」克羅里說。

「……熱中園藝的人都知道，你提到的西藏人想當然耳是奸詐的小惡魔。竟然鑽地道直接穿過你的秋海棠，如入無人之境。一杯茶應該能把他打發走，最好還配一點臭氣熏天的犛牛乳酪——你應該可以弄到一些，在任何好一點的園……」

呼呼。咻咻。啵。靜電蓋過之後的節目。

克羅里關掉收音機，咬住下唇。在覆滿臉的那層塵埃煤灰下面，他看來極度疲倦、蒼白又恐懼。而且，突然之間他極度憤慨。他們老用那種方式對你說話，好像你是一株葉子開始凋落到地毯的室內盆栽。

接著車繞過轉角，本來打算帶他上交流道往M25去，從M25他可以再轉到M40，朝牛津郡去。但M25出狀況了，一直視雙目就刺痛。

從原為M25倫敦環城高速公路的地方傳來陣陣低沉的誦唱，是多重聲音組成的：汽車喇叭與引擎、救護車警笛、手機的呼叫尖鳴，還有永遠困在後座安全帶中的幼兒尖叫聲。以雷姆利亞古大陸黑祭司的神祕語言一次次誦唱著：「巨獸，諸界的吞噬者，萬歲！」

克羅里掉轉車頭繞上北側環道時，心想，令人聞之喪膽的魔符奧得加，那是我幹的好事，是我的錯。這本來可以只是普通的高速公路。我承認，雖然做得不賴，但真的值得嗎？全失控了，天堂與地獄現在全放手不管事了，整個星球好像是第三世界國家突然得到了核子彈一樣……

接著他浮起笑意，一彈指，一副墨鏡從眼裡冒了出來，西裝與皮膚卸盡一切塵埃。

豁出去了。如果非得離開，何不瀟灑地走？

他一面開車，一面輕吹口哨。

✡

他們在高速公路的外車道馳騁，宛如滅世天使，雖然這樣說也不算錯。

若考慮全面一點，他們速度其實並不快。他們四位穩穩保持時速一百零五哩，彷彿胸有成竹，心知在自己抵達前戲無法開場。的確沒辦法。他們有全世界的時間可以慢慢來，也就只能這樣。

緊隨其後的是另外四位騎士：大泰德、飆仔、豬沼及泥滓。

他們喜不自勝。他們現在是**貨真價實**的地獄天使了，他們乘著靜寂而行。

他們很清楚，四周有暴風雨狂嘯、交通車陣轟隆作響、風雨橫掃大地。但在天啟四騎士身後僅有靜寂，純粹且了無生氣。反正是幾近純粹，但死寂一片倒是毋庸置疑。

這片死寂被豬沼打破，他正朝大泰德喊著。

「那，你想當什麼？」他粗聲問。

「啥？」

「我說，你想——」

「我聽到你說的了。重點不是你**說了**什麼，大家都聽到你**說了**什麼。我想知道的是，你是啥**意思**？」

豬沼真希望自己曾經多花點心思在〈啟示錄〉上。早知道能參一腳，他當初就會念得更用心。

「我的意思是，**他們是**天啟四騎士，對吧？」

「是天啟四機車騎士。」飆仔說。

「好好，天啟四機車騎士。戰爭、饑荒、死亡跟——還有，汙染。」

「是喔？那又怎樣？」

「他們說我們可以一起去，對吧？」

「那又怎樣？」

「所以我們是天啟**另外**四騎……呣，機車騎士。那我們**要當**哪幾個？」

有一陣停頓。對面車道的車輛掃著車燈掠過，閃電在雲上留下殘像，幾乎一片死寂。

「我可不可以也當**戰爭**？」大泰德問。

「當然不行，你怎麼可以當**戰爭**？**她才是**。你一定要當別的。」

大泰德皺起臉來凝神思索。「**嚴身傷**，」他終於說：「我是**嚴重身體傷害**，就這麼定了，好，那你自己又想當什麼？」

「我可不可以當**垃圾**，」泥滓問，「或是**尷尬的私人問題**？」

「你不能當**垃圾**，」嚴重身體傷害說：「那個**汙染**已經包了，不過你可以當後面那種。」

他們在沉默與黑暗中騎行，四騎士的紅色尾燈在他們前方一、兩百碼處。

嚴重身體傷害、尷尬的私人問題、豬沼及飆仔。

「我想當**虐待動物**。」飆仔說。豬沼不確定自己贊不贊成，但也沒什麼要緊。

然後輪到豬沼了。

「我，呃……我想我要當**答錄機**，它們滿爛的。」他說。

「你不能當**答錄機**啦，天啟機車騎士當什麼答錄機呀？很蠢欸。」

「哪有！」豬沼氣惱地說：「就跟戰爭、饑荒一樣啊，都是生活上的問題，對吧？答錄機，我恨他媽的答錄機。」

「我也恨死答錄機了。」虐待動物說。

「你可以閉上鳥嘴。」嚴身傷說。

「我可不可以改？」尷尬的私人問題問，他從上次開口以來就一直專心思考，「我想當**即使重重敲一下還是不好好運轉的東西**。」

「好啦，你可以改，但豬沼，**你**不能當**答錄機**，挑別的。」

豬沼沉吟不語，他真希望自己當初沒挑起這話題，這活像他學生時代的生涯規劃面談。他仔細斟酌。

「**很酷的人**，」他終於說：「我恨他們。」

「**很酷的人**？」即使重重敲一下還是不好好運轉的東西說。

「對，你知道。就是你會在電視上看到的那種人。髮型明明很呆，但因為是他們，所以頂著那種髮型看起來就不呆。他們穿鬆垮垮的西裝，但你就是不能說他們是一群傻蛋。我的意思是，要我說的話，我每次看到他們這種人，總是想要把他們的臉慢慢撸過倒刺鋼絲柵欄。我是這麼想……」他深吸一口氣，很肯定這會是他這輩子最長的演講⑰。「**我**是**這麼**想，如果他們讓我不爽，可能也搞得別人都不爽。」

「對啊，」虐待動物說：「他們不需要太陽眼鏡的時候還是照戴。」

「吃軟乳酪，還喝那種蠢兮兮、他媽的不含酒精的淡啤酒，」即使重重敲一下還是不好好運轉的東西說：「我恨那東西。既然那東西不會把你弄得大醉大吐，那何必喝？對了，我剛想到。我能不能再改，叫**不含酒精的淡啤酒**？」

「不行，你他媽的不行，」嚴重身體傷害說，「你已經改過一次了。」

「反正，」豬沼說：「就是因為這樣我才想當**真的很酷的人**。」

「好啦。」隊長說。

「實在弄不懂欸，我想當**不含酒精的淡啤酒**，為何不行？」

「閉上你的豬嘴。」

死亡、饑荒、戰爭與汙染繼續駛向泰德田。而嚴重身體傷害、虐待動物、即使重重敲一下還是不好好運轉的東西（但私底下是不含酒精的淡啤酒）、真的很酷的人與他們同行。

風雨交加的週六下午，四處溼答答的，崔西夫人裝神弄鬼的興致正濃。她穿上飄逸的洋裝，裝滿球芽甘藍的燉鍋已擺在爐上；房間以蠟燭照明，每根蠟燭小心翼翼地插在外頭覆滿蠟淚的酒瓶上，分別擺在她起居室的四個角落。

通靈會還有另外三人。貝爾賽思公園那一帶的歐姆拉德太太，頭戴一頂上輩子可能是個花盆的深綠色帽子；瘦削蒼白的史科奇先生，鼓脹的雙眼幾近透明；在大街「今日之髮⑱」美髮院工作的茱麗亞．佩特里剛從學校畢業，深信自己有未經測度的超自然力量。為了提升個人的超自然層次，茱麗亞開始配戴過多的手打銀飾、塗上過濃的綠色眼影。她覺得自己看來鬼氣森森、憔悴枯槁又浪漫——不過她得再減個三十磅才會有這種效果。她深信自己患了厭食症，因為每次照鏡時都會看到一個胖子。

「你們能不能牽起手來？」崔西夫人問，「我們一定要完全安靜，靈界對氣氛很敏感。」

「問一下我們家的朗在嗎？」歐姆拉德太太說，她的下巴像磚塊。

「我會的，親愛的，但我在通靈的時候，妳要保持安靜啊。」

---

⑰ 十年前那一回例外，那次他卯足了力氣哀求法庭大發慈悲。

⑱ 此店前身為「一剪超群」，再之前是「濃密長髮魅力」，再之前是「捲起來染一下」，再之前是「快剪、價滅」，再之前是「布萊恩先生理髮師之藝」，再之前是「理髮師魯賓遜」，更之前則是「來電叫車—計程車行」。

一片靜寂，只讓史科奇先生胃部的咕嚕聲給打斷了。「女士們，不好意思。」他囁嚅。

進行「崔西夫人掀開神祕紗幕」幾年來，崔西夫人發現，靜坐等待靈界聯繫的長度最好是兩分鐘。超過兩分鐘，客人就會開始焦躁；不到兩分鐘，他們又會覺得不夠本。

她在腦袋裡列購物清單。

蛋、萵苣、一盎司烹調用乳酪、四顆番茄、奶油、一捲衛生紙——衛生紙萬萬不能忘，快用光了。給薛德威爾先生買一塊不錯的肝，可憐的老東西，可惜啊……

時間到。

崔西夫人把頭向後一甩，讓頭往旁一垂，再慢慢抬起來。她兩眼幾乎闔上。

「親愛的，她現在往下頭去了，」她聽到歐姆拉德太太跟茱麗亞．佩特里低聲說，「不用慌，她只是在幫自己搭橋往冥界去，她的靈界嚮導很快就會到了。」

崔西夫人發現自己被搶了風頭，因而煩躁起來，於是發出一聲低沉的呻吟：「喔喔喔喔——」然後她用一種高亢的顫音說：「你在嗎？我的靈界嚮導？」

為了營造懸疑氣氛，她等了一會兒。洗碗精、兩罐燴豆，噢，還有馬鈴薯。

「嚄？」她以低沉、有色人種的嗓音說。

「傑羅尼莫⑰，是你嗎？」她自問。

「是—姆—我，嚄。」她答道。

「我們的圈子今天下午有個新成員。」她說。

「嚄，是佩特里小姐嗎？」她以傑羅尼莫的身分說。她向來知道，由印第安紅番擔任的靈界嚮導是個關鍵道具，她也相當喜愛這名字。她曾經向紐特解釋過這點。紐特明白她對傑羅尼莫根本一無所知，但又不忍點破。

「噢，」茱麗亞尖聲道，「有幸與您結識。」

「傑羅尼莫，我們家的朗在嗎？」歐姆拉德太太問。

「嘍，番女貝瑞兒，」崔西夫人說：「噢，嗯……我帳篷門口前，有好多……嗯……可憐的迷失靈魂……嗯……排著隊。你家的朗可能就在裡面。嘍。」

崔西夫人幾年前就吃過苦頭，所以現在不到聚會快結束，絕不把朗帶出來，否則貝瑞兒．歐姆拉德一定會占用整場降靈會的時間，將他們上一次聊天以來她所經歷的種種，事無大小地一一告訴已故的朗．歐姆拉德。（……朗，你記得嗎，我們家艾瑞克的么女喜比拉，喲，你現在可認不出她來嘍，她現在弄起流蘇花邊的手工藝；還有我們家的麗緹霞，你知道，就我們家凱倫的長女啊，她變成同性戀了，反正這年頭當同性戀也沒關係，她在寫論文，題目是從女性主義的角度看賽吉歐．里昂[68]的電影。我們家的史丹呢，你知道嘛，就我們珊德拉的雙胞胎之一，我上回跟你提過他啊，嗯，他標槍錦標賽得第一，真不錯，因為我們都以為他有點戀母情結。還有倉庫上面的導水槽鬆掉了，但我已經跟我們家辛蒂最新一任的男友說過了，他是按件計酬的營造商，禮拜天會過來檢查，噢，說到這我又想到……）

不，貝瑞兒．歐姆拉德可以等。電光一閃，遠方幾乎隨即傳來轟隆雷聲。崔西夫人頗為沾沾自喜，彷彿電光雷鳴是自己的功勞。想製造**氛圍**，雷電比蠟燭來得更好。當靈媒嘛，講究的就是**氛圍**。

---

[67] Geronimo（1829-1909），美國阿帕契印第安族的酋長。領導阿帕契族對抗頻頻侵占部族土地的歐洲白人移民，戰力驚人，因此成為最著名的阿帕契印第安人。

[68] Sergio Leone（1929-89），義大利導演，知名作品有《荒野大鏢客》、《狂沙十萬里》、《四海兄弟》等。一九六〇年代美國西部片式微，他拍攝西部片的觀點與題材脫離好萊塢典型，引起極大迴響。

「現在，」崔西夫人用自己的嗓音說：「傑羅尼莫先生想知道，這裡有沒有人叫史科奇先生？」

史科奇先生溼漉的兩眼一亮，「呃，**我的**名字正是史科奇。」他充滿盼望地說。

「好，嗯，這兒有個人要找你。」史科奇先生現在已經來一個月了，她卻遲遲想不出要給他什麼訊息。是該輪到他了。「你認識一位叫……呣……呣……約翰的人嗎？」

「不認識。」史科奇先生說。

「嗯，這邊有點來自天界的干擾。名字可能叫湯姆，或吉姆，或是……呣……戴夫。」

「我在漢莫—漢普斯泰德的時候，認識一個叫戴夫的。」史科奇先生有點遲疑地說。

「沒錯，他說的就是漢莫—漢普斯泰德，他就是說那個。」崔西夫人說。

「但我上禮拜才遇到他，他在遛狗，看來身子硬朗得很啊。」史科奇先生有些困惑。

「他說要你別擔心，他在另一邊比較快樂。」崔西夫人鍥而不捨，她覺得給客戶正面消息總沒錯。

「跟我家的朗說，我一定要跟他講講我們家克麗絲多的婚禮。」歐姆拉德太太說。

「親愛的，我會跟他講。現在先等一下，有東西要傳過來了……」

然後真的有東西傳過來了。那東西就坐在崔西夫人的腦袋裡，向外眺望。

「Sprechen sie Deutsch〔您說德語嗎〕？」它用崔西夫人的嘴巴說：「Parlez-vous Franais〔您說法語嗎〕？我—不—會—講—中—文？」

「朗，是你嗎？」歐姆拉德太太問。對方的回答頗不客氣。

「不是，才不是。不過，在這愚昧未開化的星球上，只有某個國家才會有人提出這種顯而易見的蠢問題——我在過去幾個小時內順道見識了這星球的大多數地方。親愛的女士，我不是朗。」

「嗯，我想跟朗．歐姆拉德講個話啦，」歐姆拉德太太有點不耐煩地說，「他滿矮的，頭頂禿了。麻煩一下叫他上線吧？」

暫停了一會兒。「看來確實有個如妳形容的靈魂在這徘徊不去。好吧，我幫妳轉過去，但妳得長話短說。我可是要阻止末日啊。」

歐姆拉德太太跟史科奇先生對望一眼。崔西夫人以前的通靈會從沒發生過這檔子事。茱麗亞．佩特里喜出望外。這還差不多嘛，她希望崔西夫人接下來會開始顯現靈外質69。

「哈……哈囉？」崔西夫人用另一種嗓音說話，聽來就跟朗一模一樣，歐姆拉德太太嚇了一大跳。在先前的降靈會上，朗聽起來是跟崔西夫人很像。

「朗，是你嗎？」

「是，貝……貝瑞兒。」

「好，現在我有點事情要跟你講。首先，我去參加我們家克麗絲多的婚禮，就在上星期六，我們家馬莉玲的長……」

「貝……貝瑞兒，我還在世的時候，妳……妳從……從來就不給我機會說……說個話，現……現在我死……死了，只……只有一件事要說……說……」

這一切讓貝瑞兒．歐姆拉德有點不滿。以前當朗顯靈的時候，他跟她說，他在另一邊過得更快活，住的地方聽起來頗像是天堂的小平房。現在他聽起來就跟朗一模一樣，她不確定自己想要這樣。以前每次他開始用那種語氣對她說話，她總會搬出同一套說詞來對付他，她現在依樣畫葫蘆。

「朗，別忘了你心臟有狀況。」

「記……記得嗎？我再也沒……沒有心……心臟了。反正啊，貝……貝瑞兒……？」

「嗯，朗。」

---

69 ectoplasm，咸信是靈媒處於降靈的出神狀態中，會從身上散發出的黏稠物質，靈魂可藉這種物質現身。

「閉上妳的大嘴。」然後那靈魂就飄走了。「不是很感人嗎？好，現在，各位女士先生，非常感謝你們賞光。我恐怕得繼續忙了。」

崔西夫人站起身來，走向門口，把燈打開。

「出去！」她說。

與會者困惑不已地站起來，貝瑞兒．歐姆拉德則是怒髮衝冠，他們走出房間到走廊上。

「瑪喬麗．帕慈，妳給我記住。」歐姆拉德太太怒聲說，抓著手提袋緊靠胸口，用力摔上門。接著她悶住的聲音在走廊上迴響，「妳可以跟我們家的朗說，他也給我記住！」

崔西夫人（在她限騎速克達機車的駕駛執照上，登記的名字確實是瑪喬麗．帕慈）走進廚房，關上球芽甘藍的爐火。

她擺上茶壺燒水，替自己弄了一壺茶。她在廚房桌旁坐下，拿出兩只杯子，將兩杯都注滿茶。她往其中一杯添了兩塊方糖，然後頓了頓。

「不好意思，我不用糖。」崔西夫人說。

她把杯子排在面前的桌上，然後端起加糖的那杯茶久久啜了一口。

「現在，」她說，凡是認識她的人都聽得出來，那就是她自己的聲音。雖說他們可能認不出她這種語氣，因為聽來暴怒又冷酷。「想來你是要跟我說明一下這到底怎麼回事，最好理由充分。」

一輛卡車載的貨在M6公路上散落滿地。根據發貨單，這輛卡車本來滿載波浪鐵板，不過兩位巡警不大能接受這點。

「所以我想知道的是，這些魚哪來的？」警佐問。

「我剛跟你講過啊，是天上掉下來的。前一分鐘我以時速六十向前開，下一秒，嘩潑！一條十二磅重的鮭魚衝破擋風玻璃飛進來，所以我急轉方向盤，結果在**那個**上面打滑，」他指著卡車下方一條雙髻鯊的殘骸，「後來又撞到**那個**。」**那個**就是一堆三十尺高的魚，大小形色各異。

「先生，你喝了酒嗎？」警佐不抱什麼希望地說。

「當然沒有，你這大蠢蛋，你明明就看得到魚，是不是？」

魚堆頂端有隻相當大的章魚正慵懶地朝他們揮著一隻觸手，警佐按捺著自己想舉手回揮的衝動。

警員傾身入警車，對著無線電說：「……波浪鐵板和魚把M6公路南下車道堵住了，就在十號交流道北邊約半哩的地方。我們得把整個南下車道封鎖起來，對。」

雨勢更強了。從天而降卻奇蹟倖存的小鱒魚現在開始奮勇地游向伯明罕。

「真是太棒了。」紐特說。

「那就好。」阿娜西瑪說：「人總有機會滾床銷魂一番的。」她從地板上起身，留下散落一地毯的衣服，往浴室走去。

紐特提高音量，「我是說，剛剛真的很棒，真的**真的**很棒。我一直希望是這樣，結果真的是。」

有水流聲。

「妳在幹麼？」他問。

「沖澡。」

「啊。」他茫然思索，是否每個人在事後都得沖澡，還是只有女性要。他懷疑，在這種情況中淨身盆也會派上用場。

「我在想，」紐特說，此時阿娜西瑪從浴室裡出來，身子用毛茸茸的粉紅浴巾包住。「我們可以再來一次。」

「不了，」她說：「現在不行。」她已經擦乾身體，開始從地上撿起衣服，泰然自若地當場穿上。紐特這人是那種隨時準備在泳池洗浴間枯等半小時，只為等一個無人的換衣小隔間，也不願面對得在另一位人類面前寬衣解帶的可能。他發現自己先是有些震驚，繼而大為興奮。

她身體各部位好似魔術師的雙手，一會兒出現、一會兒消失。紐特試著數她的乳頭，但沒成功，不過他也不在意。

「為什麼不行？」紐特說。他差點脫口表示，再溫存一次可能也花不了多少時間，內心卻有個聲音勸他別說。短短時間內，他成長得相當快。

阿娜西瑪聳聳肩，一面穿上實用的黑裙，一面還要做聳肩動作，著實不易，「她說我們就只做這麼一次。」

紐特嘴巴開開闔闔兩三回後，才說：「才沒有，她媽的才沒有，她不可能連那也預測到了。我才不信。」

阿娜西瑪穿戴完畢，走向索引卡，抽出一張遞給他。

紐特一讀之下登時面紅耳赤，抿緊雙脣將卡片奉還。

他會有這種反應，不只因為阿格妮思老早就知道這件事，且以最容易破解的代碼表達想法，還因為幾百年來，迪維思家族有好幾人都在空白處草草寫下勉勵的短評。

她把溼答答的毛巾遞給他。「拿去，」她說：「動作快。我得去做三明治，我們得快點準備好。」

他望著毛巾，「這要幹麼？」

「讓你沖澡用。」

啊，所以事後男女都要沖澡，他很高興自己弄明白了。

「但你動作要快。」她說。

「為什麼？難道十分鐘內房子就要爆炸、所以我們一定得在一發不可收拾前離開這裡？」
「噢，不是，我們還有幾個小時。只是我把大部分的熱水用完了，你頭髮裡卻有一堆灰泥。」
暴風雨讓一陣逐漸平息的強風吹過茉莉農舍。紐特將不再毛茸茸的粉紅溼毛巾有技巧地遮在身前，緩緩側身移去沖冷水澡。

在薛德威爾的夢境裡，他正高高飄在村落的公有綠地上方。綠地中央有座巨大的乾柴堆，柴堆中央立著一根木樁。男女老幼全站在周圍草地上，雙眼發亮、兩頰緋紅，既期待又興奮。
突然起了陣騷動。十個男人跨過綠地，領著一位面貌姣好的中年女子，她年輕時必定美若天仙，「活力四射」四字爬進薛德威爾做著夢的腦袋。獵巫二等兵紐頓．普西法走在她前方。不，那不是紐特。這男人比較年長，身穿黑皮衣。薛德威爾認出古代獵巫軍士官長的制服，深感讚賞。
那女人攀上火刑柴堆，將雙手往後猛伸，任人綁上木樁。柴堆點燃了。她對群眾講話，說了點什麼，但薛德威爾太高了，聽不見。群眾在她身邊聚攏。
薛德威爾心想，女巫，他們要燒死一個女巫。這讓他感到一股暖流，這種處置公正且恰如其分，一切合該如此。
只是……
她現在眼光直直仰視著他，並且說：「你也算在內，你這個愚蠢的老呆瓜。」
只是她就要死了，她就要焚身而亡。薛德威爾在夢裡明瞭，這種死法真恐怖。
火焰竄得更高了。
那女人舉目仰望。雖說他是隱形的，她仍直勾勾盯著他，而且她在微笑。
然後轟隆火勢大起。

雷聲大作。

打雷了，薛德威爾醒來時心想。他有種揮之不去的感覺，總覺得依然有人猛盯著他看。

他睜開雙眼，十三顆玻璃眼珠從崔西夫人閨房的數個架子上望過來，來自好幾張毛茸茸的臉龐。

他一別開眼，便對上專注凝望著他的人之眼。是他自己。

慘了，他驚恐地想著，我現在靈魂出竅了。我看得到自己，這回我真的死定了……

他死命以狂亂的游泳動作努想游回自己身體，然後不出所料，一切又恢復正常。

薛德威爾鬆了口氣，想不通怎麼會有人在臥房天花板上裝鏡子。他搖了搖頭，疑惑不已。

他爬下床，套上靴子，驚疑不定地站起身。少了些什麼……香菸。他把手猛伸進口袋，掏出一只錫盒，開始捲菸。

他曉得自己剛才在做夢。他不記得夢的內容，但不管夢些什麼，總之弄得他渾身不自在。

他點燃菸。他看到自己的右手——終極武器，末日裝置。他用一根指頭瞄準壁爐架上的獨眼熊。

「砰。」他說，然後乾笑幾聲。他不習慣低聲暗笑，於是咳起嗽來，那表示他再度回到熟悉的領域。他想喝點什麼，一罐甜滋滋的煉乳。

崔西夫人應該會有一些。

他重步踱出她臥房，往廚房去。

他在小廚房外止步。她正在跟某人說話。是個男人。

「所以說，你到底要我拿這件事怎麼辦？」她問道。

「啊，妳這醜老太婆。」薛德威爾嘀咕。顯然她有男性訪客在裡頭。

「親愛的女士，老實說，現階段我的計畫隨時都可能有變動，實在情非得已。」

薛德威爾頓時大驚失色。他一面大步穿過珠簾，一面高喊：「索多瑪與蛾摩拉的罪惡！竟然占一個手無寸鐵的妓女便宜！除非我死了，你想都別想！」

崔西夫人抬起頭，對他微笑。房裡沒別人。

「他人咧？」薛德威爾問。

「誰？」崔西夫人問。

「一個娘娘腔南方人，」他說：「我聽到他的聲音。他本來在這裡，向妳提議什麼。我聽到了。」

崔西夫人張開嘴，有個聲音說道：「不是隨便哪個娘娘腔的南方人，薛德威爾中士。而是**那個**娘娘腔南方人。」

薛德威爾丟下香菸。他伸出手臂，微微顫抖，手指著崔西夫人。

「惡魔。」他粗啞地說。

「不是，」崔西夫人以那個惡魔的聲音說，「嗯，薛德威爾中士，我知道你腦袋在想些什麼。你在想，現在這顆頭隨時就要轉到背後，我還會開始吐出青豆湯[70]。唉，我不會，我不是惡魔，我要你好好聽一下我想說的話。」

「惡魔之子，住口，」薛德威爾命令，「我才不要聽你邪惡的謊言。你知道『這』是什麼嗎？是隻手，四根手指，一隻拇指。今天早上這隻手已經驅走你們一個同夥。現在滾出這位良家婦女的腦袋，要不然我把你打得屁滾尿流，直到世界末日才罷休。」

「問題就出在這裡，薛德威爾先生，」崔西夫人以自己的嗓音說：「世界末日呢，就要到了。問題就出在這裡。阿茲拉斐爾先生剛就在跟我說明一切來龍去脈。現在呢，薛德威爾先生，別犯傻了，坐下來喝杯茶。他也會跟你說明白的。」

---

70 典出驚悚片《大法師》（The Exorcist, 1973），片中遭惡魔附身的小女孩頭會三百六十度打轉，也會吐出綠色汁液。

「妳這女人。邪魔的甜言蜜語，我絕不聽。」薛德威爾說。

崔西夫人對他微笑。「你這老『傻瓜』。」她說。

別的都好應付，只有這招他甘拜下風。

他坐下來。

但他手還是舉得老高。

上方的號誌擺動著，宣布南下車道早已封閉，一小堆橘色圓錐筒冒了出來，請駕駛改道至北上公路的併用車道。其他號誌則指示駕駛減速至每小時三十哩。警車好似身帶紅條紋的牧羊犬，把駕駛人聚攏成群移動。

號誌燈、圓錐筒及警車，四騎士一概不予理會，繼續在M6空盪盪的南下車道上行駛。緊隨其後的四機車騎士則稍稍放慢速度。

「我們不是應該……呃，停下來還是什麼的嗎？」真的很酷的人說。

「對啊，可能有連環車禍喔。」踩著狗屎說。（前身是**所有外國人，特別是法國人**，再前身是**即使重重敲一下還是不好好運轉的東西**，從沒當成**不含酒精的淡啤酒**，短時間曾是**尷尬的私人問題**，從前以**泥濘**之名為人所知。）

「我們是天啟**另外**四騎士，」嚴身傷說：「他們做啥，我們就跟著做啥。我們跟他們跟定了。」

他們一路南騎。

「是我們自己專用的世界喔，」亞當說：「別人把一切弄得亂七八糟，不過我們可以毀掉一切再重新開始，不是很**棒**嗎？」

「我相信，〈啟示錄〉你熟吧？」崔西夫人用阿茲拉斐爾的聲音說。

「是啊。」對〈啟示錄〉不大熟的薛德威爾說。他在聖經方面的專門知識始終不出〈出埃及記〉二十二章十八節，該節講的是女巫、人生苦痛、為何人不該誤入此途。他曾經瞥過第十九節，談的是把人獸交者處死㉑，但他當時覺得，這超出自己的管轄範圍。

「那你聽過敵基督嗎？」

「有啊。」薛德威爾說。他看過一部相關的電影，無怪乎答得如此肯定。他還記得劇情：卡車上滑下了玻璃片，一把斬去人頭。裡頭沒什麼好樣兒的女巫，片子才過半，他就呼呼睡去。

「中士，敵基督活著呢，此刻就在地球上。雖然他自己渾然不覺，但他就快引發世界末日善惡之戰，也就是審判日。天堂與地獄正準備出戰，一切將會混亂不堪。」

薛德威爾只是咕噥一聲。

「中士，其實我無法直接插手管這件事，但我確定，面臨世界即將毀滅之景況，凡是通情達理的人都不會讓它發生，我說得對不？」

「是啊，大概吧。」薛德威爾說，一面就著崔西夫人在水槽底下找到的生鏽罐頭吸吮煉乳。

「那麼就只有一件事要做，而我只能靠你了。薛德威爾中士，敵基督非死不可。必須由你出手。」

薛德威爾皺起眉來。「那我可不確定，」他說：「獵巫軍只滅巫師女巫的口，那是規矩。當然也殺惡魔和小鬼。」

「但、但敵基督不只是巫師，他……他就是『正宗的巫師』。你說他有多妖裡妖氣，就有多妖裡妖氣。」

㉑〈出埃及記〉二十二章十八節為「不可讓行巫術的女人活著」；十九節為「凡與牲畜同寢的，那人必須處死」。

「他比……呃，惡魔還難纏嗎？」薛德威爾提起了興致。

「不會難太多。」阿茲拉斐爾說，他自己從沒動手解決過惡魔，頂多只是向對方做出強烈暗示，說他阿茲拉斐爾有些工作要趕，時間不是有點晚了嗎？而這暗示克羅里向來接收無誤。

薛德威爾垂眼望著自己右手，然後微笑。接著他又遲疑了。

「這個敵基督啊……他有幾個乳頭哩？」

成大事者不拘小節，阿茲拉斐爾心想，通往地獄之道是以善意鋪成⑲。於是他欣然扯謊，極力說服對方，「多得很咧，一大堆喔，他胸前全是乳頭[72]，跟他相比，以弗所人的亞底米看來簡直空無乳頭。」

「我是不清楚你說的這個亞底米，」薛德威爾說：「但如果他是巫師就沒問題。至少我聽起來他就是，那麼，我以獵巫軍中士身分發言，我會為你效命。」

「好。」阿茲拉斐爾透過崔西夫人說。

「殺人這回事，我覺得不大妥當，」崔西夫人自己說：「但如果就是這個人，這個敵基督，或是其他任何人，那我想我們大概別無選擇。」

「確實如此，親愛的女士，」她回答：「現在，薛德威爾中士，你有沒有武器？」

薛德威爾用左手摩搓著右手，拳頭鬆了又緊、緊了又鬆。「有啊，」他說：「我有這個。」他舉起兩根手指往嘴脣靠，輕柔地吹了吹。

有片刻寂靜。「你的手？」阿茲拉斐爾問。

「是啊，這是件恐怖的武器。惡魔之子，它對付過你，對吧？」

「你有沒有更……呃……有分量的東西？像是米吉多的金匕首？或迦梨[73]之刀？」

薛德威爾搖搖頭。「我有一些大頭針，」他提議，「我還有你們不可喫帶血活物——不可用法術——

也不可觀兆．道爾林普獵巫上尉的前膛槍……我可以上一點銀子彈。」

「我相信那是對付狼人用的。」阿茲拉斐爾說。

「蒜頭？」

「對付吸血鬼。」

薛德威爾聳聳肩，「是喔，嗯，反正我也沒什麼了不得的子彈可用。但前膛槍什麼東西都可以發射，我去拿。」

他拖著腳步走出去，心想，我哪還需要別的武器？我可是有隻神手的男人。

「現在，親愛的女士，」阿茲拉斐爾說：「我相信妳有可靠的交通工具可供自己差遣？」

「噢，有的。」崔西夫人說。她走到廚房角落，拿起一頂粉紅色機車安全帽，上頭畫了一朵黃色向日葵。她載上安全帽，把帶子繞過下巴。然後往碗櫥裡摸索一番，拉出三、四百個塑膠購物袋，還有一堆日漸泛黃的當地報紙，最後摸出一頂覆滿灰塵的螢光綠安全帽，頂上寫著「輕鬆騎士」，乃是姪女佩珠拉二十年前所贈。

薛德威爾肩上扛著前膛槍回來，難以置信地瞪著她看。

「我不知道你瞪個什麼勁兒，薛德威爾先生，」她對他說，「就停在樓下街上。」她把安全帽遞給他，「你一定要載上，法律規定的。我想，他們不准三人共騎速克達，即使共騎的只有……呃……兩

⑲ 實則不然。通往地獄之路其實鋪滿了登門拜訪的推銷員的冰凍屍體，週末時會有很多少年惡魔在上頭溜冰。

㊲ 聖經〈使徒行傳〉十九章提到以弗所人崇拜亞底米女神的偶像，其胸前多乳，象徵多產。亞底米即希臘神話中的月亮狩獵女神亞特蜜絲（Artemis）。

㊳ 迦梨（Kali）為印度教毀滅之神溼婆的妻子，暴虐殘酷。

人。但事態緊急，只要你牢牢抱住我，我確定你會很安全。」然後她微笑，「不是很好玩嗎？」

薛德威爾登時臉色慘白，喃喃說了些沒人聽得見的話，然後戴上綠安全帽。

「薛德威爾先生，你剛說啥？」崔西夫人狠狠看著他。

「我說惡魔用鏟子把妳肚皮敲下一塊啦。」薛德威爾說。

「薛德威爾先生，別再口出穢言，已經夠了。」崔西夫人說，接著便趕著他走出廊道、下樓梯，到蹲底大街上，那兒有輛老舊的速克達正等著要載走兩個……嗯，還是算三個人吧。

卡車擋住路，波浪鐵板塞住路，一堆三十尺高的魚封住了路。這是警佐平生看過封鎖得最有效率的路。

大雨讓情勢雪上更添霜。

「推土機大概什麼時候會到，你知道嗎？」他朝無線電吼著。

「我們正在……喀啦喀啦……盡全力……喀啦喀啦。」對方回答。

他感覺有東西扯著自己的褲腳，於是向下一看。

「龍蝦？」他大驚之下死命一躍，最後到了警車車頂。「龍蝦。」他重複。大概有三十隻，有些超過兩尺長，大部分都在公路上走著，有一打則停下來探勘警車。

「警佐，怎麼了？」警員問，他在路肩記錄卡車司機的詳細資料。

「我就是不喜歡龍蝦，」警佐鬱鬱地說，緊閉雙眼，「會讓我爆出疹子，太多隻腳了。我先在這裡坐一下，等牠們全走光你再告訴我。」

他在雨中端坐車頂，感覺雨水滲進他褲子臀部。

傳來一陣隆隆低吼。打雷嗎？不，那聲音連續不斷，而且越來越逼近。是機車。警佐張開一隻眼。

我的老天爺！

有四個人，時速肯定超過一百。他正準備爬下車，向他們揮手喊話，但他們早已呼嘯而過，直往翻覆的卡車衝去。

警佐無能為力。他再度閉上雙眼，等著聽到撞車聲。他聽得見他們離卡車越來越近。接著是：

呼咻。

呼咻。

呼咻。

他腦裡有個聲音說，**我會跟上你們**。

（「你看到剛**那個**了嗎？」真的很酷的人說：「他們就這樣飛過卡車欸！」「要死啦！」嚴身傷說：「如果他們行，我們也行！」）

警佐張開雙眼。他轉向警員，然後張開嘴。

警員說：「他們、他們真的……就這樣飛……」

砰、**砰**、**砰**。

劈劈啪啪。

又下了一場魚雨，不過為時短得多，起因也比較容易解釋。一隻穿著皮衣的手從一大堆魚裡伸出、有氣無力地揮著。有個機車車輪無助地旋轉。

那是泥滓，他在半昏半醒的狀態下確信，比起法國人還討人厭的事就是：整個人被魚直埋到脖子，一條腿好像也斷了。他真的恨死這種事。

他想跟嚴身傷談談自己的新角色設定，卻動彈不得。某種溼答答又滑溜溜的東西鑽進他一隻袖子裡。

稍後等他們把他拖出魚堆時，他才看到另外三位機車客，毯子蓋過他們的頭部，他這才明白，不論想跟他們講什麼都為時已晚。

豬沼問過為什麼〈啟示錄〉沒提到他們，這就是為什麼——他們在公路上根本沒走遠就一命嗚呼了。

泥滓喃喃說了什麼。警佐傾身過去，「孩子，別說話，救護車很快就到了。」

「你聽好，」泥滓啞著聲音說：「有件大事我非告訴你不可——天啟四騎士……他們真是混帳，四個都是。」

「他精神錯亂了。」警佐宣布。

「我他媽的才沒有，我是**蓋滿魚的人**。」泥滓粗聲說，然後昏了過去。

倫敦交通系統的複雜度，比任何人所能想像的高好幾百倍。

這種現象與惡魔或天使的影響力毫不相干，跟地理、歷史及建築風格倒是比較有淵源。

大體來說，這個交通系統是為了應眾人福祉而生，只是大眾從不相信這套說法。

倫敦不是專為車輛打造的，話說回來，倫敦也不是專為行人設計的。倫敦只是偶然的結晶。這就引發了問題，而解決問題的方案又成了下一批問題，五年、十年、百年，一路走來始終如一。

最新的解決方案就是M25：一條環繞城市周圍、接近圓形的公路。直到現在為止，所產生的問題一直都相當基本，像是：還沒竣工就廢棄的設施、愛因斯坦式的壅塞車流最後還成了首尾顛倒的反向大長龍……等等之類的事。

眼前的大問題是，M25早已不存在，至少就人類正常的空間感來說，早就蕩然無存。大排長龍的車輛不是沒明白這點，就是想找到離開倫敦的替代路線。車輛從四面八方蔓延至市中心。倫敦史無前例完全堵塞，所有車輛皆動彈不得。整座城市就是一片大停車場。

理論上，車輛提供人一種往來各地的極速方法；從另一個角度來看，交通阻塞也給人一種停留在靜止狀態的深刻印象。在雨中、在暗裡，四周刺耳難聽的車喇叭交響曲越來越響亮、越來越氣急敗壞。

克羅里對整個情況厭煩起來。

藉著塞車，他重讀了阿茲拉斐爾的筆記，也瀏覽過阿格妮思．納特的預言集，還正經嚴肅地思考了一番。

他的結論可概括如下：

（一）世界末日善惡之戰已經啟動。
（二）克羅里對這點束手無策。
（三）末日之戰會在泰德田發生，至少會在那兒開打。之後，就會往**各地**蔓延。
（四）克羅里已經上了地獄黑名單⑳。
（五）阿茲拉斐爾呢，仔細評估起來就知道他根本應付不來。
（六）一切淨是黑暗，陰鬱與悽慘。前途無望、隧道的盡頭黯然無光——如果真有光，只會是一列朝著你急駛衝來的火車。
（七）乾脆找一家不錯的小餐廳喝個酩酊大醉，坐等世界終結。
（八）但是呢……

---

⑳不過地獄也沒有別種名單。

想到這兒，他思緒就四散紛飛了。

因為說到底，克羅里是個樂觀主義者。如果曾有某種堅若磐石的信念助他撐過悲慘時光（一時之間，他想到十四世紀），那就是：百分百確信自己終究會突圍勝出，他確信宇宙會眷顧自己。

好吧，地獄現在跟他槓上了。這世界就要終結了。天堂與地獄的冷戰已結束，熱戰真的要開打了。他輸的機率比遇上塞滿一整輛廂型車、抽著奧斯利老牌迷魂藥[74]的嬉皮還大。儘管如此，還是有點機會。

一切不過是天時地利的問題。

地利，就是泰德田。那一點他很確定，部分是因為看了那本預言書；部分是因為某種感應力：在克羅里腦海裡的世界地圖上，泰德田就像偏頭痛那樣抽動著。

天時，就是在世界終結前抵達泰德田。他瞥了一下錶。還有兩小時可以趕去泰德田，但如今搞不好連時間推移的正常方式都已經不大可靠了。

克羅里將書一把拋到乘客座。非常時期就要用非常手段：六十年以來，他一直把賓利保養得毫無損傷。

這會兒豁出去了。

他突然迴轉，把後頭紅色雷諾五號的車頭撞得稀爛，駛上人行道。

他大開車燈、狂鳴喇叭。

這樣應該足以警告路人他車就要衝過來了吧？要是他們來不及迴避……嗯，反正再過幾小時，下場還不都一樣。或許，大概吧。

「嘿——呵。」安東尼．克羅里還是放手一搏開下去。

此地有六女四男，人人都有一架電話，加上厚厚一大疊電腦報表紙，上面滿是姓名與電話號碼。每支號碼旁都用鉛筆加了註記，說明受話者在家或出門去了、這支號碼是否仍在使用，最最重要的是，接電話的人裡頭，是否有人熱切盼望隔音又隔熱的空心牆進入自己的生命。

大多數人都不作此想。

一個鐘頭又一個鐘頭過去，十個人端坐在那裡，面露假笑，頻頻勸誘、苦苦懇求、滿口承諾、電話之間的空檔，他們還手做註記、口啜咖啡，對著滔滔沖下窗玻璃的雨勢表示驚奇。他們堅守崗位的精神，好似「鐵達尼號」上的樂隊。有這種天氣，雙層窗玻璃若還賣不出去，那你根本別想賣得掉。

麗莎．馬若正說著，「……現在，先生，請您先讓我說完，是是，先生，我了解，但請您先讓我……」接著，一聽對方已經掛斷，她就說：「好吧，去你的，死相。」

她放下話筒。

「我又打了一個泡澡的。」她向電話推銷員同事宣布。目前她在辦公室「每日把人叫出浴缸獎」中遙遙領先，而只要再多兩分，就能贏得「每週中斷性交大獎」。

她撥了名單中下一支號碼。

麗莎從沒打算要當電話推銷員。她真正想當的，是國際知名、豔光四射的頂級富豪，可惜她連中等教育的畢業證書都沒拿到手。

要是她當初用功點，而能躋身為國際知名、豔光四射的頂級富豪，或牙醫助手（她的第二志願職業），抑或，不管啥行業都行，只要別在那間辦公室裡當電話推銷員，她就能擁有更長壽、或許更有

---

74 Owlsley（1935-），地下迷幻藥藥劑師，是大量調製純迷幻藥的第一人。

成就的人生。

不過，全面考量一下現況，眼前就是哈米吉多頓之戰的大日子，其實可能也長壽不到哪兒去，頂多多活幾小時而已。

如此看來，為了要活久一點，她真正得做的，就是萬萬別撥那通她剛才撥出去的電話。在她的單子上，依著轉手多次的郵購名單之最佳傳統，那支電話號碼登記為A．J．克羅「利」先生府上，位於倫敦高級住宅區。

但她已經撥了，而且還等它響了四次。然後她說：「唉喲，又是答錄機。」打算掛上話筒。

但接著有東西從聽筒爬出來，一種非常巨大的東西，怒髮衝冠。

這東西看來像是蛆。一隻暴怒的巨蛆，由成千上萬隻小蛆組成，全部扭動尖叫著。幾百萬張小蛆嘴怒氣沖天地開開闔闔，每一張都尖喊著「克羅里」。

牠停止尖嘯。盲目地擺動，似乎在查看自己身在何處。

然後四分五裂。

那東西崩裂為成千上萬隻蠕動不已的灰蛆。牠們飛過地毯、衝上辦公桌、席捲麗莎．馬若和她九位同事。蛆飛進他們的嘴、鑽上鼻孔、侵入肺裡。牠們一面竄進他們的肌膚、眼睛、腦袋與內臟，一面瘋狂繁殖，讓高聳入頂、蠕動不停的一團血肉與黏糊填滿整個房間。這整個東西又開始匯流起來，凝結成一個龐然大物，從地板到天花板，塞滿整個空間，還輕柔地搏動著。

這團血肉打開了一張嘴，拉出了一絲溼答答的黏液，緊黏在形似兩片嘴脣的東西上，哈斯塔說：「正合我意。」

困在答錄機裡整整半小時，只有阿茲拉斐爾的留言為伴，讓他更是暴怒不已。

想到自己還得向地獄回報，又得解釋為何晚了半小時回去，而更重要的是，克羅里為何沒跟他同行，讓他更是怒火沖天。

地獄可不喜歡有人出任務未果。

但反之，至少他知道阿茲拉斐爾想傳的話**是什麼**，這份情報或許能打動地獄當局，讓自己罪不至死。

他暗忖，反正**黑暗議會**八成會火冒三丈，而他如果得硬著頭皮面對他們，至少不是空著手去。

整個房間溢滿了硫磺味的濃煙。當煙霧散去，哈斯塔已然不見蹤影。房裡啥也沒留，只剩十具骷髏，肉全挑得一乾二淨，還有幾灘融化的塑膠，四周散落發亮的金屬殘片，那些曾經是電話機零件。

麗莎・馬若當初如果當上牙醫助手，下場絕不會這麼慘。

但，從光明面看來，這一切只是用來證明邪惡含有自我毀滅因子。現在，全國上下，有些人本來可能會被電話推銷員叫出舒服的浴缸，或因某人對著他們的耳朵念錯名字而焦躁惱怒。這些人現在反倒一派心平氣和、能與世界和諧共處。因為哈斯塔的行動，無意觸發了一小波善意，這股善意之波開始在人群迅速散播，本來有幾百萬人的靈魂最終會受到小傷害，但他們終究逃過一劫。所以此事無傷大雅。

你根本看不出這是同一輛車。全車上下幾乎沒一寸沒撞凹，兩個前燈都撞爛了，輪軸蓋早已失蹤。看來活像在撞車比賽身經百戰的老車。

人行道狀況很差，人行地下道更慘，最糟的部分就是橫越泰晤士河。至少他有先見之明，事前先把所有車窗全關上了。

不過，至少他現在還在這裡，活蹦亂跳。

再過幾百碼，他就會上Ｍ４０公路，然後一路長驅直入牛津郡。只有一個小問題：Ｍ２５再度橫亙在克羅里與高速公路之間。那是一條尖叫聲不斷、由痛苦與黑暗之光㉑形成的亮光緞帶。魔符**奧得加**。凡穿越魔符者，無一倖存。

至少壽定凡人都無一倖存。他不確定魔符對惡魔會起什麼作用。雖說殺不了他，不過肯定會讓他吃些苦頭。

他眼前的高架道路前側有警方架設的路障。燒焦的車駭（有些仍餘燼未息）證實了先前車輛的命運，它們當初不得不駛過黑暗之路Ｍ２５上方的高架道路。

警方看來相當不悅。

克羅里往下推到二檔，然後開足馬力挺進。

他以時速六十穿越路障，那部分還算簡單。

全世界都有人體自燃案例的相關紀錄。某一刻，某人正高高興興漫步在人生道路上，下一秒就只剩一張悲哀的照片：他成了一堆灰燼，卻不可思議地留下一隻孤零零的腳或手。但車輛自燃案例方面的紀錄較不齊全。

不管統計數字如何，車輛自燃又增加了一件案例。

真皮椅墊開始冒煙。克羅里直直盯著前方，左手在乘客座上摸索著阿格妮思·納特的《良準預言集》，把它移到安全地帶（他大腿上）。但願她當初預言過**這件事**㉒。

接著火焰吞沒整輛車。

他得勇往直前。

高架道路另一側還有警方路障，是為了阻止車輛進入倫敦市。警察正拿剛剛從無線電上聽到的故事說笑，聽說Ｍ６公路機車警察打信號要失竊的警車停下，卻發現駕駛者是一隻大章魚。

有些警隊啥都相信，倫敦市警局卻不然。倫敦市警是英國境內最強悍、最實事求是到冷眼諷世的地步，他們是最堅持要腳踏實地的一批警察。

想嚇倒倫敦市警可不容易。

舉例來說，恐怕得是一輛巨大殘破的車子，簡直是顆不折不扣的火球，烈火熊熊、咆哮扭曲、來自地獄的金屬瑕疵品，駕駛是個戴墨鏡、露齒笑的瘋子，他端坐火焰中，車屁股一路冒著濃濃黑煙，穿過滂沱大雨與強風，以時速八十哩朝他們直直衝來。

這肯定能把倫敦市警嚇破膽，屢試不爽。

在風雨交加的世界裡，這座礦場是平靜的中心。

雷電不是在頭頂上轟隆作響，而是直接把空氣撕成兩半。

「我還有更多朋友要來，」亞當重申，「他們快到了，到時我們就真的可以動手嘍。」

狗狗開始嗥叫，但卻再也不是獨行狼的警戒長嘯，而是身陷困境的小狗會發出的高低起伏吹狗螺。

裴潑一直坐著，瞪著自己的膝蓋。

她似乎若有所思。

㉑「黑暗之光」不算是矛盾修飾法，而是某種超越紫外線的色彩，其技術用語是黑外線。在實驗情境下很容易看到。實驗操作方法如下：只要選一面結實的磚牆，好好助跑一下，接著低下頭向前衝。在你雙眼後方、在你痛苦之後、在你臨終前，閃爍的陣陣色彩就是黑外線。

㉒其實她有，內容如下：

發光之路尖鳴，蛇之黑馬車火起，皇后不再吟唱變幻不定之曲。

迪維思家族大多數成員與吉特利．迪維思所見略同。他曾在一八三〇年代寫過一份短篇專文，把這則預言解釋成一個暗喻，意指由威索（Weishaupt）發起的光明會在一七八五年遭巴伐利亞驅逐出境一事。

最後她抬起頭，凝視著亞當空洞的灰眼。
「亞當，你要哪一份？」她說。
暴風雨被一陣突如其來、迴盪不已的靜寂取代。
「什麼？」亞當說。
「嗯，你把世界分成幾份，那好啊，我們全都分到一份……那你自己要哪一份？」
這分靜寂像豎琴一樣吟唱，音色既高昂又尖銳。
「對欸，」布萊恩說：「你都沒說你自己要哪一份。」
「裴潑說的沒錯，」溫思雷岱爾說：「如果我們一定要接管這些國家，**我**看啊，好像沒剩多少了。」
亞當的嘴巴開了又閉上。
「啊？」他說。
「亞當，你要哪一份嘛？」裴潑說。
亞當瞪著她。狗狗已不再叫嗥，以混種狗特有的眼神，專注且若有所思地直盯著主人。
「呃……我？」他說。
這分靜寂不停延續，單憑這分靜寂之音就能將全世界的噪音都淹沒。
「但我自己有泰德田啊。」亞當說。
他們全瞪著他。
「還有，還有下泰德田，跟諾頓，還有諾頓林——」
他們瞪著他。
亞當的視線緩緩掃過他們的臉。
「我就只想要這些啊。」他說。

他們搖搖頭。

「只要我想要，它們就是我的。」亞當說，聲音不悅，還有一絲挑釁意味，但挑釁中又突然夾雜了些遲疑，「我也可以把它們變得更好，讓樹爬起來更棒、把池塘變得更好玩，還有更讚的……」

他聲音漸漸低了下去。

「你才不行，」溫思雷岱爾斬釘截鐵地說：「它們又不是美國等等那些地方，它們真的**很真實**。反正它們屬於我們所有人，是我們大家的。」

「而且你不可能把它們變得更好。」布萊恩說。

「反正，你要是真有辦法，我們早該知道了。」裴潑說。

「噢，我辨不辨得到輪不到你們操心，」亞當輕快地說：「因為我會讓你們全部乖乖照著我的意思做——」

他愣住了，驚恐萬分地聽著自己嘴裡吐出的話。「那一夥」正步步向後退。

狗狗用腳掌蒙住頭。

亞當的臉就像是帝國崩毀的化身。

「別走，」他沙啞地說。「別走，回來！**我命令你們回來！**」

他們拔腿衝到一半就僵住了。

亞當瞪大了眼。

「不是啦，我不是故意的——」他開口，「你們是我朋友——」

他身子驟然抽動，頭向後一甩，舉起手臂，用拳頭猛打著空氣。

他臉扭成一團，帆布鞋底踩的白堊地面裂開。

亞當張開嘴尖叫。凡人的喉嚨是發不出那種聲音的，這叫聲竄出礦場，與暴風雨融成一體，使雲朵為之重聚，讓雲凝結成惹人厭的形狀。

聲音傳啊傳。

這尖叫聲在宇宙間（宇宙比物理學家所相信的小得多了）迴盪，撼動了天體。

這叫聲傳達著失落感，延續了好長一段時間。

然後聲音戛然而止。

有某種東西流失了。

亞當的頭再次俯垂，他睜開雙眼。

不管先前站在老礦場的東西是什麼，現在杵在那兒的是亞當．楊恩沒錯。一個眼界更為開闊的亞當．楊恩，不過仍是亞當．楊恩。他以前可能從沒這麼亞當．楊恩過。

礦場那分駭人的靜寂，現在由更熟悉、更讓人安心的寧靜所取代，單純只是沒有噪音而已。

剛被釋放的「那一夥」靠著石灰懸壁瑟縮著，每隻眼睛齊齊盯著他。

「沒事了。」亞當靜靜地說：「裴潑、溫思雷、布萊恩？你們回來吧，沒事了，沒事了。現在我什麼都知道了。你們一定要幫幫我，要不然，那全都會發生，真的都會發生噢。如果我們不想想辦法，真的都要發生了。」

茉莉農舍的水管系統鼓脹起來，搖晃不已，接著便把紐特淋了一身帶點土黃色的水。但水是冷的，這可能是紐特生平最冷的一次淋浴。

這樣洗沒什麼用處。

「天空紅通通的，」他回來時說，覺得自己有些狂躁，「才下午四點半，**八月**欸，那是怎麼一回事？從開心的航海技工角度來看，妳覺得呢？我是說，如果夜色火紅才能逗水手開心，那要如何才能取悅在超大型油輪上操控電腦系統的人？或者夜裡看到紅天空，高興的其實是牧羊人⑮？我從來就記不住。」

阿娜西瑪檢視他髮間的灰泥。淋浴沒把灰泥洗掉，只是讓它溼透、散開，所以紐特看來彷彿戴了一頂妝點著髮絲的白帽。

「你在浴室裡頭一定撞得不輕。」她說。

「沒啦，是我之前撞到牆。妳知道，就是當妳——」

「嗯，」阿娜西瑪探詢似地望向破窗外，「你覺得是血紅色的嗎？」她說：「這點很重要。」

「我覺得不是，」紐特說，他的思緒暫時脫軌，「不完全是血色，比較像粉紅色。暴風雨可能挾帶了一大堆塵埃到空氣裡。」

阿娜西瑪翻查《良準預言集》。

「妳在幹麼？」他說。

「想交互參照一下，我還是沒辦法——」

「我覺得妳甭麻煩了，」紐特說：「我知道3477其餘部分是什麼意思，我突然想通了，就是當我在——」

「你知道3477說的是什麼？你什麼意思？」

「我往妳這邊來的時候就看到了——別那樣突然翻臉嘛，我頭會痛。我是說我看到了。他們就把它寫在空軍基地外，其實跟豆子無關，那寫的是：『和平乃吾人職志』。他們就是會在空軍基地外的

⑮ 典出英國諺語「Red sky at night: shepherd delight. Red sky in the morning: shepherd warning.」，指水手看早晚天色預測天氣。這個諺語有時也用在牧羊人身上。

告示板上放那種訊息，妳知道，就是：『空軍一等兵第八六五七七四五聯隊，**驚聲尖叫藍惡魔，和平乃吾人職志**』那類東西。」紐特緊抱頭顱，幸福感的確正在流逝，「如果阿格妮思沒錯，現在裡面可能有什麼狂人準備要發射飛彈、旋開發射窗口什麼的。」

「沒有，才沒有。」阿娜西瑪語氣堅定。

「噢，是嗎？我看過電影！妳憑什麼那麼肯定？跟我說個好理由。」

「那裡沒炸彈，也沒飛彈。這一帶人人都知道。」

「但那是空軍基地！他們還有跑道！」

「那只是用來運送飛機與物資。他們那裡只有通訊器材，無線電之類的，根本沒有爆裂物。」

紐特定定望著她。

瞧瞧克羅里，他在M40公路上，以時速一百一十直奔牛津郡。即使是最漫不經心的旁觀者也會注意到他身上有幾樁異狀。比方說，他咬牙切齒的模樣，或是從他墨鏡後傳來的死寂紅光。還有那輛車。車子肯定是個有力暗示。

克羅里出發時開著賓利，自然也一定會靠賓利走完全程。但如今就連自己有副駕駛護目鏡的行家車迷，都看不出那是一輛古董級賓利，再也不是了。他們不可能看得出它原來是賓利，只會下注一賠一，打賭那曾經是一輛車。

首先，車子表面沒剩半點烤漆，雖然還勉強算是黑色（紅棕色的鏽損髒汙處除外），卻是一種陰沉的炭黑色。以火球之姿前進，好像太空飛行返回艙千辛萬苦地重返大氣層。

金屬輪圈外圍殘留了薄薄一層硬梆梆的融化橡膠，不過，車在行駛時，輪框還是離地一寸，輪胎的情形對懸吊裝置沒起多大影響。

車子早在好幾哩前就該四分五裂了。

克羅里之所以咬牙切齒，就是為了讓車子撐住別散掉而拚盡全力，而激起亮光紅眼的則是生物空間點反饋作用。除此之外，他還得努力記得別呼吸。

從十四世紀以來，他不曾有過這樣的感受。

礦場的氣氛現在稍微友善，不過還是相當緊繃。

「你們要幫我找解決辦法，」亞當說：「幾千年以來，大家一直努力在找解決辦法，但我們一定要現在處理。」

他們熱心地點點頭。

「你們知道，問題是，」亞當說：「問題**是**，就像——嗯，你們都認識魁西．強生吧。」

「那一夥」頷首。他們全都認識下泰德田的另一支幫派——魁西．強生和他的狐群狗黨。他們年齡稍長，很惹人嫌，幾乎每個禮拜都會跟他們起衝突。

「**嗯**，」亞當說：「我們每次都贏他們，對吧？」

「幾乎每次。」溫思雷岱爾說。

「幾乎每次，」亞當說：「而且……」

「反正超過一半，」裴潑說：「你們還記得吧？鎮民活動中心舉辦那場超讚的鎮民舞會，大人小題大作的那次啊，我們——」

「那次不算啦，」亞當說：「他們跟我們一樣被罵到臭頭。反正，老人家本來就應該**喜歡**聽小朋友遊戲的吵鬧聲，我在某個地方讀過啊。真不知道為什麼我們這邊的老人家怪裡怪氣的，我們小孩就活該被教訓……」他頓了頓，「反正……我們比他們好。」

「噢，我們比他們**讚**，」裴潑說：「那點你說的沒錯。我們的確**比**他們厲害，但不是每次都贏。」

「只是假設一下喔，」亞當緩緩地說：「假設我們可以好好給他們個教訓，把……把他們送走之類的。反正只要確定，除了我們下泰德田沒別的幫派就好。這點子你們覺得怎樣？」

「什麼，你是說他會……死翹翹？」布萊恩說。

「沒啦，只……只是離開而已。」

「那一夥」思忖此事。自從他們大得足以用玩具火車頭攻擊對方時，魁西．強生早就是生活中的既定事實。他們試著想像一個概念：世界空出一個強生形狀的大洞。

布萊恩搔搔鼻子。「我想，沒了魁西．強生一定很棒吧？」他說：「他在我生日慶祝會上幹了啥事還記得嗎？最後倒大楣的**竟然**是我。」

「我不知道欸，」裴潑說：「我是說，魁西．強生那夥人，沒了他們就沒那麼好玩了。仔細想想就知道，有了魁西．強生，還有那群嘍囉，其實很好玩的。如果解決掉他們，我們可能還要另外找別的幫派什麼的。」

「我覺得，」溫思雷岱爾說：「如果你問下泰德田居民，大家會說沒了強生幫**或**『那一夥』，日子都會好過一點。」

聽到這個，連亞當都震驚不已。溫思雷岱爾冷靜地繼續說：「老人俱樂部就會這樣說，皮牧師也會，還有——」

「但我們是乖小孩欸……」布萊恩開口後又猶豫了，「嗯，好吧，但我打賭，如果我們全都不在了，樂趣會少很多很多。」

「對啊，」溫思雷岱爾說：「那就是我的意思。」

他苦著臉繼續說：「這邊的人不想要我們，**也**不想要強生幫，他們老是碎碎念個沒完，嫌我們在人行道上騎腳踏車或溜滑板，發出太多噪音什麼的。就像歷史課本裡那個人說的一樣：你們兩家都掛了一塊牌匾⑯。」

在這番話後是一片靜寂。

「是藍色那種，」布萊恩終於開口，「上面寫著『亞當．楊恩故居』什麼的嗎？」

通常當「那一夥」有興致的時候，這種開場白會引發長達五分鐘的漫談，但亞當覺得現在不是時候。

「你們大家的意思是，」他以最佳的主席語調作總結，「不管魁西．強生打敗『那一夥』，或『那一夥』打敗魁西．強生，都沒啥好處？」

「沒錯，」裴潑說，接著補充，「因為，如果我們把他們打敗，我們就必須當自己的死對頭。那就是我對付亞當，亞當對付布萊恩，布萊恩對付溫思雷。」她往後一靠。「人人都需要一個魁西．強生。」

「對啊，」亞當說：「我也這麼想。誰贏都不好，我就是這麼想。」他盯著狗狗看，或說眼光望穿了狗狗。

「我覺得事情很簡單啊，」溫思雷岱爾一面說，一面向後靠，「我看不出何必要花幾千年來解決這個問題。」

「那是因為呢，以前努力想找出解決辦法的一直是男人。」裴潑意味深長地說。

「不懂為什麼妳一定要選邊站。」溫思雷岱爾說。

---

⑯ 此句出自莎士比亞《羅蜜歐與茱麗葉》臺詞「你們兩家受到的詛咒」（a plague on both your houses），但溫思雷岱爾將「詛咒」（plague）誤為「牌匾」（plaque）。

「我當然要選邊站啊，」裴潑說：「每個人在**某件事情**上面，一定都要選邊站。」

亞當似乎做出了決定。

「對，但我想，妳可以創造自己的那一邊啊。現在你們最好趕快去騎腳踏車過來，」他沉靜地說，「我想，我們最好趕快去跟某些人談談。」

噗噗噗噗噗噗，崔西夫人的速克達沿著蹲末大街走。在一條塞得滿滿、動彈不得的轎車、計程車及紅色公車的倫敦郊區街上，那是唯一在移動的交通工具。

「我從來沒看過塞車塞成這樣，」崔西夫人說：「不曉得是不是有車禍。」

「很有可能，」阿茲拉斐爾說，接著是，「薛德威爾先生，除非你抱住我，不然你會摔下去喔。你知道，這東西不是做來雙載的。」

「三載。」薛德威爾嘀咕，一隻手因為緊抓座位而指節泛白，另一隻手握著前膛槍。

「薛德威爾先生，我只說這麼一次喔。」

「妳總得先停下來，我才能調整武器位置呀。」薛德威爾嘆口氣。

崔西夫人盡責地咯咯笑出聲，不過還是往人行道緣靠去，停下速克達。

薛德威爾整頓一下自己，兩臂心不甘情不願地環抱崔西夫人，前膛槍則在他倆之間昂然挺立，像是一位伴護⑰。

接下來十分鐘，他們一語不發地在雨中穿行，**噗噗噗噗噗**，崔西夫人小心翼翼地在車輛與公車間穿梭。

崔西夫人發現自己的眼光不由自主落在速率計上——她心想，這還真蠢，速率計從一九七四年就壞了，況且之前就不怎麼管用。

「親愛的女士，妳想我們的速度有多快？」阿茲拉斐爾問。
「怎麼啦？」
「因為我覺得呢，步行好像還快一點。」
「嗯，如果只有我，最高時速是十五哩，但還載薛德威爾先生，那一定是，噢，大概……」
「時速四到五哩。」她打岔。
「大概是吧。」她同意。
她後方傳來一陣咳嗽。「女人，這可惡的機器，妳難道不能騎慢一點嗎？」一道慘兮兮的嗓音問道。在地獄的萬魔殿裡（不用說也知道，薛德威爾恨透那個萬惡淵藪，他向來如此，而且恨得有理），薛德威爾對超速惡魔78尤其深惡痛絕。
「這樣的話，」阿茲拉斐爾說：「花不到十個小時就能到泰德田了。」
崔西夫人停頓半晌，才說：「這個泰德田**到底**有多遠啊？」
「距此大約四十哩。」
「唔。」崔西夫人說，她曾經騎速克達走了幾哩到附近的芬奇利探訪姪女，不過回程時速克達開始發出奇怪噪音，於是從此她就改搭公車。
「……如果我們想及時趕到，真該以七十哩左右的時速挺進，」阿茲拉斐爾說：「嗯，薛德威爾中士？現在請好好抓牢了。」
噗噗噗噗噗，一抹藍色光暈開始圈住速克達及騎乘者，圍繞他們周身發出柔和的亮光，彷彿視覺

77 chaperon，陪伴年輕未婚仕女去社交場所的年長已婚婦女。
78 speed demons，原指「違章超速駕駛」。

殘像。

噗噗噗噗噗噗，速克達在毫無可見的支撐下笨拙地抬離地面，略微抽動一下，直到離地大約五尺高為止。

「薛德威爾中士，千萬別往下看。」阿茲拉斐爾勸說。

「……」薛德威爾閉緊雙眼，慘灰的額頭布滿汗珠，他沒往下看，他哪裡都沒看。

「那麼，我們出發嘍。」

在每部高預算的科幻電影裡總會有一刻，跟紐約市一般大小的太空船會突然加至光速。就像用木尺往桌子的邊緣一個彈撥那樣，發出顫音、折射光讓人為之目眩，群星驟然間被拉得又薄又長，接著太空船就不見了。這次正是如此，只是眼前並非十二哩長的金光閃閃太空船，而是白色泛黃的二十年老速克達。同時，也沒產生那種彩虹特效。行進時速可能頂多只有兩百哩，發出來的聲音不是飆上八度音的漸升呼嘯聲，而只是**噗噗噗噗噗……**

呼咻。

反正就像那樣，錯不了。

Ｍ２５目前是個動彈不得、驚叫聲連連的圓圈，與通往牛津郡的Ｍ４０交錯，警力群聚在兩條公路交叉處，人數漸增。打從半小時前克羅里跨越了分隔嶺以來，警力已經增加兩倍。不過，是在Ｍ４０這面，倫敦裡頭沒人出得來。

除了警察，還有近兩百名圍觀者，透過望遠鏡檢視Ｍ２５。這些人中有各界代表：來自皇家陸軍、炸彈拆除小組、軍情五處與六處、倫敦警局的政治治安處，以及中央情報局。還有個熱狗小販。

每個人都又冷又溼、困惑焦躁，只有一位警官例外——他是又冷又溼、困惑焦躁，再加上氣急敗壞。

「喂，信不信由你，」他嘆氣，「我只是跟你說我親眼所見。是一輛古董車，勞斯萊斯，或賓利……反正是一流的頂級轎車，它不知怎的過橋去了。」

一位資深陸軍技術士打岔，「哪有可能。根據我們的儀器，Ｍ２５上方超過攝氏七百度。」

「或攝氏零下一百四十度。」他助手補充。

「……或攝氏零下一百四十度，」資深技術士表示贊同，「就那點來說，似乎出了點亂子，不過我想，我們可以放心把它歸咎為機械上的失誤㉓，不過我們根本沒辦法讓直升機直接飛過Ｍ２５上空，因為一飛就碎成直升『機塊』，這點可是事實。你告訴我，有輛頂級車開過Ｍ２５，還毫髮未傷，怎麼可能？」

「我又沒說它開過去又毫髮未傷，」那名警官更正，他現在認真考慮離開倫敦警局，跟他老哥去做生意。他哥正要辭掉電力局的工作，開始養殖雞隻，「它爆成火球，竟然還繼續往前開。」

「你真以為我們會相信……」某人開口。

一種高聲調的慟哭聲傳過來，縈繞不去又詭異莫名，彷彿一千架玻璃鐘琴同聲合奏，全都有些走音，又彷彿空氣分子在苦痛中發出悲鳴。

然後是**呼——咻**。

它飛越他們的頭頂，離地四十尺，包圍在深藍色的光暈裡，邊緣褪成了紅色。那是一輛白色小速克達，駕駛是個戴著粉紅安全帽的中年婦女，緊攀住她的是個矮小的男人，身穿橡皮布雨衣、頭戴螢光綠安全帽（速克達太高太遠，所以沒人看得見他眼睛閉得老緊，但真的閉緊緊的。）

㉓這是真的。地球上沒人能讓一支溫度計同時測出攝氏七百度與零下一百四十度，但當時的溫度確實是如此。

那女人在尖叫，她叫的是：

「傑——羅——尼——莫——！」

紐特每每熱切指出，芥末車的好處之一就是：嚴重受創時幾乎很難看得出來。現在紐特開著迪克・托平，得時時開上路肩，以避開斷落的樹枝。

「都是你，害我把卡片撒了一地！」

車子砰然一響開回路上。置物櫃下方傳來一道細小的聲音：「油壓警報。」

「現在手上的也整理不好了。」她哀嚎。

「何必整理？」紐特狂躁地說：「就亂挑一張，隨便一張，無所謂。」

「你啥意思？」

「嗯，如果阿格妮思說的沒錯，我們現在做這些事，全是因為她預言過，那**馬上挑**任何一張卡片都會有關連。那樣才合邏輯啊。」

「胡說八道。」

「哪有？瞧，就因為她預言過，所以妳才到**這裡**來。我們要是倒楣見到上校的話，到時要跟他說啥妳想好沒？當然我們不會那麼慘啦。」

「如果我們好好講道理——」

「聽我說，這種地方我很了。阿娜西瑪，看守大門的守衛跟柚木一樣巨大，頂著白頭盔、荷槍實彈，妳懂吧？沒等妳開口說：『打攪一下，我們有理由相信第三次世界大戰隨時就要開始，這場戰爭他們安排在這地方上演喲』，這些槍就會射出真鉛製成的真子彈，一把射進妳身體，在體內彈來彈去，然後從同一個彈孔跑出來。然後會有西裝革履、一臉嚴肅的男人，上身外套鼓鼓的，把妳帶進沒窗戶的小房間裡盤問，問一些像是：妳現在或以前是否參加過左傾分子的顛覆組織，比方隨便一個英國政黨？還有——」

「我們快到了。」

「看，大門、鐵網柵欄等等什麼都有！八成還有那種會吃人的惡犬！」

「我覺得你太激動了。」阿娜西瑪平靜地說，將最後一張索引卡從車地板上撿了起來。

「太激動？哪有！我只是非常鎮靜地擔心可能有人會射殺我！」

「要是我們倆會被射殺，我確定阿格妮思老早就會提到。那種事她特別在行。」她漫不經心地開始重組索引卡。

「妳知道嗎？」她邊說邊小心翼翼地把卡片分成兩半，然後把兩疊快速交錯在一起，「我不知在哪個地方讀過，有教派相信電腦是惡魔的工具。他們說，世界末日善惡大戰之所以會引發，就是因為敵基督是個電腦高手。顯然〈啟示錄〉某個章節提到過這檔子事。我想，我一定是最近在哪份報紙讀過……」

「《每日郵報》。『來自美國的信[79]』。呣，八月三日那天報導的，」紐特說：「內布拉斯加州東北部的沃姆思有個女人教鴨子拉手風琴，那則報導就接在這故事後面。」

「嗯。」阿娜西瑪將卡片正面朝下，在她腿上鋪開。

所以說，電腦是惡魔的工具？紐特心想。對他來說，要相信這件事並不難，電腦一定是**某人**的工具，他只是很確定絕對不是他自己的工具。

---

[79] Letter from America，是英國國家廣播電臺每週十五分鐘的談話節目，一九四六年開播，二〇〇四年停播，是史上最長壽的廣播節目。以討論美國具話題性的事情為主軸，間而穿插個人觀察與軼事插曲。

車子戛然停下。

空軍基地看來殘破不堪，靠近入口處有好幾棵大樹傾倒在地，有些男人駕著挖土機想要把倒樹移開。值班警衛漠不關心地望著他們，但他半轉過身，冷冷地看著車子。

「好，」紐特說：「挑一張卡片。」

3001：鷹巢後方，大白楊木倒地。

「就這樣？」

「對，我們還一直以為跟俄國革命有關。繼續沿這條路開，然後左轉。」

一轉彎，便走進一條窄巷，左方是基地的防線柵欄。

「現在停到這邊來。這裡常常有車，根本沒人會注意。」阿娜西瑪說。

「這是什麼地方？」

「這裡就是當地的『情人巷』。」

「所以這裡才滿地都是保險套？」

他們沿著有樹籬遮蔭的小巷走了一百碼，一直走到那棵白楊木前。阿格妮思一語中的。樹相當大，它一倒就壓垮了柵欄。

一名守衛坐在橫倒的樹幹上抽著香菸。他是個黑人。有美裔黑人在場時，紐特總是渾身罪惡感，擔心他們會把兩百年的奴隸買賣怪罪在他身上。

他們走近時，這人先是立正，接著就放鬆站姿。

「噢，嗨，阿娜西瑪。」他說。

「嗨，喬治。這場暴風雨真恐怖，對吧？」

「沒錯。」

他們繼續往前走，他目送他們走出視線。

「妳認識他？」紐特假裝若無其事地說。

「噢，當然。有時候他們幾個人會到酒吧來。一身乾乾淨淨，還算討人喜歡。」

「如果我們就這樣大剌剌走進去，他會不會射殺我們？」紐特說。

「他很可能會拿槍指著我們、恐嚇我們。」阿娜西瑪承認。

「那就夠嗆了，現在妳說我們該怎麼辦？」

「嗯，阿格妮思一定早料到些什麼，所以我想我們等就行了。現在風已經停了，狀況還不賴。」

「噢。」紐特望著地平線上層層堆積的雲。「好一個阿格妮思啊。」他說。

亞當四平八穩地沿路踩著踏板，狗狗跟在後面跑，偶爾純粹出於興奮而試著咬他的後胎。

鏗鏗鏜鏜一陣響，裴潑從她家車道閃了出來。你總能一眼就認出裴潑的腳踏車。她用晒衣夾很巧妙地將一塊紙板固定在輪子上，以為如此一來就能改善車況。貓咪們早已學乖，當她還在兩條街以外時就趕緊四下逃竄。

「我想，我們可以沿著家畜商巷走，然後穿過圓顱樹林。」裴潑說。

「滿地都是泥欸。」亞當說。

「對喔，」裴潑緊張地說：「那邊泥濘得要命。我們應該沿著白堊坑，那邊因為石灰的關係一直很乾燥。然後要從汙水所旁邊走。」

布萊恩與溫思雷岱爾從他們後面跟上來。溫思雷岱爾的黑色腳踏車保養得亮晶晶，既實用又堅固。布萊恩的腳踏車可能曾經是白的，但覆在厚厚一層泥巴下，早已失去原色。

「把那裡叫做軍事基地真蠢，」裴潑說：「他們開放參觀的時候我去過，根本沒有槍啊飛彈啊什麼的。只有圓轉盤、儀表盤，還有銅管樂隊在演奏。」

「對啊。」亞當說。

「圓轉盤和儀表盤沒什麼軍方的味道。」裴潑說。

「其實我說不上來，」亞當說：「圓轉盤跟儀表盤能辦到的事很不可思議噢。」

「耶誕節的時候，我拿到一個零件組，」溫思雷岱爾主動提出，「全是電動零件噢。裡面就有圓轉盤跟儀表盤，能做出收音機或會發嗶嗶聲的東西。」

「我不知道，」亞當若有所思，「我想到的比較像是，有人會暫時連上全球軍事通訊網，叫所有的電腦跟什麼的啟動戰爭。」

「老天，」布萊恩說：「那就**酷斃了**。」

「算是吧。」亞當說。

擔任下泰德田居民協會主席，真是命中注定要高處不勝寒。

矮短圓胖、志得意滿的R．P．泰勒沿著鄉村小道踱步，他老婆的迷你貴賓狗「梳子」在一旁作伴。泰勒能明辨是非，在他的人生中，道德沒有灰色地帶。無論如何，天賦異稟能明辨是非並不能讓他就此滿足。他覺得，向全世界宣告是非對錯，他責無旁貸。

肥皂箱、舌戰詩、大幅海報，泰勒不來這一套。他選中的論壇是泰德田《廣告人》的讀者來函專欄。如果鄰居的樹敢隨隨便便朝泰勒的花園掉葉子，泰勒首先會仔細把落葉全掃起來，放進盒子，然後將盒子放在鄰居前門外，順便附上措辭嚴厲的短箋，接著再寫信給泰德田《廣告人》。如果他瞥見青少年坐在村裡的公園綠地上，用隨身音響大放音樂還自得其樂，他會義不容辭向他們指出他們誤入歧途。等他從他們的嘲弄中逃開後，就會寫信給泰德田《廣告人》，申論「時下年輕人與道德風氣之淪喪」。

自去年退休以來，他的投書大為增加，多到連泰德田《廣告人》都沒法全登出來。事實上，泰勒晚上出門散步前才剛完成一封信，信這樣開頭：

敬啟者：

我憂心忡忡地注意到，時下的報紙已不再心心念念對大眾盡責，我們是付你們薪水的人……

他環顧鄉村窄路上的零亂落枝，沉思道，他們把這些暴風雨送過來給我們的時候，別妄想他們會把清潔費放在心上。教區委員會得支付打掃的帳單，而他們的薪水，又由**我們**納稅人付……

這思路裡的**他們**，指的是第四廣播電臺㉔的天氣預報員，泰勒把天氣怪到他們頭上。

梳子在路旁的柏樹邊停下，抬起腿來。

泰勒尷尬地別過頭去。他傍晚健身的唯一目的，很可能就只是為了讓狗小解一番，不過若要他對自己承認這一點，就太難堪了。他抬頭盯著烏雲、雲層堆得老高，一落落汙濁的灰與黑高高聳立。雷電閃動的光舌叉穿雲層，活像科學怪人電影的開場，甚至烏雲飄抵下泰德田邊境時停下來的樣子也像。烏雲中間有塊圓形的日光，可是這道光不但拉長還發黃，像勉強擠出的笑容。

㉔他沒有電視。或者如他太太所說，「雷諾不肯在家裡放那種東西，對吧雷諾？」他總是深表同意。雖說私底下他倒滿想看看「國家閱聽者協會」所抱怨的猥褻、不潔與暴力。當然不是因為他真的想看，他只是想知道別人該禁看哪些東西。

如此寧靜。

一陣隆隆低響。

四名機車騎士沿著窄路騎來。他們衝過他身邊，一個轉彎，嚇到一隻公雉雞，牠緊張兮兮地咻咻飛越窄路，畫出一道黃褐帶綠的弧形。

「流氓！」泰勒朝他們的背喊道。

鄉間不是為他們那樣的人而生的。鄉間是為他這樣的人而生的。

他猛扯梳子的牽繩，一路行軍向前。

五分鐘後，他繞過轉角，發現其中三名機車騎士圍著倒地的路標站著，那路標是暴風雨的受害者。第四人，那名戴著反光面罩的高大男人，仍端坐在機車上。

泰勒觀察此番形勢，沒兩三下便妄下結論。這些流氓（他說的當然不會有錯）來到鄉間，就是為了褻瀆戰事紀念碑，並推倒路標。

他正要來勢洶洶朝他們嚴厲進逼時，突然想到自己是一比四，寡不敵眾，而且他們全比他高大。他們絕對是有暴力傾向的精神病患。在泰勒的世界裡，只有具暴力傾向的精神病患才騎機車。

所以他抬高下巴，大搖大擺走過他們身邊，裝作沒注意到他們在那裡㉕，同時一面在腦海裡擬著信（敬啟者：今日傍晚我憂心忡忡地注意到，有一大群騎著機車的街頭惡少正在我們美麗的村莊出沒。為什麼，噢，為什麼政府不出面處理這場悲慘的……）

「嗨。」一名機車騎士揭起面罩，露出瘦削的面龐，臉上黑鬍子修整有致。「我們有點迷路了。」

「噢。」泰勒不以為然地說。

「路標一定是被吹倒了。」那名機車騎士說。

「對，我想也是。」泰勒同意。他驚訝地注意到自己餓了起來。

「對啊。嗯，我們要去泰德田。」

他揚起一側好管閒事的眉梢，「你們是美國人吧。在空軍基地做事吧，我想。」（敬啟者：我服兵役時，可是很為國爭光。我驚恐且失望地注意到，泰德田空軍基地的飛行員在我們的神聖鄉間騎車到處晃，裝扮卻跟一般惡棍沒兩樣。他們捍衛西方世界的自由，地位確實舉足輕重，這點我雖銘感在心，但……）

接著他好為人師的性子占了上風，「你們回頭走半哩，然後在第一條路左轉，那條路恐怕正處於悲慘的失修狀態，我已經寫了無數的信給委員會，你們到底是人民的**僕人**還是人民的**主子**？那就是我向他們提出的質問，畢竟，是誰付你們薪水？第二條路右轉，不過也不是完全往右，而是在左邊，只不過你們會發現，它彎來彎去最後彎向了右邊，路邊寫波特力巷，可是當然不是波特力巷。看地形測量局的地圖就知道了，那條只是森丘巷的東端。你們一出巷，就是村莊了，接著你們會經過『公牛與提琴』，那是家酒吧，然後就會碰到教堂——我已經向彙編地形測量局地圖的人反應過，這座教堂是**尖頂**而不是**高塔**。其實我還寫了信給泰德田《廣告人》，建議他們發動地方抗爭運動，要求更正地圖，我萬分希望，這些人一旦了解自己是在和誰打交道，態度就會一百八十度大轉變。然後你們會碰到十字路口，這時往前走，穿過十字路口，馬上就會遇到第二個十字路口。接下來，你可以往左方的岔路，或者向前走。不管走哪條，都能到空軍基地。不過，左方岔路大概短個十分之一哩，你們不會錯過的。」

饑荒茫然瞪著他。「我，呃，我不確定自己聽得懂……」他開口。

我聽懂了。咱們走吧。

㉕不過，他身為當地「守望相助」計畫的一員（其實是創辦人），的確努力試著把機車牌號背下來。

梳子小吠一聲，便閃到泰勒身後，待在那兒發抖。

陌生人再度爬上機車。一身白的那位（泰勒心想，看外表也知道是嬉皮沒錯）把洋芋片空袋子往路肩草地一扔。

「不好意思，」泰勒吼道，「那是你的洋芋片袋子嗎？」

「噢，不只是我的，」男子說：「那是**大家**的。」

泰勒把身子從頭到腳挺直了㉖。「年輕人，」他說：「如果我到你家去，到處亂丟垃圾，你會有什麼感覺？」

汙染嚮往又惆悵地微笑。「非常、非常開心。」他吸氣，「噢，那就太**美妙**了。」

在他的機車下方，有層浮油在溼路上積成一小池彩虹。

引擎的速度換了。

「有件事我沒聽清楚，」戰爭說：「搞半天，我們為什麼得在教堂那邊來個一百八十度大轉彎？」

跟著我來就是了，帶頭的高大男人說，然後四人一同騎走。

泰勒朝他們身後瞪，直到某種發出**喀啦喀啦喀啦聲**的東西分散了他的注意力。他轉身，四道騎腳踏車的身影衝過他身旁，一隻小型狗蹦蹦跳跳的身影緊緊尾隨在後。

「你們，給我停下！」泰勒吼道。

「那一夥」猛然煞車停下，望著他。

「亞當·楊恩，我就知道是你，還有你的小，哼，小黨派。容我問一下，你們這些小鬼頭這麼晚了還在外頭幹麼？你們的父親知道你們外出嗎？」

單車騎士的首領轉身。「我不懂你怎麼能說**晚**，」他說：「我覺得，**我**覺得，如果外頭還有太陽，就不算**晚**。」

「反正已經過了你們的就寢時間。」泰勒告知他們，「小女孩，妳別對我亂吐舌頭，」這是對裴潑說的，「要不然我會寫信給妳母親，告訴她，貴子弟行為如此不端，著實令人遺憾。」

「是嗎，抱歉了，」亞當不悅地說：「裴潑只是看著你而已。我不知道看一看也犯法了。」

草地上有陣騷動。梳子是特別嬌貴的玩賞型法國貴賓狗，只有家庭預算中永遠無法容納小孩的人才會養這種狗。牠正慘遭狗狗的脅迫。

「楊恩少爺，」泰勒下令，「請把你的……你的**雜種狗**從我的梳子身邊帶開。」泰勒不信任狗狗。他三天前第一次遇到這隻狗，牠對他咆哮，兩眼還散發紅光。這使泰勒不得不著手擬一封信指出狗狗肯定有狂犬病，一定會對這社區造成危害，為了大眾福祉，應當將牠處決。直到他太太提醒他，發亮的紅眼並非狂犬病的症狀，或者也可以說，不是任何會出現在他倆所看的電影以外的東西，順道說明，泰勒夫婦看的電影沒有一部得昧著良心看，他們從那些電影裡學得到所有該知道的事情。多謝大家關心。

亞當一臉驚訝，「狗狗才不是**雜種狗**。狗狗是了不起的狗。牠很聰明。狗狗，別碰泰勒先生恐怖的老貴賓犬。」

狗狗不理會他，狗狗還要練習一堆獵捕技巧。

「狗狗——」亞當語帶威脅地說。他的狗溜回主人的腳踏車邊。

「我相信你並沒有回答我的問題。你們四個要去哪？」

「去空軍基地。」布萊恩說。

「**要是**你覺得可以的話，」亞當說，他希望自己語氣中帶著刻薄尖酸的嘲諷。「我是說，如果你覺

㉖五呎六。

得不行，我們就不要去了。」

「你這個厚臉皮的淘氣鬼，」泰勒說：「亞當．楊恩，等我見到你父親，我會斬釘截鐵地跟他說……」

可是「那一夥」早已踩著踏板離開了，往下泰德田空軍基地的方向騎去——比起泰勒先生提議的路線，他們挑的路線更短，更單純，而且風景更好。

泰勒已在心裡擬好長信，主題是時下青少年的沉淪，內容涵蓋：教育標準的滑落；青少年不敬老尊賢；現在青少年似乎總是一派委靡，沒有端正挺直的體態；青少年犯罪；鼓吹恢復義務役、用樺樹條抽打、鞭打以及養狗執照。

他對這封信相當滿意。他心裡暗自懷疑，這封信的水準遠高過泰德田《廣告人》，於是決定要投給《泰晤士報》。

噗噗噗噗噗噗。

「親愛的，請問一下，」一個溫暖的女性嗓音說道：「我想我們迷路了。」

那是一輛老舊的速克達，駕駛是個中年婦女。一個矮小男人牢牢抓住她，雙眼緊閉，身穿雨衣，頭戴亮綠色安全帽。從他倆之間伸出來的東西看來是把古董槍，槍口呈漏斗狀。

「噢。你們要去哪？」

「下泰德田。我不大清楚確切的地址，不過我們在找一個人，」那女人說，接著以全然不同的嗓音說，「他叫亞當．楊恩。」

泰勒猶豫了一下。「**妳要找**那小子？」他問，「他這會兒又幹了啥好事——不，不用，不必告訴我，我不想知道。」

「小子？」女人說：「你沒跟我說他是個孩子。幾歲了？」她接著說，「十一歲。嗯，我真希望你當初提過這件事。這一來，情勢就完全不同了。」

泰勒只是瞪著眼。接著他了解是怎麼回事，這女人懂得腹語術。現在他看出來了，他之前誤把腹語術的假人看成戴綠色安全帽的男人。他納悶自己當初怎麼會看走眼。他覺得這整件事有點沒格調。

「我剛剛才看到亞當．楊恩，還沒過五分鐘。」他告訴這女人，「他跟他的同夥往美軍空軍基地去了。」

「喔，老天，」女人說，臉色略微慘白。「我向來就不怎麼喜歡美國佬。妳知道嗎，其實他們人滿好的。是啊，玩足球時老把球撿起來的那種人，你實在不能信賴。」

「啊，打攪一下。」泰勒說：「我覺得妳的腹語術很好，很了不起。我是本地扶輪社的代理主席，請問妳平常會到私人晚會演出嗎？」

「星期四才有，」崔西夫人不以為然地說：「而且我會額外多收費用。我想，你可不可以告訴我們怎麼去——？」

泰勒先生已經有過這種經驗。他伸出一根手指，一語不發。

那輛小速克達**噗噗噗噗噗噗**地沿著鄉村窄路跑。

機車行進時，戴著綠頭盔的灰色假人轉過身，撐開一隻眼睛，粗著聲說：「你這個南方大笨蛋。」

泰勒深受冒犯，但也頗為失望。他原本期望這假人能更逼真。

泰勒離村莊才十分鐘遠，他打住腳步，梳子正努力試著大規模消除敵方的地盤氣味。他的眼光越過柵欄。

他對鄉村傳說的記憶有點模糊了，不過他能肯定，母牛躺下來，就表示要下雨；如果牠們站著，天氣可能不錯。但這些母牛正緩慢且肅穆地輪流翻著筋斗，泰勒心想，這種情況是什麼天氣的預兆。

他嗅了嗅。有東西燒了起來，氣味很難聞，混合了金屬、橡膠與真皮的燒焦味。

「請問——」他身後有個聲音。泰勒轉身。

小路上有輛大車起火了，那曾是輛黑車，戴太陽眼鏡的男人從窗戶傾出身子，穿過煙霧說：「抱歉，我有點迷路了。你能不能指一下路，下泰德田空軍基地怎麼去？我知道就在這附近。」

你的車子著火了。

不行。泰勒就是說不出口。我是說，這人一定知道吧，不是嗎？他自己就坐在火焰中。這可能是某種惡作劇。

因此他改口說：「我想你一定在一哩前轉錯了彎。有個路標被吹倒了。」

陌生人微笑。「一定就是那樣。」他說。橘紅色火焰在他底下竄燒著，讓他看起來幾乎像個惡魔。風越過車子吹向泰勒，他感覺自己的眉毛都快被烘酥了。

不好意思，年輕人，你的車子起火了，而你人坐在裡頭好端端地沒給燒到，車身可是燒個通紅。

不行。

要不要他打電話給汽車協會？他該這樣問這男人嗎？

相反，他只是仔細說明路線，同時試著別盯著對方看。

「太好了，萬分感謝。」克羅里說，開始把車窗旋起來。

泰勒非得說點什麼。

「年輕人，請問一下。」他說。

「什麼事？」

我是說，這種事情哪可能視而不見，你的車著火了。

一道火舌舔過燒得焦黑的儀表板。

「天氣還真怪，不是嗎？」他無力地說。

「是嗎？」克羅里說。「老實說我沒留意。」他就待在車子裡，倒車，往回開上鄉間小路。

「那可能是因為你的車子著火了。」泰勒厲聲說。他猛扯梳子的牽帶，拖著小狗逼牠跟著走。

致編輯

敬啟者，

我想提醒您，我注意到，近來有個趨勢，時下年輕人在開車時忽略完全合理的安全措施。今天傍晚，有位先生向我問路，他的車子……

不行。

他開著車，而車子……

不行。

車子著火了……

他火氣更大了。泰勒跺著腳，踏上走回村裡的最後一段路。

「喂！」泰勒大吼，「楊恩！」

楊恩先生在前院裡，坐在摺疊椅上抽著菸斗。

蒂兒德最近發現二手菸對健康的威脅，因此家裡全面禁菸，楊恩先生因此待在外頭抽菸，不過他可不想跟鄰居承認。這麼做可不能讓他心情變好。被泰勒先生叫成**楊恩**更好不到哪去。

「啥？」

「你兒子亞當。」

楊恩先生嘆息。「他又做了什麼？」

「你知道他人在哪裡嗎？」

楊恩先生看了一下錶。「準備上床睡覺吧，我想。」

泰勒咧嘴笑，既嚴厲又洋洋得意，「我懷疑。不到半小時前，我看到他跟他的小惡魔們一起騎單車往空軍基地去，還有那條惹人嫌的雜種狗。」

楊恩先生抽著菸斗。

「你知道他們那邊有多嚴格。」泰勒先生說，以防萬一楊恩先生消息不靈通。

「你也知道你兒子有多喜歡亂按按鈕什麼的。」他補充。

楊恩先生把菸斗拿出嘴巴，若有所思地檢視菸斗柄。

「嗯。」他說。

「我知道了。」他說。

「好。」他說。

然後他進屋去。

就在同一時刻，四輛機車咻地一聲停了下來，離大門有幾百碼遠。騎士關掉引擎，掀起頭盔面罩。嗯，其實只有三人這樣做。

「我本來還巴望我們能撞穿路障。」戰爭一臉渴望地說。

「那只會惹麻煩。」饑荒說。

「那才好。」

「我的意思是自找麻煩。電力跟電話線一定都掛了，可是他們肯定有發電機，而且勢必有無線電。如果有人開始報導有恐怖分子入侵基地，那大家自然就會開始行動，然後整個『計畫』就泡湯了。」

「哼。」

我們進去，我們辦事，我們出來，我們讓人性自由發揮，死亡說。

「老兄，這跟我本來想像的不一樣。」戰爭說：「我等了幾千年，不是為了拿幾段電線耍花招。這實在算不上你們所說的**氣勢磅礴**。杜勒⑳當初做末世啟示錄的木雕作品時，可沒浪費時間刻四個按按鈕的人吧，這點我可是一清二楚。」

「我還以為會有人吹號角。」汙染說。

「這麼看好了，」饑荒說：「把這當成基礎工作。我們之後就能大騎特騎，徹底大騎特騎，乘著暴風雨之翼之類的。你們要有點彈性啊。」

「我們不是該跟什麼人……會面嗎？」戰爭說。

除了機車引擎冷卻所發出的金屬噪音外，寂靜無聲。

接著汙染緩緩說：「你知道嗎，我原來想像的也不是這種地方。我還以為會是，嗯，在大城市裡，或者大國。也許是紐約，或莫斯科，或者就在哈米吉多頓。」

另一陣停頓。

戰爭接著說：「哈米吉多頓到底在哪裡？」

「你竟然會問，這可好玩了。」饑荒說：「我一直想查，可是沒查。」

⑳ Albert Drer（1741-1528），德國文藝復興時期著名的木刻版畫與銅畫家、曾創作《啟示錄》木刻組畫（1498），共十六幅，包括天啟四騎士。

「賓州有一個，」汙染說：「或是在麻州，或某個地方。一大堆男人留著大鬍子、頂著嚴肅的大黑帽。」

「哪是，」饑荒說：「我想是在以色列境內某個地方。」

迦密山[81]。

「我以為那是他們種酪梨的地方。」

還有世界盡頭。

「是嗎？那不就是超大一顆酪梨了。」

「我想，那邊我去過一次，」汙染說：「米吉多的舊城。在它崩塌之前。好地方，有趣的皇家大門。」

戰爭望著他們四周的綠意。

「哎呀，」她說，「那**我們**是不是轉錯彎了。」

地理位置無足輕重。

「主子，您是說？」

如果哈米吉多頓大戰在任何地方都會發生，那麼無處不是哈米吉多頓。

「沒錯，」饑荒說：「我們講的可不再是幾平方哩的灌木叢跟山羊。」

另一陣停頓。

我們走吧。

戰爭咳了咳。「我只是在想……**他**會跟我們一起來嗎……？」

死亡調整一下長手套。

這件事，他語氣堅定，**是專業人士的工作**。

✡

事後，湯瑪士·A·戴森柏格中士回想在大門那兒發生的事件如下：

一輛大型公家車駛近大門。車子閃閃發亮，一副大官座車的模樣，不過，事後他不確定自己怎麼會那麼認為，也不確定那輛車子為何有一瞬間聽起來像是靠機車引擎發動。

有四位將軍下車，再一次，中士有點兒不確定自己為何會認為他們是將軍。他們四人有穩當的識別證，不過，到底是怎樣的識別證？老實說，他想不起來。識別證沒問題。他行軍禮。

其中一位說：「突襲檢查，阿兵哥。」

針對這點，湯瑪士·A·戴森柏格中士答道：「長官，我並未接到通知說這時候要突襲檢查，長官。」

「當然不會接到通知，」一位將軍說：「因為是突襲。」

中士再次行禮。

「長官，請容我向基地指揮部確認這項情報。」他不安地說。

最高最瘦的那位將軍脫隊而出，走開幾步面對大家，雙手交疊。

另一位友善地用手臂搭上中士的肩膀，神祕兮兮地傾身向前。

「讓我瞧瞧——」他朝中士的名牌斜睨一眼，「——戴森柏格，也許我會讓你放個短假。這是突襲檢查，知道了嗎？突襲。也就是說，在我們穿過大門的那一刻，不准打電話，了解嗎？而且不准離開你的崗哨。像你這樣的職業軍人應該聽得懂吧？我說的對嗎？」他加了一句，眨眨眼。「要不然，你會發現自己降級了，降到你得叫小鬼『長官』。」

---

❽❶ Mount Carmel，以色列西北部臨海的山嶺，地名的意思是「肥沃的山丘」。

湯瑪士・A・戴森柏格中士盯著他看。

「二**等兵**。」一位將軍低聲叱責。從她的名牌看來，她叫「贊爭」。戴森柏格中士從沒見過像她這樣的女將軍，不過她肯定是軍中的改良品種。

「什麼？」

「**是二等兵。不是小鬼**。」

「對。我就是那個意思。對，二等兵。好了，阿兵哥？」

中士衡量他手上非常有限的選擇。

「長官，突襲檢查嗎？長官？」他說。

「這時候姑且算是。」饑荒說，他花了很多年學習如何在聯邦政府中打通關節，這會兒覺得那種官腔又回來了。

「長官，遵命，長官。」中士說。

「好傢伙，」路障升起時饑荒說道，「你前途無量啊。」他往錶瞥了一眼。「不久之後。」

人類有時候跟蜜蜂很像。要是你還在蜂窩外面，蜜蜂會死命保衛自己的窩。一旦你滲透進去，工蜂多少會假設你已通過管制關卡，便不再留意。各種白吃白喝的昆蟲之所以能在蜂窩裡發展出一套流暢的生存之道，就是基於這項事實。人類依樣畫葫蘆。

在一大片無線電天線杆中，有一棟棟長型矮樓房，這四人堅決地走進其中一棟時，沒人阻止他們。無人注意他們。也許基地的人什麼都沒看見，也許他們只看得見腦子讓他們去看的東西，因為當戰爭、饑荒、汙染及死亡不想被看見時，人腦就沒有能力看到它們。人腦如此善於視而不見，以至於當戰爭、饑荒、汙染與死亡充斥四方時，人腦常常還是有辦法視若無睹。

但警鈴完全沒腦袋，它們認為自己在不該有人出現的地方瞧見四個人，所以**瘋狂作響**。

紐特不抽菸，因為他不允許尼古丁侵入他身體的聖殿，或者更精確地說，是他身體裡的威爾斯衛理公會錫製聖禮盒。如果他本來是個大菸槍，此時為了鎮定神經一定會抽起菸來，並在此刻被菸給猛地嗆到。

阿娜西瑪果斷地站起身來，將裙子皺褶撫平。

「甭擔心，」她說：「警鈴不是針對我們。裡頭可能出事了。」

她對著他蒼白的臉微笑。「來吧，又不是ＯＫ牧場大對決[82]。」

「沒錯。可是他們這兒的槍枝更高檔。」紐特說。

她扶他起來，「不要緊，我確定你一定會想出辦法來。」

戰爭心想，他們四個出的力必然不可能均等。自己對現代武器系統油然而生的親切感令她相當訝異，現代武器系統比起尖銳金屬片要來得有效率太多了。當然嘍，對於所謂的絕對不出錯、自動防故障的設備，汙染一笑置之。連饑荒都知道什麼是電腦，反觀……嗯，**他**除了東晃西晃，也沒做多少事，只是他晃得還頗有格調。戰爭突然想到，戰爭有一天可能結束、饑荒或許有盡頭，連汙染都可能絕跡，也許這就是為什麼第四位、同時也是最偉大的那位騎士從來就不算在這群傢伙裡。就像是你的橄欖球隊裡有個稅務稽徵員。當然，要是他跟你同夥，那當然很棒，但你不會想在完事後約他去酒吧喝一杯、打打屁。在他面前，你不可能百分之百放鬆。

---

[82] O.K. Corral，美國西部拓荒史中最知名的槍戰，後來用來象徵法治與公開盜匪活動之間的鬥爭。

死亡的眼光越過汙染瘦巴巴的肩膀時，有好幾個士兵跑著穿越他的身體。

那些亮晶晶的東西是什麼？他說，用的是明知自己聽不懂答案、卻想讓人認為他很感興趣的語調。

「七段兩極光顯示器。」青年說。他戀戀地摸著一組繼電器，在他的撫觸下，繼電器的保險絲熔斷了，接著他在電子乙太上放了一大堆自我複製的病毒，病毒一路咻咻沿著無線電飛竄蔓延。

「真受不了那些要命的警報器。」饑荒嘀咕。

死亡心不在焉地打響指。一堆汽車警報器咯咯叫了一會兒後就停止運轉。

「會嗎？我還滿喜歡它們。」汙染說。

戰爭把手伸進另一個金屬櫃裡。她得承認這跟她原先料想的情況不一樣，可是她的手指滑過（有時候還穿過）電力設備時，有種熟悉的觸感，很像你手上握著劍，一想到這把劍能把整個世界、連帶世界上空的部分天際都籠罩住，她就有一種躍躍欲試的刺激感。**這把劍**愛她。

一把火焰劍。

把劍隨便亂擺十分危險，這點人類一直沒學好，不過人類**已經**竭盡其有限的能力，確保這種尺寸的劍有很大機率無意中被拿去揮舞。那真是個令人振奮的想法啊。無意中把自己的星球炸成碎片，以及經過精心布置才炸掉自己的星球，人類讓這兩者顯得有所不同，這還不賴。

汙染猛地將雙手探進另一列昂貴的電力設備裡。

引狼入室的警衛一臉困惑。他注意到基地那邊有陣騷動，他的無線電似乎除了雜訊之外什麼都接收不到，他的目光一次又一次被眼前的那張識別卡緊緊吸住。

在他服役期間，他看過許多識別證——軍方、中央情報局、聯邦調查局，甚至蘇聯國安局。不過，身為年輕士兵，他還沒體會到，越是名不見經傳的機構，識別證就越搶眼。

這張識別證真是亮眼得**嚇人**。他又讀了一次，嘴唇蠕動，一路從「不列顛國協護國公明令並要求」念到強制徵收所有易燃物、繩索、生火用油的部分，然後再到獵巫軍首席副官（受造物齊聲稱頌天主並令姦淫退避三舍者．史密斯）的簽名。紐特一直用拇指擋住「每名女巫九便士」那部分，然後試著擺出詹姆士龐德的模樣。

到最後，絞盡腦汁的警衛找到一個他覺得自己認得的字。

「這是什麼？」他滿腹疑竇，「我們應該把娘炮[83]交給你？」

「噢，一定要，」紐特說：「我們要燒。」

「你說什麼？」

「要拿來燒。」

警衛笑開來，他們還跟他說英格蘭人很溫和呢。「好樣的！」他說。

有個東西壓進他腰背。

「把槍丟下，」站在他後面的阿娜西瑪說：「要不然，我接下來要做的事，會讓我自己非常遺憾。」

嗯，那倒是真的，看到那男人全身僵硬時，她心想，他要是不把槍扔到地上，那麼他就會發現我手上拿的原來是樹枝，那我就會為了自己不得不慘遭射殺而備感遺憾。

在正門那邊，湯瑪士．A．戴森柏格中士也碰到狀況。一名身穿髒兮兮防水膠布雨衣的矮小男人不停用指頭指著他，一面還喃喃自語。有位長相跟他媽有點兒像的女性以急切的語氣跟他說話，還不時用不同的嗓音打斷自己的話。

---

[83] faggot，在紐特的獵巫識別證上指的是乾柴，用來燒女巫，但警衛直接解讀為貶抑男同性戀的字眼。

「請讓我們跟負責的人談一下，這真的非常非常重要。」阿茲拉斐爾說：「我真的必須請求他說的沒錯，你知道的，如果他在說謊，我看得出來是的，感謝，如果你能幫幫忙讓我繼續說下去，我想我們真的會有一點進展好啦多謝我只是想幫你說點好話對！呃。你剛剛正要請他對對對，好……現在呢——」

「你看到我的指頭沒？」薛德威爾大吼，理智只剩一條岌岌可危的長線跟他勉強相連。「你看到沒？小夥子，這根指頭可以把你送去見造物主！」

戴森柏格中士盯著那離他臉不過幾寸的指甲，指甲又黑又紫。做為進攻的武器，這根指頭的等級不可小覷，用在煮菜上尤然。

電話裡只傳來靜電干擾聲。上級交代不可任意離開崗位。他在越南受的傷又開始發作㉗。他在想，射殺非美國公民會給自己惹上多少麻煩。

四輛腳踏車停靠在路旁，離基地還有一小段距離。沙地上的輪胎痕跡及一小堆漏油顯示有其他過路人曾在那兒短暫停留。

「我們幹麼停下來？」裴潑說。

「我在思考。」亞當說。

好難噢。他知道，屬於**他自己的**那部分腦袋還在，可是正拚命掙扎著浮在混亂的黑暗之泉泉頂。不過，他清楚得很，他的三名同伴是不折不扣的人類。以前他讓他們惹過麻煩，像是扯破衣服、零用錢被扣掉等等，可是這一次會遭受的處罰，肯定要比禁足、被迫清理自己房間等要嚴重得多。

話說回來，也沒別的幫手了。

「好了，」他說：「我想，我們需要一些東西。我們需要一把劍、一頂頭冠還有一把秤子。」

他們瞪著他看。

「什麼？現在要？」布萊恩說：「這裡又沒有那些東西。」

「很難說。」亞當說：「如果你想到遊戲以及……你知道，我們玩過的那些……」

讓戴森伯格中士笑破肚皮的事情如下：有輛車子停靠過來，因為沒輪胎，所以飄離地面幾寸。車子也沒烤漆。後頭倒是冒著一股藍煙，停妥時車子**乒乒乒**響著，是金屬從極高溫冷卻下來所發出的聲音。車窗看來好像裝有霧面玻璃，不過這只是一種效果，只是一般的玻璃窗，但車內布滿煙霧。駕駛座的車門打開，一團嗆人的煙霧飄出來，接著是克羅里。

他把煙霧從臉前揮開，眨了眨眼，然後馬上把手勢轉成友善的揮手。

「嗨，」他說：「你們還好嗎？世界結束了沒？」

「克羅里，他不肯讓我們進去。」崔西夫人說。

「阿茲拉斐爾？是你嗎？洋裝很不賴。」克羅里含糊不清地說。他覺得身體不大舒服。開最後三十哩時，他必須把一噸燃燒中的金屬、橡皮跟真皮想像成一輛運作正常的汽車，而這輛賓利一直死命抗拒他。適用於各種天候的放射狀胎紋輪胎全燒個精光後，他還得讓整個東西繼續往前走，這才是最棘手的部分。當他不再想像車子有輪胎時，身邊的賓利殘塊就往下猛地一墜，癱在扭曲的鋼圈上。

他拍拍熱得足以煎蛋的金屬表面。

㉗他一九八三年在那兒度假時，在某家旅館的淋浴間裡打滑跌倒。現在單單看到一塊黃色肥皂，往事就會在腦海裡不停重播，把他折磨得死去活來。

「那些現代車啊，哪能有這麼了不得的性能呢。」他憐愛地說。

他們全瞪大了眼看他。

有道通了電的小小咯噠聲。

大門升起。有股擋不住的力量正往這柵門上施力，電動引擎外殼發出一陣機械式的呻吟，它面對這股力量只好投降。

「嘿！」戴森柏格中士說：「是你們哪個蠢蛋幹的好事？」

咻。**咻**。**咻**。**咻**。還有一隻小狗，牠快跑的腿模糊成一片。

他們全瞪著四道死命踩著踏板的身影，四道身影一個低頭穿過柵門，消失在營地裡。

中士努力回過神來。

「嘿，」他說，可是這回語氣虛弱多了，「那些小鬼的腳踏車籃子裡，有沒有放什麼一臉屎樣但很友善的外星人？」

「我覺得沒有。」克羅里。

「那麼，」戴森柏格中士說：「他們麻煩可大了。」他舉起槍來。他已經袖手旁觀太久，該是行動的時候了。可是他老想到肥皂。「還有你們也是。」他說。

「我警告你——」薛德威爾開口。

「我們已經拖太久了，」阿茲拉斐爾說。「克羅里，麻煩處理一下吧，這裡有個好傢伙。」

「什麼？」克羅里說。

「我是好人，」阿茲拉斐爾說：「你總不能期望我——噢，管他的。努力做正派的事又得到什麼好處了？」他打了個響指。

就像老式的閃光燈泡，啪地一聲，戴森柏格中士不見了。

「呃。」阿茲拉斐爾說。

「看吧？」薛德威爾說，他還是搞不懂崔西夫人的分裂人格到底是怎麼回事，「輕而易舉。妳緊緊跟著我就會平安無事。」

「幹得好啊！」克羅里說：「真沒想到你也有這方面的天分。」

「是啊，」阿茲拉斐爾說：「其實我自己也沒想到。真希望沒把他送到什麼恐怖的地方去。」

「你現在最好適應這檔子事，」克羅里說：「你只是把他們送走了。最好別擔心他們的去向。」他一臉興致勃勃，「你不打算把我介紹給你的新身體嗎？」

「噢？對喔，對喔，當然要。崔西夫人，這是克羅里。克羅里，這是崔西夫人。真是幸會啊。」

「我們進去吧。」克羅里說。他哀傷地望著賓利的殘骸，然後振作精神。一輛吉普車堅定地駛向大門，車裡看起來像是擠滿了準備要吼著問話及開槍射擊的人，而且他們才不會費心煩惱到底要先開槍還是先問話。

他精神大振。這是他較擅長的領域。

他把雙手拔出口袋，舉起來，擺出李小龍的姿勢，接著笑得像李・范克理夫[84]。「啊，我們的交通工具來了。」

他們把腳踏車停在低矮的樓房前，溫思雷代爾謹慎地鎖上自己那輛。他的作風就是那樣。

「這些人看起來會是什麼樣子？」裴潑說。

「可能有各種樣子吧。」亞當疑惑地說。

---

[84] Lee van Cleef（1925-89），美國電影明星，主要在西部片與動作片中演出反派角色。

「他們是大人，是吧？」裴潑說。

「對，」亞當說：「我想，比你見過的大人都還要大。」

「跟大人對抗，每次都沒什麼用，」溫思雷岱爾陰鬱地說：「吃不了兜著走的老是小孩。」

「你們不用跟他們對抗，」亞當說：「你們只要照我說過的做就可以了。」

「那一夥」望著他們帶來的東西。就拯救全世界而言，這些工具看來並不怎麼有用。

「那我們要怎麼找到他們？」布萊恩懷疑道，「我記得我們開放參觀日來的時候，這裡全都是房間什麼的。一大堆房間，還有閃個不停的燈。」

亞當盯著那些樓房沉思。警報器還在叫個不停。

「嗯，」他說：「**我**覺得——」

「嘿，你們這些小鬼在這幹麼？」

那個嗓音並不全然在威脅，而是在做最後一搏。這嗓音屬於某位軍官，而這軍官剛剛才花了十分鐘想搞懂這個莫名其妙的世界，在這個世界裡，警報器大響、門怎麼推也推不開。兩名同樣心煩氣躁的小兵站在他後面，都有點不知所措，不曉得該怎麼對付四個矮不隆咚、外表明顯是白種人的少年（其中一個疑為女性）。

「你不用擔心我們，」亞當輕快地說：「我們只是到處逛逛而已。」

「你們現在就——」上尉開口。

「去睡覺吧，」亞當說：「你們就呼呼睡吧。這裡的士兵全去睡，這樣你們就不會受傷了。**現在**你們全都去睡。」

上尉瞪著他看，拚命想集中目光。接著他猛地往前踉蹌。

「酷喔，」裴潑說，其他士兵也癱倒下去。「你怎麼弄的？」

「嗯，」亞當謹慎地說，「《男孩子的一百零一種活動》裡催眠的那部分，我們一直都試不成，有沒有？」

「嗯？」

「嗯，就跟那個一樣啊，只是現在我找到訣竅了。」他轉身，再度面對通訊大樓。

他打起精神，伸展身體，把習以為常、舒舒服服的吊兒郎噹姿態，伸展成泰勒先生會引以為傲的抬頭挺胸。

「好了。」他說。

他思忖半晌。

接著他說：「過去瞧瞧吧。」

如果你把世界拿開，只留電力系統，那麼就會像是一件最精緻的細絲工藝——一顆球體，上面有閃爍的銀色線條，偶有衛星波束驟然一閃的尖銳光芒。連黑暗的區域都會有雷達及商業電臺的電波發著光。簡直就像一隻大怪獸的神經系統。

在這個電力網上，四處都是城市形成的節點，可是大部分電力僅僅算是肌肉系統，只跟粗活兒有關。不過，五十年以來，人們一直給電力裝上腦袋。

現在電力活起來了，就像大火活起來一樣。開關熔壞。繼電器的保險絲燒斷，使得電路不通。矽晶片上的微型結構看起來就像洛杉磯的街道圖，晶片中央現在打開了全新的通路。幾百哩之外，地下的房間裡鈴聲大作，人們恐懼地盯著某些螢幕上的資訊。在祕密的空心山裡，笨重的鋼門牢牢關上，留在門另一邊的人只能死命重重捶著門，急著想控制已經熔化的保險絲盒；一區區的沙漠跟凍原向一旁滑開，讓新鮮空氣進入原本由空調控制的墳塚，粗劣的形體沉重地升到地面就定位。

電力之河流往不該去的地方，從正常的河床上退了潮。城市裡交通號誌燈停擺了，接著是街燈，再來所有的燈光全熄了。涼風扇的轉速慢下來，要轉不轉，最後動也不動。暖氣在黑暗中漸漸消逝。電梯卡住了。廣播電臺鯁住般終止播出，撫慰人心的音樂也停了。

曾有人說過，文明跟野蠻之間的距離不過是二十四小時又兩餐。

黑夜在旋轉中的地球上緩緩蔓延。本來地球應該布滿針孔似的小光點。但是並沒有。

下面有五十億人口。即將要發生的事會讓野蠻時期看起來輕鬆愉快——灼熱、齷齪，最後由螞蟻來接管。

死亡挺直身子。他似乎專注地聆聽。他用什麼來聽，隨人去猜。

他到了，他說。

另外三位抬起頭來。他們站在那裡的樣子有點不一樣，但幾乎看不出來。死亡開口說話的前一刻，**他們**（這四位身上不以人類方式走路、說話的那部分）已經包覆了全世界。現在他們回來了。

差不多是這樣。

他們有點兒怪。現在不是穿了不合身的衣服，而是彷彿套了不合的身體。饑荒看來像沒調準的電臺頻道，他古老又可怖的基本人格就像靜電干擾一樣，把之前的主要訊號（討喜、積極進取的成功生意人）給掩蓋過去。戰爭的皮膚因為汗溼而發亮。汙染的皮膚就只是發亮。

「全都……處理好了，」戰爭有點費力地說：「它會……順其自然發展。」

「不只是核子，」汙染說：「還有化學物質。好幾千加侖的東西……裝在小儲存罐裡，全世界到處都有。美妙的液體……名字有十八個英文字母那麼長。還有……老式的備用品。隨你高興，你想得到的都有。鈽會讓人悲痛好幾千年，不過砷可以會讓世界萬劫不復。」

「然後……是冬天，」饑荒說：「我**喜歡冬天**。冬天有某種……**清爽**的感覺。」

「壞樹結不出好果子。」戰爭說。

「再也不會有水果了。」饑荒斷然說。

只有死亡沒改變。有些事情就是不會改變。

天啟四騎士離開這棟建築。汙染雖然還在走路，可是很顯然給人一種印象：他正慢慢滲出東西來。

阿娜西瑪跟紐特．普西法都注意到了。

這是他們最先踏入的屋子。待在建築物裡面似乎比待在雞飛狗跳的外頭安全多了。阿娜西瑪推開一道上面覆滿標誌的門，標誌指出，開了這道門可能會有致命危險。但是她才輕輕一碰，門就自行彈開。兩人一走進去，門就關起來並自動上鎖。

四騎士走進來以後，兩人沒太多時間討論門自動上鎖這件事。

「他們是什麼？」紐特說：「某種恐怖分子嗎？」

「以非常良準的定義來說，」阿娜西瑪說：「我想你說對了。」

「他們在談什麼詭異的事？」

「可能是世界末日，」阿娜西瑪說：「你看到他們的氣場了嗎？」

「我想我沒看到。」紐特說。

「很不對勁。」

「噢。」

「其實，是負面的氣場。」

「噢？」

「跟黑洞一樣。」

「那就很不好了，對不對？」

「沒錯。」

阿娜西瑪瞪大眼睛望著一排排金屬櫃子。這回可不是好玩的，而是來真的，即將帶來世界末日（或者至少讓部分世界走向終結，而這部分所占的空間，大約是下往地底延伸兩公尺、上往天際延伸至臭氧層）的機械裝置，這會兒正前所未有地不照牌理出牌：沒有閃著燈的紅色大圓筒，也沒有繞成一團的電線擺出「把我剪斷」的模樣，更沒有可疑的大型數字燈正往零倒數計時，好讓人能在短短幾秒鐘內扭轉乾坤。相反，那些金屬櫃子一副厚實沉重的模樣，讓千鈞一髮的英雄主義使不上力。

「什麼順其自然發展？」阿娜西瑪說：「他們一定幹了什麼勾當，對不對？」

「可能有可以關掉的開關吧？」紐特無能為力地說：「我確定，如果我們到處找找看——」

「這些東西都接有線路，別傻了，我還以為你懂這種事。」

紐特點點頭，走投無路。這跟《簡易電子學》的內容實在有天壤之別。

為了搞清楚狀況，他朝其中一個金屬櫃的後方看了看。

「世界性的通訊設備，」他含糊地說：「你幾乎什麼都能辦得到。調節主要的電力，然後跟衛星連線。幾乎什麼都能。你可以」——**茲茲**——「唉呀，你可以」——**呲呲**——「噢，什麼事」——**呲嚓**——「啊，都能」——**嚓嚓**——「喔。」

「你在裡面的進展如何？」

紐特吸吮著指頭。到目前為止他找不到像是電晶體的東西。他用手帕裹住手，然後把幾個配電盤從插座上扯出來。

有一回，他訂閱的電子學雜誌中有一家發行了一種惡搞線路，他們拍胸脯保證，這個線路一定不能用。最後他們還以某種好笑的方式說，你們這些笨手笨腳的火腿族，這裡有你們能組裝的東西，如果這線路動也不動，那就表示它運作正常。它裡面的二極真空管裝反了、電晶體上下顛倒、電池沒電，但紐特把它組裝起來，它卻能接收到莫斯科廣播電臺。他寫了一封抱怨信給雜誌，可是他們從來都沒回信。

「我真不知道我這樣做有沒有用。」他說。

「詹姆士龐德只需要拆東西。」阿娜西瑪說。

「不只是拆東西吧。」紐特說，他的耐性就要磨光了──「而且我也不是」──**茲茲**──「詹姆士龐德。如果我是」──**呼呲**──「壞人老早就拿出所有毀滅世界的武器，然後跟我說它們有他媽的多好用，不是嗎？」──**呼茲噗**──「只是在現實生活裡，事情並不會變那樣！我**不**知道到底發生了什麼事，而且也**阻擋不了**。」

雲在地平線上翻滾，上方的天際依舊清澈，扯開空氣的只有輕柔的微風、但那可不是尋常的空氣。空氣看起來彷彿結晶了，所以你會有種感覺，自己若轉頭張望，或許會看到新的局面。空氣閃閃發光。如果你不得不用文字來形容，**瀰漫**一詞可能會悄悄溜進你心裡。空中瀰漫著無形的存在體，只等著時機一到就要幻化成分量十足的實體。

亞當向上一瞥。在某種意義上，頭頂上方只有清澈的空氣。但就另一種意義來看，來自天堂與地獄的大軍已布滿天際，翅膀尖碰著翅膀尖站著，蓄勢特發。如果你真的看得很仔細，而且先前還經過特殊訓練，就能看出差別。

世界好似一個泡沫，靜寂就將這泡沫牢牢握在掌心。

那棟樓房的門突然大開，末日四騎士走了出來。此時其中三人只剩一絲人類的影子──看似由他們的本質或他們代表的事物所組成的人形物體，這讓死亡看起來反倒變得很親切。他的皮大衣及黑色護面全罩頭盔已經變成蒙頭斗篷，可是這也不值一提。一具骷髏，即使是行進中的骷髏，至少還是人類。每個生物體內都潛伏著某種死亡。

「重點是，」亞當急切地說：「他們不是真的。他們就像是噩夢，真的。」

「可、可是我們又沒睡著。」裴潑說。

狗狗嗚嗚哀鳴，想躲到亞當身後。

「那個看起來像是融化了。」布萊恩指著汙染那具走過來的人形說。如果那還能稱為「人形」的話。

「你說得對，」亞當打氣道，「他們不可能是真的，對不對？常識嘛。那種東西哪有可能是**真的**呢。」

末日四騎士在幾公尺之外停下來。

完成了，死亡說。他稍微前傾，用沒有眼珠的眼睛盯著亞當看。很難看出死亡是否覺得詫異。

「是，嗯。」亞當說：「問題**是**，我不想要。我從來就沒**要求**要這樣。」

死亡瞥了另外三位一眼，接著回頭望著亞當。

他們後面有一輛吉普車歪歪扭扭地停了下來。他們理都不理。

我不明白，他說，**正因為有你存在，世界便得終結。這是寫明的**。

「我實在不懂為什麼會有人要去寫那種東西。」亞當鎮靜地說：「這世界到處有各種精采的東西，我都還沒探索完，所以在我有機會好好認識世界之前，我不想要有人在這世上亂來或把世界結束掉。所以你們全都可以離開了。」

（「就是那一個，薛德威爾先生，」阿茲拉斐爾話聲未落，語氣已經越來越不確定，「就是……穿……T恤的那一個……」）

死亡瞪著亞當。

「你是……屬於……我們這一邊的。」戰爭說，她的貝齒有如美麗的子彈。
「已經完成了，我們就要讓……這……世界……改頭換面了。」汙染說，他的聲音就像某種陰險的東西從腐蝕的桶子漏進陰溝中。
「你……領導……我們。」饑荒說。
亞當遲疑了。他內在的聲音仍舊高喊著沒錯，也高喊著這個世界是他的，他只消轉身並帶領四騎士出征，橫掃這顆不知所措的星球。他們跟他是同一類人。
上方的層層天空中，無數人馬正等著那個字。
(「你不會要我對他開槍吧！他只是個小鬼頭欸！」
「呃，」阿茲拉斐爾說：「呃。是啊。我們可能最好再等一下，你意下如何？」
「你是說等他長大嗎？」克羅里說。)
狗狗開始咆哮。
亞當看著「那一夥」。**他們**跟他也是同一夥兒的。
你就是得決定誰才是你真正的朋友。
他轉身面向四騎士。
「把他們抓起來。」亞當沉靜地說。
他嗓音裡原本的吊兒郎噹與含糊全不見了。他的聲音裡有種奇特的和聲。沒有人類能不乖乖服從那樣的聲音。
戰爭笑了，滿心期待地望著「那一夥」。
「小男孩，」她說：「你們玩著自己的玩具。想一想我能提供你們的玩具吧……想一想所有**遊戲**吧。小男孩啊，我可以讓你們愛上我。拿著小小槍的小男孩。」

她又笑了，可是當裴潑向前踏步，舉起一隻顫抖的手臂時，戰爭那有如機關槍似的咯咯笑聲就沉寂了下來。

那不算是一把劍，但如果你只有兩塊木頭和一條線，做出來最棒的東西也不過如此。戰爭瞪著它。

「**我懂了，**」她說：「單挑是嗎？」她拔刀出鞘，劍刃發出的聲音就像用手指頭抹過酒杯。

兩劍相交，爆出一陣閃光。

死亡望著亞當的眼睛。

有道可悲的錚錚聲。

「別碰！」亞當厲聲說，頭動也不動。

「那一夥」眼睜睜看著那把劍在水泥地上劇烈搖晃，直到停止不動。

「『小男孩兒』。」裴潑厭惡地嘀咕著。遲早大家都要決定自己是屬於哪一邊。

「可是，可是，」布萊恩說：「她好像被吸進那把劍裡——」

亞當與死亡之間的空氣開始顫動，彷彿被一股熱浪圍住。

溫思雷岱爾抬起頭來，直勾勾地望著饑荒深陷的眼睛。他拿起某種東西，是用更多線和更多小細枝做成的，如果稍微有點想像力，就可以當成一把秤子看。然後他拿起秤子猛繞著自己的頭甩。

饑荒伸出一隻手臂保護自己。

又有一陣閃光，然後是銀製天秤在地上彈跳的哐噹響。

「別……碰……」亞當說。

汙染已經拔腿要逃，或至少是要盡快流走，可是布萊恩從自己的頭上火速抓起草莖纏成的圓環，扔了出去。有一股力量從他手中取走圓圈，讓原本不會如此有力的圓環像鐵餅一樣呼呼飛了出去。

這一回，一大團黑煙裡爆出一道紅色的小火焰，聞起來有油的味道。

一陣尖細微弱的翻滾聲，一具發黑的銀製頭冠從黑煙裡滾了出來，然後不停打轉，發出的聲音就像轉動的硬幣慢慢停了下來。

至少這次不需別人警告別碰。頭冠發亮的樣子不像正常的金屬。

「他們會去哪裡啊？」溫思雷說。

他對著亞當微笑。

他們的歸屬之地，死亡說，仍與亞當互相對望。**回到他們一直以來存在的地方。回到人心裡面**。

有一陣撕裂聲。死亡的斗篷裂成兩半，翅膀展開來。是天使的翅膀，可是沒有羽毛。它們是黑夜之翅，翅膀的形狀切開了天地萬物，一路伸進地底的黑暗。在那裡，有幾道遙遠的光點閃爍，那些光點可能是星辰，也可能是全然不同的東西。

可是我呢，他說，**我跟他們不同。我是死神，我生為萬物的影子。你無法毀掉我，因為那也會毀掉整個世界**。

他倆眼神裡的熱度漸消。亞當搔搔鼻子。

「噢，很難說。」他說：「搞不好會有什麼辦法。」他也回以一笑。

「反正，現在事情要結束了。」他說：「跟那些機器有關的所有事。現在這時候，你一定要照我說的做，而我說事情要結束。」

死亡聳聳肩。**事情已經漸漸結束了**，死亡說。**沒有了他們**，他指著三位騎士的可悲殘跡，**就無法進行。正常能趨疲**[85]**獲勝**。死亡舉起骨瘦如柴的手，擺出像是致敬的動作。

---

[85]「能趨疲」是熱力學名詞，指的是能量不滅，只會由高品質的能量型態轉變成低品質的能量型態，或是成為沒有利用價值的能量型式。能量的轉換不可逆轉，但是會隨著時間逐漸耗散，這個過程就稱為「能趨疲」。

他們會回來的，死亡說。**他們從來就沒遠離過**。

死亡拍了拍翅膀，就這麼一下，卻像是一記響雷，死亡天使消失無蹤。

「好，現在呢，」亞當對著空盪盪的空氣說：「很好。不會發生了。他們啟動的所有事情——**現在都必須停止**。」

紐特絕望地瞪著擺放設備的架子看。

「還以為他們有說明手冊什麼的。」他說。

「我們可以查查看阿格妮思有沒有說什麼。」阿娜西瑪主動提議。

「噢，是喔，」紐特挖苦，「那還真有道理，不是嗎？用十七世紀的指南手冊，看能不能幫忙破壞一下二十世紀的電子設備？阿格妮思．納特對電晶體知道些什麼？」

「嗯，我爺爺在一九四八年時巧妙地解釋了３３２８，結果做了一些非常精明的投資。」阿娜西瑪說：「她當然不會知道這些東西日後會叫什麼，而且大體上對電力也沒什麼把握，可是——」

「我只是說說而已。」

「反正你也不用讓它運作。你得把它停下來。做那種事又不需要什麼知識，需要的是無知吧。」

紐特呻吟。

「好吧，」他疲倦地說：「我們就試試吧。來道預言吧。」

阿娜西瑪隨意拉出一張卡片。

「『他並非他所聲稱的自己』。」她讀出聲，「１００２。很簡單。有想法嗎？」

「好吧，聽我說，」紐特可憐兮兮地說：「現在實在不是講這件事的時機，可是，」——他嚥了嚥口水——「其實我對電力的東西不怎麼在行。實在不怎麼拿手。」

「我好像記得你說你以前是電腦工程師。」

「那是誇大的說法。我是說，就跟妳可能聽過的吹牛差不了多少。其實，說真的，我想，那比妳知道的言過其實要誇張一些。我乾脆就老實招了吧，」紐特閉上雙眼，「那其實是不實的說法。」

「你是指說謊？」阿娜西瑪輕快地說。

「噢，我倒是不會說得**那麼**過分。」紐特說。「雖然，我其實不是電腦工程師。完全不是。恰恰相反。」他補充。

「跟工程師相反的是什麼？」

「如果妳堅持要知道，那就是：每一次我努力要讓電器用品好好運轉時，它就會罷工。」

阿娜西瑪對他投以燦爛的微笑，動作誇張地擺出姿勢，就像魔術師在舞臺上表演時，滿身金屬亮片的美女助手向後一站讓大家看到戲法的那一刻。

「噠——啦——」她說：「修吧。」

「什麼？」

「讓它運轉得更好。」她說。

「我不知道，」紐特說：「我不確定自己有辦法。」他將手搭在最近的櫃子上。

某個東西發出的聲音突然停了，他先前並未意識到自己一直聽得見那聲音，遠方發電機的哀鳴聲也漸漸減弱。儀表控制板上的燈光閃爍不定，接著大部分的燈都熄了。

世界各地一直在跟開關奮戰的人們發現開關又能動了。電路的斷路器打開，電腦不再規畫第三次世界大戰，回頭繼續無聊地掃描平流層。在新地島下方的地下碉堡，人們發狂地想扯掉保險絲，卻發現保險絲已經掉到自己手上；在懷俄明州跟內布拉斯加州，地下碉堡裡穿著工作服的人不再尖叫或拿槍朝彼此揮舞，要是在飛彈基地裡可以喝酒，他們準會來上一罐。基地禁酒，但他們不管，還是來上一杯。

燈又亮了。文明從滑向失序的路上停了下來。人們開始寫信給報社，抱怨這陣子大家老為了芝麻小事反應過度。

在泰德田，機器不再發出恐嚇聲。機器內部有某種跟電力無關的東西已經離開了。

「天哪。」紐特說。

「看吧，」阿娜西瑪說：「你**修好**了！你絕對可以相信阿格妮思，聽我的準沒錯。現在咱們離開這邊吧。」

「他並不想毀了這世界！」阿茲拉斐爾說：「我不是老跟你說嗎，克羅里？如果你多花點心思瞧瞧，在每個人的內心深處，你會發現他們真正的本質都相當——」

「還沒結束。」克羅里斷然說。

亞當轉過身來，看來是第一次注意到他倆。克羅里不習慣有人那麼快認出他，可是亞當盯著克羅里，彷彿克羅里一輩子的歷史就貼在後腦杓，而亞當正在讀。一瞬間他明白何謂真正的恐懼。他向來以為自己以前的感受是貨真價實的，可是跟這種嶄新的體驗一比，那只算是卑微的膽怯。下頭的那些人能終結你的存在，嗯，心狠手辣地折磨你。可是這個小鬼只消動個念頭，不只能終結你的存在，可能還有辦法動個手腳，讓你自始至終從未存在過。

亞當的目光掃向阿茲拉斐爾。

「請問一下，為什麼你是兩個人？」亞當說。

「這個嘛，」阿茲拉斐爾說：「說來話——」

「這樣不對，有兩個人，」亞當說：「我想，你們最好變回分開的兩個人。」

沒有炫目的特效。只有坐在崔西夫人身邊的阿茲拉斐爾。

「噢，感覺刺刺的。」她說，從頭到腳打量阿茲拉斐爾。「唷，」她語氣有點失望。「不知為何我還以為你會更年輕。」

薛德威爾嫉妒地怒視天使，大刺刺撥弄著前膛槍的擊鐵。

阿茲拉斐爾朝下瞧瞧自己的新身體，很不幸，那跟他的舊身體沒兩樣，雖說大衣比較乾淨。

「嗯，結束了。」他說。

「還沒，」克羅里說：「沒有。還沒呢，你聽我說。還早。」

現在頭頂上方**有了**積雲，像一鍋沸滾的寬扁義大利麵。

「你聽我講，」克羅里說，語調因沮喪鬱悶而顯得沉重，「事情沒那麼簡單。你以為就因為某位老公爵遭射殺、某人把別人的耳朵給切掉，或是有人把飛彈安置在錯誤的地點，戰爭就開打了？事情不是那樣。那只是，嗯，只是推論而已，跟戰爭一點關係都沒有。真正引發戰爭的，是雙方眼裡容不下對方，壓力慢慢高漲，接著任何事都會引發戰爭。什麼都會。好傢伙……呃……你叫什麼名字啊？」

「亞當．楊恩。」阿娜西瑪說，一面大步走近，紐特落在後頭。

「沒錯。我叫亞當．楊恩。」亞當說。

「幹得不賴。你拯救了這個世界，去休個半天假吧。」克羅里說：「可是結果並不會真有什麼差別。」

「我想你說的沒錯，」阿茲拉斐爾說：「我確定我們的人馬**想要**哈米吉多頓。真是悲哀。」

「有人介意跟我們講一下這是怎麼回事嗎？」阿娜西瑪雙手抱胸，嚴厲地問道。

阿茲拉斐爾聳聳肩。「說來實在話長。」他開口。

阿娜西瑪聳起下巴，「那就說吧。」

「嗯，在創世之初——」

電光一閃，擊中地面，離亞當不過幾公尺遠，然後停在原地。那是一根發出滋滋聲的寬座柱狀物，彷彿狂暴的電力正往某個隱形的模子直灌下。人們向後退，抵著吉普車。

閃電消失了，一個由金色火焰形成的年輕人站在原地。

「噢，天哪，」阿茲拉斐爾說：「是他。」

「他誰啊？」克羅里。

「神之聲，」天使說：「大天使邁塔頓。」

「那一夥」全瞪大了眼。

然後裴潑說：「不是，才不是咧。邁塔頓是塑膠做的，有雷射砲，還可以變身成直升機。」

「妳說的是變形金剛密卡登，」溫思雷岱爾虛弱地說：「我就有一隻，可是頭掉了。我想這個不一樣。」

邁塔頓美麗又空洞的眼光落在亞當．楊恩身上，然後眼光猛然轉向身邊的水泥地，水泥地正在沸騰。

有個人形從翻攪的地面升起，活像默劇裡的魔王，只不過，若這種魔王曾出現在默劇裡，這場默劇的觀眾就沒人能活著走出來，而且事後還得找神父去燒掉場地。它跟另一道人形相差無幾，只除了火焰是血紅色。

「呃，」克羅里說，努力縮進座位裡，「嗨……呃。」

紅色東西朝他瞥一眼，就一下，彷彿在他身上做了記號以便日後吞了他，接著盯著亞當看。它開口時，聲音就像百萬隻蒼蠅同時急急忙忙起飛。

它嗡嗡說出一個字，聽到這個字的人類會有種脊椎上有把銼刀掠了過去的感覺。

它在跟亞當說話，亞當說：「啊？不是。我說過了，我叫亞當・楊恩。」他上上下下打量著對方。「你叫什麼？」

「鬼王別西卜⑧，」克羅里補充，「蒼蠅之——」

「謝了，克囉里。」別西卜說：「我們等下一定要好好談談。我切定你有話跟我說。」

「呃，」克羅里說：「嗯，你聽我說，事情是這樣——」

「安靜！」

「好，好。」克羅里趕忙說。

「現在呢，亞當・楊恩，」邁塔頓說：「你對此事的協助，我方當然銘感在心，不過我方還是要說：哈米吉多頓大戰**現在**就得上場。暫時會有一些不便，可是並不會阻撓終極之善的到來。」

「啊，」克羅里向阿茲拉斐爾竊竊低語，「他的意思是，為了拯救世界，我們得先毀滅它。」

「至於那會煮撓什麼事，到目前還不清楚，」別西卜嗡嗡說著，「不過，**現在**就得找出來了，男孩。那是您的命運。沼就寫好。」

亞當深吸一口氣。旁觀的凡人則是憋住氣，而克羅里跟阿茲拉斐爾早就忘記要呼吸。

「我就是弄不懂，為什麼所有人跟所有東西都得燒光，」亞當說：「上百萬的魚、鯨魚、樹木，還有、還有綿羊跟什麼的。又不是為了什麼了不得的事，只是想看誰的幫派最厲害。那就跟我們和強生派一樣。不過就算你們贏了，也不可能真的把對方打敗，因為你們不想真的打敗他們。我的意思是，不會一了百了。你們只會全部重來一次。你們只會繼續派人過來，像這兩個。」他指著克羅里跟阿茲拉斐爾，「搞得人類亂七八糟。還沒有別人過來亂搞的時候，當人類就已經夠難了。」

---

⑧ Beelzebub，《新約》中趕鬼的鬼王別西卜，在《失樂園》中是僅次於路西法的墮天使。

克羅里轉身面向阿茲拉斐爾。

「強生派？」他低語。

天使聳聳肩。「我想，是早期叛離的教派吧，」他說：「某種諾斯底教派吧。像是奧菲教派。」

他皺起眉頭。「也許他們是賽特派的？不是，我想的是奉餅派[87]。老天。真抱歉，他們有好幾百個支派，很難一一記清楚。」

「搞得人類亂七八糟……」克羅里咕噥著。

「那無關緊要！」邁塔頓喝叱。「創造天地、創造善與惡的重點在於——」

「我實在不懂，把人類創造成人類的樣子，然後當他們用人類的方法做事時又不高興，這樣有什麼了不起。」亞當嚴厲地說：「反正，如果你們別再跟人類說等他們死了以後一切都會沒事，那他們或許會趁自己還活著的時候好好處理一切。如果由我來管，我會想辦法讓大家活久一點，就像瑪土撒拉一樣。這樣會有趣得多，而且他們可能會開始反省自己對環境跟生態做了什麼事，因為他們還要在地球住上一百年。」

「啊，」別西卜說，他真的開始漾起笑容。「你想統治世界。蔗樣更像令……」

「那些事我全都想過了，可是我不想要。」亞當說，回過半個身子，朝「那一夥」打氣似地點點頭。「我是說，有些事情是可以好好改變一下，可是我想接下來大家就會不斷來找我，整天要我解決所有事，幫他們除掉垃圾啦、弄更多樹木啦，那有什麼好處？就像要幫大家整理房間一樣。」

「你連**自己的**房間都從來沒整理過，」裴潑站在他後面說。

「我講的又不是**我自己的**房間，」亞當說，他指的是某間多年來地毯都不見天日的房間。「我講的是普遍的房間，又不是我個人的房間。那是一種類比。我的意思就是這樣。」

別西卜跟邁塔頓面面相覷。

「反正，」亞當說：「一直要幫裴潑、溫思雷跟布萊恩想事情做，讓他們不覺得無聊，這就已經夠難了。我有的世界就夠了，我才不要更多。不過還是謝謝你們。」

邁塔頓臉上開始出現某種神情，如同所有拜倒在亞當獨樹一格的推論的人。

「你**不能**抗拒當你自己，」他最後說：「聽好了。你的誕生與命運都是『大計畫』的一部分。事情就是**必須**照這樣發生。一切都已做好選擇了。」

「反叛是好事，」別西卜說：「但有些事是超越反叛的。你必須了解！」

「我沒反叛什麼事，」亞當用講理的語調說，「我只是把情況講出來。我覺得，你不能因為別人把事情講出來就責怪他吧。我覺得，最好別打了，先看看人類會怎麼做。如果你們不要再搞得人類亂七八糟，他們可能就會好好思考，可能就不會再把世界亂搞一通。我也不是說他們就**會**這樣，」他摸著良心補充，「不過可能會。」

「這樣說不通，」邁塔頓說：「你不能違反大計畫。你一定要**深思**。它就在你的基因裡。**深思**。」

亞當遲疑了。

黑暗的伏流隨時伺機反撲，它細細尖銳的聲音低語著，來吧，就這樣，這就是全部的意義，你必

---

87 諾斯底教派（Gnostics），西元初期活躍於地中海一帶及中亞地區的多種神祕宗教與學派，希臘文的字義是「知識」，說明其特性奠基於希臘哲學之上，是徹底的二元論，強調物質為惡、靈魂為善，因此靈界與物質界處在永恆的對抗之中。奧菲教派（Ophites）為諾斯底教派的分支，西元一百年左右於敘利亞及埃及興起。賽特教派（Sethites）也是諾斯底主義的一派，崇敬聖經裡亞當與夏娃的第三子賽特，在他們的創世神話裡，賽特是神聖的化身，因此賽特的後代子孫是人類社會裡高人一等的「選民」。奉餅派（Collyridians）是早期基督教的異端教派，在四世紀的阿拉伯有些婦女將聖母瑪麗亞奉為女神，並供奉小蛋糕或小麵包，世人對此教派所知甚少。

須遵從那項計畫，因為你就是其中的一部分——

這天很漫長。他累了。拯救世界榨乾了十一歲的身體。

克羅里雙手抱頭，「就那麼一刻，就那麼一刻，我還以為我們有機會。」他說：「他讓他們倆掙扎了一下。噢嗯嗯，本來不錯的——」

他意識到阿茲拉斐爾站了起來。

「打攪一下。」天使說。

那三人望著他。

「這個大計畫，」他說：「就是那個**不可言說**的計畫嗎？是吧？」

沉默片刻。

「是大計畫沒錯，」邁塔頓堅決地說：「你很清楚。世界轉了六千年，然後就結束在——」

「對，對，那是大計畫沒錯，」阿茲拉斐爾說。他客氣又謙卑，可是就像個在政治會議上問了道不受歡迎的問題，在得到回覆之前怎樣都不肯離開的人。「我只是要問，這項計畫也是不可言說嗎？我只想弄清楚這一點。」

「那無關緊要！」邁塔頓厲聲說，「那是同一件事，當然！」

當然？克羅里心想。他們其實並不清楚。他像個傻蛋一樣笑了出來。

「所以這一點你不是百分之百確定？」阿茲拉斐爾說。

「**不可言說的**計畫不是供我等了解之用，」邁塔頓說：「不過大計畫當然——」

「可是這個大計畫可能只是整個不可言說的一小部分，」克羅里說：「從一個不可言說的角度來看，你沒辦法確定現在發生的事情到底對不對。」

「那已被寫下！」別西卜咆哮道。

「可是在別的地方，內容可能不一樣。」克羅里說：「在你讀不到的地方。」

「用更大的字。」阿茲拉斐爾說。

「底下還畫線。」克羅里補充。

「畫了兩道線。」阿茲拉斐爾表示。

「也許這不只是在考驗世界，」克羅里說：「可能也是在考驗你們大家，是吧？」

「神不跟祂的忠僕耍花樣。」邁塔頓說，可是語調憂心忡忡。

「喂喂，」克羅里說：「你神遊到**哪兒**去啦？」

人人把目光轉向亞當。他似乎慎重思考著。

接著他說：「我不懂。寫下的東西有什麼要緊？如果牽涉到人類就不用堅持了，總是可以劃掉取消啊。」

一陣微風掃過機場，在上方天際，集結的人馬波動了起來，像海市蜃樓的幻影。

這種寧靜跟創世的前一天可能沒兩樣。

亞當站著，對著他倆微笑，一道小小的身影正好站在天堂與地獄之間。

克羅里一把抓住阿茲拉斐爾的手臂。「怎麼回事你搞懂了嗎？」他興奮地低聲嘶語，「從來沒人管教他！他照著人類的方式長大！他不是邪惡或良善的化身，他只是……**人類的**化身——」

接著：

「我想，」邁塔頓：「我需要進一步指示。」

「我也是。」別西卜說。他暴怒的臉龐轉向克羅里，「我會呈報你插手幹的好事，你等著吧。」他怒目瞪視亞當。「我不知道令尊會怎麼說……」

有道響雷般的爆炸聲。過去好幾分鐘以來，薛德威爾既恐懼又興奮又坐立難安，最後終於能控制顫抖的手指頭，扣下扳機。

彈丸穿過別西卜本來所站的空間，薛德威爾永遠不會知道沒射中別西卜有多幸運。

天空波動一下，然後變回普通的天空。在地平線附近，積雲逐漸散開。

崔西夫人打破這片沉默。

「他們還真怪。」她說。

她的意思並不是「他們還真怪」。她永遠也不可能把自己真正的想講的話表達出來，除非用尖叫的方式。不過人類的腦袋有不可思議的復原力，而說「他們還真怪」就是這快速療程的一部分。不用半小時她就會以為自己是喝多了。

「結束了嗎？你覺得呢？」阿茲拉斐爾說。

克羅里聳聳肩。「對我們兩個來說，恐怕還沒完。」

「我覺得你們兩個不用擔心。」亞當像在說教，「我很清楚你們兩個所有的事。你們別擔心。」

他看著「那一夥」的其他成員，他們正努力讓自己不轉身溜走。他似乎想了半晌，然後說：「反正也已經有太多亂七八糟的事了，可是我覺得，如果把這次的事忘掉，大家都會開心得多。不是真的**忘光**，只是不要記得一清二楚。然後我們就能回家了。」

「可是你不能就這樣放手不管！」阿娜西瑪說，挺身向前。「想想看你能做什麼！那些**好**事。」

「比如說？」亞當一副懷疑貌。

「嗯……首先，你能把所有鯨魚弄回來啊。」

他把頭偏向一邊。「這樣能阻止人類捕殺鯨魚嗎？會嗎？」

她猶豫了。如果能說「會」的話該有多好。

「如果大家**真的又**開始捕殺鯨魚，那妳接下來會叫我幫鯨魚做什麼？」亞當說：「不行。我想我現在越來越清楚怎麼回事了。我要是開始這樣亂插手，就會沒完沒了。我覺得，唯一合理的，就是讓大家知道，如果他們殺了一隻鯨魚，他們就會拿到一隻死鯨魚。」

「很負責任的態度。」紐特說。

亞當挑起一邊眉毛。

「這叫做合理。」

阿茲拉斐爾拍拍克羅里的背。「看來我們逃過一劫了，」他說：「你想想，如果我們一路都沒出錯，結果會有多恐怖啊。」

「是啊。」克羅里說。

「你的車還能動嗎？」

「我想可能得花一番工夫。」克羅里承認。

「我剛在想，我們也許能把這些好人載回城裡去。」阿茲拉斐爾說：「我欠崔西夫人一頓飯，我很確定。當然，還有她的小伙子。」

薛德威爾轉頭向後張望，接著仰望崔西夫人。

「他說啥啊？」他對著她志得意滿的臉問道。

亞當跟「那一夥」再度會合。

「我想，我們就回家了吧。」他說。

「可是，剛剛到底**出了**什麼事？」裴潑說：「我是說，有這些——」

「都不要緊了。」亞當說。

「可是你原本可以幫很多忙的——」他們晃回腳踏車那裡時，阿娜西瑪開口。紐特溫柔地拉住她的手臂。

「別那麼想了。」他說：「讓我們拋掉過去，擁抱未來吧。」

「你知道嗎？」她說：「我最痛恨的陳腔濫調裡，你剛說的那句排名第一。」

「太巧了啊，是吧。」紐特喜孜孜地說。

「你幹麼在車門上噴搶匪的名字？」

「開開玩笑嘛，真的。」紐特說。

「什麼？」

「因為我不管開到哪裡都會擋住車子、影響交通，造成堵車。」他慘兮兮地囁嚅道。

克羅里望著吉普車的控制器，一臉悶悶不樂。

「你車子的事請節哀。」阿茲拉斐爾說：「我知道你有多喜歡它。也許你盡全力聚精會神——」

「也不會跟從前一樣。」克羅里說。

「我猜也是。」

「你知道嗎，我是從新車開起的。它不是一輛車，比較像是某種全身型的防護手套。」

他抽抽鼻子嗅了嗅。

「有什麼東西在燒？」他說。

一陣輕風揚起灰塵，然後塵埃落下。空氣變得又熱又重，把這些人囚在裡面，好似糖漿裡的蒼蠅。

他轉頭望著阿茲拉斐爾恐懼的臉。

「可是已經**結束了**。」他說：「**不可能**現在發生吧！那個——那個時機已到什麼的——已經過去了！事情已經**結束了！**」

地面開始震動，傳出像是地下鐵列車的轟轟聲，不過不是行經地底，比較像是鑽上地面來。

克羅里狂亂又笨拙地打檔。

「那不是別西卜，」他大喊，叫聲高過那陣風聲。「那是**他**。他父親！這不是哈米吉多頓大戰，這是**個人恩怨**。動啊，你這該死的車子！」

阿娜西瑪跟紐特腳下的地面動個不停，把兩人拋向舞動的水泥地。黃煙從水泥縫隙間湧出來。

「好像是火山！」紐特高喊，「到底是什麼？」

「不管是什麼，那東西都氣壞了。」阿娜西瑪說。

克羅里在吉普車裡咒罵，阿茲拉斐爾把手搭在他的肩上。

「還有人類在這裡。」他說。

「對，」克羅里說。「**還有**我。」

「我是說，我們不應該讓他們碰上這件事。」

「好，怎麼——」克羅里說，然後停下。

「我是說，你想想。你跟我，這麼多年以來，我們在他們身上做的這些那些。」

「我們只是善盡職責。」克羅里咕噥著。

「沒錯。那又怎樣？歷史上有那麼多人只是善盡職責，結果看看**他們**闖了多少禍。」

「你不是在說我們該設法阻止**他**吧？」

「不會有什麼損失吧？」

克羅里正想開口，便立刻明白他不會有什麼損失。凡能失去的，他老早全都失去了，他已經大難臨頭，與此相比，他們不可能有什麼更糟的手段能拿來對付他。他終於解脫了。

他伸手朝座位底下摸了摸，找到一把輪胎撬棒。它幫不上什麼忙，可是話說回來，此時也沒什麼東西能幫得上忙。其實，在面對魔王撒旦時若手上拿著銳利武器之類的東西，只會更恐怖。因為你可能會覺得還有一絲希望，而讓情況變得更糟。

阿茲拉斐爾撿起不久前才被戰爭扔下的劍，若有所思地舉在手中掂掂重量。

「老天，離上一次我用這把劍已經有好多年了。」他喃喃低語。

「大概六千年吧。」克羅里說。

「沒錯，真的是。」天使說：「那一天還真是難忘，錯不了。往昔的好日子。」

「不盡然。」克羅里說。

「在那時候，大家都知道怎麼明辨是非。」阿茲拉斐爾痴迷地說。

「是啊，**沒錯**。你再想想吧。」

「啊，對。後來就太多管閒事了？」

「**沒錯**。」

阿茲拉斐爾舉起劍。劍身就像一根鎂棒般猛然竄出火焰，並發出**咻咻**聲。

「你一旦學會怎麼使這把劍。就永遠也忘不了。」他說。

他朝克羅里微笑。

「要是我們這回脫不了身，」他說：「我只想說……我明白，你骨子裡有一絲的善。」

「是噢，」克羅里恨恨地說：「我還真幸運。」

阿茲拉斐爾伸出手。

「很高興認識你。」他說、

克羅里回握。

「希望我們還能再見面。」他說。「還有……阿茲拉斐爾？」

「是？」

「記住，我明白，你骨子裡就是個王八蛋，所以值得人喜愛。」

一陣慌張的跑步聲，他們被薛德威爾活力四射的小小身形給推開了，他堅定地揮舞著前膛槍。

「你們這些娘娘腔的南方小鬼，要你們去殺木桶裡瘸腿的大老鼠，諒你們也辦不到。」他說：「我們這會兒要對付誰？」

「大魔王。」阿茲拉斐爾直截了當地說。

薛德威爾點點頭，彷彿這沒什麼好驚訝。他把槍扔在地上，舉起帽子，露出前額。這額頭名聲響亮，任何地方的男人只要聚在街頭幹架，這額頭都會令他們聞風喪膽。

「我想也是，」他說：「既然如此，我就要用我的**頭**。」

紐特跟阿娜西瑪看著這三人離吉普車越走越遠，一副不可靠的模樣。薛德威爾站在中間，三個人看起來就像別具風格的W。

「他們到底要幹麼？」紐特說：「會出什麼事——**他們會出什麼事？**」

阿茲拉斐爾跟克羅里的外套從縫線裂開。如果你就要走了，倒不如以真實的面貌走。兩人的翅膀朝天際開展。

跟一般人的看法相反，惡魔的翅膀跟天使一模一樣，雖然惡魔的翅膀往往保養得比較好。

「薛德威爾不該跟他們去的！」紐特說，搖搖晃晃想站起來。

「薛德威爾是什麼？」

「他是我的長——他就是那個了不起的老傢伙，妳絕對不會相信……我一定要幫他！」

「**幫**他？」阿娜西瑪說。

「我發了誓，還有其他什麼的。」紐特遲疑了一下，「嗯，算是起了誓。他還預付我一個月的薪資！」

「那麼，另外兩個人是誰？你的朋友——」阿娜西瑪開口又停住，阿茲拉斐爾正回過半個身子，那個側面輪廓終於讓真相大白。

「我就知道我以前在哪裡看過他！」她大叫，地面上下晃，她靠著紐特勉強讓自己站起來。「來吧！」

「可是恐怖的事情就要發生了！」

「如果他弄壞了預言書，那你該死的就說對了！」

紐特在衣服翻領裡忙亂摸索，找到那支公務用大頭針。他不曉得這回他們要對抗什麼，可是他也只有大頭針。

他們奔跑著……

亞當環顧四周。他往下看。

他的臉上有某種刻意的無辜表情。

有某一刻起了衝突。

可是亞當堅守自己的陣地。

向來都是，終究也會如此，堅守自己的陣地。

他擺動一隻手

比出一個模糊的半圓形

……阿茲拉斐爾跟克羅里覺得世界變了。

沒有了轟隆聲。沒有了裂縫。在那裡，原本撒旦的力量就要如火山般爆開來，現在卻只有逐漸散開的煙霧，還有一輛慢慢停下來的車子，傍晚的寂靜讓引擎顯得格外刺耳。

這輛車很老了，可是保養得很好。不過用的不是克羅里的方法，凹痕不是只憑念力除掉。你憑直覺就知道，這輛車之所以有這樣的外表，全因車主這二十年來每個週末都遵照使用手冊的指示去做每件他該在週末做的事。每次出門前，他會繞車子一圈，檢查車燈、數數輪胎。抽菸斗、留小鬍子、認真負責的男人寫下正經八百的指示，說這件事必須做，所以他就照做。因為他自己也是認真負責的男人，也抽菸斗、留小鬍子，不會小看這些指令，因為如果你輕忽它們，那會置自己於何地？他也照著指示，保了恰到好處的車險。他的車速比速限還要低上三哩，或是時速四十哩，總之哪個比較慢就那樣開。他連在星期天都繫領帶。

阿基米德說，如果他有夠長的槓桿，還有夠厚實的地面可站，他就能移動全世界。

楊恩先生會大力支持他。

車門打開，楊恩先生冒出來。

「這裡怎麼了？」他說：「亞當呢？亞當！」

可是「那一夥」已經朝大門衝刺過去。

楊恩先生望著嚇呆的人群。至少克羅里跟阿茲拉斐爾還有足夠的自制力把翅膀收起來。

「他現在又在打什麼鬼主意了？」他嘆氣，並不真的期待有人回答。

「那小子往哪去啦？亞當！亞當！你馬上給我回來！」

亞當很少乖乖聽父親的話。

湯瑪士．A．戴森柏格中士張開雙眼。四周唯一的奇怪之處就是看來怎麼那麼熟悉。牆壁上掛著他高中的照片，他小小的美國星條旗插在漱口杯裡，就在牙刷旁，連他的小泰迪熊都還穿著它小小的制服。中午剛過不久，陽光灑進他的臥房窗戶。

他聞得到蘋果派的香氣。他離鄉背井，週六晚上殺時間時最想念的東西之一就是蘋果派的氣味。他往樓下走。

母親站在烤箱旁，正好要把一塊大大的蘋果派拿出來冷卻。

「嗨，湯米，」她說：「我還以為你在英國呢。」

「是啊，媽，按照規矩我是在英國沒錯，媽，捍衛著民主啊，媽，長官。」湯瑪士．A．戴森柏格中士說道。

「真好啊，親愛的。」他母親說：「你爸爸到農場去了，跟柴斯特還有泰德在一起。他們看到你一定會很高興。」

湯瑪士．A．戴森柏格中士點點頭。

他把軍方配給的鋼盔跟外套脫下，捲起軍方發放的襯衫袖子。有一刻，他臉上露出他這輩子最認真的一次沉思。他思緒裡面有一部分被蘋果派給占去了。

「媽，如果有任何單位透過電話要求與湯瑪士．A．戴森柏格中士進行一個聯繫的動作，媽，長官，這人會是——」

「湯米，你說什麼？」

湯米．戴森柏格將槍掛在牆上，就在他父親破舊的老來福槍上方。

「媽，我是說，如果有人打電話來，我會在農場那邊跟爸、柴特還有泰德在一起。」

廂型車慢慢駛近空軍基地大門。車子停下來。午夜輪班的警衛往窗戶裡頭看，檢查駕駛人的證件，然後揮手讓他進去。

廂型車在水泥路上緩緩前進。

小型機場空盪盪的，廂型車停在飛機跑道上，附近坐著兩個男人，他們正共享一瓶酒。其中一位戴著墨鏡，令人意外的是，似乎沒有別人對他們有一絲一毫的注意。

「你是說，」克羅里說：「祂原本就計畫要這樣？打從一開始？」

阿茲拉斐爾乖乖地擦了擦瓶口，然後把酒瓶遞過去。

「有可能，」他說：「有可能。我想，總是可以問問祂吧。」

「就我記憶所及——」克羅里若有所思地回答，「我和祂從來就沒有那種可以好好聊一場的交情——祂不太會直截了當地回答。其實——其實，祂根本從來就不回答。祂只會**微笑**，彷彿知道一些你不知道的事。」

「祂當然知道我們不知道的事，」天使說：「要不然，這一切是為了什麼？」

有一陣停頓，兩個存在體滿腹心事地凝望遠方，彷彿記起雙方好久都未曾想起的事。

廂型車駕駛下了車，扛著一個紙箱和一把鉗子。跑道上躺著一頂生鏽的金屬頭冠跟一副天秤。男人用鉗子把它們撿起來，放進箱子裡。

然後他走近拿著酒瓶的兩人。

「先生，打攪了。」他說：「這附近應該還有一把劍，至少這上頭是這樣寫，我在想……」

阿茲拉斐爾一臉尷尬。他朝自己看了看，有些困惑，接著站起身，這才發現自己一直坐在劍上面，大概有一個鐘頭之久。他伸長手，撿起劍。「不好意思。」他說，連忙把劍擺進箱子裡。

頭戴國際快遞帽的廂型車駕駛說不打緊，因為得要有人簽名證明他已經遵照指示把人家派他來拿的東西都拿齊了，他倆正巧在場可以簽名，真是上天恩賜啊，這一天肯定讓人永誌難忘，不是嗎？

阿茲拉斐爾與克羅里都同意這天的確讓人永難忘懷。阿茲拉斐爾在廂型車駕駛遞給他的夾板上簽了名，目睹一頂頭冠、一副天秤和一把劍妥妥貼貼地收好了，就要送往某個糊掉的地址，費用就記在某個模糊不清的帳號上。

男人舉步往廂型車走。接著他停步，轉過身。

「如果我跟老婆講今天我碰上什麼，」他有點悲傷地告訴他們，「她打死也不會相信我。這不能怪她，因為連我自己都沒辦法相信。」然後他爬進廂型車，開走了。

克羅里站起來，有一點踉蹌。他朝坐著的阿茲拉斐爾伸手。

「來吧，」他說：「我開車，咱們回倫敦去。」

他開走一輛吉普車。沒人攔他們。

車裡有套卡帶音響。那不是標準配備，即便是美國軍方的交通工具也不會有，可是克羅里下意識認為自己開的交通工具就是會有卡帶音響，所以這輛吉普車在他坐進去的幾秒之內就生出了這項設備。

他開車時，把標了韓德爾「水上音樂」的錄音帶放進去，一路到家都是「水上音樂」。

星期天（他們餘生的第一天）

十點半左右，送報小弟把週日報紙送到茱莉農舍門前。他得扔上三趟。門前地毯上一連串碰擊響聲吵醒了紐頓．普西法。

他讓阿娜西瑪繼續睡。她大受打擊，可憐的東西。他把她放上床時，她幾乎已語無倫次。她向來照著預言書過日子，而如今再也沒有預言了。她一定覺得自己像是明明到了終點卻不知為何得繼續往前行駛的火車。

從現在開始，她就可以跟其他人一樣生活，每件事都是無法預料的驚奇。運氣真不錯。

電話響了。

紐特衝到廚房，在第二聲鈴響時拿起話筒。

「喂？」他說。

一個勉強故作友善的聲音傳來，略微熱切地對著他喋喋不休。

「不是，」他說：「我不是。而且不是迪維西，是迪維思，思想的『思』。她在睡。」

「嗯，」他說：「我非常確定她不想要絕緣的空心牆，也不想要雙層玻璃。我是說，這間農舍不是她的，你知道，她是用租的。」

「不行，我不打算把她叫醒然後問她。」他說：「而且，請告訴我，妳叫……啊……是，馬若小姐，妳們為什麼不跟別人一樣在星期天休息呢？」

「**星期天**，」他說：「當然不是星期六。怎麼可能是星期六？昨天才是星期六。真的，今天真的是星期天。妳說妳損失了一天？什麼意思？我聽不懂。我看啊，妳是賣東西賣昏頭了……喂？」

他低吼一聲，然後把話筒擺回去。

電話推銷員！真該讓他們碰上一些恐怖的事。

有一刻他突然也懷疑了起來。今天**是**星期天沒錯吧，不是嗎？他往週日報紙瞥一眼，放下心來。

如果《週日泰晤士報》說今天是星期天，那你就不用懷疑，他們已經做過調查了。昨天是星期六，當然。昨天是星期六，而且只要他還活著，他永遠忘不了那個星期六，要是他記得那些他不該忘掉的事就好了。

既然人在廚房，紐特決定做些早餐。

他在廚房走動時盡量輕手輕腳，免得吵醒屋裡其他人，卻發現所有聲音都變大了。古董冰箱門一關上就像末日火山爆發。廚房水龍頭流量跟沙鼠排的尿一樣小，卻吵得跟老忠實泉沒兩樣。東西在哪，他全找不到。最後他只沖了杯無糖的即溶咖啡，幾乎打從創世之初，每個曾經在別人廚房裡自行打理早餐的人類都只能做出這道早餐①。

廚房餐桌上有塊炭渣，約為長方形，以皮革裝訂。在燒成炭黑的封面上，他只能看出「淮」跟「頁」，他心想，一天就能讓事情全變了樣，把一本終極指南變成區區一塊烤肉用煤磚。

然後呢，回到當時。他們到底是怎樣弄到這本書？他想起一名全身煙味的男人，他即使在黑暗中還是戴著墨鏡。還有別的事，全一起發生了……騎腳踏車的男孩們……討人厭的嗡嗡聲……一張髒兮兮、瞪大了眼的小臉……這些事全懸在他的心裡，不算忘記了，卻永遠只懸在回憶的末端。這些回憶是關於未曾發生的事，但怎麼可能有這種回憶②？

---

① 喬凡尼．雅客．卡薩諾瓦（1975-1798）除外。卡薩諾瓦是聞名遐邇的大情聖與文人，他在《回憶錄》第十二集裡披露，無需懷疑，他無時無刻隨身帶著一只手提箱，裡面有「一條麵包、一罐上選塞維亞帶皮橘子醬、一把刀子、叉子、攪拌用小湯匙、兩顆新鮮的雞蛋用羊毛小心包好、一顆番茄、一把小煎鍋、一把小燉鍋、一具酒精爐、一只保溫鍋、一個錫盒裝著義大利含鹽奶油、兩面瓷盤。此外，還有一些當糖用的蜂巢蜜，對於保持口氣芬芳或喝咖啡都頗實用。當我對眾讀者這麼說的時候，盼他們都能體會我的深意：『一位真正紳士不論身在何方，永遠都應該能以符合紳士身分的方法來打斷齋戒。』」

他坐著，盯著牆看，直到一陣敲門聲響起才把他拉回現實。
有個短小精悍的男人身穿黑雨衣站在門前階上，捧著一只紙箱，對紐特露出燦爛的微笑。
「您是——」他查看手裡的紙，「——音西法先生？」
「普西法。」紐特說：「普通的普。」
「抱歉抱歉，」男人說：「音跟普看起來實在很像。呃，嗯，那麼，看來這是要給您跟普西法太太的。」
紐特面無表情地望著他。
「沒普西法太太這個人。」他冷冷地說。
男人脫下板球帽。
「噢，萬分抱歉。」他說。
「我是說……嗯，是有我媽沒錯，」紐特說：「她還在世，只是她人在多爾金市。我未婚。」
「這可怪了。這封信講得相當，呃，明確。」
「你**哪位**？」紐特說。他只穿了短褲，門前階那兒冷颼颼的。
男人笨手笨腳地努力拿穩箱子，一面從內袋摸出名片。他把名片遞給紐特。
名片寫著：

吉爾斯．貝帝坎
羅比、羅比、瑞得費恩及白謙思
初級律師
登戴克律師事務所十三號

「喔。」他客氣地說：「貝帝坎先生，有什麼能為你效勞的？」

「你可以讓我進去。」貝帝坎先生說。

「你不是來送傳票什麼的吧？是嗎？」紐特說。昨晚的事件就像一片雲在他的記憶裡飄著，每當他以為能拼湊出全貌時，那些事就變個不停，不過他隱約意識到自己曾經破壞了什麼東西，早就等著某種形式的懲罰。

「不是，」貝帝坎先生說，看起來有點受傷。「我們另外有辦那種事的人手。」

他晃過紐特身邊，然後把箱子放在桌上。

「老實講，」他說：「我們大夥兒對這都很有興趣。白謙思先生差點親自出馬，可是他近來不大經

---

②這裡得提一下英國大盜迪克·托平的事情。那看起來還像同一輛車，只除了從此以後，這車似乎只靠一加侖汽油就能開上兩百五十哩，跑起來無聲無息，你幾乎得用嘴巴含著排氣管才能知道引擎點燃了。車子以一系列精巧且措辭完美的俳句，發出合成聲音的安全警告，段段皆是原創且恰到好處。

遲來的冰霜燒灼花兒
何方愚人不讓安全帶
束縛身軀呢？

……安全警告會這麼說。還有，

櫻花
自最高之樹翩翩飛落
某人需要更多汽油。

得起奔波。」

「等等，」紐特說：「我真的完全不懂你在說什麼。」

「這個，」貝帝坎先生說，容光煥發地遞出箱子，一臉阿茲拉斐爾準備變戲法時的表情，「是你的。有人要你收下，交代得很明確。」

「是禮物嗎？」紐特說。他謹慎地盯著封住的紙箱看，然後在廚房的抽屜裡東摸西摸，找出一把利刀。

「我想應該講『遺贈』，」貝帝坎先生說：「你瞧，這東西我們已經保管了三百年。抱歉，是因為我剛剛說的話嗎？要是我就會用水沖一沖。」

「這一切是在搞什麼鬼？」紐特說，可是某種令人發冷的疑心正爬過他全身。他吮著剛剛割傷之處。

「這故事很有意思——你不介意我坐下吧？當然我不清楚所有細節，因為我十五年前才加入這家事務所，可是……」

……當有人戰戰兢兢地送來這箱子時，法律事務所的規模還很小。瑞得費恩、白謙思，還有兩位羅比，貝帝坎先生更不用說了，這些人都還是遙遠的未來式。辛勞的法律書記收下送來的物品，訝異地發現，箱子頂端用繩子綁了封信，注明要給他。

信裡寫著一些指示，還有關於未來十年歷史的五項有趣事實，若有敏銳的年輕人能善用這些資訊，就能確保他有足夠的財力在法律生涯之路上平步青雲。

他要做的，就只是確保三百多年內這箱子都有人小心看管，然後把箱子送到某個住址去……

「……雖說當然這事務所在幾百年來轉手過很多次，」貝帝坎先生說：「可是實際上這個箱子一直都是事務所的動產。」

「十七世紀他們就**出產**亨氏嬰兒食品，這我倒不知道。」紐特說。

「那只是用來保護裡面的東西，免得在車子裡給撞壞了。」貝帝坎先生說。
「這些年來都沒人打開過嗎？」紐特說。
「我相信開過兩次，」貝帝坎先生說：「在一七五七年，喬治．克藍比打開過；一九二八年是亞瑟．白謙思，就是現在這位白謙思先生的父親。」他咳了咳。「克藍比先生顯然找到一封信——」
「是寫給他的。」紐特說。
貝帝坎先生猛地往後坐。「老天爺。你怎麼猜得到？」
「我想，那種作風我認得出來。」紐特陰鬱地說：「他們出了什麼事？」
「這件事你以前聽說過嗎？」貝帝坎先生疑心重重地說。
「沒這麼詳細。他們沒給炸掉吧，有嗎？」
「唉……大夥兒相信，克藍比先生當時心臟病發。而就我所知，白謙思先生一臉慘白，連忙把信放回信封裡，然後下達極度嚴格的指令：他在世時，大家不准打開箱子。他說，開箱子的不管是誰，都得捲鋪蓋走路，還拿不到工作引薦函。」
「好個恐怖的威脅。」紐特諷刺道。
「那是在一九二八年。不管怎樣，他們的信都還在箱子裡。」
紐特把紙板拉開。
裡面有個鎖櫃鐵盒。盒子沒上鎖。
「來吧，把它拿出來。」貝帝坎先生興奮地說：「我一定要說，我實在非常想知道裡面有什麼。大夥兒在辦公室下了賭注……」
「這樣好了，」紐特大方地說：「我來煮咖啡，由你來打開箱子。」
「我？這樣妥當嗎？」

「我看不出有何不可？」紐特盯著掛在爐子上的燉鍋。其中一個夠大，正合他的盤算。

「來吧，」他說：「別怕。我不介意。反正你——你有代理人的權利或什麼的。」

貝帝坎先生把大衣脫下來。「嗯，」他說，一邊摩拳擦掌，「既然你這麼說……這種大事可以拿來跟我的孫子講。」

紐特拿起燉鍋，另一手輕輕搭著門把。「但願如此。」他說。

「動手嘍。」

紐特聽到微弱的吱嘎聲。

「你看到什麼？」他說。

「有兩封拆過的信……噢，還有第三封……是給……」

紐特聽到蠟封啪噠裂開，某個東西叮咚落在桌上。然後有倒抽一口氣的聲音、椅子嘎嘎作響、走廊上的疾奔、摔門聲，接著車子引擎猛然發動，以疾速駛下小徑。

紐特把燉鍋從頭上拿開，從門後面走出來。

他撿起那封信，看到收信人是貝帝坎先生，他一點都不詫異。他打開那封信。

信上寫著，「這兒有枚佛羅林銀幣，律師，現下，快些跑吧，以免全天下都知道你與打字女僕史碧頓的韻事。」

紐特讀了另外兩封信。給克藍比先生那封信的斑駁信紙上寫著：「克藍比大爺，移開你的賊手。上一回米迦勒節，你把普拉絲金寡婦騙得團團轉，這事我一清二楚，你這個老皮包骨，糕餅搶匪。」

紐特很好奇什麼是糕餅搶匪。他打賭那跟烹調術無關。

等著好奇先生白謙思的那封信寫著：「你竟然離棄他們，你這懦夫。把這封信放回箱子裡，以免全世界都知道一九一六年六月七日的真實事件。」

在這些信的下面有一份手稿。紐特瞪著手稿看。

「那是什麼？」阿娜西瑪說。

他一轉身。她倚在門框上，像是長了腳的迷人哈欠具象化。

紐特後退靠著桌子。「噢，沒什麼。寄錯地址了。沒什麼，只是個舊箱子。垃圾郵件。妳也知道有多麼——」

「禮拜天送件？」她說，把他推到旁邊去。

她的手捧著泛黃的手稿，把手稿拿了出來，他無奈地聳聳肩。

「**續阿格妮思・納特良準預言集**，」她慢慢讀著，「**關於未來的世界；你的傳奇將繼續開展！**噢，我的……」

她畢恭畢敬地將手稿擺在桌上，準備翻開第一頁。

紐特的手溫柔地往她手上一搭。

「妳這樣想好了，」他沉靜地說：「妳想照祖先的話過完下半輩子嗎？」

她抬起頭來，兩人四目相交。

星期天。世界餘生的第一天，十一點三十分左右。

聖詹姆斯公園相較之下頗為安靜。從麵包的角度來看，這些鴨子可是**現實政治**的專家，牠們將公園的安靜歸因為世界情勢不再那麼緊張。事實上，世界情勢真的沒那麼緊張，然而許多人還待在辦公室裡想弄清楚為什麼會這樣；他們想找出亞特蘭提斯的下落，上面還有三支「挖掘真相」國際代表團呢！同時，他們也想查出自己的電腦昨天到底出了什麼事。

公園空盪盪的，只不過有一名軍情九處的成員想將另一人吸收進軍情局，後來兩人尷尬地發現，原來後者也是軍情九處的人。公園裡還有一名高大的男人，正在餵鴨子。還有克羅里跟阿茲拉斐爾。

他們並肩大步邁過草地。

「我這裡也一樣，」阿茲拉斐爾說：「整間舊書店毫髮無傷。連一點煙灰都沒有。」

「我的意思是，老賓利不是隨隨便便就能**做出來**的，」克羅里說：「你做不出那種古老的光澤。可是它就在那裡，活生生出現了，就停在街上，你根本看不出有什麼不同。」

「嗯，**我**看得出我的店有何不同。」阿茲拉斐爾說：「我確定我之前並沒有陳列《畢幻思上火星》、《傑克．凱德》❶、《邊疆英雄》、《男孩子能做的一百零一件活動》跟《骷髏海的血狗》這樣的書。」

「天哪，真遺憾。」克羅里說，他知道天使有多珍惜自己的藏書。

「那倒不用。」阿茲拉斐爾喜孜孜地說：「它們全是嶄新的首版書，我在『史金斗價目指南』裡查過這些書。我想你會用『哇——』來形容我的情況。」

「我想，他把這世界恢復成原狀了。」克羅里說。

「是啊，」阿茲拉斐爾說：「差不多，他盡了全力。可是他也有點幽默感。」

克羅里瞄了他一眼。

「你那邊的人有沒有跟你聯繫？」他說。

「沒有。你呢？」

「沒有。」

「我想，他們想假裝這一切全沒發生過。」

「我想，我這邊的人也是。對你來說那可真官僚。」

「我想我這邊的人是在等著看下一步發展。」阿茲拉斐爾說。

克羅里點點頭。「一個喘息的空間，一個道德重整的機會。做好防禦，準備來場大的。」

他們站在池畔，看著鴨子往麵包急急划去。

「你說什麼？」阿茲拉斐爾說：「我以為之前那次**就是**大的。」

「我不確定，」克羅里：「你想想，在我看來，真正大的會是我們全部對他們全部。」

「什麼？你是說天堂跟地獄對抗人類？」

克羅里聳聳肩。「當然，如果他**真的**改變了每件事，那麼他可能會把自己也變了。也許會拿掉自己的力量，決定永遠當人類。」

「噢，但願如此。」阿茲拉斐爾說：「反正，我確定他們不會讓他有別的選擇……呃，他們會嗎？」

「我不知道。你永遠無法確定他們有什麼打算。計畫中還有計畫。」

「你說什麼？」阿茲拉斐爾說。

「這個嘛，」克羅里說，他一直在想這件事，想得頭都痛了，「這些事你難道從來都不覺得奇怪嗎？你知道，就你那方跟我這方、天堂跟地獄、善與惡、那類事？我的意思是，**為什麼**咧？」

「就我的印象，」天使頑固地說：「有一場叛變，然後——」

「噢，對，那當初為什麼會**發生**叛變？我是說，不一定得發生，是吧？」克羅里說，眼裡有抹瘋狂，「任何能在六天內造出世界的人，不會任由那樣的小事發生吧。除非他們想要它發生，不是很合

---

❶ 史上真實的畢勾思故事集由英國飛行員暨冒險故事作家W.E. Johns（1893-1968）所著。畢勾思這名虛構的角色既是飛行員也是探險家，只是不曾上過火星。傑克．凱德（Jack Cade）於一四五〇年率英格蘭肯特農民揭竿起義，叛變並未成功，但引發了日後的玫瑰戰爭。

理嗎？」

「噢，少來了，用點腦袋吧。」阿茲拉斐爾模稜兩可地說。

「這個提議並不好，」克羅里說：「這個建議一點都不好。你如果坐下來，**用腦袋**好好想一想，就會冒出一些很滑稽的想法。像是：為什麼讓人類有好奇心，然後把禁果放在他們看得見的地方，還用一根手指霓虹燈一閃一閃地指出『就是這個』？」

「我不記得當初有什麼霓虹燈。」

「那是比喻啦，我的意思是，如果你真的**不想**要他們吃禁果，那何必這樣做，是吧？我是說，也許你就是想看看會有什麼結果。也許那只是屬於某個不可說的大計畫的一部分。全部都是。你、我、他，每個都是。算是某種超大型測試，要看自己打造出來的東西是不是全運作正常，對吧？你會開始想：這**不可能**是一場大型的宇宙棋賽，它**肯定**只是某種非常複雜的單人紙牌戲……你不用費神回答我。要是我們搞得懂，我們就不會是我們了。就因為全都——全都是——」

不可說的，餵鴨子的那人說。

「是啊、沒錯。多謝。」

他倆望著那個高大的陌生人小心翼翼地把空袋子丟進垃圾箱，然後昂首闊步跨越草地而去，接著克羅里甩了甩頭。

「我剛說什麼？」他說。

「不知道，」阿茲拉斐爾說：「不重要吧，我想。」

克羅里鬱鬱地點點頭。「讓我挑起你用午餐的欲望吧。」他低聲嘶嘶。

他們再次光顧麗池酒店。有張桌子十分神祕地空了出來。他倆用餐時，破天荒頭一遭，柏克萊廣場上有隻夜鶯正引吭高歌❷，也許是因為某人最近太過努力，讓現實世界變得有些反常。

由於車子的噪音，沒人聽見夜鶯的歌聲，可是夜鶯真的就在那裡，如假包換。

週日一點鐘。

過去十年以來，在獵巫中士薛德威爾的世界裡，週日午餐遵循一成不變的慣例。他在自己房裡，坐在搖搖欲墜、布滿菸疤的桌子前面，翻著獵巫軍圖書館①的一本老書，談的是魔法與魔鬼學研究——《亡者通訊錄》❸，不然就是他最愛不釋手的《鋤惡利器❹》②。

然後門上會傳來一下敲門聲，崔西夫人會叫道：「午餐，薛德威爾先生。」接著薛德威爾就會嘀咕：「無恥的蕩婦。」然後等個六十秒，讓無恥的蕩婦有時間走回自己的房間去。接著他打開門，把那盤肝端起來，通常上面都會細心地蓋著另一個盤子來保溫。他端進房裡大快朵頤，同時稍微留意別讓肉汁濺到他正在拜讀的書頁上③。

過去一向如此。

---

❷ Berkeley Square，位於倫敦西區西敏市內。〈柏克萊廣場上有夜鶯啼唱〉（A Nightingale Sang in Berkeley Square）是英國知名的浪漫流行歌曲。

① 獵巫下士第坦，圖書館員，年度紅利為十一便士。

❸ Necrotelecomnicon 是 Necronomicon 與 telecom 的複合字。Necronomicon 即《亡者之書》，美國小說家洛夫克萊夫特虛構的書。

❹ Malleus Maleficarum，約出版於一四八六年，對十五到十八世紀的獵巫潮影響甚巨。此書由宗教裁判官 Heinrich Kramer 所著，號稱妖法巫術的知識寶庫，是當時追捕審判女巫及巫師的基本手冊。本書將巫術與魔法的民間傳說臆測與巫術等於魔鬼崇拜的新觀點結合起來，於是巫術成了異端，也變成宗教審判的重點對象之一。

②「持續走紅的暢銷書，衷心推薦」——教宗因諾森特八世。

只除了這星期天，情況變了。

首先，他沒在看書。他只是呆呆坐著。

敲門聲傳來時，他馬上彈起身，開了門。他並不需要那麼趕。

沒有盤子，只有崔西夫人。她戴著凱米奧浮雕寶石的胸針，口紅的色澤跟平日不同。她周身瀰漫著香水味。

「什麼事，耶洗別？」

崔西夫人的嗓音明亮輕快，因為有些不確定而顯得尖銳。「哈囉，薛先生，我在想，過去這兩天我倆一塊兒經歷了好些事情，如果把盤子留在門外給你，我覺得有點傻氣，所以我在家裡幫你擺了一份餐具。來吧……」

薛先生？薛德威爾如履薄冰地跟著她走。

昨夜他又做了個夢。夢的內容他記不大清楚了，只剩一段話還在腦裡迴盪，攪得他心神不寧。就像前一晚發生的事件，那個夢已化成一團迷霧。

就是這一段：「獵巫沒什麼不對。我自己也想當獵巫人。只是，嗯，你得按順序來。今天我們出門去獵巫，明天我們可以躲起來，換女巫來找我們……」

在二十四小時之內，他第二次（也是他這輩子第二次）踏進崔西夫人的公寓裡。

「在那兒坐一下。」她對他說，指著一張扶手椅。扶手椅的頭靠上有防汙罩。座椅上有顆飽滿的靠枕，前頭還有一張擱腳小凳。

他坐了下來。

她把托盤擺在他的大腿上，看著他用餐。他吃完以後，她把盤子收走。接著，她開了一瓶健力士黑啤酒，把啤酒倒進杯子裡，遞給他，然後在他咕嘟咕嘟灌啤酒時小口啜飲自己的茶。她放下自己的杯子，杯子緊張地在碟子上敲出叮噹聲。

「我收拾了一下，丟了好些東西。」她沒來由地說，「你知道，有時候我想，搬出倫敦，到某個鄉下買棟小平房應該不錯。我會把小平房取名叫桂冠或石蛾漫遊，或者，或者，或者……」

「香格里拉。」薛德威爾提議，他也不曉得自己為何脫口而出。

「沒錯，薛先生。對極了，香格里拉。」她向他微笑，「親愛的，你還舒服嗎？」

薛德威爾的恐懼漸漸浮現，同時明白過來：他覺得好舒服。恐怖又令人膽戰心驚地舒服。「噯。」他戰戰競競地說。他這輩子從沒這麼舒服過。

崔西夫人打開另一瓶健力士，往他面前一擺。

「擁有一棟小平房，唯一的問題是……小平房叫做——薛先生，您剛不是有個聰明的點子嗎？」

「啊，香格里拉。」

「香格里拉，沒錯。唯一的問題是，小平房一**個人**住不太好，不是嗎？我是說，兩個人，大家都說兩個人的花費可以跟一個人一樣便宜。」

（或五百一十八人，薛德威爾心想，他想起整支獵巫軍團。）

她咯咯笑著。「我只是在想，我能到**哪**去找個人一起安頓下來……」

薛德威爾知道她是在說他。

這件事他不大確定。他清清楚楚感覺到，當初讓獵巫二等兵普西法留在泰德田那位年輕小姐身邊，就獵巫軍的《規則與規章之書》來說，實在是踏錯了一步，目前的情況看起來更是危機四伏。

---

③ 如果找對藏書人，獵巫軍圖書館可能價值好百萬英鎊。這位藏書人得很有錢，而且不介意書頁上沾了肉汁、菸疤、寫在空白處的註記，或者不介意已故獵巫代理伍長渥特林熱情地在所有女巫與惡魔的版畫上再添幾筆八字鬍與眼鏡。

不過，他都這把年紀了，實在太老了，沒辦法在長草之間匍匐前進，冷颼颼的晨露會滲進骨頭裡……（明天我們可以躲起來，換女巫來找我們……）

崔西夫人又開一瓶健力士，一面咯咯輕笑。「噢，薛先生，你可能會以為我想把你給灌醉。」

他喉嚨咕噥一聲。這種事一定得照規矩來辦。

獵巫中士薛德威爾深深嚥下一大口健力士，然後開口求婚。

崔西夫人咯咯笑。「老實說，你這老傻瓜，」她說，然後滿臉通紅。「你**想要**幾個？」

他反問對方。

「兩個吧。」崔西夫人說。

「噢，好吧。也好。」（退役的）獵巫中士薛德威爾說。

週日午後。

有架七四七正嗡嗡飛過英格蘭高空。頭等艙裡有個名叫沃拉克的男孩，他把漫畫放下來，然後盯著窗外看。

過去這幾天怪極了。他到現在還是不確定父親為什麼會被叫到中東去。他很確定連他父親也不知道為什麼。可能是文化方面的事務。過程無非就是一堆看起來很可笑的傢伙，頭上包著毛巾、一口爛牙，帶他跟父親到一些廢墟去四處逛。就廢墟來說，沃拉克看過更棒的。然後，其中一名老傢伙跟沃拉克說，他是不是想做點什麼事？沃拉克說他只想離開。

結果那些人全擺出副臭臉。

現在他要回美國了。機票、班機或機場的航班看板還是什麼的，出了點問題。真怪，他很確定父親本來該飛回英國。沃拉克喜歡英國。在英國這個國家當美國人還不錯。

在那一刻，飛機正好經過下泰德田的魁西．強生房間上空，魁西在瀏覽一本攝影雜誌，他當初買下這本雜誌只是為了封面那張很不錯的熱帶魚照片。

魁西的手指懶洋洋，再隔幾頁就會翻到一張美式足球的跨頁照片，還有文字說明這項運動何以紅遍歐洲。這還真怪——因為當初這期雜誌送印的時候，這幾頁原本是沙漠生態的攝影作品。

這即將改變魁西的一生。

沃拉克繼續往美國飛去。沃拉克應該得到**某種東西**（畢竟你絕對忘不了自己生命中曾經有過的頭幾位朋友，即使那時候你才生下來幾個小時）。就在那一刻，掌控全人類命運的那股力量正在想：嗯，沃拉克要去**美國**了，不是嗎？想不出還有什麼事情比去**美國**更棒的。

那裡有三十九種口味的冰淇淋。也許還更多。

一名男孩跟他的狗在週日午後足足有一百萬種刺激的事情可以忙。亞當不用費力，隨便一想就可以想出四、五百種。驚險的事、令人激動的事；有星球等著被征服，獅子等著被馴服；失落的南美洲世界裡到處是恐龍，等著人去發現，跟牠們交朋友。

他坐在花園裡，用一顆鵝卵石刮著土，垂頭喪氣。

亞當的父親從空軍基地回到家裡的時候，發現亞當正在呼呼大睡，彷彿整晚都一直乖乖躺在床上。亞當為了要逼真一點，偶爾還發出鼾聲呢。

不過，隔天在早餐桌上，楊恩先生讓亞當明白，那樣還是不夠。楊恩先生不喜歡在週六晚間四處遊蕩卻一無所獲。如果因為某種無法想像的僥倖，證明當晚的騷動實在不該歸咎於亞當（不管這些騷動是什麼，因為看來沒人清楚細節，只知有某種騷動），那麼亞當無疑還是犯了**某種錯**。這就是楊恩先生的態度，過去十一年以來，這種態度向來很管用。

亞當意志消沉地坐在花園裡。八月豔陽高掛在八月萬里無雲的藍天上，樹籬後方有隻鶇鳥在歌唱，可是在亞當看來，這只讓情況更糟。

狗狗坐在亞當腳畔。牠試著想幫亞當，最主要的方法是挖出四天前埋下的骨頭，拖到亞當腳邊。可是亞當只是悶悶不樂地瞪著骨頭，最後狗狗只好把骨頭啣走，再度埋進土裡。狗狗已經盡了全力。

「亞當？」

亞當轉身。三張臉蛋越過花園籬笆朝裡頭望。

「嗨。」亞當說，一臉悽慘。

「有個馬戲團到諾頓來了。」裴潑說：「溫思雷在諾頓看到了。他們開始在準備了。」

「他們有帳棚，還有大象，還有雜耍人，還有幾乎算野生的動物什麼的——什麼都有！」溫思雷岱爾說。

「我們在想，我們也許可以過去那邊看他們做準備。」布萊恩說。

剎那間，亞當心神游移，腦子裡淨是馬戲團的景象。馬戲團準備好以後就很無趣了。你隨便哪一天都可以在電視上看到更精采的東西。可是**準備工作**……他們四個人當然都會到那裡去，幫馬戲團的人搭棚子、洗大象。亞當能跟動物融洽相處的天賦會讓馬戲團的人五體投地，然後那天晚上他們就會讓亞當（以及狗狗——世上最知名、最會表演的雜種狗）領著大象走進馬戲團的表演場，然後……

這樣想根本沒用。

他悲傷地搖搖頭。「哪都不能去，」他說：「**他們**說的。」

大家沉默了下來。

「亞當，」裴潑略微不安地說：「昨天晚上**到底**發生了什麼事？」

亞當聳聳肩。「就一些事，沒什麼要緊的。」他說：「每次都這樣。你只是好意想幫忙，結果大家就認為你犯了**滔天大罪**。」

又是另一陣沉默，「那一夥」望著失意的首領。

「那，你想他們什麼時候會放你出來？」裴潑問。

「好幾年又好幾年以後吧。好幾年、好幾年加**好幾年**以後。等他們放我出去，我就是個老人了。」亞當說。

「那明天呢？」溫思雷岱爾問。

亞當開心了起來。「噢，**明天**沒問題。」他宣告，「到那時，他們老早就忘光了。你們等著瞧，他們總是這樣。」他抬頭看他們，衣衫襤褸的拿破崙被放逐到花棚上長滿玫瑰的厄爾巴島。他的蕾絲在空中飄揚。「**你們**去吧。」他乾乾地短笑一聲後跟他們說，「你們不用擔心**我**。我沒事。明天見。」

「那一夥」遲疑了一下。忠誠是件崇高的事，可是不該有人強迫上尉們在領袖跟有大象的馬戲團之間做出選擇。他們離開了。

陽光繼續普照，鶇鳥仍在啼唱。狗狗放棄取悅主人，開始在花園樹籬的草地旁潛伏追蹤一隻蝴蝶。這道樹籬既龐大又厚實，是由修剪整齊的粗壯水臘樹構成，無法穿越，亞當老早就清楚這點。樹籬後方就是綿延的田野、不可思議的泥濘水道、未熟的果子、怒氣沖沖但腳步遲緩的果樹主人、馬戲團、可以築壩的溪流，還有專門用來爬的牆壁跟樹木……

不過就是沒路可以穿過樹籬。

亞當露出沉思的表情。

「狗狗，」亞當嚴峻地說：「你離樹籬遠一點。如果你鑽過樹籬，我就一定要去追你，把你抓回來，那我就一定要離開花園。可是他們又不准我離開花園，可是如果你溜走，我就一定要……」

狗狗待在原地，與奮地跳上跳下。

亞當小心翼翼地環顧四周。然後，更加謹慎地往上看、往下看，然後往裡頭看。

然後……

現在樹籬上破了個大洞，大到能讓一隻狗鑽過去，也能讓追在後頭的男孩擠過去。而那個洞一直都在那裡。

亞當對狗狗眨眨眼。

狗狗衝過樹籬上的洞。然後亞當清楚明白又響亮地大叫：「狗狗，你這隻壞狗！別跑！回來這邊！」亞當擠過了樹籬，在後頭追趕。

某些事告訴他，某些事就快要結束了。正確說來，並不是這個世界，只是這個夏天。以後還會有別的夏天，只是絕不會跟這個一樣。再也不會了。

那麼，最好盡情享受這個夏天吧。

穿越田野時，他在半路停下、有人在燒東西。他望著茱莉農舍煙囪上方冒出的白煙，停下來聆聽。亞當聽得到別人可能會錯過的東西。

他聽到了笑聲。

不是女巫的咯咯尖笑，而是暢快的低沉大笑，發出笑聲的是某個知道太多，反倒對自己沒啥好處的人。

那道白煙在小屋煙囪上方盤旋繚繞。有一瞬間，亞當看到煙霧裡有女人的臉部輪廓，是張容貌姣好的臉，已有三百年以上沒出現在地球上了。

阿格妮思．納特向他眨眨眼。

輕柔的夏日微風驅散了那道煙。那張臉還有那陣笑聲也消失了。

亞當笑了，再次奔跑起來。

在不遠處的草原上，男孩跨過小溪，追趕上溼答答又一身泥的狗。「壞狗。」亞當說，一面搔狗的耳背。狗痴狂地吠著。

亞當抬頭向上望。他頭上有棵老蘋果樹，巨大又布滿節瘤。它可能從創世之初就挺立在那裡了。粗大的樹枝都因蘋果的重量而彎垂，未熟的蘋果又小又綠。

男孩像眼鏡蛇出擊般，以迅雷不及掩耳的速度攀上果樹。幾秒鐘之後回到地面上，口袋鼓鼓的，嘴裡喀喳喀喳大嚼完美的酸蘋果。

「**嘿！你！小鬼！**」他後方傳來粗啞的嗓音。「你就是那個亞當．楊恩！我看到你了！我會跟你父親說，你等著瞧吧，看我會不會跟他告狀！」

這下子，爸媽肯定會好好罰他了，亞當一邊衝刺一邊想。他口袋塞滿了偷來的蘋果，狗兒伴在身旁。

每次都這樣。不過，要等到晚上處罰才會來。

離今天晚上還久得很。

他把蘋果核朝追捕者大致的方向扔過去，然後從口袋裡再拿出一顆。

他實在弄不懂，別人吃點他們的無聊水果有啥好大驚小怪的，可是如果他們不大驚小怪，那麼日子就沒那麼**有趣**了，在亞當看來，每一顆蘋果都抵得過你偷吃以後惹上的禍。

如果你要想像未來，就想像一名男孩、他的狗及他的朋友。還有永無止境的夏季。

如果你要想像未來，想像一隻靴子吧……不，想像一隻球鞋好了。鞋帶飄揚，踢著一顆鵝卵石；想像一根細枝，戳探著有趣的東西，然後一把拋出去給狗兒，狗兒可能決定去撿回來，也可能決定不理會；想像不成調的口哨聲，把某首倒楣的流行歌曲摧殘到沒人聽得懂；想像一道身影，半是天使，半是魔鬼，卻是不折不扣的人類……

滿懷希望、吊兒郎噹地往泰德田走去……

……直到永遠。

《好預兆》二三事

（至少，是經過時間洗禮而變得崇高的謊言）

從前從前，尼爾．蓋曼寫了篇短篇的故事，寫著寫著卻不知道該怎麼結尾。他把故事寄給泰瑞．普萊契，泰瑞也不知道該怎麼辦。可是故事一直在泰瑞心裡發酵，一年後他打電話給尼爾說：「我不知道怎麼收尾，不過我知道接下來怎麼發展。」初稿大概花了兩個月寫完，二稿花了六個月左右。我們也不知道為什麼會耗這麼久，不過當中的確包括把笑話解釋給美國出版商聽。

跟尼爾．蓋曼／泰瑞．普萊契合作的情況如何？

啊，你們要記得，當年的尼爾．蓋曼與今日有天壤之別，而泰瑞．普萊契也才剛混出點名堂。他們相識多年，一九八五年「碟形世界」第一集推出後，尼爾訪談過泰瑞。嘿，這沒什麼大不了啦。在整個訪談過程中，他們從沒跟對方說過：「哇，真不敢相信我會跟你攜手合作！」

你們寫作的方法是？

連續兩個月每天互打好幾通電話，興沖沖吼來叫去，每星期還互寄好幾片磁碟。我們曾經在寫作接近尾聲時，試著透過300／75鮑的數據機進行雙機傳訊，可是就溝通工具來說，這東西的效果比起透過水下電話纜線鬼吼鬼叫，還是略遜一籌。

當年尼爾大多過著夜貓子生活，所以他過午起床後，若看到答錄機上閃著紅燈，就表示泰瑞留了話，開場白通常是：「起床、起床啦，你這混蛋，我都已經寫出好些東西了！」於是，當天第一通電話就此開場，泰瑞會在電話上把當天早上寫的念給尼爾聽，然後尼爾會把前一天半夜寫的念給泰瑞聽。接著他們就會興奮地吱吱喳喳不停，接下來就拚著老命搶先寫出下一段精采的東西來。

那就是為什麼這故事裡有答錄機？

可能吧。你也知道，那畢竟是好久以前的事了。

誰寫哪部分？

啊，又是很刁鑽的問題。泰瑞身為唯一真正副本的正式保存人，實際執筆的初稿分量比尼爾多。可是經過好一陣子興沖沖吼叫後所寫下的兩千字，到底該算在誰的頭上就難說了。反正以名譽擔保、兩人都改寫過對方的東西，也替對方加過注，而且兩人模仿對方文風的本事都還過得去，阿格妮思·納特與小孩子的場景大部分是泰瑞先想到的，天啟四騎士及任何跟蛆蟲有關的部分則是尼爾先開頭的。尼爾對本書開場的影響最大，泰瑞則左右了結尾。除此之外，他們純粹只是激動地鬼叫個不停。

後來，故事漸漸自成一個世界，他們兩人突然意識到這點時，是在老格蘭茨出版公司的地下室。他們為了校對定稿而到那兒碰頭。尼爾就稿子中一句話向泰瑞道賀，泰瑞卻知道那不是自己寫的，但尼爾也很確定不是他寫的。他們暗自懷疑，這本書發展到某個階段，就已經開始自己生出內容了，但他們不想公開承認此事，免得別人覺得他們是一對怪胎。

你們為什麼要寫這本書？

不寫好像很可惜。而且若是不寫，好幾世代的讀者就缺了一本可以常常掉進浴缸的書。

為什麼沒有續集？

我們醞釀了一些構想，可是一直提不起勁。再者，我們還想做點別的事（弄到最後，那些構想裡有一些可能以不同的模樣出現在我們倆各自的作品裡）。不過，最近我們倆都在想，不知「下不為例」是不是真的已成定局。所以呢，也許哪天會推出續集。可能吧，也許吧，誰知道呢？我們就不知道。

你們寫這本書的時候，知道後來會變成一本「另類經典」嗎？

如果你說的「另類經典」，是指《好預兆》讀者遍及全世界，他們把書讀過一遍又一遍，把書掉進浴缸、水坑與防風草湯裡，把書用布膠帶、接合劑與線固定起來，不再外借，因為腦袋正常的人借來後，一定要先經過嚴格的滅菌消毒才敢碰。那麼，不，我們不知道。

如果你說的「另類經典」指的是全世界賣了幾千萬本的書，其中許許多多本都賣給同一批人，因為他們買了以後借給朋友，卻再也未蒙賜還，只好買更多本回來。那麼，不，我們沒料到。

其實不管你用什麼來定義「另類經典」，我們當時都不覺得我們筆下寫的是這種書。我們寫的是一本兩人所覺得有趣的書，我們努力想逗對方笑，我們根本不確定有人會想出版。

噢，少來了，你們是鼎鼎大名的尼爾．蓋曼跟泰瑞．普萊契欸。

沒錯，可是我們當年還不是啊（請見前文**跟尼爾．蓋曼／泰瑞．普萊契合作的情況如何？**）我們只是兩個有著共同構想、對著彼此編織故事的傢伙。

那麼，會不會拍成電影？

尼爾喜歡抱著希望，認為有天可能成真，不過泰瑞確定不可能。反正得等到他們真的在首映場上啃爆米花，不然兩人都不會相信。即使真有那天，他們八成還是無法置信。

尼爾・蓋曼談泰瑞・普萊契

好。

一九八五年二月，地點是倫敦一家中國餐館，這是這位作者第一次接受訪談。有人想跟作者（他剛剛寫了一本好玩的奇幻書《魔法的顏色》❶）談談，這件事讓他的公關人員又驚又喜，於是她跟年輕記者安排了午餐會。這位作者以前當過記者，戴了一頂帽子，不是正統的作家帽，而是一頂小小的皮製黑扁帽。還沒完呢。那位記者也戴著帽子，是灰色系的，有點像亨佛萊鮑嘉會在電影裡戴的那種，只是戴在這位記者頭上時，怎樣看都不像亨佛萊鮑嘉，他看起來活像個偷戴大人帽子的小鬼。記者逐漸發現，不管自己多努力嘗試，就是沒法成為適合戴帽子的人，不只是因為戴帽子頭會發癢，或者在不該飛走的時刻飛掉，而是因為他老是把它留在餐廳忘記帶走，搞得他越來越習慣早上十一點跑去敲餐廳大門，問他們有沒有撿到一頂帽子。總有一天（這天指日可待）記者不再與帽子糾纏不清，決定要買一件黑色的皮夾克取而代之。

於是他們共進午餐，那場訪談刊在《太空旅人》（Space Voyager），隨文附上的照片是作者在瀏覽

---

❶ The Colour of Magic，「碟形世界」系列第一集。

「禁忌星球❷」店裡的貨架。最重要的是，他們不僅能逗對方開心，也欣賞對方的思考模式。

那位作者就是泰瑞．普萊契，而那個記者就是我。自從我把帽子留在一家餐廳後，轉眼已經過了二十年；打從泰瑞發掘自己內在那位「戴著正統作家帽的暢銷作家」後，已經匆匆過了十五年。

我們這些年很少見面，畢竟分處兩塊不同的大陸。當我們走訪對方的大陸時，又把所有的時間花在替別人簽書上。我們最後一次聚餐是在一場簽書會之後到明尼亞波利市的一家壽司店去。那晚有吃到飽活動，店家把壽司放在一艘艘小船裡，讓船漂往你身邊。過了一會兒，壽司主廚顯然覺得我們兩人吃得太起勁、占了店家太多便宜，就不再把壽司放在小船上，而是直接用黃尾魚疊出某種像是斜塔的東西，遞給我們以後，就宣布他要回家休息了。

除了每件事都變了以外，一切依舊。

以下是我遠在一九八五年就已經了解的事：

泰瑞是萬事通。一般人若對事物起了興趣，就會到處詢問、傾聽並閱讀，泰瑞卻一直保持這種心態。他對文類了解夠深，足以躋身該領域的行家，他對文類之外的東西也懂得夠多，足以成為個有意思的人。

他聰明至極。

他樂在其中。話說回來，泰瑞在作家中是個奇葩，他喜歡的不是「寫出東西的成就感」或「作家的身分」，而是真心喜愛「寫作」，喜歡好好坐在電腦螢幕前編故事。我們初次結識時，他還在西南電信工會新聞處工作。他一晚寫四百字，夜夜筆耕，這是他能兼顧正職與寫書的唯一方式。一年後的某夜，他已經完成一本小說，可是當天的字量還缺一百，所以他把一張紙塞進打字機，替下一本小說寫了一百字。

（他退休成為全職作家的那天，打電話給我。「我退休才半小時，但已經恨起那些混蛋了。」他與高采烈地說。）

在一九八五年就已經很明顯的事情還有：泰瑞是個科幻小說家，他腦袋就是那麼轉的：他有那股衝動，把一切全拆解掉，再用各式各樣的方式重組，看看拼湊起來會如何。這就是推動「碟形世界」的引擎——不是「要是……」或「但願……」，甚至「要是這樣繼續下去……」，而是更微妙更危險的「如果**真的**有……意味著什麼？會怎麼運作？」

在尼可斯與克魯特合編的《科幻小說百科》（Encyclopedia of Scienc Fiction）裡有幅古老版畫，畫上是個男人把頭探出世界背面、穿過天際，看到齒輪、輪子與引擎，看到推動整個宇宙的機器。泰瑞．普萊契筆下的人物就會做這種事，即使做這事的角色有時是大老鼠，有時是小女孩。大家吸收新知，敞開心胸。

於是我們發現，兩人的幽默感相當類似，也有相近的文化指涉系統。我們讀過相同的冷僻書籍，開開心心跟對方介紹怪異的維多利亞時代參考書籍。

我們認識幾年以後，在一九八八年合寫一本書。一開始時，是要諧仿莉琪馬爾．克普頓的「威廉」系列❸，我們取名為《敵基督威廉》。可是我們很快就超越那構想，涉及好幾種別的事物，我們命名為《好預兆》。這本好玩的小說談的是世界末日，我們大家是怎麼滅亡的。跟泰瑞工作，我感到自己像是在中世紀商會裡向大師級名匠學習的技工。他建構小說的方式，就像商會老闆打造天主教堂的拱頂。當然有藝術價值，不過那是經過精心打造的成果。建構東西、讓它發揮該有的功能（讓大家讀這

❷ Forbidden Planet，紐約市一家知名的另類嗜好用品店，販售漫畫、圖像小說、模型、角色扮演遊戲組等等。

❸ Richmal Crompton（1890-1969），英國女作家，以幽默小故事「只是威廉」（Just William）聞名。此童書系列的主角是小男孩威廉，多次改編為電視、影片與廣播節目。

個故事開懷大笑，甚至還可能發人深省），這整個過程更是趣味多多。

（我們合寫小說的做法如下：我深夜寫作，泰瑞清晨創作。下午我們會在電話上聊很久，把自己寫出來最精采的部分念給對方聽，再談談接下來可以怎麼發展。首要之務是逗對方大笑。我們來來回回互寄了一堆磁片，因為那時還不時興電子郵件。有天晚上，我們用３００／７５鮑的數據機，嘗試電腦對電腦跨國互寄內文。不知那時是否已經有電子郵件，反正沒人跟我們提過。我們試傳成功，但郵寄還是比較快。）

泰瑞成為專業作家已經很久了，他一直在磨練技巧，悄悄精進。他面臨的最大問題就是寫得太完美了：他讓作品貌似寫來易如反掌。這可能引起問題，因為大眾不知道技巧到底在哪。讓成品看起來比實際上難，是所有的雜耍人都要學的一門課。

早期書評家把泰瑞比為已故的道格拉斯・亞當斯❹，可是接下來泰瑞全力寫書，其積極的程度就像道格拉斯避免寫書一樣。現在，從普萊契小說創作形式的規則，一路講到其多產與豐富，也許能夠比為伍德霍斯❺。可是大多時候，報紙、雜誌、文評家不拿他跟任何人比較，他身處一個未知區域，有兩點劣勢——他寫滑稽古怪的書，而在我們的世界裡，滑稽古怪的同義詞正是瑣碎；這些書都是奇幻故事，更精確地說，這些書的背景設定在碟形世界（一個地平世界）裡，那個世界扛在四隻大象背上，這四隻大象又站在烏龜背上、穿梭於時空中。在這個背景下，泰瑞・普萊契什麼都能寫，從冷酷的犯罪、嗜血的政治諷刺，一直到童書，無所不包。這些童書造成了改變。泰瑞以他的吹笛手故事《貓鼠奇譚》（Amazing Maurice）、《有教養的鼠兒》（His Educated Rodents）贏得極富盛名的卡內基金牌獎。該獎項由英國圖書館員共同頒發，連報紙都尊敬三分（即使如此，報紙還是硬要扳回一城，快活地誤讀泰瑞的受獎致詞；他的致詞談的是奇幻小說真正神奇之處，報紙卻指控他在致詞中痛批羅琳與托爾金）。

泰瑞近作卻又呈現了新面貌，像《夜巡》（Night Watch）及《恐怖軍團》（Monstrous Regiment），更黑暗、更深刻，對人類彼此對待的手段更為憤慨，同時也對人類能為彼此付出的程度而更自豪。是的，這些書還是一樣滑稽，但它們不再繞著笑點轉，而是跟著故事與人物走。「諷刺文學」一詞常常用來指一件事：小說裡沒有人物，因此要把泰瑞當成諷刺作家，我不大自在。他是一位「作家」，而他這種作家還真稀有。請注意，很多人自稱作家。可是真正的作家與自稱的，完全是兩回事。

泰瑞這人和氣、有衝勁、好玩、腳踏實地。他喜歡寫作，喜愛創作小說，他成為暢銷作家是件好事：讓他想寫多少就寫多少。香蕉黛克瑞❻的事情，他可不是在開玩笑唷。不過，我上次跟他碰面是在他旅館房間裡，我們一面啜飲冰酒、一面忙著把世界撥亂反正。

---

❹ Douglas Adams（1952-2001），英國作家、漫畫家與廣播劇本作家，代表作為「銀河便車指南」系列，也是英國幽默小說經典。

❺ P. G. Wodehouse（1881-1975），英國喜劇作家，寫作生涯長達七十餘年。

❻ banana daiquiris，一種雞尾酒，通常由蘭姆酒、檸檬汁跟糖調成。泰瑞曾提到自己喜歡這種雞尾酒，若有人願意請他喝，他會很開心。

泰瑞・普萊契談尼爾・蓋曼

關於尼爾・蓋曼，我能說的，還有哪些是《異常想像力：五個案例研究》沒說過的呢？

嗯，他不是天才，他比天才還厲害。

換句話說，他不是巫師，而是魔術師。

巫師不用工作，他們只消揮揮手，就有魔法；可是魔術師呢，嗯……魔術師得下一番苦功。他們年輕時得花很多時間仔仔細細觀察當時最頂尖的魔術師，他們會上天下海挖出陳年戲法書，而天生的魔法師也會遍覽群書，因為歷史本身也不過是一場魔術秀。他們觀察人們的思路，還有人們不假思索的諸多表現。他們學會如何巧妙地使用彈簧、怎樣輕輕一碰就推開笨重的廟門、如何讓號角高聲響起。

他們站在舞臺中央，用各國國旗、煙霧、鏡子讓你目瞪口呆，你大喊：「不可思議！他怎麼弄的？大象呢？兔子到哪去了？他真的把我的錶砸爛了嗎？」

同樣身為魔術師的我們，坐在後排座位並悄悄地說：「**滿**厲害的嘛。剛剛那招不是布拉格飄浮襪的改編版嗎？那不是帕司卡的精靈鏡嗎？其實那女孩根本不在那裡。可是那把火焰劍**到底**打哪冒出來的？」

我們不禁想著，說起來也許真有巫術這回事……

一九八五年我初識尼爾時，《魔法的顏色》才剛出版。那是我首次以作家身分接受訪談。尼爾那時以自由撰稿人的工作餬口，看起來像那種只為大啖片商在開幕會免費供應的冷雞腿肉（也為了建立人脈，他的通訊錄現在已經比聖經還厚，裡面的人物也比聖經裡有趣）而一口氣看了太多爛片試映，所以臉色慘白。他為了填飽肚子而從事新聞業，這正是培養新聞專業的好辦法。說起來，這八成也是真正的不二法門。

他還戴了頂很差勁的帽子，是一頂灰色的霍姆堡氈帽❶。他不適合戴帽子，人帽之間缺乏自然的和諧狀態。那是我第一次也是最後一次看到那頂帽子。他彷彿下意識感到這種打扮不好，所以老把帽子忘在餐廳。某天，他再也沒回去拿。為了認真的讀者著想，我特此聲明：要是你真的、真的努力找，搞不好會在倫敦某家小餐廳的後頭架子上找到一頂覆滿灰塵的霍姆堡氈帽。如果你試戴看看，誰曉得會發生什麼事？

言歸正傳，我們處得不錯，很難說為什麼，不過說到底，對於宇宙的光怪陸離、各種故事、隱晦的細節、乏人問津的書店裡的怪異舊書，我們兩個都深深喜愛、心懷驚奇。我們一直保持聯絡。

〔音效：日曆一張張撕掉。你知道嗎？現在電影裡已經沒這種特效了……〕

事情接踵而來，他成了圖像小說界鼎鼎大名的人物，接著「碟形世界」一炮而紅，然後有天他寄給我一篇長達六頁的短篇故事，說他不知道該怎麼繼續，可是我也不知道。大約一年後，我從抽屜裡拿出那篇故事，即使我還看不出怎麼收尾，卻真的知道接下來該怎麼發展。我們一起寫出故事，成果就是《好預兆》。這本書是兩個覺得好好玩一場也沒啥損失的傢伙完成的，我們不是為了錢而寫，結果卻掙到很多錢。

……嘿，我跟你們說一下他身邊發生的怪事。有次他為了修稿而在我們家過夜。我們聽到吵鬧聲，跑進他房間看，只見我們家兩隻白鴿飛進他房間卻出不去。牠們驚慌失措、狂拍翅膀，尼爾在一陣雪白羽毛紛飛的暴風中醒來說：「嗚嘶咈？」那是他在早上一般會說出口的詞彙；或者我們在酒吧裡，他遇上蜘蛛女那次；或是有次巡迴發表，我們進駐旅館以後，早上卻發現**他的**電視一直播著以半裸縛綁呈現的雙性戀詭異深夜脫口秀，我的電視卻什麼都沒有，只看得到重播的「艾德先生❷」；還有一次參加紐約電臺的節目現場，只剩十分鐘訪談時間時，我們才明白，原來消息不靈通的主持人**從頭到尾都以為《好預兆》不是小說**……

〔前接到火車沿著軌道轟隆遠去的鏡頭，現在電影裡這種鏡頭也絕跡了……〕

十年後，我們一面穿越瑞典、一面聊著《美國眾神》（他）及《貓鼠奇譚》（我）的情節。也可能是我們同時搶著說話，如同昔年。我們其中一人說：「這段棘手的情節，我不知道該怎麼處理。」另一人聽了就說：「老兄，解決辦法呢，就在你陳述問題的方式裡呀。想來杯咖啡嗎？」

那十年間發生很多事。他震撼了整個漫畫世界，這世界再也不同以往，他帶來的影響就跟托爾金對奇幻小說的影響不相上下——此後一切多少都受到影響。我記得我們在美國進行《好預兆》巡迴發表會時，途經一家漫畫店。我們替很多漫畫迷簽名，有些人顯然想不通，為什麼「這本故事書裡沒圖片咧」。我在漫畫店書架之間閒晃，看著對面。這時我才了解他**真行**，他手法相當細膩、剖析得很巧妙，這是他作品一貫的特色。

我聽到《美國眾神》的基本構想時，好想下筆寫，都幾乎嘗到其中滋味了……

我讀《第十四道門》時，把它當成精巧繪製的動畫。閉上眼睛，我就看得見那棟房子的外觀，看得見那些特別娃娃的野餐。怪不得他現在去寫劇本了。我讀到那本書，就回想起童話裡其實常常蘊藏

---

❶ 這種軟氈帽的帽緣朝上翹起、帽頂呈凹形。

❷ Mr. Ed，美國電視情境喜劇，一九六一至六六年間播出。

著真正的恐怖。要是沒有迪士尼的想像，我童年的夢魘會淡而無味。那本書裡有好些關於黑色鈕釦眼睛的細節，會讓成人腦袋的某一小部分想要跑去沙發後躲起來。但那本書的目的不是恐怖嚇人，而是戰勝恐怖。

尼爾要不是個非常和善、平易近人的傢伙，就是個了不得的演員，知道這一點可能會讓很多人詫異。他有時候會摘下墨鏡，至於會不會脫下皮夾克，我就不確定了。我想我曾經看過他穿燕尾服，不然就是我把別人錯看成他。

他相信早晨是專屬於別人的東西，我想我曾經在早餐時刻看到他，不過那位把頭貼在一盤甜豆上的人，可能只是長得有點像他而已。他喜歡吃高級壽司，也滿喜歡人，不過不喜歡不熟的。他對人還不差的書迷不錯，喜歡跟說話有技巧的人聊天。他看起來不像四十多歲，不過別人也可能外表比實際年輕，也許他閣樓裡鎖著一張特別的肖像畫❸。

盡情玩一場。我們的確如此。我們從來沒想過錢，直到進行競標、開始有人來電出高價時才想到這回事。對於這點，猜猜看我倆之中哪個人一派冷靜？提示：不是我。

附註：如果你請他簽你珍愛的那本《好預兆》，書身破舊不堪、至少曾經掉進浴缸一次，現在還用變黃的老舊透明膠帶固定住，他會非常、非常開心。你知道是哪一種吧。

❸典出自英國作家王爾德的小說《格雷的畫像》（The Picture of Dorian Gray）。

繆思系列 012

好預兆
Good Omens

作者　尼爾・蓋曼（Neil Gaiman）、泰瑞・普萊契（Terry Pratchett）
譯者　謝靜雯
社長　陳蕙慧
副社長　陳瀅如
總編輯　戴偉傑
副主編　林立文
行銷企劃　李逸文、廖祿存
電腦排版　極翔企業有限公司

出版　木馬文化事業股份有限公司
發行　遠足文化事業股份有限公司（讀書共和國出版集團）
地址　231 新北市新店區民權路 108 之 4 號 8 樓
電話　02-2218-1417 傳真 02-8667-1065
email　service@bookrep.com.tw
郵撥帳號　19588272 木馬文化事業股份有限公司
客服專線　0800221029
法律顧問　華洋法律事務所 蘇文生 律師
印刷　成陽印刷股份有限公司
初版　2017 年 12 月
初版七刷　2023 年 9 月
定價　新台幣 420 元
ISBN　978-986-359-408-6

國家圖書館出版品預行編目（CIP）資料
好預兆 / 尼爾・蓋曼（Neil Gaiman），
泰瑞・普萊契（Terry Pratchett）著；
謝靜雯譯 . -- 初版 . -- 新北市：木馬文化出版：
遠足文化發行，2017.12
　面；　公分 . --（繆思系列；12）
譯自：Good Omens
ISBN 978-986-359-408-6（平裝）
873.57　　106007935